乡情别恋

方志刚

著

群众出版社
·北京·

图书在版编目（CIP）数据

乡情别恋／方志刚著. —北京：群众出版社，2013. 10

ISBN 978 - 7 - 5014 - 5173 - 9

Ⅰ.①乡⋯ Ⅱ.①方⋯ Ⅲ.①长篇小说—中国—当代 Ⅳ.①I247. 5

中国版本图书馆 CIP 数据核字（2013）第 222219 号

乡情别恋

方志刚 著

出版发行：群众出版社

地　　址：北京市西城区木樨地南里

邮政编码：100038

经　　销：新华书店

印　　刷：北京泰锐印刷有限责任公司

版　　次：2013 年 10 月第 1 版

印　　次：2013 年 10 月第 1 次

印　　张：9. 75

开　　本：880 毫米×1230 毫米　1/32

字　　数：380 千字

书　　号：ISBN 978 - 7 - 5014 - 5173 - 9

定　　价：25. 00 元

网　　址：www. qzcbs. com

电子邮箱：qzcbs@ sohu. com

营销中心电话：010 - 83903254

读者服务部电话（门市）：010 - 83903257

警官读者俱乐部电话（网购、邮购）：010 - 83903253

文艺分社电话：010 - 83901330　　　010 - 83903973

目 录 Content

第一章

见　　缘

　　这是一个从二十世纪七十年代开始的故事。

　　故事发生在一所大队所属的学校，所有的教师均是民办教师。西下的夕阳快要坠入地平线，一位教师手拿铁棒敲打着挂在房檐下的一个已经磨损的铁片。"当当"，那清脆的声音在这个不大的校园里回荡。

　　虽然每班只有二十来位同学，可教室的门还是被挤了个"水泄不通"。寂静的小小校园立刻变得沸腾起来。一会儿工夫，孩子们一个个地离开了，教师也都回家了，校园又平静下来。话说那黄庄的十来个孩子，出了校园，个个像出了笼子的小鸟，蹦、跳、叫、骂，那顽皮的天性表现得淋漓尽致。在前面的大龙和小龙兄弟两人，跑到一座刚刚规整一新的坟墓上面，趴在那个圆锥状坟头下面侧耳细听，还不时地扮着鬼脸，挑逗同伴。

　　"小鬼在里面唱歌。"

　　"不，小鬼在里面哭泣。"

　　"在唱。"

　　"在哭。"

　　小哥俩争得面红耳赤，惹得其他的小伙伴纷纷效仿小哥俩，趴在那个坟头下面。在那个坟头下面趴了一群顽皮的孩子。

　　有的支持大龙，有的支持小龙，有的则静静地趴在那儿，把一只耳朵贴在坟头上，认真地听着坟内的小鬼到底是在唱歌还是在哭泣。站在路上的小玉林，呆呆地望着坟茔上的小伙伴，确实感到新奇。他平时一听到大人们谈及鬼故事，身上立刻就会起一层鸡皮疙瘩。今天这些小伙伴不仅不怕鬼，还

1

能近距离地听坟内的"小鬼"唱歌或哭泣。

　　小玉林姓范，名叫范玉林，他父亲是一位转业军人，分配到武汉一家国有工厂，那可是位拿国家钱的公家人，名声在四邻八家可响着呢！他妈妈叫陶素梅，因丈夫是国家工人，她在生产队干活也是隔三差五地去一次，工分不够，她就拿钱买工分，最近又怀孕在身，更是不下地干活儿，在农村那可是一般人家羡慕的生活。范玉林今年七八岁，因人长得又黑又瘦，因此同学们都称他"小玉林"。小玉林见小伙伴那样快乐，也动了心。他跳下田埂，爬上那座土坟，趴下侧着头，把耳朵尽量放得很低，几乎贴在坟头上，也没有听到坟内的"小鬼"是在唱歌还是在哭泣。

　　"小玉林，在这儿能听到。"大龙一边说着，一边站起来，腾出一个空儿让给小玉林。小玉林爬到大龙刚才卧着的地方，按照大龙的指点，把头伸到那个圆锥状泥土垒成的坟头下，侧耳细听。就在这时，大龙掀掉了垒在上面的那个坟头，那个圆锥状的土疙瘩落在小玉林的后背上，又迅速地滚落下去。其他的人哈哈大笑起来。小玉林哪里能料到，顿时吓得大哭起来，等心里明白后，就破口大骂起来。大龙捉弄了小玉林，自己却满足起来，乐得上嘴唇合不住下嘴唇了。小玉林的骂声不绝，引来了小龙的不满。"你再骂非揍你！"小龙指着小玉林，好似在下最后的通牒。小玉林站在那儿，根本不理会小龙的"警告"。小龙火了，上前揍小玉林两拳后，又用力将小玉林推倒在地。小玉林骂得更凶了，他把大龙和小龙一块儿都骂了。其他的小伙伴谁也不敢惹这哥俩，只好上前拉劝小玉林，那倔犟的小玉林"睡"在地上就是不起来。小龙三下五除二扒开了围在小玉林身边的小伙伴，来到小玉林身边，用脚踢了踢他。"起来，起来，还想跟我装疯是吗？再不起来，我就对你身上尿尿了。"

　　小玉林躺在地上，闭着眼睛只是哭着骂着，可那个小龙一边说着，一边真的当着十几个男女小伙伴的面，掏出小鸡鸡对着地上的小玉林尿了起来。小玉林感到身上一热，在地上急忙翻滚，可那尿还是洒了他一身。

　　"小龙，你太欺侮人了！"小伙伴中也真有人替小玉林打抱不平。这个同学叫宋正平，跟小玉林、大龙、小龙都是同班同学。小龙一见高出自己一头的宋正平，便胆怯了三分，有所收敛，可大龙不愿意了。

　　"管你屁事，他是你小爹？你护着他。"

　　"你欺侮小玉林可以，可欺侮你爷我，办不到。"三言两语，两人就厮打起来，小龙上前帮助哥哥，其余的人连忙退在一边。小玉林这时也不哭了，坐在地上看着三人打成一团。眼看宋正平就要吃亏，有个同伴附在小玉林的耳边说："小玉林，宋正平为了你才和大龙哥俩打架的，去帮帮他。"一句话点明了小玉林，他一骨碌从地上爬起来，迅速投入"战斗"。太阳早已坠入地平线，夜幕笼罩着大地。可这些孩子在空旷的田野里正演着一幕青春武打剧。大龙见哥俩丝毫占不到便宜，就跳出圈外，喊了声："小龙，走。"小龙一听，急忙逃了出来，随哥哥大龙溜去。大龙和小龙走了，其他的小伙伴也纷纷离去，只剩下小玉林和宋正平两人。

"我回家害怕妈打我。"

"不会吧！你被人家欺侮了，婶怎么会打你呢？又不是你先招惹他们的。"

"妈不让我搭理他们，天天走路我都在躲着大龙和小龙。"

听着小玉林的话，宋正平的心又一次软了。"别怕，我送你回去吧！"小小年纪的宋正平怎么也想不到，他与玉林家尤其是玉林结下了不同寻常的情缘。

宋正平拉着小玉林刚到玉林家，正好遇见玉林妈妈陶素梅风风火火地从外面赶回。

"玉林，玉林，你今晚咋了，让我从东庄跑北庄，把你找了个遍。"小玉林听着妈妈的话，两只小手紧紧地抓住宋正平的胳膊直往其身后躲藏，没敢吱声。

"我天天教你，你是怎么听的……"玉林妈伸手去打玉林，宋正平一见急忙把他往自己的左侧一拉，可玉林妈的这一巴掌"啪"的一声，却重重打在了宋正平的头上。

"婶，你错怪了小玉林，这事不怨他。"听了宋正平的话，这一巴掌又打在了别人孩子的头上，陶素梅心里的气也消了大半。

"正平，婶对不住你。"陶素梅的口气可比刚才缓和了许多，中间明摆着流露出对宋正平的歉意。

"没事的，婶，玉林可冷着呢。"

陶素梅的心里何尝不疼爱儿子玉林。她对儿子的严格要求正是出于对儿子的关爱。丈夫常年不在家，偶尔才回来一次，这些年来伴随在她身前身后的就是儿子，玉林就是她心头上的肉。

"快，快进屋去。"玉林妈一边说着，一边摸着口袋里的钥匙，迅速地打开房门，擦燃了火柴，点亮了煤油灯。漆黑的屋内一下子光亮了起来。

小玉林穿上了妈妈递过来的衣服，恢复了平常的笑容。宋正平背着书包，对陶素梅说："婶，我回去了。"小玉林一听，立刻上前死死地拽住宋正平的褂襟和书包，对着屋内的陶素梅喊道："妈，宋正平要走！"

陶素梅急忙从屋内走出，也上前拉住了宋正平。她指着外面的黑夜对宋正平说："这么黑，你不害怕吗？"宋正平低头不语，站在门外，呆呆地望着那静静的黑夜。这时，小玉林家的那条狗也凑了过来，不断地用嘴拱着宋正平的一双小腿。

"正平，别回了，你看连我家的狗都在留你，你还能走吗？"陶素梅一边说着，一边把宋正平的手往屋里拉。

"进来，正平，你跟玉林玩，婶去做面条给你吃。"宋正平不再固执了，他跟着玉林妈和玉林一块儿进了屋。

"正平，把书包取下来。"陶素梅边说边把宋正平的书包从身上取下来，放在后墙右边的粮囤上。陶素梅端了一瓢面进了厨房，点燃油灯后开始和面，要是在平时这娘俩早就吹灯就寝了。小玉林拉着宋正平也进了厨房。那宋正平异常懂事，到了厨房就坐在了灶前，拿起了生火的火棍。

"婶，锅里添水了吗？"宋正平问道。

"乖，不让你烧，婶自己烧。"

"不，婶，我在家经常帮大嫂烧锅呢。"

宋正平的大嫂恐怕要比陶素梅还要大好几岁，那宋正平的侄儿已经在生产队劳动呢。宋正平有三个哥哥，大哥成了家，二哥和三哥都是三十好几的人了，仍然是光棍一条。在宋正平的记忆中没有父亲，模糊的记忆中妈妈是个盘着头、又缠着小脚的、一个很老很老的老太太。陶素梅转身在锅里添了些水，宋正平坐在灶前很认真地加柴生火，那蹿出灶外的火苗把宋正平的小脸蛋烤得红彤彤的。揭开锅盖，整个厨房内散发着扑鼻的面条香味。

宋正平没抬头吃了一大碗，陶素梅又给他盛一碗，并说："正平，慢点儿吃……"宋正平又吃下了第二碗，并把面汤也喝了个精光，那小肚子撑得像个葫芦。陶素梅接过宋正平的碗说："正平，婶再给你盛半碗好吗？"

"婶，我吃饱了。"宋正平说完又对陶素梅说，"婶，你烧的饭真好吃。"

"真的吗？"

宋正平点了点头。

"要是爱吃婶做的面条，那你每天放学都来，婶不仅做面条给你吃，还蒸又大又白的馒头让你吃。"

宋正平没吭声，瞪着那天真的眼睛看着陶素梅。他心里想：这是真的吗？

吃过饭，陶素梅吩咐两个孩子到堂屋睡觉。一会儿，小玉林又返回来对陶素梅说："妈，宋正平他睡觉不洗脚。"陶素梅进到堂屋对宋正平说："正平，你咋不洗脚呀？在家每天晚上都不洗吗？"

宋正平点了点头，然后对陶素梅说："婶，那盆不是用来盛饭和洗脸的吗？"

"这木盆是用来洗脚和洗衣服的，那个白瓷盆是用来洗脸的。"陶素梅说。

4

小玉林上前用脚踢了踢那个木盆对宋正平说："这个叫脚盆，那个叫脸盆。"

　　"脚盆。"宋正平睁着眼睛看着小玉林。

　　"你家没有脚盆哟？"小玉林问。宋正平点点头。

　　"哎哟！你家怎么连脚盆也没有呀？"

　　"去，去，快把凳子搬过来。"妈妈打断了小玉林的话。陶素梅让宋正平坐下，脱去了他脚上的那双磨破了底层的布鞋，亲自给这个孩子洗脚。站在一旁的小玉林嚷道："妈，别给他洗，你看他脚多脏呢！"

　　"就你干净，大哥别说二哥。"陶素梅回敬儿子一句后，小玉林退到一旁沉默不语。宋正平的双脚真叫脏，黑黢黢的灰尘像黏上去似的。陶素梅用一只手托起宋正平那脏兮兮的脚，另一只手用大拇指使劲儿地在宋正平的脚上来回磨蹭。那卷卷的泥条从宋正平的脚上脱落下来，露出了原本细嫩光滑的皮肤。陶素梅本以为就此完事，当她为宋正平擦脚卷起他的裤腿时，才发现宋正平的腿上还有很多泥垢。

　　"正平，好久没有洗澡了吧？"

　　宋正平没有说话，只是点点头。

　　陶素梅找了双自己的鞋子给宋正平穿上，一手拉着宋正平，一手拎着个大木盆向厨房走去，她还不时地吩咐儿子小玉林找套衣服送过来。在厨房里，陶素梅烧了盆热水，给宋正平从上到下洗了一遍。宋正平这才恢复他原来的面目，微红的灯光中，满额汗珠的陶素梅用手轻轻地抚摸着宋正平沐浴后的脊背说："这孩子，皮肤嫩着呢，简直就是一个女娃。"这话说得宋正平羞得低下头，可逗得小玉林"哈哈"大笑起来。

　　宋正平脱去了衣服，躺在那铺着棉被的床上，身下软绵绵的，多么舒坦呀！他从没有睡过这么好的床。

　　小玉林也脱了衣服，睡在床的另一头。陶素梅走到跟前摸着儿子的头说："林儿，去和正平哥睡。"

　　"不，我要和妈睡。"

　　"你看你多大了，还跟妈睡在一头，要是你正平哥到学校一说，老师和同学们都会笑话你的。"陶素梅一边说着，一边把儿子拉起来。

　　小玉林被妈妈从被窝里拉了出来，小嘴翘得老高，嘟囔着："妈，你今儿个为什么要撵我？"

　　"妈没撵你呀！你看你不还是和妈睡在一个床上吗？"

　　小玉林记得，他从没有和妈妈分头睡过，每天夜里他都是搂着妈妈的脖子，一只腿放在妈妈的小腹上入睡的，就连爸爸回来他也是这样。小玉林很不情愿地和一个从来没有在一起睡过觉的小伙伴睡在一起。

两个孩子睡下后，陶素梅拿起宋正平的那套破衣服在灯下翻开一瞧，顿时惊呆了。那上面一个个又大又肥的虱子抱成团，上下翻滚。她眉头皱了皱，心想这孩子整天怎么过的呀？俗话说：捉不尽的虱子，拿不完的贼。这虱子捉是捉不尽的。陶素梅拿定主意，用开水烫，给这些"吸血鬼"来个"一瓢敲"。想到此，她把这些脏兮兮的衣服往洗脚盆里一放，然后拎起暖水瓶，拔掉盖儿，把一瓶的开水全部倒了下去。那套脏兮兮的衣服被开水这么一烫，散发出刺鼻的怪味儿。

虱子的问题解决了，可明天正平穿啥呀，又是一个犯愁的事。陶素梅把箱子扒了个底朝天，小玉林的衣服被他翻了一遍又一遍，没有一件正平可穿的，那只有改做自己的了。改旧的吧，不太合适。改那件春节刚做的，她又舍不得。她与小玉林娘俩一年也只有六尺的布票呀！况且，那件衣服是丈夫从武汉带回的……

掂起来，放下；再掂起来，又放下……几个来来回回，她终于下定了决心，拿起自己那套刚穿过两水的衣服，端着煤油灯，走出内室。

裁量、穿针、缝合，煤油灯下她忙开了。在雄鸡的鸣叫声中，她给宋正平做好了一套"新"衣服。陶素梅端灯再进内屋，床上传来了小玉林的说话声："妈，你怎么才睡呀？"

"玉林，你醒了。"

"妈，我没睡。"

"咋的了？"

"你不睡，我睡不着。"

"好，妈睡下，玉林就放心地睡吧。"陶素梅一边轻声和儿子对话，一边轻轻地脱去外衣，撩起被褥，慢慢地躺下。

"玉林，这会儿放心地睡吧。"

玉林没吱声，他把妈从那一头伸过来的双腿抱住，头放在妈妈那微凉的脚背上，一条腿放在了妈妈的腿上。有妈在，他的觉才睡得安稳。

天亮了，早起的陶素梅拿着昨夜改制的衣服让宋正平穿。可宋正平说啥也不穿，非穿自己的。陶素梅娘俩费了好一番口舌，才使得宋正平穿上。穿上"新衣服"的宋正平显得比往常精神多了，也帅多了。陶素梅看着自己昨夜赶做的衣服穿在宋正平身上既合适又得体，再瞧瞧合不拢嘴的宋正平，心里甭提有多高兴了。

宋正平到学校后那焕然一新的劲儿就不说了。到了中午放学回家，他放下书包就朝厨房大声喊了起来："嫂子，大嫂。"

大嫂竹凤荣出来一看,是自己的小叔子,差一点儿没认出来:"正平,哪来的这身衣服,把大嫂的眼都瞅花了。"

"大嫂,我来帮你烧吧。"宋正平话到人到。

"正平,新衣服哪来的,不怕弄脏你的新衣服?"

"不怕,不怕。"正平一边说着,一边连忙甩掉上衣,放在厨房门外的一个木桩上。

到了晌午,正平的三个哥哥和一个侄儿放工回来,大嫂竹凤荣端上一个很大很大的用泥土烧制成的大饭盆,满满的稀粥把人影照得清清楚楚。这正是"青黄不接"的时候呀!面对这样的一顿中餐,围绕着正平和范家的话题,还是让大家吃得兴味不减。

"小四(宋正平的乳名),你这个抱不平打得好,不仅吃上了好的,又弄了一套好衣服,值得呀!"

"老三,你眼红就吧,还有更让你眼红的。咱家小四还跟陶素梅那个大美人同床睡了一宿呢!"油嘴滑舌的老二接过老三的话茬儿。

"去,去,你二叔就是个没大没小的,没个正经。"大嫂抢过话头,想截住老二那跑调的话题。可老二不愿意了,接着说:"大嫂,你吃醋了?那陶素梅可是咱队公认的大美人,偶尔下一次田可把咱队老少爷们高兴坏了,有的人看得都扭不过来脖子,就连俺队老队长也说过:素梅下田干活呀,不起好作用,还起坏作用……"

"就你胡扯,俺咋没听说过。"

"哎,大嫂。你不信问问大哥呀?"老大听老二这么一说,点了点头。老二看老大点头,说话更神气了。

"大嫂,这回信了吧。我说假话,大哥不会说假话吧。"

"去你的,你们男人一说到漂亮的女人呀,眼睛发亮,就不知道东南西北了。"

听嫂子这么一说,老二真的不吭声了,可老三又接着说起来:"去年夏天,范春成从武汉回来,老栓听说了,就趁中午午休的时候去看老朋友,这两人从小特别好。范春成从小没爹没妈,其他人都不理他,只有老栓爱跟他玩。老栓到了范春成家,推门进屋,正好看见两人在睡午觉。那陶素梅头里脚外,老栓一眼就看见陶素梅的脚。老栓说,那双脚真叫白呀!比二交的麦面做成的馒头还要白,那五个小脚趾头就像刚刚被褪掉皮的大蒜瓣。等陶素梅起身穿鞋时,他看见那五个脚趾头上的指甲剪得比肉还短,一点儿灰星也没有,真想拿过来当馒头吃。"

"老三,你别跟老二学,当心娶不到老婆。"

7

老三听大嫂这么一说，反驳道："大嫂，这是真的，老栓他亲口说出来的。"

老二插话说："真的，确实是真的，老三说得一点儿也不假。现在还有人跟老栓开玩笑说，老栓，中午吃的啥饭呀？是不是馒头就大蒜？"这话逗得众人大笑起来。

一阵儿大笑之后，老二开了口，这个话茬儿仍然没有离开刚才的主题："小四，你昨夜有没有吃馒头就大蒜？吃了啥滋味，说给二哥听听。"

宋正平听完，瞪着眼看看二哥。

"老二，你越说越不像话。"

听了大哥的批评，老二收敛了许多。一阵儿短暂的沉默之后，宋正平的大侄儿问宋正平："小爹，你叫陶素梅啥呀？"

"叫婶呗。"

"什么？你怎么叫她婶呢，她和我年纪差不多，应该叫嫂子才对。"老二说。

"应该叫'二嫂'才对吧？"老三的讥讽让老二的脸上一阵儿通红。

"上——工——了。"外面传来队长的吆喝声。

"凤荣，下午放工找个时间去陶素梅家一趟，咋说咱也得感谢人家一下吧！"老大说完，带着兄弟和儿子，拿着工具走出了家门。

竹凤荣等人（在家烧锅做饭的妇女）提前收工，趁这个时候，她去陶素梅家，刚到村口就见陶素梅一个人在菜园里忙活着。她就站在菜园的篱笆外面喊起话来："素梅，忙啥呢？"

陶素梅正端着盆给那鲜嫩的幼苗浇水，一听有人喊她，急忙回头应道："哟，凤荣姐呀，你咋有时间到这儿？来，进来。"竹凤荣转了个弯，找到园门，进了菜园。她一进园就夸了起来："这些小苗鲜嫩嫩的，多可爱呀！跟咱素梅妹妹一样，水灵灵的。"

"凤荣姐，你咋没正经的，逗我穷开心。"

"谁逗你了啦，咱队东西南北庄的老少爷们哪个不说你陶素梅比大闺女还水灵，都把男人馋死了。"

"去你的，那还不是有些男人闲来无聊，找个女人背地里乱说，求得开心。你也跟着乱嚼舌头。"

竹凤荣一低头，见陶素梅那裤腿边因过长而弄脏了，连忙说："妹子，你那裤腿咋不卷一卷呀？看弄脏弄破多可惜呀！"她一边说着，一边指着陶素梅的裤脚。

"是，是。"陶素梅嘴里应着，连忙放下水盆，用手把裤脚往上卷了卷。

8

裤脚被卷了上去，就从裤脚下面露出了浅浅的袜腰与裤脚之间那一小段白嫩的小腿。

"妹子，说你水灵你还不承认，看你那小腿白嫩白嫩的，就连我这个女人见了都想咬上两口，要是男人见了你那身子，还了得哟！"说完，她就咯咯地大笑起来。

陶素梅被竹凤荣这么一说一笑，虽说已经做了母亲，还是羞得红了脸。她低下头看了看自己露出来的那段小腿，又不好意思再把裤腿放下来，只是说："凤荣姐，你咋老没正经的……"

"好，好。咱姐俩说点儿正经的。"竹凤荣话锋一转切入了正题。

"我说素梅，咱家小四就帮你家小玉林说个公道话，你看你又是给吃的又是给穿的，叫咱一家说啥好呢！他大哥非让我来，当面谢谢你。"

"姐，别说了。那点儿小意思也说不上口。"

"还能给啥，给一座大山，那咱也没那个能力搬走是不是？再说了正平穿上那套衣服，甭提多高兴了，中午给我填柴烧锅时，还把衣服脱下放在厨房外面的木凳上，生怕在厨房里落灰弄脏了衣服……"竹凤荣拽住了一个话题，唠唠叨叨了半天。

等了好半天，竹凤荣终于落下语音。陶素梅这才有了插言的机会。她说："姐，不是我说，那正平多好的一个小孩儿，叫糟蹋的。我不是吓唬你，他身上的虱子你要给逮完，那足有一酒盅子。我给他用开水烫过后，抖抖衣服，那烫死的虱子啪啪地乱掉，我不知道他整天穿着这样的衣服是怎么过的。"陶素梅说着说着就皱起了眉头。

"唉，"竹凤荣长叹一声后说，"妹子，正平这孩子苦呀，他没见过父亲的面，父亲就死了，母亲在他二三岁时也走了。婆婆年纪大都不想要他了。要不是我天天劝婆婆，那正平就算有十条命现在也没了。幸亏是新社会，咱总能挺过去，要是在新中国成立前恐怕刚落地就被婆婆掐死了。现在这么大了，两个哥哥自在得很，一个人占一床被子，给他搭了个棚，弄了一个土炕上面扔了把麦草，就跟个狗窝差不多。我呢？整天田里家里也忙不过来，一大家人口啥时是个尽头？"看着竹凤荣那副愁容，陶素梅又动了真情。

"姐，那样！就让正平到我们家来吧，上学去来来给玉林搭个伴，我也省心。咱吃啥他吃啥，你看咋样？"

"你看，我来是谢你的，可又给你添麻烦。"

"没啥。"

"那样，让正平早晚在你这儿，中午就在家吃吧，咱不能双手一推，把啥都推给你呀！"

"行，姐咋说都可以。"

"素梅，我替正平那死去的爹妈谢谢你。"竹凤荣说着声音都沙哑了。

"姐，天不早了，你回去烧锅吧。晚上我也不留你了。"

竹凤荣走出老远还不时回头向陶素梅致谢。

夕阳快要坠入地平线，农家的烟囱已冒出缕缕青烟，袅袅升起的炊烟在空中形成一个弧状，渐渐地淡去，又在空中聚拢，形成一道"人工云"，在晚霞如血的天空中别有一番风景。竹凤荣匆匆到了村口，正好碰见自家的小叔子宋正平和陶素梅的儿子范玉林在村口拉拉扯扯。她上前一问才晓得，小玉林硬拉宋正平去他家。

"正平，玉林叫你去你就去吧，到那多长个眼色，给你素梅婶多干点儿活，勤快点儿。"

"好。"宋正平应了一声，同玉林一块儿向范玉林家走去。

从那一天起，宋正平就融入了这个家，他与范玉林结下了那难以割舍的情缘，而对于陶素梅的那份感情恐怕他自己也难以说清楚。

正平到了玉林家，真可以说是换了一个世界与天地。生活中有了关爱，家庭中有了温暖，情感上有了依附。说实话那个俊美的阿姨在他的心中就是自己的亲妈妈。他个人也有了很大的变化，生活中变得讲究卫生了，行动上也表现得异常勤快。

每天早晨，陶素梅拿起笤帚就被正平夺去，"婶，我来扫。"陶素梅拿起水盆也被正平夺去，"婶，我来端。"陶素梅刚进厨房正平就跟了进来，她把锅里刚添上水，宋正平就坐在灶前添柴生火了。没过多久，这些家务活他都会干了。尤其是生产队给陶素梅买了一台"飞人"牌缝纫机后，全队三百多口人的衣服缝缝补补的重担都落在陶素梅的身上。她每天剪、裁、缝、补忙得不亦乐乎，早起晚睡顾不上自己的家，幸亏家里有了正平，他几乎把所有的家务都揽了下来。这使得陶素梅见人就夸：正平就像是俺的"闺女"。

有时，陶素梅面对竹凤荣夸宋正平说："正平要是个女娃那该多好呀！说给俺家玉林，给俺做个媳妇。"有一天中午，竹凤荣把陶素梅的话说给宋正平和他的三个哥哥听，这哥仨一阵儿哈哈大笑，把宋正平笑了个满面通红。

再说范玉林的那两个同学大龙和小龙，见范玉林和宋正平好上了，就没再敢轻举妄动。这一天，小龙又生了一个坏主意，他想治一治好久没有给他"进贡"的范玉林。那正是晚春的一个下午，他在上学的路上遇见了教导主任钱老师的大儿子钱彬。

"钱彬，你认识咱班的范玉林吗?"

"认识，咋的了。"

"范玉林家可有钱了，他爸爸在外面工作，还拿国家工资。他妈妈经常给他煮鸡蛋吃，他给过你吗？"

"没有哇！"钱彬瞪大了眼睛。

"那是你没有跟他要，你跟他要他肯定给。再说了，你是谁呀？谁敢不给你面子。"

听了小龙的怂恿，钱彬嘴里连声说："是，那是。不给老子，老子敢砸烂他的狗头。"

在一天吃过中午饭，还没有上课前，钱彬找到了范玉林，硬是要他拿出来煮熟的鸡蛋。范玉林拿不出来，钱彬就动手打了起来。范玉林打不过钱彬。就是能，他也不敢打钱老师的公子。躲在暗处的小龙，见钱彬动手打范玉林，像吃了一块冰糖似的，美滋滋的。

再说那钱彬开始打还算轻的，可越打心里越气，越气越打，拳脚轮番相击。范玉林这下可受不了了，咧开大嘴"哇哇"地哭开了。小龙见状，急急忙忙跑去找宋正平："钱彬正在打范玉林。"

宋正平听了，顿时火冒三丈，不顾一切地冲过去。在小龙的引导下来到校园的一个僻静处。虽说是僻静之地，可范玉林的哭声还是引来不少同学的围观，谁也不敢多插言。

再看钱彬旁若无人，左一拳，右一脚，在范玉林的身上、腿上不断地打着踢着。那后脑勺上的小压尾随着主人的动作来回乱跳，像一只斗胜的小公鸡。宋正平的肺都气炸了，他二话不说，从钱彬的背后伸手抓住了那个小压尾，那撮毛不长不短，抓在宋正平手里正合适。他用力一拽，疼得钱彬直骂。

"哪个混蛋，赶快松手。"这一骂更加激怒了宋正平，他一弯腰，手脖子一用力，嘴里喊了声："你给我趴下吧！"那个骄横的钱彬，被宋正平这么一抓一拽，疼得他咧着大嘴，往后退了几步。他"扑通"一声，重重地摔在地上。

宋正平一抬脚，挎上了钱彬的肚子上，坐了自己的屁股下。他双手不住地打在钱彬的胸脯上，嘴里不断地说："我看你还敢欺负范玉林。"小龙见状，正是火上浇油的好机会。他对正在抹泪的范玉林说："范玉林，宋正平正在帮助你，你还不赶快报仇去。"听了小龙的怂恿，范玉林转身抬脚就朝躺在地上的钱彬踹去。

"你们简直无法无天！宋正平你给我起来。"来人一边说着，一边用手揪住宋正平的耳朵，把他从钱彬身上拽了起来。此人正是宋正平的班主任刘阳光。再说刘阳光同其他老师正在办公室里办公，有一个小同学气喘吁吁地跑

11

进办公室，对老师说："报告老师，宋正平打钱彬呢。"

"那个小子吃了豹子胆！"钱老师一听火了，放下手中的笔想去教训这个叫宋正平的小子。他刚刚站起来，就被校长拉住了。校长对刘老师说："刘老师，宋正平是你班的吧。你把他弄到办公室来，好好地治一治。"

刘老师揪住了宋正平的耳朵，硬是把宋正平拖进了办公室，后面跟了一大群孩子，里面还有一个叫范玉林的。办公室的门口和窗外立刻围满了孩子，都伸出了个小脑袋，想看一看究竟。刘老师的手中一用力，往前一推。宋正平连跄两步，刚收身站稳，就被冲上来的钱老师猛击两拳。"扑通"一声，宋正平摔倒，头磕在老师办公坐的木凳上，立刻流出鲜红的血来。校长见状，朝钱老师瞪了个白眼，说道："真冲动。"然后他拉起宋正平，背起来就朝大队医疗室跑去。

"老师打人了！"外面的学生炸开了锅，而钱老师则呆呆地站在那儿，像是在为刚才的冲动而后悔。范玉林和一部分同学紧紧跟在校长后面，不论老师怎么叫，校长怎么呵斥，他们就是置之不理。这么一个校园事件，竟然在全大队演绎出一场政治风波。

消息传到大队，大队干部正在开会。支部书记异常重视（因为钱春明老师是他的孩儿舅），立刻派出抓教育的民兵营长去学校处理此事，希望能尽快化解矛盾、稳定局面、消除影响。钱老师在全校大会上作了检讨，但是第二天的大队部和校园里仍然出现了若干张大字报。

"钱春明你有没有做人民教师的起码良知？你对无产阶级人民群众的子弟还有没有一点儿阶级感情？当你伸手打向学生宋正平时，你就与无产阶级彻底地决裂了，主动地站在了人民群众的对立面，成了资产阶级、地主阶级复仇的工具。你凭借着关系与权势走上了三尺讲台，在你的心中包藏祸心，有着不可告人的罪恶目的，你就是一只披着人皮的狼……滚蛋吧，钱春明！"

宋正平的头部受伤处感染，住进了公社人民医院，更激起了民愤。贫下中农代表和造反派都介入了此事，这件事在整个公社都闹得沸沸扬扬。公社党委高度重视，免去了钱春明姐夫的支部书记职务，开除了钱春明的教职。随着宋正平的出院，在贫下中农代表和造反派的推波助澜下，这场闹得满城风雨的老师殴打学生致伤事件才渐趋平息。

冬天到了，天气转寒。全队用棉衣量急剧上增，缝缝补补成了陶素梅的头等大事。这样，所有的家务都落在宋正平的身上。烧饭、喂猪、洗刷、打扫就成了宋正平日常之事。晚上，范玉林入睡了。他陪着陶素梅，帮她拆拆缝缝……

"正平，去睡吧。"

"婶，你也睡吧。"

"不，婶还要一会儿才能睡。"陶素梅用手摸摸宋正平的头说："正平，快去睡吧，明天早晨你还得起早烧饭、上学呢！"宋正平手里掂着剪刀，眼睛却迷糊了，他打了个哈欠，身上起了一个寒战，真的太困了。

宋正平熟睡了一阵儿，正好被下床小便的范玉林弄醒。外面传来了公鸡的啼鸣声，而屋内的煤油灯依然亮灿灿的，陶素梅脚踏缝纫机发出的"踏踏"声还如此富有节奏。

"婶，你睡吧，夜里很冷的，你要是冻坏了，谁给他们补呀？"陶素梅停下手中的活儿，望着那成堆的破破烂烂的旧衣，恨不得生出三头六臂。她这几年也习惯了，乡亲们就是这样的穿着，冬改春、春改夏、夏改秋、秋改冬、厚改薄、大改小，反反复复，直到那布糟得像烂纸一样才肯罢休。陶素梅洗了脸和脚，脱衣休息，宋正平连忙从被窝的一头到了另一头。陶素梅忙说："正平，你别挪了，我就和玉林睡吧。"

"婶，我就是给你焐被窝的。"陶素梅听了宋正平的话，躺在暖暖的被窝里，心里涌起一丝丝幸福感。

"妈，你腿蜷一会儿吧，脚跟冰块似的。"范玉林忍不住妈妈那双脚给他带来的"冷气"。

"婶，你把腿放我这边吧！"

"你不怕凉呀？"

"不怕。"

陶素梅的腿弯了一天了又加上大半夜的也确实该伸展一下了。她把双腿移到宋正平的右边。灯熄了，屋内一片漆黑。劳累一天的陶素梅很快就进入了梦乡。宋正平闭着眼睛，却没有入睡。他听到那头素梅婶发出了均匀的呼吸声，便慢慢地挪动身子，把自己温暖的身体贴在婶子那冰凉的脚上。婶子没有反应，他就伸出双臂，把婶子那双冰凉的脚搂在怀中。怀中被冰凉了，他再换个地方，直至婶那双冰凉而柔软的脚发出热量时，他才幸福地入睡。就这样，宋正平每夜等陶素梅熟睡后就把她那双受冻的脚抱在自己的怀中。有一次，陶素梅在蒙眬的睡意中感觉宋正平在挪动自己的双脚，醒后才感到自己那双冻得冰凉的脚被宋正平紧紧地搂在小腹上。她赶紧抽回，却被宋正平抱得紧紧的。

"正平，不要这样，否则会把你冰坏的。"

"婶，没事，你睡吧。"

随着春节的来临，陶素梅的活儿更多了，全队两百多口人的缝缝补补、拆拆整整和新添衣服的丈量、剪裁、缝做全部落在她的身上。陶素梅夜里赶工加班越来越长。

"正平，你不要陪婶子了，去睡吧。咱俩都冻着不如婶自个儿挨着，再说你去睡也省得玉林一个人睡冷。你哥俩把被窝焐暖和了，等婶睡也不用再焐凉被窝，是吧?"宋正平也确实感到了寒冷，但他还是不想早睡，能给婶子搭把手也是好的呀。

"婶，有没有我能干的呀?"

"没有，你看这些都是人家送来的新布料，哪有你干的呀。"陶素梅用手指了指堆在案上那成堆的布料对宋正平说。宋正平知道，自己只能给婶拆拆那些陈旧的东西，这些刚从街上买回来的新料子，只能由婶自己做了。宋正平睡了，范玉林可高兴了，他抱着宋正平的脖子说:"你早该睡了，让我一个人焐着凉被窝，腿放在哪儿都是凉的。"两个孩子偎依在一块儿，那样子比亲兄弟还亲。宋正平一觉醒来，见堂屋的煤油灯依然亮着。婶子脚踏缝纫机发出"踏踏"的声音仍是那样有节奏。宋正平小心地拿开范玉林缠绕在他脖颈上的小胳膊，起身后，先把范玉林的左右被角披了披，才穿上棉衣。

"正平，这么冷你起来干啥?"陶素梅低着头问宋正平。

"婶，我今晚忘了冲开水。"

"忘了就算了，婶今晚就不用热水了。快去睡吧，免得着凉。"宋正平并没有听婶的话，而是打开了堂屋的门，外面的寒风扑门而进，让宋正平连续打了两个寒战。数九寒天的深夜真冷呀!一阵儿夜风袭来，让陶素梅感觉凉到心窝。她抬头想说什么，只见宋正平身子一闪出了门，霎时门被掩得严严实实。过了一会儿，门"吱"的一声又被打开，与寒夜的冷风同时卷进来的还有一个孩子，站在她的面前。

"婶，您喝口热水，暖和暖和吧。"一碗热气腾腾的荷包蛋放在陶素梅那光洁明亮的缝纫机板上。宋正平放下碗，转身掩上门，插上门栓，就听见婶对他说:"正平，你怎么把鸡蛋打了呢?等攒够了，婶就可以拿到街上卖了给你和玉林买件新衣服了。"

"婶，我不要，你给玉林弟买就好了。"

"那怎么行，谁家不给孩子做件新衣服过年拜年穿呀?"陶素梅说着暂时停下手中的活。

"婶，我不要，我真的不要。"

"好了正平，你吃吧。给玉林留两个。"陶素梅说着，用眼瞟了一下碗中的四个荷包蛋。

"不，婶，您吃吧!"宋正平那模样简直就是在哀求婶。陶素梅心里一阵儿感动，泪珠在眼眶里滚动了两圈，站起身用手抚摸着宋正平的头说："正平，去睡吧，别冻着。"宋正平转身进了内屋。

就在农历腊月二十三（民间小年），陶素梅接到丈夫范春成的来信，让她带着玉林去武汉过年。接到信后，她欢喜了一阵儿，可又犯了难。这两年宋正平融入自家，那可亲着呢。这宋正平怎么办？带吧，不知丈夫愿不愿意，大年之际，又担心夫妻闹矛盾；不带吧，抛下宋正平在家她又放心不下。

在这个小年，陶素梅特意做了一桌丰盛的饭菜，炒鸡蛋、炕豆腐、烩细粉、炖猪肉这些都是平常难得一见的菜，白花花的大米饭，又放了两尺长的鞭炮。搞得两个孩子欢天喜地瞪大眼睛问陶素梅："妈（婶），咱今天怎么跟过大年似的？"陶素梅含笑不答，只是一味地哄两个孩子快吃，以免凉了。她自己还不断地把最好吃的往宋正平碗里夹。

陶素梅看着狼吞虎咽的两个孩子，心里高兴。这些天来，为了给乡亲们赶做过年的衣服，没能给孩子们做上一顿可口的饭菜，反而却让两个年少的孩子照顾自己。尤其是宋正平，除了照顾自己，还要照顾玉林，真难为一个十来岁的孩子了。

两个孩子放下碗，宋正平就动手收拾。陶素梅拉住他说："正平，一会儿婶来弄，婶有话跟你说。"宋正平没有回话，站在陶素梅的跟前，那双毛毛的黑眼睛看着陶素梅，像是要聆听慈母的教诲。陶素梅把宋正平拉在怀中，用手抚摸着宋正平的头。在一旁的范玉林睁着大眼睛，用诧异的目光看着妈妈的举动，随后扑向妈妈，趴在妈妈的肩头摇晃着说："妈，你是不是想让正平哥回家？我不让正平哥走，我不让他走。"范玉林的话里带着哭诉和哀求。

"玉林，妈妈不会撵你正平哥回去的。"听了妈妈的话，范玉林很高兴，双手抱着妈妈的脖子在妈妈的脸上狠狠地亲了一口。弄得在一旁的宋正平红了脸，低下了头。

"正平，你愿意去武汉吗？"陶素梅用慈母般的目光看着宋正平。宋正平不知怎么回答，他也不知道武汉在哪儿。"正平，你愿意去范玉林爸爸那儿吗？"陶素梅又深情地问了一句。宋正平这回明白了，武汉就是范玉林爸爸住的地方。有时，他也能从素梅婶和玉林的口中听到武汉和玉林爸的事。"玉林爸"这对宋正平来说，是个既熟悉又陌生的称呼。他没有回答，只是摇了摇头，用一种特异的目光看着慈祥的婶婶和可爱的玉林弟弟。

范玉林松开了搂住妈妈脖子的双手，晃动着妈妈的右肩头说："妈，爸爸叫咱们去他那过年吗？"

"是。"陶素梅回答儿子。范玉林一听可高兴了，迅速拉起宋正平的左胳膊，极其兴奋地对宋正平说："正平哥，你跟我们一块儿去武汉吧，那里可好啦！过年的时候爸爸还会给我们买大苹果，可甜了。"宋正平低头不语，任由范玉林摇晃着。范玉林又说："哥，大苹果你吃过吗？"

"没有。"宋正平小声地说。

"好了，好了，别缠你正平哥，去睡觉，等明天再说吧。"陶素梅边说边站起身子。说实话，这事别说宋正平难以选择，就连陶素梅也犯了难。

第二天的早饭后，陶素梅去街上，这是她入冬以来难得的一个闲日。两个孩子在家，范玉林有宋正平带着，她是很放心的。

再说两个孩子在家，范玉林吵着让宋正平带着他去宋正平家玩耍，这也正合宋正平的心意。哎呀！这范玉林一到宋家，就把他当成皇家太子，宝贝似的供着。宋正平瞅准了一个机会，把大嫂叫到一边，把昨晚的事向大嫂陈述一遍。大嫂听后，蹲下身子问宋正平："小四，你想去吗？"

"想。"宋正平回答得很干脆。

"不能，不能去呀小四。"大嫂竹凤荣含着泪对宋正平继续说，"小四，人家对你好，俺全家都很感激的。咱家穷，大嫂有三个孩子，再加上你两个没有娶上老婆的哥哥，光家里这一摊子就够大嫂忙活的了，没有好好地照顾你，幸亏你有福气，遇上了陶素梅这样的好人。咱不能蹬鼻子上脸。再说了，你素梅婶和玉林喜欢你去，那玉林爸喜欢你去吗？"

宋正平听了大嫂的话，对大嫂说："大嫂，我知道了。"

竹凤荣站起来，抚摸着宋正平的头说："小四，知道了就行。"

快到中午，宋正平催促和自己侄子、侄女玩得正酣的范玉林说："玉林，回去吧。"

范玉林自然不情愿，这时，竹凤荣走过来对宋正平说："小四，你这就不懂事了，人家到咱家做客，只有留客，哪有把客人往外撵的理呀？"

宋正平想也是，可嘴里还是把心里的想法说了出来："那咱婶回来不见俺俩，心里不着急呀！再说谁给俺婶烧锅呢？"

竹凤荣听了，"扑哧"一声笑了出来，冲着屋里打纸牌的哥仁儿说："你仁儿听着吗？小四管陶素梅叫婶呢，你仁儿明个见了陶素梅可不能没老没少的了，也得规规矩矩地叫'婶'。"

老三听了这话，拿着纸牌，眼瞪着大哥说："大哥，你管不管大嫂这个婆娘，她是在骂咱哥仁儿，还是在拿咱哥仁儿开涮呢？"

"小四，别让范玉林走了，大嫂烧饭去了。"竹凤荣吩咐宋正平。

"好。"宋正平应了大嫂，心里甭提多高兴了。

竹凤荣叫上闺女莲花，去厨房烧锅。这莲花和小爹宋正平年纪相仿，是竹凤荣的第二个孩子，还有第三个孩子叫菊花，六七岁的样子。竹凤荣从家中那条约有两三斤重的猪肉上割下最好的一块，拿进厨房。

"妈，那肉你不是说过年才吃的吗？"莲花问。

"今天不是来客了嘛！"

"咱家人都吃吗？"

"那得多少，这只能给玉林吃。哎，莲花，到吃饭的时候，你把菊花叫到厨房，别叫那小鬼看见了。"

"好。"

母女俩一个做饭，一个烧火。饭很快就做好了。竹凤荣从米饭锅里端出来那碗特地给范玉林做的猪肉炖鸡蛋。从那碗中只拨出了极少一点儿给宋正平，然后把全部倒在了范玉林的碗里。

"妈，给菊花留点儿汤吧？"莲花在提示妈妈。竹凤荣没说话，只管做自己的，好像根本没有听见莲花的话。

宋正平端过碗，看见自己碗中的猪肉炖鸡蛋，虽然量与范玉林相比差了不少，但知道大嫂的用意。他虽然在陪着范玉林，可碗中的菜始终没舍得动一口。米饭吃完了，只剩下菜了，他到厨房一看两个侄女吃着那黑黢黢的豆丸子，就把碗中的猪肉和鸡蛋全部倒给了小侄女菊花。小菊花一见，瞪着双明亮的小眼睛看着小爹。

"菊花，快吃吧。"宋正平对小侄女说。

菊花狼吞虎咽地吃着，那点儿小菜很快被她吃了个精光。菊花吃完后，又吵着跟小爹要肉吃，弄得宋正平一点儿办法也没有，只好悄悄地对范玉林说："玉林，把你碗中的肉给菊花一点儿。"

"那她自己咋不上锅里盛呀？"范玉林哪里知道其中的缘由。

"锅里没有呀。"

范玉林不情愿地给了一次又一次，结果菊花还要。范玉林再也不给了，只好躲着菊花，而菊花则紧随其后。她哭嚷着："我要吃肉，我要吃肉。"这事惊动了竹凤荣，在劝说无效后，她把菊花拉进堂屋后狠狠地揍了一顿。

再说陶素梅赶集回来，连忙剪、裁、缝，给宋正平和范玉林赶做了一套新衣服。待衣服做好后，感到时间不早了，两个孩子还没回来。她急了，连呼带叫："宋正平——范玉林，范玉林——宋正平……"

邻居告诉她，范玉林和宋正平可能去东庄宋正平的家了。陶素梅怀着一颗忐忑不安的心，踏着积雪的小径赶往东庄。刚到沟外，陶素梅就喊了起来，叫声惊动了宋家人。竹凤荣急忙从屋内迎了出来，宋正平和范玉林跑在最前面。见到范玉林和宋正平，陶素梅心头上悬着的石头落了下来。

"素梅妹，到屋坐。"

"不了，不了。我回去做饭。"

"你还没吃饭？"竹凤荣双手拉着陶素梅的手真诚地挽留。宋正平的三个哥哥陆续从屋里走出来，留陶素梅到屋，可她怎么说也不进屋。这一拉一拽，连累带急，陶素梅那白皙的脸蛋透出了粉红色的光彩，再加上白雪的映衬，那真是风姿绰约、楚楚动人，把宋家老二和老三都看傻了眼。

"素梅别走了，我去做饭，你到屋里坐会儿，与我家两个小叔子好好聊聊，让他们看个够，好好地饱个眼福。"竹凤荣半开玩笑地说。这句话弄得宋家老二、老三面红耳赤，耷拉着脑袋急忙"躲"进屋去。

宋正平对大嫂说："大嫂，你咋能这样说婶呢？"

"哟，小四护着婶呢！小四你叫素梅婶，咱可不能叫。"

"为啥？"宋正平问大嫂。

竹凤荣笑着说："小四，你还小，这叫亲戚装不奇，装奇不亲戚，也就是各叫各的。"说完竹凤荣和陶素梅都哈哈大笑。

陶素梅谢绝了宋家人的盛情，带着范玉林和宋正平回到家。第二天，宋正平和范玉林换上了新装，甭提多高兴了。陶素梅再次问宋正平是否愿意到武汉时，宋正平说："婶，你和玉林弟去吧，我在家看门。都走了，谁看家呢？"

"你一个小孩子能看住家吗？"

"婶，您放心吧，我能看好家。"

"你一个人敢睡吗？"

"我找三哥来做伴可以吗？"

"行，行。"陶素梅感到很不错，可范玉林不依不饶，非要宋正平同行。

陶素梅娘俩收拾停当，正准备动身，宋正平的大嫂带着三十多个煮熟的鸡蛋，一包糯米面，还有绿豆丸子等年货来到陶素梅家。

"妹子，听说你娘俩要到武汉过年，咱也没啥可送的，就这点儿年货表示咱一点儿心意，要是不嫌弃你就收下。"

"这可不行，你家那么多人口，就那点儿东西，我给带走了，你们怎么过年？"

"多着呢！"

"多啥多，别看咱不住在一个庄上，我啥不知道。"

"这么说，你就是嫌弃了。"

"嫌弃就嫌弃。"

不管咋说，陶素梅就是不收。可竹凤荣不顾陶素梅的反对，硬是把东西留下来。陶素梅对竹凤荣说："范玉林想让正平跟咱一块走。"

"不行，咋说也不行，咱不能连累你从家到武汉吧？"

"咋能这么说呢？正平在俺家也并不是白吃白喝，他给俺娘俩多大的帮助哇！"

"好了，别扯远了，见到春成老弟，就说俺一家向他问好。祝你们两人好好亲个够，全家过一个幸福年。"

"看你，没正经的。"

范玉林和宋正平依依不舍，他拉着宋正平的手说："正平哥，俺爸要是给俺买苹果，我一定拣个最大的带给你。"

陶素梅抚摸着宋正平的头说："正平，你大嫂送来的东西，婶把它放在竹篮里，等婶走后，你把它送回去，全家好好过个年。另外，婶给你办的年货在'气死猫'里，想吃就吃，千万别省着。"宋正平点点头。

婶和范玉林弟走后，宋正平除了吃饭回去以外，其余的时间都在范玉林家，把家收拾得干干净净，井井有条。黑夜，他叫来三哥做伴。白天，他独自看家，除了看书写字以外，就是扳着指头计算着婶和玉林弟回家的日子。

这个春节，别人家欢天喜地，迎来送往，猜拳行令一片欢腾，而宋正平只有在除夕之夜和大年初一亲手点燃婶子留给他的两挂鞭炮所带来的兴奋外，大部分时间是在期盼和孤独中等待亲人的归来。有一天中午吃饭时，二哥见他缄口不言，无精打采的，就开玩笑说："小四得了'相思病'，想陶素梅了吧？"宋正平听了非常愤怒，他骂二哥是个混账东西，惹得一家人哈哈大笑。

正月十二这天，是连续五天的风雪后的第一个晴天，久违的太阳从东边的天际中缓缓地升起。密云凝聚的天空张开了笑脸，洁白的世界银装素裹，金光闪闪的霞光与皑皑白雪的光华相融相辉，分外妖娆。宋正平的心情异常高兴，今天该是素梅婶和范玉林弟回家的日子。

大嫂问宋正平："小四，今天陶素梅娘俩能回来吗？"

"能。"

"如果范玉林爸让她娘俩多住几天，过了十五再回来呢？"

"不会。"

"那样，要是到晚上她娘俩还不回来，再叫你三哥去。"

"不用了，他们一定会回来的。"

到了晚上，一家人等着宋正平吃晚饭，可好久也没有回来。二哥说："陶素梅肯定到家了，要不小四早就该回来吃饭了。"

大哥说："要不要去看看？"

"看啥看，那小四又不是傻子。"老二反对，况且这又不是什么大不了的

19

事情，一家就没啥可说的。

宋正平等了一天，吃过晚饭的人们有的已经进入了甜美的梦乡，有的也开始了睡前的最后劳动，远方的东庄不时传来呵斥牛的声音。

宋正平把该做的，该收拾的全部做妥当，热水充好了，床铺齐了，地面扫得干干净净，只等待婶和玉林弟的归来。宋正平自己待在屋里，外面万籁俱寂，可他的心里却很焦急，耐不住就熄了灯，走出屋外，新正月的夜真冷呀！冷风似刀，寒气逼人。可那冷峻的夜景却美不胜收，空中的星辰给地下的白雪抛来诱人的狐媚，地面的白雪翘首献媚，谄谀取容。天上的星星与地面的白雪在悄无声息的静夜里暗送秋波，情意绵绵。宋正平极目远眺，想在这星雪的亮光中寻觅他熟悉的身影。身后的那条黄花狗偎依在他的前后，仿佛也在期待主人的归来。

在那星光和雪光的交汇中，有两个清晰的人影在晃动，宋正平心里一阵儿骚动，惊喜爬上眉梢，是婶和玉林弟吗？他像一只捕食的猫关注着视线中的两个人影。一千米、八百米、五百米，近了，再近了……宋正平辨认出了他们是谁，心情兴奋极了，发疯似的向前跑去，在他的后面还跟了一条忠诚的黄花狗。

"婶——"宋正平边跑边喊。陶素梅的心被宋正平的行为震撼了，她怎么也没有想到宋正平盼她的心情这么急迫。宋正平猛冲几步，一下子抱住陶素梅的右腿说："婶，你们咋回来得这么晚？"陶素梅感动了，这时她的脑海里没有了亲子与非亲子之分，将手中的那个偌大的黄色帆布包往雪地里一扔，弯下腰搂住宋正平，把自己的脸紧紧地贴在宋正平的脸颊上。

"正平，想婶了吗？吃饭了吗？你怎么还没睡呀？"

"我想婶，我想玉林弟。"一时语塞，宋正平只能反复这样的一句话。范玉林从后面冲上来，分开他俩，抱住宋正平的脖子亲不够，小哥俩那亲热劲儿让在旁的陶素梅感到很欣慰。

打开草屋的房门，点上明亮的油灯，屋里立刻有了温暖。当范玉林把那套崭新的衣服、棉鞋和那一个青红相间的大苹果摆放在宋正平面前时，他简直如呆了一般。

"正平，你愿意做我的干儿子吗？"陶素梅在征求宋正平的意见。宋正平没有回答，急坏了在一旁的范玉林。他说："正平哥，我爸和我妈在武汉商量好了，想收你做干儿子。"

原来，陶素梅二胎流产后，一直没有怀孕，原本打算收宋正平为干儿子，因为没有征得丈夫的意见，始终没有说出口。这次去武汉过年，她把这种念头跟丈夫一说，丈夫欣然同意，乐得在一旁的范玉林手舞足蹈。

"正平，你愿不愿意做婶的干儿子？"陶素梅追问着。

"婶，我不愿意做您的干儿子，我愿意做您的亲儿子。"

"亲儿子就是亲儿子，婶就收下你这个亲儿子。"陶素梅欣然同意。旁边的范玉林拍着手说："说了算数，拉钩赌咒。"

"拉钩就拉钩。"三人相互伸手拉钩，口中念叨着，"拉钩赌咒一百年不变。"

"正平哥，你下次不能叫婶，应该叫'妈'了。"宋正平听了连忙朝陶素梅叫了声"妈"。

"那你是不是该改姓范了，就叫'范正平'吧？"范玉林接着说。

"好了，好了，姓不用改了，还叫'宋正平'，玉林你就别难为正平了。"

第二年的夏季，陶素梅怀孕几个月，这时她的腿部长了个大毒疮，正赶上宋正平和范玉林放假在家，特别是那个宋正平对妈妈的照顾可谓是无微不至。有一天，陶素梅腿上的那个毒疮突然作痛，弄得身孕几个月的陶素梅坐卧不宁，疼痛难忍。她坐在地上的芦苇席上泪水涟涟，在一旁的宋正平一筹莫展，只是干着急。

"正平，你把妈腿上的膏药揭掉，看看是个啥样子。"

"好。"宋正平一边应着，一边用手捏住那张很大的膏药纸的一角。

"妈，您别看，看后您会害怕的。"陶素梅听了，把身子一侧，扭过脸去，把那条贴着大膏药的腿朝宋正平面前伸了伸，宋正平小心翼翼地向上揭。

陶素梅每哼一声，宋正平都要停下来问："妈，疼吗？"

"妈忍着，你只管揭。"宋正平继续揭下去，一块膏药竟用了好长时间才揭下来。

"正平，毒疮开头了吗？"

"妈，您瞧瞧吧。"陶素梅起身，蜷腿定睛观看，惊出一身的冷汗，只见那块红肿的肉块中间一个白色的鹌鹑蛋大小的东西。

"正平，妈腿上的毒疮开头了，那白色的东西就是毒疮内的脓包，如果你能把它挤出来，妈的腿就好了。"一想到妈妈可以下地行走，再也不会疼痛了，宋正平就来了精神，大声对陶素梅说："妈，我能挤。"说实话，这些天来，一直宋正平在伺候，端茶送饭、洗洗擦擦全靠这个只有十来岁的男孩儿。

"妈，您躺好了。"陶素梅趴在芦苇席上，胳膊下压了两个枕头，然后把腿向席的外面伸了伸。宋正平看着妈妈那条白皙的腿上长了这个可恶的毒疮，恨不得一下子把它弄掉。

"妈，您忍着点儿。"说完他蹲在地上，双手把妈妈那条腿托起放在自己

21

的膝盖上，然后两只手按住那红肿的毒疮的四周慢慢地向中间挤去。他稍一用力，那股钻心的疼痛就使得陶素梅不断地发出"哎哟、哎哟"的呻吟。每一声呻吟都打断宋正平手中的用力，三番五次都没有成功挤出那个留在陶素梅腿内的脓包。

"妈，您嫌疼，我不挤了也能把它弄出来。"

"你有啥办法？"

"妈，您趴好了，我这次一定把它弄出来。"陶素梅趴好，宋正平用两只小手又把陶素梅的那条带疮的腿从自己的膝盖上托起，伸出小脑袋把嘴贴近那块带有脓包的毒疮。陶素梅感觉到疮口有热气袭来，扭头一看，宋正平的小嘴已贴在了她腿上的毒疮上。

"正平，你要干啥？"她边说，边把腿迅速地从宋正平的手中蜷回。

"妈，我想把脓包吸出来。"

"不行，孩子，那是很脏的。"

"妈，我不怕脏。"

"正平，那是有毒的。"

"妈，我不怕。"

"不行，妈不能让你这么做。"宋正平没辙了，用小手搔了搔头。

"正平，你还是用手挤吧，妈这下不嫌疼了。"宋正平用怀疑的目光看着妈妈。

"来吧，正平。"陶素梅说完，又趴在芦苇席上，把腿伸给了宋正平。宋正平又蹲下身子，用双手重新将妈妈的那条腿托在自己的膝盖上。用力，用力，再用力，妈妈趴在芦苇席上一声不吭。宋正平几乎把劲儿都使完了，可那个顽固的脓包就是不肯出来，像扎了根似的。

"正平，再使点儿劲。"听了妈妈的鼓励，宋正平又来了新的力量。

"啪"的一声，那块鹌鹑蛋大的脓包终于落在地上。陶素梅出了一身的汗水，而宋正平的头上也渗出了颗颗汗珠。陶素梅牙关紧咬，嘴角紧闭，浓眉紧锁，她虽没有呻吟，可那疼痛的程度可想而知。按照妈妈的吩咐，宋正平用盐水将疮口清洗了一遍，又换上了新的膏药。从此，陶素梅的腿一天比一天好起来，不久痊愈。

时间真快，转眼间一年过去了。范玉林和宋正平小学毕业。那个计划经济时代，什么东西都是按指标分配。小学的校长告诉陶素梅，根据学校推荐，大队决定把范玉林等七名同学分配到公社中学上学，其余的孩子被分配到离家足有十里以外的一所联中去上学。听到这个消息后，几天来陶素梅饭吃不香，觉睡不安。她心里盘算着，用啥办法能让正平也到公社中学去上学。她暗下决心，一定要让正平进到公社中学去。

自从有了第二个孩子玉树后，多亏了宋正平洗尿布、干家务，如果这事弄不好，很对不起宋正平。陶素梅为了这事是王八吃秤砣——铁了心。范玉林这孩子放荡惯了，家务活很少干，天黑后就摸碗，碗一推就躺在床上睡大觉。陶素梅对宋正平说："正平，妈出去有点儿事，你看着玉树别尿床了。"

"好，妈这么晚了，你要不要我陪着？"宋正平为妈妈担心。

"妈是大人，有啥害怕的。妈要是回来晚了，你就先睡吧，别忘了插门。"

"好。"

很晚，宋正平在睡梦中被陶素梅喊醒。他打开门，对陶素梅说："妈，你咋回来这么晚？"这些个晚上，陶素梅几乎都是这样，有时回来洗个澡，有时连衣服、袜子也不脱就躺下了。好在那个小玉树没有"胡吵乱闹"，要不可苦了两位哥哥，尤其是宋正平。宋正平见妈妈没有洗脚就睡了，他端上清水，把妈妈的双脚洗净后又抱在床上。宋正平哪里知道，妈为他上学的事可烦着呢，煞费苦心。她跑了八个大队干部家，六个贫下中农代表的家，恳请他们出面，结果无获。今天她又跑到那个公社中学，见到了校长和教导主任，仍然没有得到答复。不过校长和教导主任向她提到彭学勇和张子春，说只有他们才能办好。在他人的帮助下，她找到了公社文教助理张子春。

"同志，你找我有事吗？"张子春很客气地在自己的宿舍接见陶素梅。陶素梅把事情的缘由一五一十地告诉张子春。

"同志，咱们的招生指标都分配到了各个大队……"张子春耐心地向陶素梅解释。

"助理同志，你说这么一大堆，我明白，意思就是说这个事你不同意，咱宋正平就不能上公社的中学上学。"

"不是，我不是那个意思。现在我不能答复你，也就是说，既不能说能上，也不能说不能上。"

"助理，你是当官的，人们都说你说了算，可你却婆婆妈妈的。"

"那我也有领导哇，我得请示领导，和领导研究研究才能决定呀！"

"你领导是不是那个叫彭学勇的？"

"是，是，应该叫他彭书记。"

"彭——书——记，"陶素梅小心地重复了一遍，然后站起来说："助理，那我去找彭书记去。"

"行，行，同志那你小心点儿。"张子春把陶素梅送出门口。陶素梅在大院转了两圈，也没能找到彭书记的影子。有人对她说："你想找彭书记，明天

23

再来吧，他今天已经回去了。"陶素梅这才摸黑回到家。

陶素梅再次来到公社大院，已是黄昏时刻。在别人的指点下，她找到彭书记的宿舍，在那间不大的屋里她见到这个号称公社"元老级"的领导，手握重权的公社常委、副书记彭学勇。

彭学勇，五十来岁，大个头，身高足有一米八四，国字形的脸，黑中带亮，浓眉毛，小眼睛。他看什么东西，只要认真瞧，那小眼睛就眯成了一条缝，说话粗声粗气，很有底气的样子。此人做事果敢利索，敢做敢当。有人说他顽固而专权，有人说他仗义敢言。他有两个爱好：一个是爱喝酒，但从来不收别人的酒，下乡走访还是驻队，自行车的后架上总捆个包，那里面就是酒。另一个爱好是女人，对于来找他办事的女人，他都眯着小眼睛，把人家从上到下仔仔细细地打量一番。要是被他看上的，他总是千方百计地用言语挑逗，甚至是动手动脚，但他从不主动去脱女人的衣服，而是让那些女人主动投怀送抱，以显示他地位的高贵和人格的高傲。

陶素梅抬手"咚咚"敲了两下门。门开了，一个偌大的黑头探了出来。

"请问，这是彭书记的宿舍吗？"这是一个温柔而甜美极富吸引力的女声。

"是，是。"

"我就是，我就是，有事快进来吧。"陶素梅没想到彭书记待人这么热情。她心想，难怪有人说：大官好见，小吏难缠。

"请问你是哪个部门的？"

陶素梅愣了一下说："我是乡下刘营的。"

"噢。"他没想到乡下竟有如此标致的女人。

"坐下，坐下，有事坐下说。"彭学勇边说边把自己的办公椅子搬了过来，那样子很是殷勤。

陶素梅坐了下来，彭书记关上门。虽然外面仍亮着，可彭书记的宿舍位于那座高大的会议室东边，所以夜幕就提前降临在这间屋内。彭书记拉开了电灯，屋内顿时亮了起来。彭学勇眯起那双小眼睛，仔细地瞅着对面的这个女人：二十多岁，近一米七零的个头，匀称而端庄，一头长发扎成一条又长又粗的辫子，几缕短发垂在额前，细细的长睫毛下一双水灵灵的大眼睛，高而挺拔的鼻梁下一张美丽的椭圆形小口，四周微红的嘴唇，张口露出上下两排洁白的牙齿。那张美丽的脸庞白皙中透着红润，成熟中仍留着纯真。她上身穿白色长袖衬衫，下身穿蓝色长裤，脚穿黑色灯芯绒布鞋，秀丽而端庄，优雅中略带少女的羞涩。好一个女人！

彭学勇看了几遍，端了个小木椅坐在陶素梅身边。陶素梅讲明自己的来意后，彭书记用手捋了捋自己的头发说："这个事有点儿难处，你想，如果都到公社中学来，那还不得挤破门，再说都到街上来上学，乡下的联中还不得关门走人？"

"依你讲，这事弄不成了。我白跑一趟。"

"也不是弄不成，任何事情都有个特殊性。"

"彭书记，那你说我这是搞特殊？"

"不是，不是，我说的'特殊'和你说的'特殊'不是一码事。"

"噢。"陶素梅似懂非懂，"那还是可以弄好的吧？"

"是。"

"谢谢彭书记。"陶素梅很高兴，一下子从椅子上站起来。

彭学勇没有起身，而是伸手拉住了陶素梅的手说："坐下，坐下，我还没有问明情况呢！"

陶素梅只好坐下，她把手往回拉了拉，想从彭学勇的手里把手抽回来，可没能抽动，反而被彭学勇攥得更紧了。陶素梅再也没敢用力，任由彭学勇把自己的手攥在手中。

"你们大队上学的孩子有多少人？分了多少个指标？家中有多少口人？丈夫在干什么工作？"总之，他问了许多漫不着边的问题，显然是在拖延时间。陶素梅可是在认真地回答问题，可彭书记是真听假听，只有他自己知道。有一点是肯定的，他的大部分心思还是在陶素梅的那只玉手上。

过了很长时间，陶素梅起身告辞。直到陶素梅打开房门，他才一本正经地告诉陶素梅："素梅同志，你的事后天晚上来，我给你一个明确的答复。"虽然时间很晚了，但陶素梅还是挺高兴的，宋正平上学的事终于有了眉目。

陶素梅如期而至，彭书记信守承诺。见了面后，二人分别坐下。与上次一样，陶素梅坐在那张办公椅上，彭学勇坐在她身边的那个小木凳上。"素梅，还没吃饭吧？我让食堂炊事员做点儿。"说完，他拉着陶素梅站了起来。

"彭书记，我吃过了。"彭学勇比上次更热情了，使得陶素梅感到受宠若惊。

"那好，坐下，坐下。"他又拉着陶素梅的手坐了下来。那只拉着陶素梅的手仍未松开。陶素梅也只好如此，她哪敢得罪这位彭书记呀！彭学勇眯起那双小眼睛，把陶素梅从头到脚看了个遍。然后他低下头，盯着陶素梅的那双脚。只见她穿着从武汉买回的白色厚底的布鞋，挺时髦的。陶素梅被他看得心里直发毛，心想：你今晚总不能像攥手那样攥住我的脚吧。想到这儿，她情不自禁地坐在那儿蠕动着双脚，不知往哪儿放才好。俗话说：怕鬼就有

25

鬼。还没等陶素梅提起宋正平上学的事，这彭书记就开了口。

"哎呀，素梅，这双鞋在哪里买的呀？这么漂亮。"陶素梅心里"咯噔"一下，他真的扯到脚上来了，一阵儿心乱之后，她反而平静了下来。

"在武汉买的。"

"很贵的吧？"

"不贵。"

"可以让我看看吗？有机会到武汉出差，我给老婆带一双，她肯定很喜欢的。"

"可以。"陶素梅说完，把右脚往前挪了挪，把左脚往后一退，正好左脚尖压住右脚跟。就在她要脱下右脚上的鞋子时，彭学勇松开了手，弯下腰双手抱住陶素梅的双脚凌空而起，差一点儿把陶素梅掀了个面朝天。陶素梅双手在空中一划，抓住了椅子后面的靠背，才坐稳妥。当陶素梅扭头看时，自己的双脚已经被彭学勇放在他的膝盖上。她想发火，却忍了又忍，把要说的话咽在了喉咙边。她低着头趴在椅子靠背上，一语不发。彭学勇见陶素梅温顺可爱，便心安理得地摸着陶素梅的脚面，手触之处光滑而柔软。他心花怒放，顺手脱掉陶素梅脚上的布鞋，一只手抓住脚踝之处，另一只手从脚心把那只脚紧紧地攥住。陶素梅的右脚离开了他的膝盖，被这位彭书记抱在胸口。

"哎哟，这脚真美呀！像它的主人一样漂亮。"鞋子脱掉了，尼龙丝袜也被脱掉了，那双赤裸的双脚够有韵味的，齐斜的脚趾，光滑洁净，玲珑剔透的脚面，更有性感的脚底，略微凸起的脚掌，圆圆的脚跟，夹在脚掌和脚跟中间的那片脚心白嫩中透着粉红。彭学勇看着陶素梅这样的一双脚，顿时心潮澎湃、意乱情迷。

陶素梅耐不住了，问："彭书记，咱那孩儿上学的事咋办？"

彭学勇说："不急，不急，咱马上跟你说上学的事。"看着彭学勇那色眯眯的样子，陶素梅又沉默了。

"彭书记，咱那孩儿上学的事咋办？"陶素梅又开始催问。

"素梅，你可真是个急性子。好，我就跟你说说情况吧！"彭学勇说了半天，陶素梅才明白，自己的事还没弄好。她有点儿急了，猛地从彭学勇的手中和怀中蜷回双脚，盘坐在那张办公椅上。

"你怎么了，素梅同志，不高兴了是吧，这事还没有作最后的决定呀。"陶素梅这一举动确实让彭学勇有点儿吃惊。

她很快又变了个态度，强作微笑，对彭学勇说："没有，没有。"

"那你……"

"我腿有点儿麻……"

"好，好。"彭学勇只能就此下坡。

"彭书记，你把我的鞋递过来，天这么晚了，你也该休息了。"彭学勇兴致正浓，可见陶素梅把双脚压在腿下，盘坐在大椅上，自己也不好意思再把它拉回来。

"嗯，好。"彭学勇也只能把放在他右边的那双布鞋拿到陶素梅的椅子旁。陶素梅用眼扫了一下四周，没有见到自己的尼龙丝袜在哪儿，又不好开口，只能光着脚去穿鞋。正当陶素梅穿鞋的时候，彭学勇开了腔："素梅同志，别着急穿呀。"

陶素梅停了下来问："为啥?"

"你袜子还没穿呢。"彭学勇说着从口袋中掏出陶素梅的尼龙丝袜。陶素梅伸手去接，彭学勇立即又将手缩了回去，并说："我来帮你穿。"话到手到，还没有得到陶素梅的同意，他那又黑又粗的大手如钳子一般扣在陶素梅的脚踝上，使陶素梅动弹不得。

陶素梅刚刚挣脱的双脚又被彭学勇搂住怀中，他哪里是在给陶素梅穿袜子，简直就是在装饰一件艺术品……

陶素梅又扭过脸去，用胳膊当垫，趴在办公椅子后靠的横梁上。等彭学勇把袜子、鞋子全部穿好、整理好，她对彭学勇说："彭书记，我那孩儿上学的事就包在你身上，到研究的时候一定把他研究上。"

彭学勇扑哧一笑说："咋能包在我一个人的身上，应该包在咱俩身上。我们共同把这个事情弄好。"

"我要是能弄好，就不会来找你彭书记的麻烦。"

"不是叫找麻烦，这叫缘分。"

"这回我该回去了。"陶素梅把脚从彭学勇的大腿上抽回来，站起身。

彭学勇随即站起来对陶素梅说："素梅同志，你就在这儿休息吧。"

"不，不……"陶素梅连忙打开房门，走了出去。

彭学勇出于礼节，也出来相送，并吩咐道："素梅同志，路上小心。"

"没事，没事，彭书记回屋去吧。"

陶素梅走后，彭学勇关上门，在屋里踱着步，心里有种难以说清楚的感觉，不禁自言自语道："这个女人真美，皮真白，肉真嫩，那小手小脚真软和。"俗话说：心急吃不了热豆腐，小猴不上树得多敲两回锣。他还在回味刚才的事。

撇下彭学勇不说，再讲陶素梅急急忙忙往回赶，个把小时的光景就赶到了家。她拍打着自家的门板，"正平，开门。"宋正平起身点亮灯，打开房门。

"妈，你今个儿咋回来这么晚?"

"你小弟哭了吗?"

"没有。妈你吃饭了吗?"

"吃过了。"陶素梅端着煤油灯,朝卧室走来,后面跟着宋正平。陶素梅把灯朝床头那个箱盖上一放,稀里哗啦几下把外衣一脱,鞋一甩,倒在床上就躺下了。

"妈,您脚还没洗呢?"

"不洗了。"

"妈,您袜子还没脱呢?"

"不脱了,正平,你睡吧。"

"妈,您还是洗洗脚吧,热水我冲在暖水瓶里。"

"妈不洗了,你没听见哟,要洗,你给妈洗洗吧。"睡在床上的范玉林对宋正平说。宋正平端来半盆热水,站在床前对陶素梅说:"妈,我给您洗洗吧。"陶素梅脸朝里没有搭理宋正平。

"妈,您把脚伸过来,我给你洗洗吧。"宋正平手中端着盆站在床前。陶素梅翻了一骨碌,面朝上,然后就把腿放在床沿上,脚从床沿上耷拉下来。

"正平,你要给妈洗就洗吧。"陶素梅说完用被单蒙住了头。宋正平搬来一个木凳,把那个水盆放在木凳上,伸手脱下妈妈脚上的袜子。

"妈,您脚上咋的了?"宋正平瞪大眼睛看着妈妈脚上的伤痕。

"咋的了?"蒙在被单下的陶素梅说。

"恁多印子,谁掐的呀?"

"胡说,痒痒,妈自己掐的。"

"妈——"宋正平又叫了起来。

"又咋的了?"

"您脚上咋青了这么多?"

"虫子咬的,我捏的。"陶素梅心想,幸好孩子好糊弄,要是玉林爸知道,那还了得?老色鬼太狠了,下手这么重。陶素梅想到这儿,揭开脸上的被单,对宋正平说:"正平,你把香皂拿来好好洗洗,那毒虫咬地带着毒呢。"宋正平照着妈妈的吩咐,拿过香皂在妈妈的脚上、脚下、脚的前前后后都擦上了香皂,然后用小手合搓,再洗去皂沫,用毛巾擦干。

"正平,再给妈洗一遍。"陶素梅说。

"妈,洗净了。"

"再洗一遍,毒气消得快一些。"听了妈妈的话,宋正平又换了半盆热水,把妈妈那带着道道伤痕的脚又重新洗了一遍。灯熄了,黑暗又重新回到这间小屋。

28

床的那头传来了范玉林均匀的呼吸声，陶素梅抱着熟睡的小玉树怎么也睡不着，回忆晚上发生的事，又盘算着今后该怎么办。

开学的日子一天天临近，本队的人家都在准备自家孩子上学的事。陶素梅心急如焚，耐着性子给本队的孩子裁缝书包。"事情不能耽误了，再耽误可能会泡汤。"她心里常这样念叨，她腾出一点儿时间又去了公社大院。

"咚咚"屋内没有回声，她加了力量，屋内仍没有回声。她简直愤怒了，伸出巴掌朝门上就打。"啪啪"的拍门声，惊动了邻近那个屋的主人，他打开门朝陶素梅说："同志，你找彭书记吗？"

"是呀！哎，同志你是谁呀？咋称呼你呀？"

"我叫刘建丰。"

此人话刚落音，陶素梅很快就接过话茬儿："建丰书记，是你呀，怪我有眼不识泰山，你千万别怪，打扰你了。"陶素梅边说，边抬腿走到刘建丰书记门前。

"同志，请到屋里坐。"陶素梅得了这句话，一点儿也不客气，抬腿迈脚进了刘建丰书记的屋。这刘书记是一把手，屋内摆设也比那彭书记高级多了。

"请坐。"刘建丰边说边关上了门。陶素梅心里一愣，心想：难道这当官的都是花花肠子吗？

刘建丰倒了一杯水，双手递过来。陶素梅接过茶，放在茶几上。

"同志，找彭书记有事吗？"

"有，有……"陶素梅一口气把事情的缘由说了个清清楚楚。

"陶素梅同志，这事真要办不好，你可要原谅呀。"

"刘书记，你就帮俺这个忙吧。"陶素梅恳求刘建丰。

"这事，我说不上话呀！"刘建丰装出一副无可奈何的样子。

"你是一把手，啥不都是你说了算。"

"陶素梅同志，话不能这么说呀！官大官小咱都是为人民服务，只有分工不同，你那孩儿上学的事就归彭书记管，我可不好插手。这俗话说'县官不如现管'是吧？"陶素梅听了刘建丰的一席话，刚才热乎乎的心一下子又凉了起来。

"那彭书记他不在呀？"

"今天不在，明天在。你明天再来吧。天黑了，你一个女同志回去可要注意安全呢。"刘书记都下逐客令了，陶素梅也只能悻悻地回到家。

八月三十号下午，有人通知陶素梅去大队拿《录取通知书》。陶素梅接过两张《录取通知书》，一张是公社中学下发的，录取的是范玉林。另一张是乡下联中下发的，录取的是宋正平。陶素梅接过两张《录取通知书》，感觉事情迫在眉睫，就心急火燎地往公社赶。

陶素梅赶到彭学勇的门口，门虚掩着，她推开门就闯进去。屋内只有彭学勇一人，他笑脸相迎："陶素梅同志，你来得正好。错过今晚，明天就没指望了。"

"彭书记，你把俺的事办好了?"

"素梅同志，你可别高兴得太早了。我可没说办好了。"陶素梅心里一沉，嘴里没说话，心里在想：老狐狸，你葫芦里到底卖的是什么药?

"坐，坐，你坐呀!"彭学勇并没有把身边的办公椅让给陶素梅，反而自己一屁股坐在上面，一条胳膊放在办公桌上。

"坐呀，素梅。"他边说边指着桌边的那个床。陶素梅环顾四周，这半间小屋除了一桌、一椅、一床外，也确实啥都没有。她只好坐在彭学勇身边的那个床沿上。

"素梅同志你看。"彭学勇边说边把那两张写满人名的纸推到陶素梅面前。

"这么多人都想进公社中学，那还不把门挤破了?"彭学勇边说边斜着眼睛偷看陶素梅的反应。

"这上面有没有俺家宋正平?"

"有，当然有啦!"彭学勇阴阳怪气地说着。

彭学勇用笔指着纸上的名单，一个挨一个往下找，终于在第二页的某行找到"宋正平"三个字。"素梅你看，这就是你那孩儿——宋正平。"陶素梅一看果然有，心上的一块石头落了地。

"那俺家宋正平能到公社中学上学了，谢谢彭书记，谢谢彭书记。"陶素梅高兴得简直就要飞起来。

"陶素梅同志，你冷静一下，这上面一百多人都上公社中学是不可能的。昨天常委会研究决定，从这一百多人中找出二十名情况特殊的到公社中学上学。"

陶素梅一听，刚刚放下的心又悬了起来。她急切地问："那二十人当中也没有俺家宋正平?"

"现在还没定下来。"

"彭书记，给俺宋正平定上吧。"

"哪有你说的那么轻巧，那么简单。光说公社干部打招呼的就有三十多人，再加上公社其他部门领导打招呼的，还有各大队书记打招呼的，这上面的学生哪一个不特殊?"

彭书记说了一大堆难处，陶素梅听明白了，就是她家宋正平很难到公社中学上学。

"彭书记，我跑了这么多趟，手、脚……等于把半个身子给了你，这事怎么能说黄就黄了呢？"那娇嗔的言语中带着哀求。

"陶素梅同志，别那么悲观，这事有你在怎么能说是黄了呢？你刚才说啥半个，那还有半个呢？"彭学勇说着，用两只小眼睛盯住陶素梅那白皙俊美的脸庞。

陶素梅上身穿白底蓝色短袖衫，下身穿黑色薄裤，脚穿厚底灯芯绒布鞋，黑眸中含着淡淡的忧郁，更是楚楚动人。她抬起眼皮，看着眼前这个黑大个子男人，四目相聚，她从他的目光中明白他还想要的是什么。屋内顿时寂静下来，空气像是凝固了一样。二人都沉默了，等待对方下面怎么说。

"陶素梅同志，时间不早了，你回去吧，我还要工作呢！"彭学勇率先打破了沉默。陶素梅知道，她如果一走，宋正平上学的事就真的要黄了。于是她小声地说："彭书记，你要什么就直说，别七拐八抹，我给你还不行吗？"

"我知道你是个明白人，已经给过一半，再给一半不就完整了吗？"彭学勇的额头绽放出喜悦的笑容。

"那一半给了，事能成吗？"

"能，一定能，我彭学勇说话算话。"

"彭书记，那你就动手吧。"

"哎呀！陶素梅同志，你送人总不能送一个毛芋吧！"

陶素梅听了，心里暗骂：狗杂种。陶素梅用颤巍巍的双手缓缓地解开自己的上衣纽扣，一颗、两颗……她抖动着双肩把上衣飘落下来，一件、两件……她把自己美丽的躯体奉送给了这个手握重权的人。彭学勇用手托着腮帮，目不转睛地盯着她每一个动作。

她一丝不挂地被他压在床上。他粗鲁地在她身上恣意妄为。她忍着他带给她的肉体和心灵上的双重伤痛，只是为了那个和她并没有血缘关系的孩子。他的疯狂终于谢幕。她的忍耐还在继续。陶素梅穿好衣服看着刚才还凶如禽兽的彭书记现在如死狗一般躺在那里。

"彭书记，我走了。明天孩子要到公社中学上学了。"陶素梅的话不软不硬，娇嗔中含着威胁。

"别慌走，别慌走。"彭学勇结结巴巴地说着，一边慌慌张张地抓起自己的裤头往身上套。

"彭书记，有话你就快说。"陶素梅一点儿也不想在此久留。

彭学勇拖着他那又黑又胖的躯壳，坐在办公椅上，从抽屉中拿出纸和笔，陶素梅在旁边看着他写。

春松校长：

　　请安排宋正平同学入学。

彭学勇
1976 年 8 月 30 日

　　写好后，他撕下来交给了陶素梅。

　　"拿好，别弄丢了，明天带孩子报名去吧。"

　　"就这样？"

　　"就这样。"

　　"不用盖章了？"

　　"不用。"

　　陶素梅把那张纸攥住手里，心里骂道：狗日的，就这么简单，把姑奶奶弄得死去活来。陶素梅转身离去，彭学勇对她说："素梅，路上小心，没事过来坐坐。"

　　陶素梅到家后，洗了个澡，身上虽有阵阵隐痛，可宋正平上学的事总算弄好了，心里稍稍有些平衡。

　　开学后不久，一个巨大的噩耗传来：毛主席他老人家与世长辞了。一时间，好像天地之间没有了光明，日月星辰停止了运行。山悲水泣，万物失去了生机；老哭少嚎，世界没有了希望。悲声凄凄，泪眼相视。天下黎民对毛泽东的崇敬恐怕是前无古人，后无来者。

　　陶素梅这几天，每天只能勉强吃上一顿饭。她那剪裁的布案上堆了许多黑、白二色的布，每一个黑色的"孝"章上不知洒了多少泪，她自己也说不清楚。前些天，她委身于那个彭书记，都没有流过一滴泪。现在，每一位拿"孝"章的人都是含泪而来，带泪而去。陶素梅都陪着流泪。听着孩子讲述学校的事，她也和孩子一起悲泣。没有旁人的时候，她也趴在黑色的"孝"章上哭泣。说她是整天以泪洗面，丝毫不夸张。

　　某天中午，宋正平在厨房做饭，范玉林在堂屋看书，旁边摆放着一本专门为中学生而编写的白皮书。书的封面题字是：伟大领袖毛泽东主席永垂不朽。书的第一页是毛泽东主席的一幅照片。刚刚学语不久的范玉树拿着那本白皮书，看着毛主席的照片对哥哥范玉林说："毛主席，毛主席。"

　　"你这么小也认识毛主席。"哥俩在对话，陶素梅在做"孝"章。范玉林外出，小玉树拿起哥哥的钢笔，在上面画了起来。等范玉林回来一看，他惊住了。

　　范玉林本想训斥小弟，担心惊动了妈妈。按妈妈的脾气，不懂人事的小弟弟肯定挨揍。范玉林装作若无其事的样子，悄悄地把他的那本书和哥哥宋

32

正平的书调换了。宋正平的祸事悄然降临，可他却浑然不知。下午第三节政治课，他把那本白皮书从书包里掏出来，刚翻开，一愣神，还没等他反应过来，同桌的同学就把宋正平的书抢了过去，高高举在头顶上，大声叫着："快看哪，宋正平把毛主席像给画了。"这一叫，那书上面用笔画过的毛主席像让同学们看了个一清二楚。

了不得了，整个教室炸开了锅，一时间怒声如潮。几十个同学都朝宋正平涌来："打死他，打死他。"甚至有人喊出："打倒小反革命分子"的口号。宋正平被同学按倒在地，拳脚相加似雨点般地打向他。他只能滚到课桌下，不能抬头，任凭同学的殴打，幸亏有了课桌这个挡箭牌，要不然，后果可惨了。老师喊破喉咙也无人回应，只好去叫来教导主任，才制止了规模更加持久的施暴。

"同学们，大家冷静一下，还是让宋正平同学自己来解释吧！"教导主任拿着那本白皮书对大家说。

"我们不听他解释。"

"他不是我们的同学，他是反革命分子，是我们的敌人。"教室里是一片混乱，老师从课桌下拉出宋正平，宋正平揉着泪眼站在自己的座位上。

"宋正平，你说说这是咋回事。"站在讲台上的教导主任声色俱厉。

"我不知道，我不知道。"宋正平哭泣着，反复说着这句话。

"死不悔改，负隅顽抗。"

"打倒反革命分子。"

教室的混乱又要升级，局部同学骚动起来。教导主任和老师商议之后，对全班的同学说："同学们，正当全国人民失去伟大领袖毛主席而感到万分悲痛的时候，宋正平竟然用这种方式表达他对毛主席他老人家的不满。就像刚才有的同学说的，是个小反革命分子的行为。让他解释说明，他又说不出合理的理由，这种性质十分恶劣。鉴于问题的严重性，本人不敢作出回应，只能把他交给学校党支部、校委会处理。好不好？"

"好。"

"不行，要打死他。"虽然有极个别同学反对，但大多数同学还是赞成了教导主任的意见。宋正平被叫到了办公室。

天色暗了下来，宋正平在弟弟范玉林的陪同下回到家。

第二天的校园，六栋教室的墙面上贴满了关于宋正平的大字报，从初一到初二，从高一到高二每班都有。悼念毛主席的悲痛心情一下子化成了声讨宋正平的怒吼。宋正平成了过街老鼠，人人喊打。

后来的全校师生近千人的集会上，宋正平只有哭泣和那句"我不知道"

的话。这让很多同学不满，也让校领导失望，甚至有人贴出"揪出宋正平的黑后台"的大字报。事态的发展只有一个结果：开除宋正平。

一天上午，宋正平和范玉林来到学校，学校大门口围了很多人在看墙上的东西。哥俩靠近一看，墙上贴着一张很大的白纸，上面写着"关于开除宋正平学籍的公告"的黑字。宋正平转身离去，后面还跟着范玉林。

"玉林，你去上学吧，别让妈知道了。"

"哥，你不上，我也不上。"宋正平无法说服范玉林，小哥俩开始背着妈妈和学校逃学与流浪。仅过两天，这事就被赶集的本队人发现并告诉了陶素梅。陶素梅得知此事后气得怒发冲冠，恨得咬牙切齿。等晚上一放学，她就让两个孩子跪在堂屋地上训斥他们。两个孩子把在学校的事一五一十地告诉了妈妈。陶素梅听后，连忙找到宋正平的书包，从书包里拿出那本白皮书，翻开一看，差一点儿气昏过去。那张领袖的画像被画得不成样子。

"正平呀正平，你怎么这么无知呀，告诉妈你为什么要这样做？"

"妈，我不知道。"

"不知道，不知道，那书装在你的书包里还说不知道，难道是笔自己飞过去画的？"对于妈妈的训斥，宋正平缄口不言。

"正平呀正平，妈为你上学费了多大的事，你要是妈亲生的，妈今晚非剥了你！"陶素梅气得浑身哆嗦。

跪在地上的宋正平见妈妈气成这个样子，哀求："妈，宋正平就是您亲生的，您要打就打吧。"宋正平说着"哇"的大声哭起来。

"正平呀正平，妈为你上学受了多少委屈你知道吗？你倒哭了起来。"陶素梅再也忍不住，操起门后的笤帚就朝宋正平打去。跪在旁边的范玉林，迅速站了起来，猛扑上去，用自己的身体护住宋正平。

"妈，这事不能怪正平哥。"范玉林喊道，陶素梅来不及收回手中的笤帚。"叭"的一声，这笤帚重重地落在范玉林的后背上。

"妈，你打我吧，是我害了正平哥。"范玉林双手搂住宋正平的头，向妈妈哀求。

陶素梅停下手中的笤帚，冲着范玉林说："玉林，你把事说出来。"

范玉林松开宋正平，跪在地上，以膝代脚，爬到妈的身旁，把事情的缘由一一说了出来。

陶素梅"唉"了一声，扔下手中的笤帚，疾行几步，把看到两个哥哥挨打，自己害怕躲在妈妈缝纫机板下面的小玉树揪了出来。陶素梅像拎小鸡似的把玉树按在地上，照着玉树的小屁股"啪啪"就是两下。宋正平连滚带爬到了陶素梅身边，双臂合抱，把妈的那只扬起的手紧紧搂住，嘴里哀求道："妈，玉树还是个不懂事的孩子，我不怪他。"陶素梅的心从气头上稍微降了一点儿，可那口气还没出，她当着三个孩子的面第一次失声痛哭，接着娘四个哭成一团。

陶素梅抹去泪珠，用手抚摸着宋正平的头一言不发，心里却暗暗发誓：宋正平，妈一定要你再到公社中学上学。第二天，陶素梅到了学校，在诉求无果的情况下，只好再到公社求助彭学勇。偌大的公社大院，只有几个工作人员留守在家，其余的大小干部上县开会的、下基层的，当家的人一个也不在，她沮丧地回到家。

太阳快要下山了，下基层的干部该回公社了。陶素梅估摸这时间该是最佳时候。她略作装扮，就匆匆赶往公社。彭学勇听到敲门声，打开一看，一阵儿惊喜掠过他的心头。自从与陶素梅接触几次之后，她那颦蹙双眉、娉婷体态时时刻刻在他的眼前晃动，陶素梅成了他魂牵梦绕的女人，再一次占有她成了他梦寐以求的愿望。朝思暮想的女人似乎从天而降乐得他眉开眼笑，喜得他手忙脚乱，惊得他语无伦次。

"素梅坐，坐素梅。"那声音几乎都变了调。陶素梅好像成了地位极高之人，而他却真正成了仆人，侍候主人成为他大献谄媚的最好时机。陶素梅坐了下来，彭学勇那双色眯眯的眼睛紧紧地盯住她，放出淫邪的目光。要是初次见面，那陶素梅肯定会毛骨悚然、气慌神乱。可这次，她不仅没有反感，反倒觉得有点儿如愿。

"彭书记，我变了吗？你怎么这样看着我。"陶素梅的话娇柔中带着挑逗，温顺里含有煽情。

"你太美了，简直让我刻骨铭心、神魂颠倒。"

"我真的像你说的那样好？"

"比说的还好。"

"彭书记，那你是自己洗毛芋，还是要我……"陶素梅说着就开始动手解自己衣服的纽扣。她心里暗想：别说你今晚玩弄，就是把我用刀砍煮了，咱也要让你重新把宋正平弄到公社中学去上学。

彭学勇见此情景，心里一阵儿激动，一把拉住陶素梅的双手说："素梅，没想到你有情有义，不像那些女人办完事像躲贼一样躲着我。"

"彭书记我可不是那号人，俗话说，受人点滴之恩，必当涌泉相报。"

"是，是的。"彭学勇不仅把陶素梅的手紧紧地抓在手里，而且伸出那个长而粗的胳膊把陶素梅揽在怀中，生怕她飞去。

"彭书记，我找你有点儿事。"

"啥事，尽管说。只要我能帮上忙，一定办。"

"那可一言为定。"

"那当然，你说吧。"

"我儿宋正平被学校开除了。"

"为什么？"

"他把书上的毛主席画像给抹画了。"

"什么，把毛主席像给涂画了？"彭学勇迅速撒手，像得知陶素梅是个麻风病病人一样，顿时瞪大眼睛看着陶素梅。

"这小子简直就是个地地道道的反革命，小小年纪却反动透顶，他不仅仇视毛主席他老人家，还往人民群众悲痛的心口上撒盐。开除是轻的，应该逮捕，坐牢……"

"彭书记，你是不愿意帮这个忙啰？"

"这不是一个小事，这是一个人的阶级立场问题，这是一个人对毛主席他老人家的感情问题。毛主席他老人家刚刚辞世，大小牛鬼蛇神就闻风而动……"

"彭书记，你不要上纲上线。一个孩子他懂什么呀？你不要拿大帽子压人好不好？"

"大帽子，大帽子，这事实胜于雄辩。学校开除他没有理由吗？"彭学勇黑黝黝的脸上因气愤而憋出血色。

"彭学勇，你不打算再要我……"

"陶素梅你是一个坏女人，我告诉你，彭某人绝不会失去一个共产党人的信念，绝不会拿政治立场和政治原则同你做交易。你给我滚出去，我从此再也不想见到你。"

陶素梅没想到彭学勇会发这么大的火，她忍耐着，听着彭学勇的吼叫，一动也不动地坐在那儿。

"陶素梅你给我滚出去。"

陶素梅仍然一动不动。

"陶素梅你就是坐到天明，我也不会帮你。我要是校长，不仅开除，还要游街、示众、批斗。"

等彭学勇的火气消了点儿，陶素梅开了口："彭书记，刚才的话我只说了一半，你能让我把下半截的话说完吗？"

"陶素梅，我不想听。就这我的肺都要气炸了，听完了还不得把我气疯了。我原以为我批条进到学校的都是好孩子，没想到你家那小子是个坏蛋。"

陶素梅也火了，说："彭学勇我告诉你，那事要真是我家宋正平干的，我就用铁锹把他拍死了。"

"那是谁干的?"彭学勇的话有些缓和下来。

陶素梅说:"宋正平是我家老大,他和老二都在公社中学上学。"

陶素梅一口气把话说完,彭学勇听后半信半疑地说:"陶素梅你不要用花言巧语来欺骗我,我不会上你当的。"

"你又不是三岁小孩儿,不信你可以去查呀?"

"明天我就派人去查此事,一定要弄个水落石出。"

听了彭学勇的话,陶素梅进一步说:"彭书记,你调查后要证明我说的是真的呢,你咋办?"

"恢复宋正平的学籍,让他继续上学。"

"彭书记,那你可得说话算话呀!"

"我老彭讲党性、讲原则,办事果断,雷厉风行,谁人不晓?"彭学勇说着抬头看了下陶素梅,而后"嘿嘿"笑了两声,继续说,"就是,就是爱喝酒,就是喜欢漂亮的女人,其他的就没有什么了。"陶素梅感觉这个彭书记也够直率和诚实的。她说:"明天晚上能处理好吗?"

彭学勇摇摇头说:"不能,至少也得三天。"

"三天就三天,那我大后天能来见你吗?"

"行,就大后天晚上。"他把"晚上"强调得很重。

在公社那间小会议室内,由彭学勇主持的,有公社教育助理、中学校长、教导主任和两名副校长参加的会议,围绕"开除宋正平学籍"的事情再次启动重新调查一事的争论异常激烈。

"我反对,宋正平的事学校公开处理,它所带来的影响逐渐在消除,学校工作正在转入正常,再次调查此事,恐怕会再生波澜。"

"你这叫不负责任,是息事宁人的错误做法。"

"我赞成调查。阶级斗争一抓就灵,揪出一个坏分子,可以打击敌人,教育人民。"

"我赞成调查,弄清真相,这才叫对党负责,对人民负责。"

"我反对调查……"两种观点针锋相对,唇枪舌剑,互不相让。

"这个事是我提出来的,我不发表意见和参加表决,你们五人举手表决吧。"彭学勇说。表决结果:三人同意,二人反对。

"少数服从多数,这是我党的民主原则。调查开始,下面我宣布调查分工:助理带一名教师到宋正平原来就读的小学调查;刘主任带一名教师到所在的宋正平大队调查,要深入到他们的生产队;张校长带一名教师去宋正平家实地调查。一定要把这事调查得一清二楚,不负党和人民。后天下午四点调查组的所有成员到这儿汇报，今天到会的同志一个也不能少，包括我在内。"这彭书记安排工作真够迅速的。

彭学勇布置完毕，与会人员陆续离去。他拿出一支香烟点燃，狠狠地吸了一口，心想：陶素梅呀陶素梅，我不仅要知道宋正平是什么样的孩子，还要知道你这个家住农村而天生丽质的女人到底是什么样的人。

又是在公社中学的小会议室内，彭学勇听完调查组的成员汇报后说："毛主席他老人家说，没有调查就没有发言权。如果我们不深入群众中去，哪能知道事情的真相呢？唉！由于我们工作的失误，差一点儿耽误了一个孩子的前程。"他用右手的食指敲掉烟头上的烟灰继续说："中学的主要领导都在这儿，你们说说怎样处理这件事。"

中学的几位校长、主任嘀咕一阵儿之后，由校长发话："彭书记，张助理，我们准备撤销原来的错误公告，再发去一封《录取通知书》。"

"《通知书》就别发了，还是派宋正平的班主任去家访一次吧，并代表学校向学生本人及家长致歉。"

"行，我看助理的意见好，就按照助理的说法做。另外，我建议学校可否免去宋正平的学费。"彭学勇说。校方当场作出了同意的决定。

会议结束，彭学勇拎着他那黑色的公文包，回到自己的屋内。他看见陶素梅坐过的办公椅和那张自己曾占有过她的床，感慨良多。一个女人为了一个和自己没有血缘关系的孩子做得是不是……

陶素梅这几天可以说是在熬日子，她如约来到彭学勇的门前。门没关，虚掩着，好像是专门在等她一样。陶素梅喊道："彭书记在屋吗？"

"在，在。"从屋里拉帘的后面传来了回应声。她推门进屋，随手关门后，径直走到拉帘的后面，帘内的半屋就一桌一椅一床。很是简陋。

"坐，坐。"彭学勇起身把办公椅让给陶素梅，自己坐在床沿上。

"彭书记我那事咋定了？"陶素梅有点儿迫不及待。彭学勇将过程向她说了一遍，又把学校的决定详详细细地告诉了她。陶素梅听完当然是喜形于色，连声说："谢谢彭书记，谢谢彭书记。"

彭学勇看着笑颜如花的陶素梅，那色劲儿又来了。他对陶素梅说："素梅，你，怎么谢我呀？给我送什么礼物呀？"这要是头一回，陶素梅肯定感到恶心，可现在她觉得彭学勇这个人就是长得黑了点儿，色了点儿，其他的也没什么可挑剔的。

"送啥呀？酒吧，你说你只爱喝自己的；烟吧，你说你只爱抽自己的。你这个清官在全公社都家喻户晓，你让我有啥办法？"听着陶素梅的夸奖，他陶醉了，心里美滋滋的。

"你来了，不就是最大的礼物吗？"

"这么说，你是个清官但不是个好官啰！"

"当个清官就好了，我不想当好官。"彭学勇说着就把陶素梅抱起放在床上。

"彭书记，彭书记。"

"别叫彭书记，这里没有彭书记，只有彭学勇。"

"我脚上有泥，我脚上有泥！"陶素梅被彭学勇扳在床上，嘴里不住地说着，双脚来回地在空中蹬着。

"素梅，你老实点儿。你脚上穿着鞋和袜子，哪来的泥？你骗谁？"

"我鞋上有泥。"

"泥怕什么？万物土里生，土是生命之源，没有泥咋办？"

"泥弄到你床上。"

彭学勇把陶素梅压在床上，双手搂着她的头，嘴在她的脸上狂吻。而陶素梅不住地摆着头说："你，你不是不要毛芋头吗？"

"素梅，我今天要毛芋头，而且要亲手把毛芋头褪净，变成一个白白净净的裸芋头。"陶素梅闭上双目，静静地躺在那儿，表情十分平静。

外衣、内衣、鞋子、袜子被一件件地脱了下来，一个美丽的睡美人横陈在床。他用双手托起她那条俊美修长的玉腿，像在欣赏一件珍贵的艺术品，忽然他的目光停留在她的膝盖上面的一处一动不动。

"素梅，你这是怎么弄的？"他说着，伸出脑袋，把嘴放在陶素梅腿上的疮疤处做圆形轨迹的转动。

"是前年长疮留下的疤。"

"上次我咋没看见呢？"

"那是你心太急，没注意。怎么，样子很难看吧？"

"不，不难看，反而更好看。"

"胡说。"

"真的，不仅不难看，反而给这条玉腿平添了几分妖媚。"

"说什么呢？我不懂。"

"我说这个疤痕留在你腿上就像一块白玉上镶嵌了一朵美丽的小花。你说，美不？"

陶素梅嘿嘿轻笑了两声。彭学勇的嘴在陶素梅的玉体上轻轻缓行，慢似日影移动，轻似柳絮拂面；舌尖在她的体上跃动，如春燕掠水；手在她的胴体上蠕动轻盈而舒缓……

事毕，他把陶素梅的衣服一件一件重新穿上，就连鞋扣都扣得整整齐齐。

"素梅你起来吧，让我送你吗?"

"你满意了?" 陶素梅站起来说。

"如果把你吞下，永远留在我心里，那才满意呢!"

彭学勇从抽屉里拿出一个信封，递给陶素梅。"素梅，这是我给你的。"

陶素梅不知里面装的是什么，直接拒绝了。他抓住陶素梅的手，硬是把那个信封塞进陶素梅的手里说："你不要，就算我给宋正平的。"

陶素梅回到家，在灯下打开信封，里面装有五张十元的现金，并附有一张纸条，上面写着：

素梅同志：

　　你让我感动，送上五十元钱，算作宋正平读书之用。请你代收。

不久，陶素梅得知彭学勇被调走了。

第二章

情　动

有一天在吃晚饭时，陶素梅对宋正平和范玉林说："你俩长大了，都上中学了。也不能这样天天都跟妈睡吧，再说玉树也渐渐长大，一个床上睡四个人，确实睡不下。这天热还可以凑合，到了冬天，连被子也掖不过来。"

"妈，咋分开睡？"两个孩子异口同声地问。

"妈打算再盖上两间房，盖好后你哥俩住。到时候你俩谁先结婚就给谁。"

"妈，我和正平哥不结婚，就住那儿。"范玉林的话把陶素梅逗乐了。盖两间房子在那时得花一百多块钱，一般人家是拿不出来的。在陶素梅的张罗下，在宋正平三个哥哥的帮助下，两间土草结构的大房子很快建成，那房比原来的房子还高还大，在全队堪称一流。

堂屋双扇硬搪门，内屋正面是一百四十四眼的大窗户，后面放床的后墙东西两头各留有一个小窗户。两房中间架着大"人"下加"米"型的大梁，阔绰气派，人见人夸。里里外外又用月白色的泥土泥了一层。从此，宋正平和范玉林与妈妈分睡，就合住在这儿。

一晃两年过去了，宋正平未能考上高中，回队务农，范玉林考上了本校的高中部继续就读。那一年是一九七八年秋季，宋正平十七周岁，范玉林十五周岁。

宋正平离开学校后，正赶上本队记工员用手中的权力优亲厚友被曝光，被队委会免职。宋正平有文化，人又老实，被生产队会计看中，向队委会作了推荐。队委会的七人经表决全体同意宋正平接任生产队的记工员。别看这记工员不是什么官，但在生产队社员的眼里那可是令人羡慕的活儿。虽说哪

41

天都得跑工地，清点人数，做文字记录，没有一天的闲暇时间，可比起从事体力劳动的社员来说悠闲多了。插秧的时候，不论男女老少都得卷起裤腿下水田，那记工员就能穿鞋子在田埂上走来走去；收担的时候，不论男女都得肩挑重担，把庄稼担到稻场，而记工员就能坐在稻场边的树荫下记着每人担挑的重量。记工员的手中还有一个实权——工分票。

范玉林考上高中那年正是"文革"后恢复高考的第二年，这对于范玉林一家人来说都是一个巨大的希望。范玉林自己也是倍加珍惜，非常用功。陶素梅高兴得乐不可支，两个儿子一个考上高中，一个当上生产队的记工员，称得上双喜临门。

这年秋天，陶素梅赶集给两个儿子一人买了一双松紧口布鞋，这鞋在当时男鞋中也算是新潮。回来穿上一试，宋正平的还可以，那范玉林却怎么也穿不上。他穿上宋正平的鞋，嘿！正合适。

"妈，你给我买的啥鞋，穿不上，穿上正平哥的才合脚呢！"

陶素梅瞪大眼睛看着范玉林和他脚上的鞋子，惊讶地说："玉林，今年长得这么快。"随后她又喊起宋正平："正平，正平……"

"妈，喊我有事吗？"宋正平闻声赶到。

陶素梅边喊边推着范玉林说："跟正平比比个儿去。"两个人站在一块，几乎是比肩。陶素梅说："玉林长大了，个儿长高了，长得和正平差不多了。"宋正平听妈妈这么一说，红着脸说："妈，玉林长高了，我没长。"陶素梅拍着宋正平的右肩说："还能要多高，像你这一米七五的个儿头，标准的美男子，再长就是傻大个儿。没听人说：人大愣，狗大憨吗？"

宋正平听着妈妈的夸奖，羞红着脸低下头。陶素梅催促范玉林："快，你把哥哥的鞋脱下来，明天妈上街给你换个大的。"

范玉林的身体变化不仅表现在他的个头上，还表现在他的脸上。那脸上长的一个个小痘痘让他心烦，有时因那小痘痘发出的奇痒让他中断学习的思考。有一天晚上，宋正平和范玉林哥俩一个在做工分的统计工作，一个在做老师布置的作业。范玉林脸上的小痘痘又发作，开始作弄范玉林。范玉林拿过镜子，对着镜子挤了起来。坐在旁边的宋正平看着范玉林挤脸上的小痘痘。

"哥，你脸上咋不长？"

"长，不过偶尔在下颌下长一个，不像你脸上长了那么多。"

"哥，你给我挤吧。"宋正平伸右手帮范玉林挤脸上的小痘痘，可一用劲儿，范玉林的头就随着宋正平的用力而摆动，怎么也不好挤。

"来，玉林你把头放在我腿上。"范玉林躺下，把头放在宋正平的大腿上，可那个短凳太短了，让范玉林的身体挺得很疼。

"哥，我和你换一换吧。"哥俩换了个位置，范玉林躺在床上，把头枕在宋正平的大腿上，宋正平把煤油灯往前挪了挪。"哎呀，疼。"范玉林一叫，宋正平就停下来，缓了一下，宋正平又开始挤了。一个、两个、三个，那个书本上放了许多的小白点儿。"玉林，起来吧。"范玉林抬起头，看着书页上的一个个小白粒，惊讶地说："这么大。"然后他用手揉了揉面，虽然有点儿痛，可比那小白粒长在皮肤里舒服多了。好了几天，又长出新的。宋正平每隔几天就给范玉林挤一次。总之，范玉林觉得哥给他挤青春痘不是疼痛，而是快感，不是难受，而是享受。范玉林枕着哥哥的大腿，闭着眼睛，哥哥那软绵绵的手在他脸上挤来挤去，他觉得特别惬意。

"哥，来我给你挤挤。"宋正平挤完后，范玉林说。

"不，我脸上没有，不用你挤。"宋正平在推辞，可范玉林硬是把他推了过去，哥俩换了个位置，范玉林把哥哥的头搂着放在自己的大腿上。煤油灯下，范玉林看着宋正平的脸，白白净净的。"玉林，我脸上没有吧?"

"别动，别动，有些酒刺（青春痘）是看不见的，用手一摸才能摸到。"宋正平不说话了，范玉林摸着那张光滑而富有弹性的脸，心里有种莫名其妙的快感。

范玉林的变化还表现在体毛上。有一天晚上，哥俩洗后坐在床上聊天，范玉林发现自己的腿跟宋正平的腿不一样。自己的腿毛很长很长，看上去整条腿都是黑乎乎的，用手一搓，都能打成卷儿。而宋正平的腿上细发如丝，用眼如果不迎着亮都看不见，伸手一摸根本感觉不到毛的存在，细腻而光滑。他去问过妈妈，妈妈告诉他：孩子，你长大了。他带着"我跟正平哥咋不一样"的困惑再次问妈妈，妈妈告诉他：人跟人不一样，有人长的黑，有人长的白，不必大惊小怪。

冬天到了，那间新屋特别的寒。范玉林快要考试了，为赶成绩，他很晚才睡。那豆状的油灯下他在苦读，床上的宋正平在温暖的被窝里发出均匀的呼吸声。范玉林的手冻得几乎捏不住笔，屋内没有可供他取暖的东西。一扭头，他看见左边的床，灵机一动，范玉林掀起被子，把手伸进被宋正平焐得暖暖的被窝，双手放在酣睡的宋正平的脚上。

"哎呀!"宋正平惊叫着蜷回双脚。

"玉林，你干啥? 吓死我啦!"

"哥，我不是想焐焐手吗! 看你大惊小怪的。"

"那也不说一下。"

"你睡得那么死，咋跟你说呀!"

宋正平把脚伸给范玉林。范玉林双手合握在哥哥那暖烘烘的脚上，可是个舒服。宋正平打了个哆嗦说："好，好，你焐吧！赶明儿个考上大学别把我忘了。"

"哥，我考上大学忘了谁也忘不了你。"就这样，在数九寒天的漫漫长夜里，宋正平的身体成了范玉林取暖的工具。

陶素梅看在眼里，喜在心头。这两个孩子比一娘所生还好，从没见哥俩斗气。俩孩子一到家，就像恋人一般，话说个没完。那亲热劲儿让人看着眼馋。

当了一年多的记工员，宋正平的好运再次降临。在众多女孩儿的追逐中，本队有位叫姜树华的女孩儿走进了他的心里。有了恋爱的滋润，宋正平更显得神采奕奕。又是点灯苦读的时候，范玉林坐在桌边，宋正平坐在他旁边的床沿上，手中摇着扇子，一边给范玉林赶蚊子，一边对范玉林说："玉林，你说什么样的女孩儿好呢？"

"我哪知道。"

"你说俺队女孩儿谁长得好？"

"哪个都好。"

"嗯，哪个最好呢？"

"你看哪个最好，就是哪个最好。"范玉林看着书，漫不经心地回答着。

"你说俺队哪个最好？"宋正平追问，边用手推着范玉林。

范玉林火了，说："哥，你烦人不烦人，哪个好，哪个好，你看哪个好就去找哪个。"宋正平沉默了，手中的扇子也停了下来。没有了驱赶，那蚊子很快就扑了上来。范玉林被蚊子咬急了，啪的一下，打死了一个又肥又大的家伙，背心上喷洒了一片红色的血液。

"哥，你看，这蚊子喝了这么多的血。"他一扭头，见宋正平呆呆地坐在那儿。

"哥，你别生气嘛，你问我俺队哪个女孩儿好，要我看哪个女孩儿也没哥好。"

"扑哧"一声，宋正平被范玉林的话逗乐了。"玉林，你别跟我开玩笑，我跟你说真的呢。"

"哥，我跟你说的也是真的。"

"我又不是女孩子。"

"哥，我不想跟你说女孩子的事。"

"好，好，你不想说咱就不说了。"两人都不说话了，宋正平手中的扇子又开始摇了起来。

就在宋正平与姜树华在偷偷谈恋爱的时候，来生产队检查工作的大队书记王德安看中了宋正平，回去跟闺女和老婆一说，闺女就是不同意。王书记的闺女王琴比宋正平高一届，都在本大队小学上过学。宋正平那年为范玉林跟钱彬打架的事还让王琴记忆犹新，同年，王琴转到公社小学上学。从那以后，王琴就再也没见过宋正平。她的记忆里宋正平是一个很脏的人，整天穿着又大又破的衣服，那脚上的灰尘可以用刀子刮下来。

母亲劝道："人家和过去不一样，现在是生产队的记工员，要是不好，你爸会相中吗？你爸会坑自己的闺女吗？你爸说了，如果你和他定亲，结婚后，你爸会把他提到大队当干部。"七说八讲，王琴还是不放心，提出先见见面。书记爱人找个媒人到陶素梅家去说亲。陶素梅一听可高兴了。等媒人走后，她想，自己当不了家。俗话说得好：婚姻大事父母做主。虽说宋正平父母早年过世，可还有哥嫂。长兄为父，长嫂为母，再好的事也得跟正平的哥嫂商量商量，这也是对他们的尊重。陶素梅找了个空闲时间，去宋正平大嫂竹凤荣家一说，可把宋家人高兴坏了。竹凤荣说："这是天上掉下来的福分，打着灯笼也难找的事呀！"可让陶素梅没有想到的是宋正平却怎么也不同意。陶素梅不断地劝，宋正平就是不领她这个情，有时还顶撞她，这让陶素梅大为发火："正平，你才当了几天的记工员就不知道天高地厚了，连妈妈也敢顶撞，到时候你还认我这个妈吗？"陶素梅说着难过地流下了泪水。见到妈哭了，宋正平"扑通"一声跪在妈的面前："妈，宋正平的一切都是妈给的，我永远铭记在心，只是我不想跟别人结婚，就想和妈、玉林和玉树在一起。"陶素梅拉起宋正平说："傻孩子，结婚那是天经地义的事。树大分杈，儿大分家就是这个理儿。"宋正平点了点头说："妈，我永远听您的。"听了宋正平的话，陶素梅破涕为笑。

宋正平和王琴在媒人的撮合下，在街上相亲。令王琴没有想到的是当年那个脏兮兮的孩子现在却是一表人才："国"字脸，浓眉大目，鼻梁高隆，红唇中洁白的牙齿，面肤白净，身材修长而挺拔。好一个英俊青年，称得上"百里挑一的美男子"。

王琴乐意了，可忙坏了陶素梅。她拿出多年的积蓄，买烟、买酒、买布料；买鞋、买袜、买胭脂；买菜、请客、请厨师……一切安排妥当，选了个良辰吉日作为"定亲日"。

一九七九年十一月二十七日（农历十月初八），陶素梅一家满门喜气，只有一人高兴不起来，他就是范玉林。范玉林听说哥定亲的事，心头涌起难以名状的郁闷。宋正平见范玉林这几天闷闷不乐的样子，不敢多言。定亲日这天吃过早饭，他背着书包照常上学，妈叫住他说："玉林，今天中午你嫂子来家里，饭可能会晚些，妈怕耽误你下午上课，给你一块钱中午在学校食堂吃吧。"范玉林接过妈妈递过来的钱，头也不回地离去，心想：我中午才不想回来凑热闹呢！

陶素梅家中午可热闹了，宾客满座，一派喜气洋洋，前来观看的本队人络绎不绝。有人称赞王琴貌若天仙，有人称赞宋正平人好命好，有人称赞陶素梅慈眉善目心地善良，有人称赞宋正平和王琴郎才女貌天生一双。有人赞美，有人羡慕，也有人悲伤。难过的人就是姜树华。宋正平和王琴的定亲对她来说无疑是棒打鸳鸯两分离，美好的希望一下子幻灭。她哭了一通之后，不久也草草定亲，第二年就远嫁他乡。

晚上，范玉林放学回来，妈妈把上午的剩菜又加工了一次，添了点儿新鲜的，虽算不上丰盛，那也是难得一见。中午那浓浓的喜气还荡漾在这温馨的农家小屋。四口人围坐在桌边跟过节似的。小玉树喋喋不休地向玉林哥讲述大嫂的美丽，说得宋正平在一旁低着头红着脸，范玉林却一言不发只顾吃饭。

陶素梅一边往玉林碗里夹菜，一边对他说："玉林，你明年考上大学，就在学校里找一个回来……"这句话可算燃上了范玉林的柴火捆子，他冲着妈妈愤愤地说："妈，你想媳妇都想神经了吧？"说完，他把饭碗往桌上一推，起身离去。陶素梅看了看宋正平和小玉树，苦笑着说："这孩子。"

自从宋正平和王琴定亲之后，范玉林对宋正平开始有些"疏远"。冬天寒夜，北风呼啸。范玉林冻得冰凉的双手再也没有放到宋正平的脚上取暖，他晚睡的身体也和宋正平保持一定的距离，他也不再抱住正平哥的双腿来温暖自己冰凉的躯体。宋正平想用自己的体温来温暖他，却被他推了过去……

春节过后，王琴来家拜年。陶素梅为了让两个孩子有更多接触和交流的机会，就留王琴多住两天。范玉林总感到不自在，尤其是宋正平和王琴单独在一块时，他的心里更是焦灼和不安。有天晚上，全家吃过晚饭，妈妈借口拉着小玉树离开了厨房。厨房里仅剩下宋正平和王琴，两人刷过锅碗后，坐在灶前的土台上亲切地交谈。在新屋学习的范玉林怎么也学不进去，心里七上八下，显得异常地焦急，几次打开屋门窥视厨房的动静。一忍再忍，他终于耐不住了，站在门外向厨房里喊道："宋正平，你不睡我就插门了。"

在堂屋的陶素梅气得银牙紧咬，心里暗自骂道："玉林呀玉林，你小子还是个高中生，枉自喝了一肚子墨水，怎么不懂事呀！"再说宋正平和王琴也不好硬谈下去。

宋正平进了屋，范玉林嘟囔着："都啥时候了，还有啥好说的。"

"唉，玉林。这才啥时候，天晚你学习能学到啥时候，有时鸡叫你还没睡呢！"

46

"正平哥,你没谈好是吗?我好心喊你睡觉你还怪,要不,你拿一床被子跟王琴睡在厨房的锅门前继续谈。"

"好了,哥不跟你抬杠,哥不怪你,你也别生气,睡觉可以了吧?"第二天,范玉林被妈妈叫去狠狠地批评了一顿。

阳春三月,一派生机。俗话说得好:一年之计在于春,"又是一年春好处,绝胜烟柳满皇都"。"三八"妇女节,是春天里的一个好日子。农家人嫁女、娶媳妇一般都定在这一天。

当时在农村有这个习俗,谁家有了喜事,必然要请上一桌客,那生产队干部是不可少的。姜树华出嫁的那天晚上,她父亲在家请队干部。虽说宋正平不是队干部,就凭他记工员手中的权力谁人敢小觑?况且他又是大队书记未来的乘龙快婿,更让人另眼相看。姜树华的父亲姜兆明请客自然少不了他。

再说这个春天对范玉林更是关键,离他高考的七月七日不足四个月时间,他更需要做最后的冲刺。煤油灯前的范玉林一边苦读,一边等着哥哥宋正平的归来。"咣当"一声,外面的巨大冲撞把关着的双扇门都撞开了。范玉林吓了一跳,转头过去,外面进来了两个人。他定睛一看,前面的一个人身上还背着一个,后面的一个人手里拿着电筒,为前面的人照明,被背着的那个人正是宋正平。

"姜峰,你们咋把哥喝得这样醉?"姜峰正是背着宋正平的那个人,他累得气喘吁吁,也没有回答范玉林的问话。姜峰到了床前,一扭身把身后的宋正平放在床上。那宋正平喝得也真是醉烂如泥,不省人事,瘫在床上。

"张克江,把记工员放好。"姜峰对那个拿电筒的人说。张克江上前,搂住宋正平耷拉在床下的双腿就往床上拖。

"慢,慢,他还没洗脚呢!"范玉林叫停了张克江。

"还洗啥脚,就你这个读书人瞎讲究,把鞋脱掉就行了。"头上还冒着热气的姜峰对范玉林说。

"是你们把他喝醉的,你不给洗,我就不让你走。"范玉林拉住正给宋正平脱鞋的张克江。

"好,好。给他洗,给他洗。"张克江说。

姜峰把水端到床面前。张克江脱掉宋正平的鞋和袜,看着宋正平的双脚叫了起来:"姜峰你看,记工员的脚丫子比你老婆的屁股还白。"姜峰把手电筒的光亮照在宋正平的裸脚上,那双脚的确白净净的,他反驳张克江说:"张克江,我说比你老婆的脸还白,不信,把你老婆叫来比一比。"

张克江撩起水盆中的水,朝宋正平的脚上滴去,水滴溅在宋正平的脚面

47

上，显得那肤色白晶晶的愈加好看。张克江一边给宋正平搓着脚，一边叫起来："这脚丫不仅白白的，还怎软和，比大姑娘的脚丫还好摸。"他说着，手不停地在宋正平的脚上抚摸起来。

"要喜欢摸就抱回家，让老婆跟你一块摸。"姜峰说。

"不信，不信你摸摸。"张克江说着把宋正平的脚抬了起来。

"唉！你别把水灌到他绒裤里去了。"范玉林很不满张克江的做法。

张克江把宋正平的脚往自己的膝盖上一放，双手把宋正平的外裤卷了卷，然后把他的绒裤朝上推了推，露出来一截白白的小腿。

"呀，这腿光滑光滑的，比女人的腿还细嫩呢！上面一根毛也没有哇。"姜峰听着，看着，他也动了念头，伸手也在宋正平的腿上和脚上摸了起来。

"快洗，快洗。"范玉林催着。

姜峰说："你催啥催，等我们走了你哥俩好对花枪呀！"范玉林不知道"对花枪"是啥意思，反正不是好话，可能是骂人的，他反骂道："你们回去跟老婆对花枪。"此话一出，把姜峰和张克江逗乐了。

"傻小子，书读多了，人变傻了。这对花枪是男人和男人的事……"张克江这话把范玉林弄了个脸红脖子粗。

范玉林好不容易把那二位打发走。他插上门，把煤油灯移到桌边，掀起被头，看见宋正平那双刚才被张克江和姜峰两人亦洗亦摸的脚，忍不住双手合抱，把它搂在怀里。他解开宋正平的皮带，脱掉宋正平的长裤，宋正平的下身仅剩下那个裤头。

他回忆起十几年前在午休时，扒掉宋正平裤头逗乐的情景，心中不免"怦怦"直跳。他把宋正平的双腿抱在怀中，夹在自己的两腿之间，下身的那个东西紧紧顶在宋正平的大腿上，顿时，一股巨大的泉流喷涌而出。这是他第一次从宋正平的身体上获得愉悦。范玉林惊得翻身起来，看看那是个啥东西。

范玉林重新换了件裤头，回到床上入睡。

宋正平一觉醒来，天已经发亮。他起床穿好衣服，看着仍在甜睡中的范玉林，低头看见地面上的衣服拾了起来，抓在手里感觉上面有硬硬的东西，迎着外面的亮光一看，心里明白了。中午吃饭时，范玉林见了宋正平总红着脸，有点儿害羞的样子。而宋正平却朝范玉林挤眉弄眼，抿嘴含笑。陶素梅见这个样子，想问个究竟："正平，你昨晚咋喝那么多？三更半夜回来怎晚，下次一定少喝点儿。"

"是，正平一定听妈的。"

"看你这个小白脸，就嘴甜。"陶素梅用手点了点宋正平的额头。范玉林低着头，只顾扒着自己碗里的饭往嘴里送。

"昨晚谁送你回来的？"陶素梅问。

"妈，我不知道。"

"他昨晚喝得死猪一般，就是别人把他剥了他也不知道。"范玉林说着还瞪了宋正平一眼。

"玉林，昨晚是谁送你哥回来的？"陶素梅问范玉林。

"是张克江和姜峰。"

"张克江恁大年纪了，还麻烦人家。"

"恁大年纪，跟鬼样。"

"这孩子咋这么说，按年纪和辈分你该叫他叔。"

"我要是有那个叔，白天没时间，夜里也把他拿扔了。"

"看这孩子，越说越不像话。"陶素梅批评儿子。范玉林再也不说了，碗中那最后两口是连吞带咽，瞬间被吃了个精光，然后碗一推而去。

吃过晚饭，宋正平洗刷之后，坐在范玉林身边，又提起那个话题："玉林，你昨夜咋的了？"范玉林不敢抬头正视宋正平，嘴里小声回着："啥也没咋的。"

"你以为我不知道。"宋正平这话着实让范玉林大吃一惊。宋正平把嘴贴在范玉林的耳边说："你昨夜'跑马'（遗精）了。"

"哥，啥叫'跑马'？"范玉林反而好奇地问宋正平。

"就是男孩子夜里做梦跟他心里想的那个女孩子在一起时，从裤裆里流出来的东西。"

"你跑过吗？"

"跑过。"

"那你做梦跟哪个女孩子在一起呢？"

"不告诉你，这是个人隐私。"范玉林听了宋正平的话长舒了一口气，原来正平哥根本就不知道昨夜是咋回事，心里便坦然起来，歪着头对宋正平说："哥，我这也是个人隐私。"

"玉林弟，别七想八想，先考上大学再说，那两条腿的大美女多得是，尽你挑，哥不打扰你学习，先睡了。"

季节入夏，天气愈发热。高考的日子迫近，范玉林考试的成绩在班级和全校中逐渐前移，他自己也更加勤奋和努力。煤油灯前，他赤膊上阵，蚊虫飞蛾四面来攻。宋正平坐在跟前手摇扇子前后反击，左右护卫，上下翻滚……

49

"玉林，咱把灯放进蚊帐内吧？"

"可以吗？"

"我看可以。"

"好。"两人迫于蚊虫的攻击，转移了阵地，蚊帐内狭小的空间，放着一盏蹿着火苗又不断升起阵阵黑烟的油灯，一会儿就使帐内乌烟缭绕，实在不行，两人再次回到原来的阵地。

"哥，你去睡吧，何必跟我一块受罪呢？"

"那觉真好睡，我看着你这样，能睡着吗？"宋正平恐怕是中国最早的"陪读"吧。

"哥，我考上大学，绝对忘不了你。我会好好报答你。"

"报答？怎么报答，是给我升官，还是让我发财？"

"升官，提拔你当大队会计。"

"行。"

"哥，要是我考不上呢？"

"考不上回来，咱哥俩在一块，我这记工员让你干，我下地干活。"这句话说得范玉林心里暖呼呼的。

宋正平难得到县出差一次，买回了一台带有玻璃罩的煤油灯，并在街上专门买了三斤煤油。宋正平把煤油灯点上，端进蚊帐，他给范玉林带来了个惊喜。

"哥，你在哪儿弄的这样的灯？"

"是专门买给你学习的，再凶的蚊子也喝不到你的血了。你全神贯注地学吧。"范玉林见到那明亮亮的台灯，钻进蚊帐放下课本抱住宋正平的脖子在他的脸上狠狠地亲了一口。

"玉林，你这是干啥？"宋正平掰开范玉林的胳膊。

蚊子是咬不到了，可那里的温度是很热很热的，宋正平摇扇得两个手腕都痛了。

"哥，你睡吧，我不怕热。"

"这么热，能睡着吗？再说要把灯蹭打了还不得再受苦呀。"这宋正平还是挺有头脑的。他端来了凉水，拿了毛巾，用湿毛巾不停地在范玉林和自己赤裸的身体上擦拭。这样的效果真不错。

这天晚上，宋正平像往常一样，把带罩的煤油灯端进蚊帐，蚊帐内又放了一盆凉水。他等待着范玉林，可范玉林老在妈妈屋里和妈妈说话。

范玉林从妈妈的房内走进来，他笑着对宋正平说："哥，今晚不学了。"

"咋，不学了，明天就考试，咋不学了呢？"

"老师说，考试前需要休息好，休息好才能考出好成绩，这叫'养精蓄锐'"。听范玉林怎么一说，宋正平明白了许多，他把灯从蚊帐里端出来，放在桌子上，而后从裤腰的小兜兜里抠出一张十元的人民币，递给范玉林："玉林，这是我攒的私房钱，给你明天考试买支冰棒吃，中午在学校吃，大热天别跑来跑去。"

"不。"

"拿着，玉林。"

"哥，这不是你当记工员贪污的吧？"

"看你想到哪去了，哥咋能贪污公家的钱呢？再说了，公家钱都在会计那儿，就是想贪污也贪不到呀！"

"哥，这钱你是从哪儿来的。"

"是前月给生产队出差办事，生产队补助的呗。"

"噢，哥还是你留着自己用吧。"范玉林把宋正平拿钱的手推了过去。

"玉林，这是哥的一片心意，你如果把哥当成亲的，你就收下。"

"哥，我的亲哥！"范玉林一下扑上前，抱住宋正平的脖子，那滚烫的嘴唇紧紧贴在宋正平左侧的脸颊上。

这个夏天，对陶素梅来说充满了期待：一是生产队闹得沸沸扬扬的分田之事，马上就要变成了现实，公社和大队干部多次到生产队，看来这田地肯定是要分了，宋正平的记工员看来是当不成了。让她期待的是未来的儿媳王琴告诉她：等田地分了之后，就可以让宋正平到大队当团支部书记；二是范玉林能考上大学，中专也行。如果那样，又是一次"双喜临门"。期待，在漫漫的日子里煎熬。在期待中的不仅是陶素梅一家，还有众多的乡邻。

陶素梅一家刚吃过中午饭，高声高语的竹凤荣就到了："妹子，吃了啦。"

"吃了啦，吃了啦。"陶素梅边说边搬过一个凳子递给竹凤荣。

"妹子，下午分田，可能就要抓阄，大伙说分了田地就分牲口。这事你知道吗？"

"知道，我听正平回来说了。"

"妹子，你有啥打算呢？"

"分就分呗，还有啥打算。我说不分，谁去理你呀？"

"分，分，分地是好事，大伙儿都愿意分。"竹凤荣话说得可有力啦，那眼里放射出希望的光芒。

"唉！大伙都愿意分，我不愿意总不能抱着石头去砸天吧。"

"妹子，我知道这分地你是有担心的。公社马组长说得多好呀！他说：咱

51

有劳力的帮助没有劳力的，咱分地不能分心，咱们分地不是分'家'，咱分了地仍然是社会主义。"

"这说归说，听归听呀！"说完陶素梅长叹一声。

"妹子，你别担心，我知道你心里是咋想的。范玉林考上大学，宋正平再到大队去，你家缺少干活的，我家老大到老三都说了，你家的活咱们包了，给你单打、单收。"

陶素梅沉思着，没有说话。

"素梅，你别担心，俺当家的说了，只要你同意，咱们抓阄时就抓在一块，一个户头，抓过来让你拣。"

"那就拜托你和大哥了。"

高考的成绩终于出来了，范玉林名落孙山。在得知消息的这天中午，范玉林没有吃饭，宋正平也陪着他饿肚子。陶素梅一阵儿伤心之后，反过来安慰儿子："玉林，考不上算了，这队里谁家的孩子上过大学呢？再说，咱祖祖辈辈不识一个字，也照样种田吃饭。别再跟自己过不去，让正平陪着。"

"妈，我对不起你，也对不起正平哥。"说完他竟号啕大哭起来。

这些天来，宋正平总是逗范玉林开心，可他自己也是提心吊胆。他到王琴家去，王家人对他不热不冷的劲儿让他感到有些不妙。每当妈向他打听时，他总是说"好"。

生产队的土地、牲口等生产资料都已分完，记工员一职也自动失职。宋正平和妈妈陶素梅等待大队王书记那儿传来的消息。

俗话说：屋漏偏逢连夜雨，船破又遇顶头风。就在这当儿，媒人带来了当初王琴和宋正平定亲的彩礼。范玉林高考落榜，宋正平婚事遭退。打击可大了。宋正平愁眉难舒，陶素梅病卧在床。宋正平端着单独给妈妈做的鸡汤面站在陶素梅的床前。

"妈，你吃点儿饭吧。"

"正平，王琴跟你退婚，你后悔不？"

"不后悔，咱与她又不是门当户对的。"

"当初，也是她先提出来的呀！"

"妈，那时我是生产队记工员，现在我啥也不是。"

"正平，你听说谁当上了大队团委书记吗？"

"祁振亮。"

"他是啥毕业？"

"高中毕业，跟玉林弟是同学。"

"那王琴是不是……"

"是的，妈。"

"唉！狗眼看人。"陶素梅气得咬牙切齿。她接过饭碗问："玉林和玉树呢？"

"出去了。"

"他们换的衣服呢？"

"妈，我上午都洗过了。"陶素梅低着头，吃着饭。

竹凤荣听说陶素梅病倒了，就腾出了一点儿空闲时间到陶素梅家来探视。陶素梅见竹凤荣，便从床上坐起来，对竹凤荣说："姐，这么黑的天，你深一脚浅一脚的。"

"我那口子听说你病了，就督促我来瞧看瞧看。是不是因为宋正平罢亲的事惹你上火呢？"

陶素梅哽咽着说："姐，你说这人要倒霉起来，盐罐子都能生蛆。"

"妹子，别伤心。人就这命，啥都是天意呀！"

"这玉林和正平两个孩子的命咋都那么巧，要好都好，要差都差。如果他俩今年有一个好的，我心里也好受些。"

"妹子，那也是没办法的事，你可要坚强，别看正平和玉林都是十好几岁的人，可他们毕竟还是孩子，遇事没办法。"

"姐，你说这话我都懂，可这由不得人哪。"经过多次劝说，陶素梅的心情好多了，病也好了许多。

土地到户的第一个年头，陶素梅家在宋正平三个哥哥的帮助下，取得了一个大丰收。到第二年，情况发生了变化。有天下午，竹凤荣来到陶素梅家里。

"姐，有事吗？"

"也没啥事。"陶素梅见竹凤荣一副结结巴巴的样子，猜测她肯定有事。

"姐，你有啥事就直说吧。"

"素梅，姐话要说错了，你别在意，就算姐没说。再说这事也是姐在和你商量。"

"姐，你就别卖关子了，你有啥就说啥吧。"

竹凤荣见陶素梅态度很诚恳，就把话说明了："素梅你知道咱队老刘娶媳妇花了多少钱吗？"

"听说花了四五百吧。"

"是的，据说还不加房子钱呢，老刘答应还给盖两间房子呢，折合成钱四百元。两项加一块近千把块。"

"那么多？"陶素梅瞪大了眼睛。

"素梅，照这么算，咱家他叔侄三个光棍汉至少得三千块吧。"

陶素梅感到惊讶。竹凤荣接着说："素梅，你家两个小子要是再加上宋正平，娶妻安家得花多少钱呢？"

"没想过。"

"素梅，我想让咱家老二、老三和宋正平去跟老肖干泥匠活，每天工资是八角，干满一年后每天可加到一元钱，照这样算三年差不多可以给他叔侄三人讨上老婆。"

"那家里的土地呢？"陶素梅问。

"嗯，我有个想法，不知该说不该说？"

"凤荣姐，你说吧。"

"好，我想咱家呢已经分了八口人的土地，你家四口人的土地。如果再把正平的土地划给俺，你家也就只有三口人的土地……"

"凤荣，你别说了，我明白，你家是想把正平要回去。"陶素梅的情绪有些激动。

"素梅，素梅你平静些，咱们不是在商量嘛。"

"商量啥？你都把话说到这份上了，你们看着办吧！"这次对话是不欢而散。

竹凤荣走后，陶素梅心里闷闷不乐，自己忖量着：土地分到户才一年，全队就买回了三台缝纫机，做新衣服也都拿到街上的缝衣店去。她这里是门前冷落车马稀。再说这宋家人才帮了一年就变了卦，还想要回宋正平。宋正平走了，这个家能背能扛的只有范玉林一个人，可他还是一个十六岁的孩子，耕种犁耙、收割担挑、铺翻扬晒、施肥除草、浇灌管理等能行吗？唉！这人情薄如纸呀！转念一想，竹凤荣的话也不无道理，可自己这个家对宋正平的感情难以割舍。自己一直把宋正平视为亲生的儿子。那年为他上学而奔波并委身于那个彭书记至今历历在目。陶素梅感到进退两难。

吃过晚饭，陶素梅把宋正平和范玉林召集在一起，开了个家庭会。陶素梅话刚落音，立刻遭到范玉林的强烈反对，他说："妈，我们不能让正平哥走，他是咱家人，与他们无关，不让他们管。"

"玉林，你安静些，妈也没有让你正平哥走的意思，咱娘仨儿不是在商议吗？"

"妈，我也不让正平大哥走。"在一旁的小玉树拉着妈妈的衣襟说。

"去，去，这是大人的事，不许你小孩儿插嘴。正平，妈想听听你的想

54

法。"陶素梅问宋正平。

"妈，我听你的，你说咋的就咋的。"

"乖，你不能再听妈的了，你现在是大人了，该有自己的想法了。"

宋正平沉默不语，陶素梅催促说："正平，你说呀！妈想听你真心话。心里咋想就咋说。"

"妈，我不想离开你，不想离开玉林，不想离开玉树，不想离开这个家。"说着这个大孩子竟呜呜地哭起来。

范玉林见状，控制不住自己的感情，猛地扑上去，狠狠地搂住宋正平的脖颈也跟着哭起来："妈，我不让正平哥走，他就是咱家人。"

这事深深地触动着陶素梅的神经，她也动了真情，喉咙哽咽着说："咱们不让正平走，正平就是咱家人，谁也别想要走。干好了，咱就多吃干饭；干不好，咱就多喝稀饭。既然是一家人，咱娘仁儿就说说这个家的未来和打算吧！"小玉树熬不住睡觉去了，这娘仁儿在规划着这个家庭的明天。

"你两个知道吗？老刘家今年娶媳妇花了五百多元，如果再加上房子就一千多元。"

"妈，娶个女人得那么多钱哇！我和正平哥就不娶女人，跟妈、小弟一块儿不是很好吗？"

"亏你还是个高中生，这男大当婚、女大当嫁的道理都不明白呀？"范玉林听妈这么一说，瞟了宋正平一眼，低头不语。陶素梅继续说："我是这样想的，咱家呢就是没人会使牛耕田耙地的活儿，正平大哥能帮这点儿就行了。你两个有空也去学一学，这农活有闲有忙，忙天就在一块儿干，闲天你俩也去跟老肖干泥匠活，每天弄个块儿八毛的，咱钱攒够了也给你俩盖上气气派派的大房子，娶媳妇成家。"

"妈，我和玉林都走了，地里的活怎么办呢？"

"有妈呢。"陶素梅回答得很干脆。

"不，妈。我们是不会让您下地干活的。"宋正平不同意。

"正平，你小看妈不是。这俗话说：庄稼活不用学，人家咋做咱咋做。别看妈去年不行，今年肯定行。这啥事都是逼出来的。"

"不让您下地，就是不让下地。"

"正平，这是为啥呀？你说说。"陶素梅有些急了，瞪眼看着宋正平。

"妈，我说了您可别怪我呀。"

"我怪啥？咱这不是一家人吗？"听了陶素梅的话，宋正平开口说出了原委："妈，你一下地，有多少人看着，尤其是您卷起裤腿的时候，那些不怀好意的男人专瞅着您腿看。"

"那有啥，看就看呗，眼睛长在人家的脑袋上，咱有啥办法。"陶素梅轻描淡写地说着。

"他们还说……"

"还说啥？正平你就痛快点儿，别吞吞吐吐的。"

"他们说陶素梅那小腿白嫩嫩的，比大姑娘的还白还嫩，都是在大集体给养的。"

"谁说的？正平哥对我讲，我找他算账去。"范玉林一听怒火心中烧，吼叫着。

"好了，好了，玉林。谁说就让他说去，这猪嘴好扎，人嘴能扎住吗？"

"妈，我和玉林都听您的，您咋安排，咱哥俩就咋办。"

"既然听妈的，妈就说说。你哥俩呢也去跟老肖干……"

"妈，您别说了。就是去老肖那儿干泥匠活，咱哥俩只去一个，那一个在家专心种地，就是不让妈您下田。"

"妈，正平哥不让您下田，您就别下田了，省得那些人乱嚼舌根子，再说了咱家的劳力也不弱呀！就是缺少锻炼嘛。"

"妈不下田，能让你哥俩养着？再说我也能干哪。"

"妈，您在家可以养鸡养猪，洗洗刷刷，烧锅做饭。这些活可重着呢！"

"对，对。正平哥说得对。"

"好，妈听你哥俩的。那你俩谁在家种地，谁去干泥匠活呢？"

"妈，我去。"范玉林自告奋勇。

"为啥？"

"我个儿头比正平哥高，也比他胖，力气也比他大，干那大坯活不在话下。"

"行。"

"不，还是我去干泥匠活，玉林弟在家种田。"

"为啥？"

"妈，我去，咱二哥、三哥都在，也好有个照应。等农忙时，咱还是以种地为主。"

"好，就按正平说的办，玉林在家种地，正平去干泥匠活，我在家养鸡、养猪带做家务。这俗话说：三人一条心，黄土变成金。咱娘仨儿一条心，今后的日子也不会比别人差。"

一个多月后的一天晚上。天黑得像个碳篓似的，伸手不见五指。小玉树吃过饭早就爬上床进入梦乡。陶素梅和范玉林娘俩在等待着宋正平。

"妈，正平哥这时候咋还不回来，是不是有啥事？"

"胡说，会有啥事。不急，再等一会儿。"

"妈，我想去东庄问问。"

"这么黑，别去了，正平都是十八九岁的人了，他会照顾好自己的。"

"妈，你先吃饭吧。我去东庄看看。"

"玉林，别去了。"

范玉林没有听从妈妈的话，径直朝东庄摸去。一阵儿疯狂的狗叫声，惊动了宋家的老二，他打开门静待，生怕是小偷。

"二哥，二哥。"连续的呼叫让宋家老二听出了是范玉林的声音。

"范玉林噢，这么晚了有事吗？"

"二哥，正平哥咋还没回来？"

"小四还没回来？他上哪去了？"老二有些惊讶，连忙问老三。老三从屋里探出个脑袋说："放工的时候，他坐在肖老板的车子（自行车）后面上街去了吧？"

"你知道他干啥吗？"范玉林急切地问。

"干啥我不知道，他没有跟我说。"范玉林听后很失望。

"这么晚了你还在等他呀，回去吧玉林。小四在肖老板那儿没事的。"

范玉林只好往回走，他恨不得立刻赶到十里以外的街道，找到宋正平。玉林回到家，妈还在等着。范玉林推门就问："妈，正平哥回来了吗？"

"没有。"

"妈，你吃饭吧！我等正平哥。"娘俩仍在焦急地等待。

"哐当"一声，门被推开，范玉林和妈先是一惊，顷刻间娘俩转惊为喜。

"正平，正平哥。"娘俩几乎同时叫出。宋正平肩上扛了个架车托，累得满头大汗，进屋后用力放下肩上的车托，拉起褂襟擦了擦脸上的汗。

"正平，这车托是……"陶素梅用疑惑的目光问宋正平。

"妈，这是我买的。"

"你买的？你找谁买的？你哪来这么多钱？"

宋正平看着妈，笑着说："妈，您哪有那么多的疑问。我看人家用架子车就羡慕死了，心想一定要买一辆给玉林弟，这会让玉林省去很多力，再也不用肩挑背扛。我就找肖老板托人在公社供销社买了一辆，钱是肖老板借的……"

"唉，告诉妈，肖老板怎么对你那么好？"

"妈，我才干一个多月，就学会了放线、吊线、扎角等活。肖老板有事到不了工地，那扎角、吊线就是我做。肖老板可高兴了，我求他的事他很爽快地答应了。他还说从下月给我每天加一角钱的工资呢！"

"正平，还真能干。"听了妈妈的夸奖，宋正平的脸上像绽开了鲜花。范玉林看着灯下漆黑发亮的车轮、车胎、车杠、车条，摸摸这儿，拧拧那儿，高兴得合不拢嘴。他连连说："还是大轴头呢，还是大轴头呢！"宋正平问范玉林："玉林，喜欢吗？"

"喜欢。"范玉林说完高兴地蹦起来，抱住宋正平的脖子，当着妈的面在他的脸上亲吻。还有几次他试图和宋正平对嘴亲昵，被宋正平摇头躲过。

"妈，您看玉林。"

陶素梅上前，用手轻轻地在范玉林的后背拍了两下，说："玉林，别闹了，看把你高兴的。吃饭，吃饭。"

饭后，陶素梅回屋就要插门休息，范玉林叫住她："妈，别慌……"他一边说着，一边双手抓住车杠，把车托扛在肩上。陶素梅笑着说："玉林，放在妈这儿不放心哟，怕妈夜里给吃了。"

"不是，不是。"范玉林边说，边把车托扛进了他和宋正平的屋里。宋正平这一天真够累的了，早上七点开工，中午十二点放工，下午两点开工，六点放工。放工后又扛着几十斤重的车托徒步走了十几里。他眯着眼洗脚，脚放在水盆里，人就靠在床面迷迷糊糊睡着了。

范玉林看着哥疲倦的样子，蹑手蹑脚地走到宋正平的身边，慢慢蹲下身去，缓缓地用双手托起宋正平的一只脚。他左手托住宋正平的脚跟，右手撩起盆中的清水，轻轻地洗去留在宋正平脚上的灰尘。洗毕，范玉林拿毛巾擦拭时，宋正平才从蒙眬中清醒。

"玉林，你……"

"哥，我给你洗好了。哥，你困了，睡吧，我来泼。"宋正平脱去外衣，留了背心和裤衩钻进被窝。范玉林洗漱完后，宋正平已经进入了甜甜的梦乡。屋内的灯熄后，黑暗一片，外面的月光乘机透过窗户把亮照了进来。俗话说：二十楞瞪，月出一更。这夜是二十一（农历），可见夜已经很深了。床的那头宋正平睡眠正酣，床的这头范玉林毫无困意。从盼等宋正平回家，到宋正平给他带来的欢喜，他的情绪一直处在冲动之中。宋正平侧身卧睡，范玉林用手轻轻地在被窝里抚摸着宋正平的小腿和脚，宋正平毫无反应。范玉林握住宋正平压在上面的那个脚踝，缓缓地拉，直到把宋正平那条蜷缩的腿拉直，然后托起放在自己的小腹和胸口上。两只手不断地在那条腿上摸来摸去。

范玉林仍不满足，他又拉直宋正平的另一条蜷着的腿。宋正平被范玉林这么一拉，只好翻了个身，仰睡在床，两条腿自然伸了个笔直。范玉林把宋正平的双腿托起，自己挪了挪身子，右腿从宋正平双腿下穿过伸向宋正平的

58

另一侧。范玉林自己在床上睡了个"人"字状，宋正平被他夹在自己的两腿之间，双手放下。宋正平的双腿笔直地落在他的上半身上，范玉林张开双臂将宋正平的两腿搂在怀中。不知过了多久，劳累一天的宋正平本能地翻身来调整自己的睡姿，可没能翻转过来。醒后他发觉自己的双腿放在范玉林的身上，且双腿被熟睡中的范玉林搂得紧紧的。

"玉林，玉林。"宋正平叫醒范玉林。范玉林哼了一声，"哥，叫我干啥？"

"玉林，你看你咋睡的。你这样能舒服吗？就不嫌压得慌？"

"舒服，舒服。"

范玉林就是不撒手，宋正平哀求说："玉林弟，求你了，把手放开，让哥睡个舒服觉吧。"范玉林放开双臂，宋正平侧身卧睡没一会儿，又被范玉林拉直了双腿。宋正平"哼"了一声，只好重新仰睡过来，双腿又被范玉林揽入怀中。

这一年的年底，陶素梅托人从县里买回一辆自行车给宋正平，更方便他干活时来来往往。他们家也成了全队唯一一户具有三大件（缝纫机、架子车和自行车）的人家，地位在全队仍是首屈一指。

农村中的"三夏"可是最忙的时候，那农活扎成了堆。尤其是在土地刚刚到户的那几年，人们把那个季节称为"两抢"（抢收、抢种）的季节。那些农民不知从哪里来的那么多劲儿，兴头可足了，几乎是白天黑夜轮流转。

"玉林弟，这忙得很，我明天就不去工地，回来帮你干农活吧！"

"不用，不用。"范玉林的头摇得像拨浪鼓似的。

"我二哥、三哥都是轮流去，哪一天也留一个在家呀。"

"那是你哥，我管不了。但我就是能管住我正平哥。"范玉林嘴里噙着饭，瞪着眼看着宋正平。宋正平低头不语。

"玉林，妈下田帮你一把。"陶素梅说。

"不用，不用。你们谁也不用。"范玉林很固执。

"俗话说得好：童子活八百，早稻早麦。农活不可耽误，天耽误收，人耽误丢。耽误一天就等于耽误十天哪！"陶素梅看玉林这么固执，心里很是担心。

"谁耽误了？我保证人家种上咱种上，人家收完咱收完。怎么样？"

"玉林你不要倔，这农活可不像你说的那样轻巧，哪一点儿不到就不行。"

"妈，你是说我不行是不是？你们要干可以，那我就不干了，天天躺在床上睡大觉。"范玉林发火了。

"好，好。就算妈没说，你自己能干就你自己干。"

"弟，我晚上放工回来给你添把手可以吧？"

"行，这差不多，咱家本来就是分工明确、各负其责的。"

一天中午宋正平放工回家，见范玉林一个人在田间插秧，就卷起裤腿，脱掉鞋袜下到水田。正在水田中间插秧的范玉林一看，急忙朝宋正平嚷道："哥，正平哥你别下，别下……"范玉林嚷嚷，可宋正平还是下了田。范玉林吼道："哥，你上去，不叫你栽。"宋正平不理范玉林，只顾低头栽自己的，没想到范玉林从后面蹿上来，捞起水田中的稀泥朝宋正平身上砸去。宋正平被范玉林这一连串的行为弄糊涂了，站在那儿不知所措，任凭范玉林砸。范玉林见宋正平仍不上去，更加愤怒，他几乎是小跑到宋正平的身旁，用沾满稀泥的双手去拉扯宋正平。邻近田里的人不知道这哥俩为啥打了起来，纷纷前来劝架。

人们看着可怜兮兮的宋正平满头满脸都是稀泥，都过来指责范玉林。

"范玉林，你哥帮你栽秧咋惹着你了？"

"范玉林，你这小子是狗咬吕洞宾——不识好人心。"总之，大伙儿七嘴八舌奚落范玉林，一开始他低着头不吭声，听多了就发火了。他对大伙儿嚷道："你们是不是吃饱撑的。我跟我哥的事误你们熊事，我看你们是脱裤子放屁——多此一举。"唉哟，大伙儿一听个个摇头离去。还有人临走时扔下一句话："还是高中生呢，瞎喝一肚子墨水，简直就是愚蠢。"

大伙儿走后，范玉林洗洗手，夺下宋正平手中的半把秧苗，拉起宋正平的手把他往上拽："正平哥，到前面水渠洗洗脚，回去吃饭，下午你还要去干活呢！"宋正平也是个气，无缘无故被范玉林这么一打，虽没吭声，可心里还憋着气。回到家，陶素梅见状，劈头盖脸将范玉林臭骂了一顿。

吃过晚饭，范玉林拿起一条腿的拔秧木凳，宋正平跟在他的身后对他说："玉林，我能去帮你拔秧吗？"

"好，好呀！"范玉林爽快地答应了。范玉林将手中的独腿木凳递给宋正平说："哥，你拿着，我再去找一个。"宋正平接过木凳，等着范玉林。范玉林来了，一手掂着小木凳，一手拿花筐。宋正平没多问，跟着范玉林朝苗圃地走去。到了苗圃地头，范玉林从花筐里拿出一双高靴雨鞋递给宋正平："哥，把它穿上，省得毒虫叮咬。"宋正平把高靴雨鞋接到手，发现范玉林仅带一双，就问："你呢？"

"我不怕。"范玉林说着，卷起裤腿下了苗田。

提及毒虫，宋正平的心里还真有些犯嘀咕。看到玉林弟对自己考虑得如

60

此周全，心里顿时涌起一股暖流，中午留在心里的那股怨气也消了不少。面前的秧苗被拔起，身后排了一条长长的秧把。范玉林起身数了数，数完后对宋正平说："哥，够了，咱回去吧，明天你还要去工地呢！"

就这样，在"三夏"过程中，宋正平在晚上放工后，听着范玉林的吩咐，哥俩在黑夜里干了许多农活。范玉林简直就是一个小生产队队长，指挥着宋正平。哥俩在劳动中也消除了以往的不快。

范玉林打完最后一场小麦，心里轻松了许多。太阳很高他就收工，回到家对妈妈说："妈，你担心我不行吗？咱在俺队完工不算一二，至少也算上前十名。"

"看你美的，那不是正平帮你干的吗？"

"还有正平的大哥呢！"

"噢。玉林，妈今晚饭做得早些，吃了以后，你们好好休息休息。"

"好哇！"

陶素梅晚饭做好了，夜幕同时降临。她对范玉林说："玉林，趁早去洗洗澡吧，吃了饭好好地睡一夜。"范玉林坐在门前的木凳上，一动也不动。陶素梅站在儿子面前，关切地说："乖乖，自从农忙以来，你俩没睡过一夜好觉。"

"妈，正平哥该收工了，他怎么还没回来呢？要是平时，他早该回来了。"

"是的，也许你正平哥知道你今晚农活忙清了？"

"大概知道吧。我对他讲了。"

"噢，咱再等一会儿吧。"

宋正平回到家，范玉林拉着他的胳膊说："正平哥，你今晚咋回来迟了？"

"赶活呗。"

"吃饭吧，吃饭吧。"陶素梅催促着。一家四口人啃着白面馍，吃着喷香的面条，多幸福呀！

"玉林，你洗过澡吗？"

"没有。"

"还去吗？"

"别去了，这么晚，在家洗洗就算了。"陶素梅担心天晚，哥俩去那口大塘洗澡会有危险。

"妈，放心吧。我们对那熟悉着呢。"

"那你俩小心点儿。"

宋正平和范玉林拿着干净的换洗衣服去了那口大塘。

那口大塘是前几年生产队为蓄水罐地才开挖的，四方形，占地约十亩，塘埂上栽着白杨树，塘内灰白土，塘水清澈干净，很少生杂草，是全队劳力夏天洗澡的首选之处。虽然天很晚了，可外面在黑夜笼罩下的田野仍然是人声嘈杂。充满汗水的身体浸泡在洁净的塘水中是多么舒服呀！

"正平哥，帮我搓搓背吧。"范玉林边说边转过身子。宋正平给范玉林搓背那是经常的事，可今晚范玉林的感觉是特别的：结束的农活，丰收的麦子，可亲的哥哥，温柔的塘水，还有哥那只用力轻重缓急恰到好处的手。

"玉林，好了。"宋正平说。

"哥，我来给你搓搓吧。"

"不，哥自己来。"宋正平边说边把毛巾攥成条状在后背上下拉动着。范玉林伸手拽过毛巾，宋正平没注意，毛巾被范玉林夺去。虽说范玉林给宋正平洗过脚，但给他搓背还是第一次，宋正平自己也感到有点儿意外。宋正平背向范玉林，范玉林撩起塘水，那水从宋正平的后背上滚落下来，宋正平那白白的脊背在朦胧的夜色中清晰可见……

突然，一双有力的双臂从后面将宋正平的臂膀抱住。范玉林把脸贴在宋正平的后背上。宋正平挣扎两下，双臂被范玉林抱得紧紧的，塘的那边传来他人的洗澡声和说话声。

"玉林，你干什么？"宋正平不敢高语，只能小声地对范玉林说。

"正平哥，我爱你。"范玉林声音很低，语速很慢，但内力很浑雄。宋正平不知所措了。

"正平哥，那天我当着那么多人面打你，你还气我吗？"

"气，你为啥无故打我？"

"哥，我不想让你下水田，是怕你白白的腿晒黑了，是怕你光滑的脚弄裂了，是怕你好好的皮肤被毒虫叮咬了。"

"夜里拔秧你让我穿胶鞋也是为了这个？"

"是的。"范玉林把宋正平搂在怀中。

"玉林，我是男的，我要是女的一定跟你好。"

"哥，我不论你是男的还是女的，就是爱你。"

"玉林，你松手。咱哥俩是好兄弟，但不能爱，爱是男人和女人的事。要是咱哥俩相爱那就是鸡奸。"

"哥，鸡奸是啥？"

"是啥，我不知道，我听人说鸡奸是挺厉害的。"范玉林一听心中吓了一跳，连忙松开双手。那一夜，本应该好好睡上一觉的范玉林却很难入眠。他首次听说"鸡奸"二字，心里也挺害怕，有时还有点儿毛骨悚然的感觉。由于"鸡奸"二字对范玉林的威慑，他尽量克制自己，控制着自己对宋正平的冲动，安心于生产的管理和农活，可他心中仍对宋正平有种难以割舍的情愫。

除了在夜幕的掩护下，他对熟睡中的宋正平的身体做出某些轻微的动作，来表达自己对宋正平的那份恋情，又不敢让他人知道这些，因此，他的性格变得十分内向，只有和宋正平在一块时他才感到愉快。他曾偷偷地查过字典，即使这样，"鸡奸"的诡秘还是让他惴惴不安。

有天晚上，范玉林的头枕在宋正平的腿上，让宋正平为他挤出脸上的小痘痘。他睁着眼看着宋正平那张清秀的脸庞，心中涌起阵阵的情愫。

"正平哥，你说啥是'鸡奸'呢？"

"玉林，你咋又问这个？"

"我想知道它到底是啥，怪吓人的。"

"我也不知道。"

"哥，我查过字典。字典中解释是：'鸡奸'是指男人与男人之间的性关系。"

"你知道还问我干啥？"

"我不知道啥是性关系？哥，你知道吗？"

"不知道。"

"你在干活的工地上问问。"

"废话，问那干啥？"

"正平哥，你给我挤小痘痘算不算'鸡奸'呢？"

"不算吧。"

"我给你洗脚算不算？"

"不算。"

"我睡觉抱你腿算不算？"

"不算。"

"不算，那我天天夜里睡觉搂你腿。"

"好。"

"正平哥，那你可不能把腿弄坏了。"

"不会的，我知道你喜欢搂我腿和脚，下回我一定保护好。"宋正平说完，用右手指捏了捏范玉林的鼻子。范玉林一骨碌爬起来，搂住宋正平的头，就在他脸上亲吻起来。

"唉！"宋正平推开范玉林。

范玉林瞪着眼看着宋正平问道："这算不算？"

宋正平摇摇头说："不知道。"

转眼又到了秋收的季节。在这个季节里最让人厌烦的是红麻这种经济作物。收红麻的过程是：砍——去叶——捆——拉——沤——捞——剥——洗——晒——扎把——打捆——卖等十多个程序，又累又脏。这个过程中"沤"是很脏的活儿。范玉林把田里的红麻捆拉到沟边。天也黑了下来，如果"沤"，一时难以做完。不"沤"吧，这捆成捆的麻夜里会不会有人偷呢？正在左右为难时，宋正平来到他的跟前。

"正平哥，你放工了？"

"嗯，玉林拉完了吗？"

"拉完了。"

"那就沤吧。"

"不，明天再沤吧，今晚沤不上了。"

宋正平虽看不清那沟水的样子，站在沟沿的堤埂上，从沟里发出刺鼻的恶臭就能知道沟水"脏"的程度。

"玉林，天还早呢，还是沤吧。"听到哥坚定的语气，范玉林只好答应。

"哥，我下水排，你在上面。"

"玉林，你今晚就是把我按在臭水沟里淹死，我也不会让你自己在沟里。"

"好，我让你下水，可你得听我的。"范玉林见宋正平解开裤带，有点儿急了。

"行。"宋正平爽快地答应。

"哥，你把裤带系好。"

"玉林，这长裤不脱能下水吗？"

"能。"范玉林边说边撕剥了两根红麻，拿着红麻皮蹲在宋正平的脚边。

"玉林，你这是干啥？"

"哥，我让你下水，但你必须穿着裤子和鞋下水。"他边说边把宋正平的裤角和鞋用红麻扎了个结结实实。宋正平知道这是范玉林心疼他，害怕沟里的碎瓶片割破他的脚和腿。宋正平没动，等着范玉林把它扎好。

"玉林，你呢？"

"哥，我弄惯了，不怕。"哥俩浸在水里，同时忍着那疯狂般的蚊子，坚持了约两个小时，才把那五十多捆红麻沤在沟中。

中秋节的那天，吃饭时宋正平告诉妈妈和范玉林一件事："妈，过完节后，肖老板让我到南徐去。他在那儿包了工程。"

"待多久？"陶素梅问。

"暂时还不知道。"

"哥，那你每天还回来吗？"

"不回来，等工程完了以后才回来。"宋正平说完，他看见范玉林向他投来那难舍的一瞥后低下头，心里升起一种异常的感觉。

宋正平离家的那天，妈妈陶素梅给他准备了很多东西，打了个很大的包。她让范玉林送他，并再三叮咛："正平，干活要小心，想家了，请个假回来看看。"范玉林和宋正平哥俩依依惜别。

烦琐的秋收终于结束，宋正平离开家也有七八天的时间。范玉林实在想哥了，就对妈妈说："妈，我今天想去南徐。"

"想正平了？"

"嗯。"

"妈真没想到，你哥俩相处得这么好，这么投缘。"听了妈妈的话，范玉林低头不语。

"玉林，明天去吧，妈给正平做点儿好吃的，你带去。"

"好，就明天吧。"想到明天就要见到正平哥了，范玉林兴奋得一夜没睡好。第二天一大早，他就借来了自行车准备启程。吃过早饭，陶素梅把自己做好的油角、油饼等食物包了一个包，让范玉林带上。

"玉林，路上小心点儿，千万不要抢路。"

"好，妈，我知道了。"范玉林的心早已飞向正平哥，宋正平平时的一举一动、一笑一颦都不断在他脑海中呈现。他边走边问，经过两三个小时的行程终于到了南徐。南徐是个有着几百年悠久历史的小镇，"十"字形的四条街道是这个小镇的全部，整个镇上最多有四千余口人，可是它商贸发达。范玉林推着自行车，走在那拥挤的街道上，脚下踩着用条石铺成的地面，两旁那古色古香的建筑他也无心欣赏。他边走边问："同志，供销社在哪儿？"

"往前走。"

"同志，请问供销社在哪儿？"

"向左拐。"

"同志，请问到供销社还有多远？"

"前面大院就是。"一个偌大的院落，大门宏伟而气派。大门的左边挂着"南徐镇供销社"字样的牌匾。范玉林停了下来，心里"怦怦"直跳，像是要和多年未见的情人会面，胸内的那颗心像猫舔似的紧张而又激动。他稍作调整后，推着自行车就往里进。

"唉！你是干啥的？"他被看门人拦住。

"找人的。"

"叫啥名？"

"宋正平。"

"宋——正——平。"看门人嘴里又重复了一遍，歪头想了一会儿说，"去，去，你找错了地方，我们这儿没有叫宋正平的。"

"就在这儿。"范玉林很肯定。

"他是哪个门市部的？"

"盖屋的。"

"我说是啥不得了的，原来是个打工的泥瓦匠，乍乍呼呼的。"

"你不要狗眼看人，自己不过是一条看门狗。"

"你骂谁，吃屎长的。"两人唇枪舌剑，相互辱骂，眼看两人就要交手厮打，这时过来一个当官模样的人劝阻了两人。那人拍拍范玉林的肩头说："小兄弟，有啥事跟我说说。"范玉林把情况陈述了一遍，那人说："好，你站这儿别动，我去问问。"范玉林手扶自行车车把呆呆地站在那儿，眼巴巴地望着院内，希望宋正平的出现。

再说那人七拐八拐不见了人影，范玉林心里跳得更快了，忽然宋正平出现在那人的身后，范玉林忍不住大叫起来："哥。"这声音让宋正平听起来似春风拂面，似妙乐入耳，似久居异乡的赤子听到故乡亲友的呼唤。他一眼看见了弟弟便狂奔至范玉林面前，把手放在范玉林握车把的手上，问："玉林，你怎么来了？"

"是妈让我来看你。"这句话传到宋正平的耳朵里，立刻化作一股强大的暖流在他周身的血管里奔涌，晶莹的泪珠在他的眼眶里打转。

"玉林，我来推。"范玉林把车子交给了宋正平。宋正平推着车子往院子里走去。范玉林趴在宋正平的肩头，把嘴贴在宋正平的耳边说："正平哥，妈给你做了好多好吃的，都在包里呢！"到了驻地，那是两间砖墙草房，靠后墙的地面上铺着条条草席，上面摆放着棉被、被单、枕头等，前墙放了几张桌子，上面摆放着牙膏、牙刷、口杯等日用品，除此之外什么也没有。两房中间横梁上吊着一个电灯泡，再简陋不过了。范玉林抱着两个包，对宋正平说："哥，妈给你的油角、油饼都在这个包里，你吃吧！"

"别慌，马上放工了，人多吃不过来。"

"哥，哪儿是你的床？"

"这儿，这儿。"范玉林把两个包放在宋正平的铺上，又用被子盖上。

吃过晚饭后，这里可热闹了，洗漱的、打牌的、抽烟的、叙话的……

"玉林弟，哥带你到外面溜达溜达去。"

"好。"范玉林爽快地答应了。宋正平的这句话正合范玉林的心意，他讨厌这个屋里有这么多人，他只想单独和哥在一块儿亲热亲热。宋正平带着范玉林把南徐镇的四条街道逛了三条，范玉林说："正平哥，我不想走了，坐下歇会儿吧。"

"行，咱从这拐过去，到那边的小山脚下，那里可好呢！"哥俩穿过一个弯弯曲曲的小巷，来到小山的脚下，这里静谧得很。宋正平走到小山坡下的一个平坦如砥的大石上，对范玉林说："玉林，听当地人说这块石头有几百年的历史，这是当年明朝开国皇帝朱元璋从小放牛经常睡觉的地方。有时还会显灵哪！"范玉林上前，对宋正平说："真的？"

"真的，谁骗你谁就不是真正的男人。"

"哥，你不是男人，你是女人才好呢！"

"玉林，你又来了。"范玉林弯腰用手摸了摸确实很平。他扭过头对宋正平说："哥，咱就坐在朱元璋当年坐过的地方歇会儿吧！"哥俩刚坐稳，范玉林对宋正平："哥，你把它说得这么神，咱就坐在这儿许个愿吧。"

"行，玉林弟，你先许吧。"

"哥，你是哥，你先许。"停了一会儿，宋正平对范玉林说："哥许了啦！该你了。"

"哥，你许的啥愿？我都没听见。"

"许愿是不能让人听见的，只有冥冥之中的神知道。"

"不，哥这里只有咱哥俩，一座小山，还有神，你不说出来是不算数的。"

"那得说出来呀？"

"对，说出来才叫名誓嘛！"

"好，我说。"然后宋正平一本正经地说："我希望我和玉林弟都能成为大老板，出人头地，让咱妈坐享清福！"

"好！太好了！"范玉林拍着手说。

"该你了，玉林弟。"宋正平的话音刚落，范玉林脱口而出："我希望我和正平哥永远相好，生死不离！"尤其是后面的那四个字坚定而有力。宋正平听后，哈哈大笑。他说："玉林弟，你许个啥愿？"

"哥，不好吗？"

"好，好。"

"哥，那你是同意了。"

"同意，同意。"宋正平仍然哈哈地笑个不停。

"咱妈在家好吗？玉树在家好吗？"哥俩聊了很长一段时间。"玉林，咱回去睡觉吧。"

"哥，我不想走，那个屋里住了恁多人，真让人烦。"

"玉林，你不想回去还想在这儿过夜？"

"那，晚一会儿回去好吗？"

"唉，困死了。"

"哥，你站起来。"宋正平站起来，范玉林三下五除二脱去自己的上衣往石头上一铺说："哥，你睡在这儿吧。"宋正平把头凑近范玉林的耳边，小声地说："玉林，你不是喜欢……"范玉林听后欣然同意。

哥俩回到驻地，灯都熄了。宋正平推开门，拉亮电灯，屋内顿时一片光明。有工友说："你小哥俩哪儿玩去了，回来这么晚？"再说范玉林见地上丢着一个荷叶，他急忙跑到床铺上，掀开被子一看惊呆了："正平哥，你看。咱包少了一个。"范玉林一边说一边环顾四周。他又在被单下找到了那空空的布袋。宋正平一看也愣住了。

"哥，正平哥，妈给你做的好吃的一点儿也没有了。"那声音几乎到了痛心疾首的地步。

"玉林，你别急，不会丢的。是不是搁忘了地方？仔细想一想。"

"哥，还忘了地方呢，你看这兜在这儿，包东西的荷叶扔在那儿。"范玉林扬了扬手中的空兜，又指了指扔在地上的一个已经破了的大荷叶。宋正平看后沉默不语。

"谁吃的，谁偷吃的？"范玉林在屋里开始大声吆喝起来。

"谁吃的，不说我就要骂了。"这时有人用被单捂住头在里面吃吃地笑起来。范玉林更火了，他骂道："谁吃的，哪个狗日的吃的？"范玉林气急败坏，骂得可够重的。有人接过了话茬儿："你这个臭小子，怎么说骂就骂起来了呢？吃屎长的哟。你那些东西不是给人吃的，难道是留着喂狗的？"

"你家的饭才是喂狗的呢！"范玉林毫不示弱。接过话茬儿的那个人坐了起来，此人光着头，四十来岁的样子。宋正平一看是老曹。

"老曹，你别生气，我弟弟还小，你担着点儿。"宋正平劝完老曹又掉过来劝范玉林："弟，别气了，妈做的那些东西谁吃都是吃，又没丢。"

老曹说："你这小子带也不多带点儿，这么多人，一个人才吃两三个到嘴不到心的，还有没尝到的呢！"

"你们不讲良心，吃了也不给正平哥留一点儿。"范玉林说完竟难过得呜呜地哭起来。

"玉林，别哭别哭，这么大的人哭多丢人呀！"宋正平边说边用手去给范玉林拭泪。

"老曹，别逗了。啥时候了还跟十几岁的孩子逗着玩。"宋正平的二哥开了腔。

"小子，别哭了，咱是逗你玩的。宋正平你弟给你带的东西放在第二张桌子的抽屉里。"老曹说完就睡下了。宋正平搬开桌子，那桌子抽屉里放了满满三碗油炸食物。当宋正平把它端出来时，范玉林立刻破涕为笑。

"二哥，你吃。"宋正平把它端到二哥的头前。

"你吃吧，吃了赶快洗洗睡吧，明天还要干活呢！晚上放工，老三把你包打开的。我、老三、老曹、老刘和小张每人吃了一个，其他人没吃。"宋正平端着碗绕了一圈，然后吃了起来。真香呀！干豆腐、鸡蛋、辣椒做成的馅美味极了。

"玉林，你吃。"

"不吃。"

"吃一个。"

"不吃，妈说了：玉林你在家吃了啦，到那儿千万不能再分吃你正平哥的。"

第二天，正值南徐逢集，街市一片繁荣。宋正平赶忙扎好房屋的四角，抽出点儿时间向肖老板提前支付了一百元，到街上给陶素梅买了一件上衣，给范玉林买了一套，又给小弟范玉树买了一套衣服和一包糖果打好成包。吃了中午饭，宋正平把范玉林叫到一个僻静之处，对范玉林说："弟，你回去吧！哥给妈、你、小弟买了衣服，路上要小心。"

"哥，我不想回去，在这给你拎灰斗。"

"不行，你不回去，妈可要下地，又要惹人说三道四。"

"哥，再过一夜，就一夜。我明天下午回去，好吗？哥，我求你了。"

宋正平看着范玉林讪讪地说："好，哥依你，可明天下午不能再反悔哟。"

"好，谢谢哥。"范玉林的脸上荡漾出一抹发自内心的笑意。

"玉林，你要看好包。"

"行。"

第二天的黄昏，范玉林回到家。陶素梅一看儿子到家，心里的一块石头落了地："玉林，你当天不回来，第二天也该回来了，还能在那过两三天。"

"妈，是正平哥留的，他让我在南徐玩两天。"小玉树跑上来，在自行车上开始搜包了。

"玉林，把人家自行车送去，人家都来问两次了。"范玉林听了妈妈的话，推开小弟玉树将包放进屋里，还人家自行车去了。回来时，陶素梅已经把饭做好了。吃过晚饭，范玉林把糖给了玉树。小玉树在一旁吃着糖，陶素梅和儿子范玉林叙起家常。

"玉林，你看正平还好吧？"

"好！可好了！"

"正平带你去哪儿玩了？"

"正平哥带我坐了朱元璋当年坐过的大石头，我们在那儿还许了愿。"

"许愿，许的啥愿？"

"妈，你猜。"

"妈猜不到。"陶素梅微笑着摇摇头说。

"正平哥许的愿是让我和他都能成大老板，让妈你坐享清福。"

陶素梅听完脸上荡漾着甜美的笑意，然后问："玉林，你呢？"

"忘了。"

"忘了，不会吧？正平的你都记得，还能把自己的忘了。这世上父是天，母是地，你欺骗妈恐怕许的愿就不灵了。"范玉林幼稚的心怎能经妈的吓唬，就慢吞吞地告诉妈："我许的愿是我和正平哥永远都这样好，生死不离。"陶素梅听后笑得前仰后合。

"妈，正平哥给你买了衣服。"范玉林说完，转身从屋里拿出包，取出衣服。陶素梅一看，拎衣在手说："这是啥衣裳，双层面料弄得花花草草的。"

"妈，正平哥说这是最流行的，可时髦了。"

"妈穿上你看看时髦吗？"陶素梅穿上，那衣服裹着陶素梅柔美的身材，顿时整个人都靓丽起来。

"妈，你年轻多了，漂亮得很。"范玉林赞不绝口，就连小玉树也拉着妈妈的衣襟说："妈妈真美。"陶素梅照着镜子，心里甭提多高兴了。她说："玉林你说正平这么会买，不大不小，合适得很。"

"妈，正平哥现在可厉害了。他只要把眼闭上一只就能看出墙头的歪斜，那么高的砖墙他能砌得笔直笔直的，给你买一件衣服还不是小菜一碟？"

"嗯。"陶素梅不住地看着自己的衣服。

"妈，正平哥还给我和玉树买了呢。"范玉林把包里的衣服都拿了出来。

"玉林，你正平哥他自己买了吗？"

"没有。"

"嗯，这孩子……"陶素梅停了一下，又对范玉林说："玉林，你可发现正平有很多地方像妈吗？"

"有。"

"你说说。"

"比如长得白白的，身材很苗条，有些动作挺像，性格也很像。"

"难道正平就应该是我儿，却投错了胎，现在又回来了。"陶素梅小声地自言自语。

"妈，你说啥？"

"没说啥，那是妈胡说的。"

"妈，我咋不像你?"

"玉林你不像妈，但很像你爸。你跟你爸真的像一个模具倒出来的一样。"

"正平哥还让我给你带回三十元钱。"范玉林把三张十元的人民币递给了陶素梅。

"妈，没事我去睡了。"范玉林走后，陶素梅手里握着钱，宋正平的举止言谈呈现在她的脑海里。

第二天，陶素梅对儿子范玉林说："玉林，今天得交公粮，你把稻子再晒一晒，下午去交吧。"

"妈，多少?"

"昨天会计来说是每人一百二十斤，咱家得四五百斤。"

"咋这么多，这见风涨，一年一涨啥时是个底呀?"

"玉林咋这么说，又不靠咱一家。公粮一年一涨，咱收的粮食不也在涨吗?"

"妈，你不知道，国家公粮没加，加上去的是什么乡统筹、村提留的。从真正意义上讲就是苛捐杂税。"

"不管咋说，咱也不能落后呀!"

范玉林心里算着：一袋七十多斤，这五百斤得晒七袋。他喊道："妈，晒七袋可以了吧?"

"不行，得晒十袋，至少十袋!"

"为啥呀? 这扛来扛去翻翻罗罗的，多烦人。"

"玉林，晒十袋后还要扬一扬呢。"

"妈，咱家的稻子扬得够干净的了，那风下的瘪子咱都没要。"

"不管咋说，那稻瘪子一粒也不能进粮管所。"

"妈，现在啥时候了，你还抱着大集体的想法不放。"

"大集体啥都不好吗? 人的思想就比现在好，现在的人钩心斗角、自私自利。"

"妈，你看不惯，你看不惯的事多着呢!"范玉林说着凑近妈的面前说，"小龙还故意把稻瘪子往里面掺。他说，大集体人真傻，把最好的粮食交给人家，而自己吃瘪的、霉的、烂的。他还说，大集体的干部全吃最好的粮食，现在也该轮到他们吃瘪粮、烂粮的时候了。"

"那他咋蒙混过去的?"

"这叫道高一尺魔高一丈。别看粮管所验得很严，小龙的鬼点子可多呢。"

"玉林，咱可不能跟小龙那样的人学呀！"

"是，这我知道。"

范玉林下午拉着满满七袋稻谷去粮管所交公粮，他在验质员面前排队。虽然他来得较迟，但人不是很多，没等好久就验到了他的稻谷。验质员把手里的尖尖圆筒锥子扎进稻袋，拉出来然后把锥子倒个头，圆筒中的稻谷被倒在验质员的左手上，验质员用嘴一吹，手中的稻谷纹丝不动。验质员右手拿锥，左手攥着稻谷，一下、两下……七个口袋都锥了一遍，验质员左手已捧了满满一捧金灿的稻谷。他左手一用力感觉到那稻谷晒得焦干，然后转身，站在那儿把手慢慢放开，让手中的稻谷缓缓地落在地面的笆斗里。这捧稻谷在阵阵秋风中没有一粒被吹到笆斗之外。

"好稻，好稻哇！"验质员赞道。他转身抬头对附近的人说："鬼哄你们，自从土地到户这几年，我从没有收过这样的好稻。"范玉林听到验质员的夸奖，一脸的喜色。

"小伙子，几口袋？"

"七袋。"验质员在那张盖有"已验过"的图章小纸片上写下了"七袋"字样，递给范玉林。范玉林接过纸条，验质员顺手在范玉林的肩头拍了两下说："小伙子，好样的，到前院过磅去。"范玉林高高兴兴地拉着架车，好不容易排到仓库的门口。他把七袋稻谷从架车上搬到磅台上，司磅员看了重量后，起身离开座位，用审视贼的目光看着范玉林和他的七口袋稻谷。

"你这口袋里装的是什么？"

"能装什么，稻呗。"范玉林感到他问得可笑，所以笑嘻嘻地回答。

"别跟我嬉皮笑脸的，我问你这口袋里除了稻谷还有啥？"范玉林一听，也有点儿火了："你说，你说我口袋里除了稻谷还有啥？"

司磅员两眼盯住范玉林的脸说："我看你就不是个好东西，还有啥？我告诉你，这口袋里除了稻谷还有石头。"这句话可算得上十拿九稳，语气上铿锵有力。此言一出，让周围的人都大惊失色，人们纷纷聚拢过来。范玉林被他弄懵了，一时瞠目结舌。司磅员更是得意，大声地说："这些年轻人，思想可坏了，昨天一天，就弄到十来块大石头，现在还想来哄骗。"说完他又指着仓库门东方一侧的一堆石块说："这些都是他们这号人干的。"

范玉林清醒过来，感到自己的人格受到侮辱，非常恼火。他的愤怒难以自制，便破口大骂："你瞎了狗眼，白拿国家的工资。黑白不辨，好歹不分。"

"不服，不服是吧？我叫你当面献丑，你小子是不见棺材不掉泪，事实面前我看你小子还有啥话可说。"司磅员边说边叫人把这七袋水稻搬到大晒场。七袋全部倒完之后，没见到一块石头，却是令人赞叹的金灿灿的稻谷。司磅员傻了眼，连交粮的人都不愿意，替范玉林抱打不平。这下马蜂窝可捅大了，刚才趾高气扬的司磅员顿时神情沮丧，一副如丧考妣的容颜令人啼笑皆非。正值他骑虎难下之时，乡党委书记来检查各村公粮任务完成情况，才让其解围。

书记说："这堆粮多重？"司磅员连忙回答："五百二十三斤。别人正常七袋是四百八十至四百九十斤之间，他比人家足足多出三十来斤。"

"因此才断定人家口袋里面有石头，是不是？"

"是。"

"是什么是，给人家道歉去。"书记的话很严厉。这时验质员也赶了过来，他对书记说："书记，这七袋稻我没验出一个瘪子来。都说没好稻，看看人家的，没有一个霉头。难道他家的稻子种在另外的地方？"

"好了，好了，别说了。"书记打断验质员的话，转身叫过粮管所的所长："闫所长，找个雨布把它盖好，明天咱们在这儿开个现场会。"

"是。"闫所长回应着。司磅员满脸赔笑，把范玉林的那张票据递了过去。书记问范玉林："小伙子，你家得交多少呀？"

"四百八十斤。"

"那多出的怎么办呀？"

"就给国家吧。"

"不，小伙子。多出的粮食可以到村里结账。小伙子，你是哪村的，叫啥名字呀？"

"俺是刘庄村张营队的，我叫范玉林。"

"范玉林，好样的。"范玉林听到乡党委书记的表扬。那张脸笑得像绽放的鲜花。

时隔半月，乡政府通讯员直奔范玉林的家，把一张盖有乡政府红印公章的《通知书》送到范玉林的手中。通讯员告诉范玉林娘俩：乡党委、乡政府派范玉林到市农校学习农业种、养技术，学习一个月后，安排到乡政府农技站上班。真是"喜从天降"，范玉林马上就要成为乡政府农技站的工作人员，娘俩高兴得合不拢嘴。

范玉林走后约十二三天的一个晚上，陶素梅和小儿范玉树吃过晚饭。小玉树上床休息，她独自坐在屋里，虽说心里高兴，但不免有些孤独和担忧。门外传来两声狗叫，随后又听到人推自行车的声音。她打开门，见到一人推着自行车径直朝这边走来。

"谁？"

73

"我，妈，我是正平。"

"正平，你这么晚回来……"陶素梅双手将两扇门拉开，宋正平已扎好自行车走到妈妈的面前。陶素梅问："正平，还没吃饭吧？"

"没有。"

"妈给你做饭去。"陶素梅说着，就端了碗面，手里拿了几个鸡蛋。宋正平端着煤油灯走在前面，娘俩来到厨房。"妈，玉林和玉树弟都睡了吗？"

"玉树睡了，玉林到市农校上学去了，学习回来就到乡农技站工作了。"宋正平一听，高兴得跳了起来，拍着手说："妈，玉林弟就要成为拿工资的公家人了。"娘俩完全沉浸在兴奋之中，不知不觉饭做好了。

"妈，你还吃点儿吧？"

"妈吃过了，你吃吧。"

"妈，你做的饭真好吃。"

"好吃你就多吃点儿。"宋正平真的饿了，吃饭的样子简直就是狼吞虎咽。陶素梅蹲在厨房的门口，等宋正平吃完后洗碗。宋正平吃完最后一碗，陶素梅站起身，突然下肢发麻，她哎呀一声。宋正平赶紧放下碗，上前扶住："妈，您怎么了？"

"妈也没咋的，就是这双腿发麻。"看到妈紧皱眉头一副痛苦的样子，宋正平心里感到有些恐惧："妈，您有没有事？我给您请医生去。"

"妈没事，可能今天甩粪池累的，刚才一蹲，这腿脚就麻木了，歇一会儿就好了。"宋正平把妈扶坐在木凳上，他蹲在妈的身边："妈，我给你揉揉吧。"陶素梅想把腿抬起来，可怎么也抬不上来，看着妈抬腿吃力的样子，宋正平用胳膊将妈妈的双腿托在自己的膝盖上："妈，您脚麻吗？"

"麻。"宋正平伸手在灶前拽出一根草，掐断插在妈妈的两只鞋内。

"正平，你这是干啥？"

"妈，脚麻用小棍或草插在鞋内可管用了，一会儿就好。"

"谁教你的？"

"我们工地上的人都是这么做的。"宋正平又将妈妈的双腿上上下下揉了一遍："妈，好些了吗？"陶素梅刚动一下腿，那两条腿钻心似的疼。

"妈，您这肯定是抽筋了，我给你拉拉吧。"宋正平说着，把妈妈的双腿从自己的膝盖上捧了下来缓缓地放下，然后猫着腰，双手扣住妈妈的脚踝："妈，您坐好，手抓住门框。"一下，两下，咯吧一声："妈，好些了吧？"宋正平慢慢将妈的腿放下，又用同样的方式拉了另一条。陶素梅动了下，感觉比刚才好多了。

"妈，再拉拉脚趾就好了。"宋正平把妈的鞋脱了下来，褪去袜子，从脚的大拇指逐一往下拉，还真的把每一个脚趾都拉响了，然后又给妈妈的双脚按了摩。陶素梅觉得好了许多。

"正平，你在南徐的活什么时候完工？"

"快了。"

"你回来有事吗？"

"有，还多着呢。"

"说给妈听听。"

"妈，我想您，回来看看您呀！"

"这孩子就嘴甜，看看我老了没有？"

"妈，您不老，年轻着呢！"

"正平，你给妈买的衣服穿着可合身了，就是时髦了些，年轻人穿才好呢！"

"妈，您真的还很年轻，穿上一定很漂亮。明天妈赶集把辫子剪了，让理发师给您做个'二仔头'，那肯定跟电影明星一样漂亮。"陶素梅咯咯笑着说："正平，哪有二仔头，那叫二毛头。"

"妈，二毛头落伍了。二仔头是现在流行的一种发型，它的样子呢是上面大，下面小，理发师用那种不带口的剪子剪成。从头发的外层剪，越往上越短，最后形成上大下小的样子，可好了。"

"不说妈的事，说说你的吧。"宋正平听妈这么一说，转移了话题。他说："妈，南徐那个供销社的主任对我说：小宋，你自己想当老板吗？我说：想。他说：你这小子人长得帅，活干得好，怎么不自己干呢？你要想自己干俺们在乡下设个收购点儿，要盖十间大仓库，十二间门市部，外加两间办公室，还有厕所、院墙、大门都包给你，足够你干一个年头，如果愿意就找我谈谈。妈，这可是个大工程！"

"正平，你能干下来吗？"

"能，技术上没问题，就是缺人手。希望妈帮帮我。"

陶素梅高兴得眼睛都合成了一条缝儿，说："妈支持你，把它包下来。"

"妈，我想让二哥、三哥拉几个上工过来，就缺小工了。"

"想叫妈给你找人？"

"是。"

"得多少？"

"至少得四五个。"

"行，这事包在妈的身上，保证给你找的个个是好样的。"

三四天之后，宋正平真的从肖老板那里分离出来，拉起杆子，举起旗帜，招兵买马，自己承包了南徐供销社邮桥收购点儿，做起了堂堂正正的老板。

自从宋正平做了老板，在家的陶素梅天天担心，一个不满二十周岁的孩子领着十好几人，干了那么大的工程，管理、生活、购物、资金、安全等千头万绪，孩子能不能做得好，她总是为他忧心忡忡。陶素梅决定要亲自去看一看。

"宋老板你瞧谁来了？"宋正平正在那两米多高的脚架上专心地扎着墙角。听到有人叫他，扭头一看。他赶紧把坏刀往墙上一扔，纵身从脚架上跳了下来，一路小跑赶到陶素梅的跟前："妈，您怎么来了？"

"怎么，妈不能来吗？妈担心你不能来看看吗？"

"不，不是。妈，早晨我刚出门就有喜鹊朝我叫个不停，我猜今天肯定会来贵客。"

娘俩的亲热劲儿让他人看着羡慕，有的人干脆停下手中的活，专注这娘俩；还有的人窃窃私语赞叹陶素梅的美丽。陶素梅在儿子的陪同下，在工地转了一圈。

"妈，我带您到南徐看看去。"

"去那干吗？"

"妈，您来南徐也得到街上看一看。"

"正平，你走后工地怎么办？"

"有二哥呢，妈您放心吧。"看到儿子的热情，陶素梅也不想扫他的兴，就答应了。

"妈，您把自行车放在这儿，我骑车带您吧？"

"我自己骑车吧。"

"妈，您骑车走了那么远的路，累了吧？"陶素梅看到儿子的那份诚意，欣然同意。陶素梅坐在宋正平的自行车的后座上，娘俩往南徐街驶去。

"妈，您今天真漂亮。"

"那还不是你买的衣服好。"

"还是妈长得好。"

"这孩子，胡说。"

"妈，到南徐把您的发型变一下。"

"变成啥，是不是你说的'二仔头'？"

"是呀。"

"那可不能做。穿上这衣服走在路上都引来那么多人看，再做个那发型，人家还不把妈当成耍猴的看，羞死了。"

"妈，那是人家羡慕您的美丽。"到了南徐街，街上可繁华了。娘俩从自行车上下来，并排走在人头攒动的大街上。

　　到了一家装饰豪华的理发店门前，宋正平把自行车往门旁一停，让妈妈进店，陶素梅站在那儿一动不动。宋正平上前拉着陶素梅的胳膊说："妈，进去吧!"陶素梅经不过儿子的磨蹭，只得随他进去。一个二十岁左右的男性理发师迎了上来，笑容可掬地说："是小弟理发，还是大姐做发型。"宋正平摇摇头。理发师面向陶素梅说："是大姐做发型吧?"陶素梅点点头。宋正平问理发师："你看做哪个发型好?"理发师看了看说："大姐做个二仔发型肯定漂亮。"

　　"为啥? 你说说?"宋正平问。

　　"大姐本来是个长颈细脖的人，脸庞清秀俊美可这些长发把它遮住了，看大姐宽额头、高鼻梁、尖下颔，这么自然完美的五官无须任何掩盖。人呀，啥美? 最重要的是脸吧，细眉杏目，隆鼻小口，娇颜嫩肤。这些大姐你都有呀! 这么漂亮应该把它展示出来。"宋正平听着拍了拍手说："有道理，有道理。"陶素梅这个俊美的少妇被两个年轻人说得很不好意思。

　　"你可真会说，跟哪个老师傅学的?"陶素梅问。

　　"老师傅那是不行了，眼光浅，脑子顽固，我可不跟他们学。我在周口技校美容美发专业学的。"

　　"哦，还专门有学校教人理发呀?"

　　"有，现在改革开放，新思想、新潮流、新时尚层出不穷。如果还守着原来的东西那肯定是不行的。"

　　"师傅是初中毕业还是高中毕业?"

　　"高中毕业。"

　　"考大学了吗?"

　　"考了，没考上就去学理发了。"宋正平坐在那儿，一边听着妈和理发师的对话，一边关注着理发师给妈妈做发型。那把剪刀在理发师的手里上下飞舞，左右翻转。约四十分钟，妈妈的头发就做好了。理发师解开围在妈妈脖颈上的围巾，拍掉落在妈妈肩头上的乱发。妈妈转过头来，宋正平一看，在心里称赞道：妈妈真美。陶素梅看儿子用那样欣赏的目光看着自己，她转过身在镜前注视一下自己，真的完全变了一个样："哎呀! 这咋走出去呀!"

　　"大姐，不好看吗?"理发师问。陶素梅用鼻子嗯了一声。

　　"大姐，那是你没有好好地欣赏自己。大姐这发型配上这漂亮的脸可以说风姿绰约，真有电影明星潘虹的风采。"

　　"好了，别说了。多少钱?"宋正平站起来问。

　　"三块。"

陶素梅听了一愣说:"这么多?"

"大姐,你这是新做的发型,要是下次再来,只需修剪一下那就便宜了。"理发师解释说。

"三块就三块。"宋正平掏钱递给理发师,娘俩告别理发师。

"正平,妈这样的发型好看吗?"

"好看,妈您真漂亮。看街上好多人看您呢!"听儿子这么一夸,陶素梅心里也挺高兴的。

"妈,您身上的裤子过时了。我给您买条新的吧。要不然人家会说您'土洋结合'的。"买了裤子之后,宋正平又把妈拉到一个鞋店,给妈选了一双黑色高跟皮鞋。陶素梅不穿,宋正平当着众人的面硬是把妈妈脚上的布鞋脱下换上新的。陶素梅拗不过宋正平,只得穿上。鞋店老板羡慕地对陶素梅说:"妹子,有这么好的弟弟。"陶素梅没说话只是白了那个个体老板一眼。其实她自己心里明白,自己只比宋正平大十四岁。出了门,陶素梅对宋正平说:"正平,妈要是知道这样就不来了。"

"为啥?"

"你把钱都花在妈的身上了。"

"妈,这是应该的。您为我们哥仨儿付出那么多。"娘俩边走边聊,迎面碰上了南徐供销社主任。宋正平赶紧走上前,一手扶住自行车,一手和主任握手。

"小宋老板,今天有空赶集了。"

"是,是,主任好。"

"小老板,买的啥东西呀?"主任边说边用目光扫视宋正平挂在自行车把上的布袋子。宋正平赶紧用手攥住袋口,那里面是妈妈刚才换下的条旧裤子和一双布鞋,怕主任看了笑话。

"没啥,没啥。"

"噢,我说是来给我送礼的了。"

"主任喜欢啥,哪天给您买件。"

"开玩笑,开玩笑。"主任连忙解释,生怕宋正平错领了自己的意思。宋正平把妈和主任作了介绍。主任伸手和陶素梅握手说:"哎呀,宋老板的母亲这么年轻漂亮。怪不得小宋老板这么帅气,有其母必有其子呀!"

"谢谢主任的夸奖,谢谢主任的关照。"陶素梅那盈盈的微笑着实迷人。主任转过头对宋正平说:"怪不得小宋老板不让我看,恐怕是给妈妈买的东西吧。妈来了,中午不请我陪客吗?"

"请,请。就今天中午。"

"真心的。"

"真的，真的。"宋正平连忙应着。

"好，那我今天就答应。能陪上这么漂亮的女士吃饭，那可是好事呀！"

"主任，您说去哪儿？"

"小宋老板，今天可是你做东哪。"

"主任，我对这不是不熟吗？"

"到如意吧。"三人朝如意饭店走去，主任又碰见南徐镇高中校长，二人不仅同是镇直属部门的负责人，还是很要好的朋友。

"主任单位来客了？"

"不是，不是。我来介绍一下，这位是宋老板。"

"哎呀，这么小就做了老板，我看还没我们学校有些学生大呢，真是英雄出少年呀。"校长夸道。

"这位美女是宋老板的妈妈。"

校长摇着头，连声说："呀，呀，真没想到宋老板的母亲这么年轻，这么漂亮。"校长的话让陶素梅满脸绯红。主任又向陶素梅介绍说："这位是我的好朋友，镇高中校长。"

"既然是主任的朋友，那中午就一块叙叙。"陶素梅邀请道。

"既然这样，恭敬不如从命。"校长爽快地答应了。入屋落座之后，校长得知宋正平是建筑老板，一拍桌子说道："天下真有这样巧的事。"

"怎么了？"主任问。

"我们学校过了年准备再盖两栋教室，二十四间。在镇上我谈了两个都没谈好，看来今天遇见宋老板，这事就能敲定。"

"小宋老板，看来你今天这个客没有白请。"主任开玩笑地说。这时，女服务员提上茶壶刚要倒水，被校长叫住："放下，放下，你出去吧。"服务员放下茶壶退了出去，校长对陶素梅说："小宋母亲，你贵姓？"

"姓陶，名叫陶素梅。"

"噢，陶女士。就请你给咱们倒杯水吧。"校长的这句话把主任说急了，他说："你怎么了？刚才服务员给你倒水，你不让，却让陶女士倒水。人家到咱南徐那是客人。"宋正平起身说："校长，我来倒。"校长推开主任拦住陶素梅的那只手，示意宋正平坐下，然后慢条斯理地说："我让陶女士倒茶有三条理由：第一，今天他娘俩是主人，咱哥俩是客人。该她倒水吧？第二，我马上和小宋老板谈工程，你负责写《合同》，陶女士倒水，这是分工。第三嘛……还是不说了吧。"校长卖了个关子，急煞了主任，他催促道："第三是啥？快说呀。"校长说："你看，素梅这相貌、这身段、这人才哪一样不是一流，在咱们南徐你见过吗？就是十八九岁的大姑娘也逊色三分，不比刚才的服务员好？"校长这话说得陶素梅羞红了脸。

"好了，说点儿正事吧。"主任接着说。

"啥正事？"

"你校长是贵人多忘事，不知是真忘还是假忘。"

"是不是合同的事？"停了一会儿，校长下决心说，"好，今天冲着你老弟和陶女士的面子，也得把这个工程包给宋老板。按照你们搞的标准写一个。"

主任趁热打铁拿出材料纸铺在桌子上开始写《合同》。校长和宋正平谈论工程的有关问题。主任把合同写好，当众读了一遍，问甲乙双方有无意见。校长说："后面加上两条：第一，如有质量问题，承建方要赔偿校方损失。第二，工期不得延误，如果延误工期，视其时间长短扣除工程款。"

"校长老弟，我看你是脱裤子放屁——多此一举。"

"唉，主任，这可是原则问题。"风趣幽默的校长严肃起来。宋正平忙说："行，行。"校长和宋正平分别代表甲乙双方在《合同》上签了字。

中午的餐桌上，宋正平为了表示心意，已经喝醉，主任、校长也有七八分的醉意。

"来，校长，咱，干两杯。"宋正平已经醉得语无伦次。

"行了，小宋老板，你差不多了。要喝咱跟陶女士干一杯。"很有风度的校长醉得也失去了斯文。

"可以，正平醉了，我替他跟主任、校长共同干两杯。"陶素梅很爽快地答应。

一阵儿拉拉劝劝之后，校长看看手腕上的表说："到此为止，今天谢谢陶女士和宋老板，咱就告辞了。"送走二位，陶素梅见儿子宋正平处于深度醉酒状态，愁得不知所措。正在这时，饭店老板走了进来。

"同志，你们需要住店吗？"

"在哪？离这儿多远？"

"本店就有房，你要住我就叫人把这位小同志扶进屋内休息。"

"不用了，你领路。"

陶素梅扶着儿子走走晃晃，刚到屋宋正平就呕吐起来，陶素梅前前后后地伺候着。等宋正平呕吐完，她脱下他的上衣，搀扶他躺下。

陶素梅拿起毛巾，蘸着脸盆里的水，想擦去正平吐在上衣上的脏污。那衣服被吐得太脏了，只能洗一洗。陶素梅拎着宋正平那件脏衣服，顶着熏人的异味，掏出装在口袋中的物品，除了上午刚写的《合同》，还有一个小小的、黑色的、质地非常柔软的丝织类的东西跃入陶素梅的眼帘。她把那叠得非常整齐的东西抖开一看，原来是双尼龙丝袜。她一眼就认出是自己的，放到鼻孔前一嗅，上面还残存着自己脚汗的气味。她把那双丝袜和《合同》一起装进自己的布袋内。

陶素梅把宋正平的脏衣服洗净晾晒后回到屋见宋正平很平静地进入梦乡，她趁这个时间在街上给宋正平买了一块价值四十多元的"宝石花"牌手表。她从街上回到旅社，推开屋门，宋正平仍在沉沉地酣睡。外面的夜幕已经拉开，屋内的光线一片昏暗。陶素梅拉亮屋内的电灯，坐在床沿上，看着这个曾经脏兮兮的孩子，现在长成一个英俊并有着极好建筑技术的青年，心里一阵儿激动。她伸手抓住宋正平放在被单外面的一只手，放在自己的膝盖上，注视着熟睡中的儿子，一种做母亲的成就感和自豪感油然而生。

夜深人静，她没有一点儿困倦的样子，手里攥着宋正平的手，看着自己第一次穿着高跟皮鞋的双脚，确实美丽而时尚。突然，宋正平那稚嫩的声音言犹在耳："婶，我也想搂你脚。"

"妈，您怎么没睡呀？"这突如其来的声音把她从遐想中惊了回来。一抬头见宋正平睁着一双明亮的眼睛看着自己。陶素梅赶紧松开宋正平的手，端过桌上的茶水递给宋正平："正平，喝点儿茶，解解酒吧。"

宋正平一骨碌坐起来，身上的被单滑落下来，赤着上身的他面红耳赤。他没有去接妈妈递过来的茶杯，反而伸出双臂赤裸着上身将妈妈的头搂在怀中。陶素梅惊疑着，立即将手中的茶杯放回桌上，她的目光和儿子的目光相遇，见儿子那明亮的黑瞳里放出异样的眸光。

"妈妈，我爱您！"宋正平说着，已经把妈妈扳倒在床。陶素梅奋力挣扎，从床沿上站起来，指着宋正平说："你疯了，我是你妈。宋正平呀宋正平，我万万没有想到我白白养了一条狼。"陶素梅很愤怒，拿起小布袋，丢下一句话："宋正平，我回去了。"她转身就走。这下宋正平吓坏了，赶紧从床上蹦下来，堵住妈的去路，然后"扑通"一声跪在陶素梅的面前，声泪俱下："妈妈，我错了。我错了。妈妈，您原谅我吧！"

陶素梅的心软了下来，她长叹一声说道："正平，你起来吧。"宋正平不起来，拉起妈妈的手往自己的脸上拍打。

"正平，你这是干啥？起来吧。"

"妈，您不原谅我，我就不起来。"

"起来吧正平，妈妈原谅你，可千万别有下回了。"宋正平点点头。

"正平上床休息，别凉了酒。"陶素梅的话比刚才缓和了许多。宋正平站起来推着妈妈，让陶素梅又重新坐在床沿上，自己蹲在妈妈的腿旁。

"妈，您休息一会儿吧。"

"妈不困，你上床休息。"陶素梅拉着宋正平的胳膊，想把他拉起来。宋正平没有起来，两手搂着妈妈的脚，嘴里说："妈不睡，我也不睡。"

"正平，你还想抱着妈妈的脚睡觉吗？"

"嗯。"宋正平边应边点着头。

"正平，你现在是大人了，不要再想小时候的事。起来，跟妈说说话。"宋正平听从妈妈的话站起来，陶素梅从床上拿起被单披在宋正平的身上。娘俩坐在床沿上拉起家常。

陶素梅用一个母亲的宏爱和理性筑起了一道人伦的防护墙，既维护了一个母亲的尊严，又教育了儿子。经过一场短短的而又惊心的风波之后，那酽酽的母子深情又重新荡漾在小屋中。

天亮了，陶素梅把洗净晾干的衣服递给宋正平。宋正平穿上衣服，往口袋里一摸，上衣口袋中空空的什么也没有。

"妈，您昨晚给我洗衣服，见到我口袋里的东西了吗？"

"啥东西？是不是《合同》。"陶素梅说着从自己的布袋里拿出那份合同。

"还有呢？"

"妈没看见，就这份《合同》，就收了起来。"

宋正平慌了，急忙在屋里寻找起来，大清早的他急得头上竟然渗出了汗珠。

"正平你找啥？"宋正平不语。

"正平是不是一双袜子？正平呀正平，你口袋里装妈妈的袜子干啥？还没洗，你就不怕人家看见说你，丢了你老板的脸。"宋正平低着头，红着脸，沉默着。

等妈妈奚落了一阵儿之后，宋正平支吾着说："妈，有了它，我就感觉到妈妈就在我身边。"

"别找了，让妈收起来了。正平要不是你昨天醉成那样，妈不放心，昨天就回去了，现在也不知道你玉树小弟自己在家啥样了？"

"妈，都怨我。"

这时，饭店小伙计进来："二位，吃早饭吗？"

"吃，吃。"宋正平转过身扶住妈妈的肩头说，"妈，吃饭去。吃了饭我们去工地，把好消息告诉大家，让他们也乐一乐。"

到邮桥工地后，陶素梅要回去了。宋正平把妈送了很远。在那条路旁，陶素梅对宋正平说："正平，都当了老板，还要看太阳掌握上工和下工时间很不方便。妈给你买了一块手表，'宝石花'牌的。"陶素梅一手拿着手表，一手拉着儿子宋正平的手，把那块精致的崭新的手表戴在他的手腕上。

"妈，咱家还不富裕，等我挣了钱……"宋正平用饱含深情的目光看着眼前这个比自己大十四岁的母亲。

"怎么，给妈买衣服买皮鞋不心疼钱，妈给你买块手表就心疼了？"

"妈，您就是我的福星，我这一辈子也报答不了您的恩情。妈，我真舍不得与您分开。"

"我在这儿，你玉树小弟自己在家咋办？"

"是，是。"

陶素梅又从布袋里拿出一样东西攥在手里说："正平，妈知道你想啥，给你。你不是说有它在就好像妈在身边吗？"

宋正平接过在手，连声说："妈，您真好！妈，您真好！"

"好了，好了。妈回去了。"陶素梅走了一段路，又下了自行车，回头对还在注视自己的宋正平喊，"正平，想家了回去看看。"

"好。"宋正平挥手向妈妈告别。

范玉林到乡里农技站报了到，成了乡农技站的一名农业技术推广员。一段时间，他跑遍全乡的村民组，宣传农业科技知识，推广农业技术，可响应者寥寥无几。成效并无预期的那样理想。主抓乡农业生产的副乡长把他叫到办公室。

"技术员同志，这些天在乡下的工作成效如何呀？"

"乡长，那些人思想保守顽固，他们根本不接受新科技。经常留在口头的一句话就是'庄稼活不用学，人家咋做俺咋做'。"

"那你想一想能用啥办法来改变他们的思想呢？"

范玉林摇摇头说："不知道。"

"照这样，乡党委、乡政府制定的发展庭院经济、种养经济，发展科技农业不就成了一句空话吗？"范玉林听后不语。

"小范同志，你能不能再努力一下？"

"咋努力，你下乡一说，他们就用蔑视的眼光看着你。好像我就是一个大骗子似的。"

"我想，说得多，不如做得多，事实胜于雄辩。咱不如干出来给他们看看。"

"咋干？请乡长明说。"

"明天你回去在自己家里搞个项目，最好是短、平、快的，效益好的。把你所学的知识拿出来，办成功一个，乡里再组织各村参观学习，到那时你再做技术指导。你在家搞项目期间，工作单位不变，工资待遇不变，专心致志地搞，一定搞出个名堂来。"

"行。"

"有什么困难，可以到乡里直接来找我。"

"可以。"

"你选个啥项目，写个申请报告。"

"养鳝，乡长你看怎么样？"

"行，一定要有把握，更要有信心。"范玉林点点头。

乡政府批准了范玉林的《项目申请书》。他回到家跟妈妈一说，陶素梅非常支持。有了乡政府的批准，有了妈妈的支持，凭借着自己对事业的执着和追求，再加上自己对养鳝的专业理解，范玉林确信自己一定会取得成功。范玉林选好地点，就破土动工开挖鳝塘。邻居都笑他放着工作不干，在家倒腾一个鳝塘，真是吃饱了撑的。对于他人的闲言碎语范玉林开始还是一笑了之，可渐渐地感到了压力，想放弃。就在他进退维谷举棋不定的关键时刻，宋正平对范玉林说："玉林，你想干的事，千万不要退却，一心一意往前闯。哥鼎力支持你，就是哥只有一分钱，也首先满足你的需求。"

"我知道哥对我好。哥，我还有一件事想求你。哥，你能一个星期回来一趟吗？"宋正平听后，用手指指了一下范玉林的额头说："小鬼，你简直是一个'疯小子'。哥答应你。"

再说范玉林一边挖塘，一边算着宋正平回来的日子。整整一个星期过去了，正平哥今晚该回来了，他对妈说："妈，今晚该杀只鸡了。"

"为啥，半晌不夜的杀什么鸡，犒赏你哟。"

"不是，不是。"

"那是为什么？"

"晚上正平哥要回来。"

"你怎么知道的？"陶素梅感到有些惊讶。

"我会算。"范玉林一面装着神秘的样子，一面向妈妈扮鬼脸，弄得陶素梅一头雾水不知是真是假。

范玉林晚上很早就收了工。陶素梅问儿子："玉林，今天收工这么早？"

"今晚不是正平哥要回来嘛。"

陶素梅有点儿丈二和尚——摸不着头脑，她瞪大眼睛问范玉林："真的假的？"

"真的，妈。我怎么会骗你呢？"范玉林说着就去鸡圈抓小鸡。

"玉林，也不知道正平他回不回来，要是他不回来……"

"不回来，咱娘仁儿能吃掉牙？妈，我看你就是偏心正平哥。"

"玉林，你这孩儿怎么能这么说呢！"

"不是吗？你啥都给正平哥。"

"啥给正平了，你说呀？"

"给啥？你自己知道。"这话说得陶素梅一怔。

范玉林一手抓着小鸡，站在妈妈面前说："妈，你紧张啥？"

看着儿子范玉林那阴不阴、阳不阳的样子，陶素梅说："玉林，你可把话说清楚。难道你不知道，你才是妈亲生的。"

"妈，你知道啥叫'比亲娘还亲'吗？"

"玉林，你是不是说正平手上戴的那块手表？"

"妈，你知道呀。"

"是正平跟你说的？"

"不是，我自己的感觉。凭正平哥那抠劲儿，绝不会买手表的。"

"那是过去，现在正平是老板，得看时间上工、下工。这叫工作需要。"陶素梅真的恼火了。

"妈，我跟你开玩笑的。正平哥他今晚一定会回来的。我杀鸡去了。"范玉林转身离去，陶素梅仍余怒未消。小玉树见玉林哥杀鸡高兴得手舞足蹈，催促妈赶快烧锅，他自己坐在灶前帮妈妈生火。范玉林站在村口那条宋正平回来的路上等着，夜幕笼罩大地之时，宋正平果真如约而归。

范玉林趴在宋正平的耳边说："哥，我可想你了。"

"松开。玉林我给你买了两本书。"

"啥书？"

"怎样养鳝的书。"

"在哪儿？在哪儿？"范玉林有些迫不及待。

"在我口袋里呢。"宋正平停下来，从自己外衣口袋里掏出两本书递给范玉林。范玉林接书在手说："正平哥真好。"

宋正平进屋，小玉树拉着他的手要糖，宋正平从口袋里掏了一大把装进小玉树的上衣口袋。陶素梅高兴地说："玉林说你回来，我还不太相信呢。"

"妈，我说你偏心，你还不服。刚才我逮小鸡杀你阴着脸，马上就要下大雨的样子，可恐怖呢！现在，你看你脸笑得跟盛开的花一样。"

陶素梅被儿子当着宋正平的面这么一说，挺不好意思。就连小玉树也在一旁给玉林帮腔："就是的，就是的。"陶素梅用手轻轻地拍打着小玉树的头说："小鬼，你掺和啥。"小玉树跑到一旁吃糖，陶素梅对宋正平和范玉林说："玉林咋知道正平今晚回来，是不是你哥俩商量好的。"

"不，不是。"范玉林忙解释。

"正平你说。"被妈妈质问，宋正平只用鼻子嗯了两声没答出来。范玉林见哥的窘样，举起手中的书说："我让哥给我买书。"

"啥书?"陶素梅问。

"养鳝书。"范玉林回答后又追问一句，"妈，你咋跟审贼一样?"

"正平，你咋不买盖屋方面的书看?"陶素梅又问宋正平。

"妈，我不是读书的料，看书看不懂，只有看到实实在在的东西，才能知道咋做。不像玉林那样，一看书就懂。"

"噢。"陶素梅似乎明白了。

一家人团聚和和睦睦，很是温馨。陶素梅不免问了许多建筑工地的事。范玉林插言道："正平哥，你看妈多关心你和建筑工地呀。每周晚上回来一趟，向妈汇报汇报。"宋正平看了范玉林一眼，心里不免好笑：玉林，我知道你葫芦里卖的什么药。

"正平，要是方便每周就回来一趟，省得妈挂心。实在不方便就算了。"

"咋不方便，正平哥是老板……"

"你想正平跟你一样，自说自算。我看正平是个干大事的人。"

"谢谢妈的夸奖。正平就是再忙也抽出时间，每周回来一趟看看妈、玉林和玉树。再给玉林出出点子，打打气。"

"好哇，妈同意。"范玉林喜笑颜开。

"玉林弟要有时间，也到哥工地去，给哥参谋参谋。"

范玉林高兴，把头伸到妈妈的面前说："妈，你听到了吧，哥让我有时间去给他参谋参谋。"

"参谋啥? 你能把自己的事做好就行了。"妈给范玉林泼了一瓢冷水。

"妈，你咋老小看我呢! 有正平哥和您的支持我一定会成功的。"

小玉树也拉着正平的手说："哥，我也去给你参谋参谋。"

范玉林拉开小玉树说："你瞎掺和啥。"

"好了，别叙了。明天正平还要去工地。正平明天早晨不要走那么早。吃了早饭再走。"

"好。"

宋正平和范玉林回到自己房中。范玉林说："哥，你回来就为了我吧?"

"你说呢?"

"我说，是。"

"就算是吧。"

"哥，这几天我想你几乎要疯了。你今天要是不回来，我就要去找你了。"

"玉林，你光这样想我咋办呢? 要是让人家知道咱哥俩可都完了。"

"哥，你很讨厌我吧。"

"哥不讨厌你，很喜欢你，也很爱你。可不是你所说的那个'喜欢'，那个'爱'。"

"哥，我管不住自己，我也克制不住对你的那种渴望。"

"是不是哥长了两条女人似的腿？有时我真想在自己的腿上划上两刀，等长了难看的伤疤可能你就没有那样的念头了。"

"哥，那你还不如拿刀子在我心口上捅上两刀。"范玉林说着把怀中正平哥的双腿抱得更紧了。

"唉，不说这些。玉林，我下周结了款给你点儿，找人把塘挖好，省得你自己没日没夜地干。"

"哥，这是我的工作，也是乡里安排的。年里那二分地的塘我一定会挖好的。过年春上就放鳝，年底见效益，后年在全乡推广，到那时我可就是全乡的大忙人了。"

"我非常想见到你的成功。到了你忙事业的时候，或许你就可以把咱哥俩的这种关系忘掉。"

"不会！哥，现在咱哥俩一周只有一夜在一块儿，这是极限。其他的想法你就打消吧。咱哥俩是有约定的。"

"好，好。哥不会违约的。玉林你就放心地睡吧。"

第二天一早，哥俩仍在甜蜜的美梦中，外面传来妈妈的呼唤声："正平起来吧，天快亮了，吃了饭去邮桥工地呀。"宋正平起身想慢慢从范玉林怀中抽出双腿，可那双腿被范玉林抱得紧紧的。他本不想打扰范玉林，可不用力就是抽不出。他越是用力，范玉林抱得越紧。

"玉林，玉林。"范玉林就是不理他，那鼻腔内仍发出鼾声。

"玉林，玉林，你这样我下周就不回来了。"

范玉林听了此话没吱声，放开双臂，然后是长长的一声叹息。宋正平趴在范玉林的头前说："玉林，别难过，哥下周还回来。"

宋正平吃了饭，东方吐白。他向妈道个别就匆匆赶路而去。

范玉林陶醉于自己的爱河里，宋正平则扮演着哥哥和情人的双重角色，履行着对范玉林的承诺。范玉林也切实地遵守着与哥哥的约定，不敢越雷池一步。他们都干着自己的事业，憧憬着美好的未来。到年底，因为有了宋正平事业的成功，陶素梅家成为名副其实的"千元户"。

第三章

波 折

经过一年的奋斗，宋正平取得了骄人的成绩。他陆续建成南徐供销社邮桥供销点、南徐高中两幢教室和南徐粮管所一幢仓库后，又回到本乡承建了工商所办公室、乡政府大礼堂等标志性的工程。农家住房更是数不胜数，一时名声大噪。范玉林在养鳝方面同样取得成功，求学者、参观者络绎不绝。

"家有梧桐树，定能引凤来。"前来提亲说媒者接踵而至。在众多的说媒人当中，最值得一提的是村妇联主任崔玉珍。

"崔主任今天咋有空到咱家来看看。"

"素梅呀，你两个儿子这么有出息，我早就该来看看啦。"

"崔主任，我看你是'无事不登三宝殿'哪。"

崔主任把凳子往陶素梅跟前挪了挪说："我真有事，可让你猜着了。"

"啥事，你说吧。"

"我这事也是受人之托。"

"崔主任，就直说吧。"

"你家正平的婚事定了吗?"

"没有。"

"那好，看来我来得正是时候。王书记说自从王琴跟正平解除婚约以后，他心里一直有愧。他想跟你聊聊又恐怕你不了解。现在小孩儿们的婚事大人很难做主。"

"这我理解。"

"王书记考虑再三，他觉得王琴的事过去就算过去了，再说王琴也比正平大。如今他家二妮子王霞和宋正平岁数差不多，让我来说和说和。如果能成，那也是王书记对宋正平的一种补偿。"

陶素梅顿时明白了，心里暗骂：狗杂种，现在看正平混出个人样来……

"素梅，你觉得咋样？"崔玉珍打断陶素梅的思路。

"哎呀！谢谢王书记的一片美意，真是煞费苦心，为小孩儿想得周到。咱农民不敢高攀呀！俗话说得好'攀得高摔得响'，我深有体会。"

"看看，你又来了。咱不是说过去的事就让它过去了，你还计较那陈年老账有啥意思哟。"

"崔主任，这古人说得好，吃亏忘不了，承情忘不了。说起来容易做起来难哪。"

"素梅，先不要这么说，等正平回来你娘俩再商议商议。"

"好吧。"陶素梅送走了媒人。

过了几天，宋正平回到家，陶素梅提起此事。范玉林说："妈，你认不认识王霞？"

"妈上哪认识。"

"妈，你同意了吗？"

"没有，没有你正平哥的答应，妈咋敢点头。"

"妈，你没同意就对了。那王霞长得黑不溜秋，皮肤比老男人还粗。她要是嫁给正平哥，正平哥就恶心死了。"

"看你把人家说的，自己跟从黑炭篓里爬出来的样，还讥笑人家。"陶素梅批评范玉林。

"妈，我黑得正派，黑得魁梧，黑得有风度。爸跟我黑得差不多，妈您这样俊俏的女人不也爱上他了吗？"

范玉林这么一说，把妈说得不好意思，指着范玉林说："我跟你正平哥商议正事，你在这乱搅和，还扯到妈身上。"

"妈，说说爸是啥样子？你和爸是怎样相爱的？"宋正平这一问，陶素梅更不好意思了，脸上立刻泛起一层红晕。

"妈，别不好意思，这又没外人。"

看着正平那真诚的样子，陶素梅的心情平静下来。"你爸年轻时的样子跟玉林一模一样，是个黑大个儿，整天可有精神了，好像有使不完的劲儿。一九六四年夏天发大水，你姥爷带着我们全家跑水反（躲避洪水）来到这里，那时我才十四五岁。这里的队长做媒把我介绍给你爸，并承诺让我们全家落户这里。你姥爷经不起落户这里的诱惑，就答应了。后来你爸应征入伍，第二年我去部队和你爸结婚。你爸退伍转业到武汉钢厂做了一名国家工人。再后来党和政府对我们老家进行了大规模的河道治理，彻底改变了老家那种小雨小涝、大雨大涝、涨水就跑的恶劣生存环境，你姥爷思念老家亲人，就抛下我又带着全家离开这里。"

"妈，我看得出，您跟爸挺恩爱的。"

"正平，不能只说妈过去的事，对王霞啥态度，你表个态。"

"妈，我不同意。"宋正平的口气十分坚定。

"正平，你也是二十出头的人了，这两年在外面有没有相中的，说出来妈托人去说。"

"妈，我还真想跟您说这事。前些天有个南徐街上的姑娘在俺工地干活……"

"哥，你在外面谈恋爱，还瞒着妈，让妈为你操心，你真昧良心。"范玉林的话里可冒着火。

"我这不正跟妈说嘛，再说了现在还不成熟。"

"正平，别理他。玉林你今天怎么了，跟吃了枪药似的。正平，下次回来带给妈看看，省得他人经常来给你提亲。"

"妈，你是不是想媳妇想疯了。"范玉林一脸的不悦，宋正平低着头假装没看见。

陶素梅拍了儿子范玉林一巴掌说："玉林别气，等你正平哥说好了，就给你说，今年年底两房媳妇一块儿娶。"

"我才不稀罕呢！"范玉林丢下一句话转身离去。宋正平和妈妈陶素梅规划着家庭的现在与未来。今年准备扒掉原来的两间老草房，保留正平和玉林住的房子给妈妈和小玉树住，盖上四间砖瓦结构的房子给正平和玉林做新房。

宋正平回到屋内，范玉林已进入梦乡。他洗漱之后钻进被窝，范玉林一反往常的热乎劲儿，对他极其冷淡。宋正平知道范玉林在生他的气。

"玉林，玉林给你。"宋正平说着把腿伸到范玉林身旁。范玉林没有理会他，宋正平说："玉林你不要，下周我就不回来了。"范玉林立刻翻了个身，把宋正平的双腿抱在怀中说："哥，你结婚后咱哥俩说的话还算数吗?"

"算数，算数。等你结婚后咱哥俩说的话才不算数。"

"不，咱哥俩说的话啥时候都得算数。"

"行，就按你说的。"范玉林顿时觉得心里像吃了一颗定心丸比刚才好多了。

崔玉珍第二次来到陶素梅家，陶素梅告诉她：正平已经有了对象，是南徐人。隔了一天，崔玉珍又来到陶素梅家，她告诉陶素梅：王书记要把王霞许配给范玉林。这事弄得陶素梅进退两难，骑虎难下。她只能把这事往范玉林身上推。这个王书记似乎"志在必得"，他一方面派出崔玉珍说和，另一方面又请出乡农技站站长向范玉林施压。王书记使用两面手法，恩威并重，终使陶素梅和范玉林同意了这门亲事。定亲那天，这家可热闹了。两对新人缔结了姻缘之约。到了农历腊八这天，陶素梅家新建的四间大瓦房门上贴着偌大的"囍"字，全村男女老少齐聚于此。宋正平和范玉林分别被推进各自的洞房，相拜成亲。

定亲、建房、娶媳、新春，陶素梅全家沉浸在浓浓的喜气氛围中。刚过春节，喜事再次降临这个家庭。范玉林的父亲范春成厂里来人调查陶素梅的家庭情况，根据政策规定：范春成的爱人及未成年的孩子可办理"农转非"。于是，陶素梅和小玉树就变成了城市户口的人，并迁至武汉。

陶素梅临走前召开了一个家庭会议，除了他和三个儿子，还有大媳妇汪秀华、二媳妇王霞。家庭会议上陶素梅把所有的家底都抖了出来，并说出分家的初步方案。听说分家范玉林满脸泪痕，说道："现在妈和小弟走了，又要我和正平哥分家，我接受不了。"他哽咽的喉咙说不出话，只有抽泣声。

"树大分叉，人大分家。这是千古不变的道理。玉林你也不要难过，我和你小弟走了，还有正平呢。"

"玉林弟，妈和小弟走了。咱哥俩分家不分心，相互照应。"宋正平劝慰着范玉林，可自己的眼圈红红的舌根也硬得说不出话。

"这分家算账如扫地，不要拉拉扯扯的。谁照应谁呀？这分田到户本身就是各顾各。"

"王霞，你这话说得就不对了，正平和玉林这哥俩的感情可好着呢，从小一点点妈是看到的。你和秀华在中间可不要胡说八道。俗话说：孤掌难鸣，独木不成林。哥俩相互照应有啥不好。你和秀华也该向他们学着点儿。家和万事兴，你们可要记得。"

"是，我们记下了。"宋正平、范玉林和汪秀华都异口同声，只有王霞用鼻孔哼了一声。

"妈有个初步分家方案。我和玉树的承包地分别给秀华和王霞。这样正好你哥俩每家两口人的责任田，分法是每块地一家一半。四间瓦房一户两间，我和玉树住的两间土坯房你们放个农具、粮食等杂物。想分一家一间，不想分就合用。"

"咱听妈的。"宋正平说。

陶素梅见没人反对继续说："现在家里也没有钱，两头猪给正平，一个鳝塘给玉林。"

"妈，你咋能这么分呢？人家都说：猪爪子煮一百遍还朝里面歪，可你总是往外斜，洋猪爪哟。"王霞这话够难听的。

"王霞，你说话嘴边留个把门的。"范玉林责备王霞。

"这家没有我说话的分儿，我啥也不要了，两间房子不要了，都给他们。范玉林你跟他们一块过吧。哼，这野花倒比家花香。"王霞说完，转身而去。

"妈，那两头猪和鳝塘都给玉林弟。玉林喜欢搞养殖，等我有了钱还准备帮助他建个养猪场呢。"宋正平对妈妈说后又回过头对汪秀华说，"秀华，你看呢？"

"我没意见。"

范玉林见哥和嫂子如此真诚就说："谢谢正平哥和秀华嫂子，这算我借你们的，等我养猪成功后送给你们两头大的。"就这样，陶素梅临走前把家里事情作了妥善处理。

临行那天，范玉林和宋正平一人骑一辆自行车把妈妈和小弟弟玉树送到乡里的那个汽车站。到了车站，宋正平对陶素梅说："妈，您和小弟在这等一会儿，我去给小弟买点儿吃的。"宋正平走后，陶素梅对范玉林说："玉林，幸亏有了正平，要不，妈走了真不放心，往后哥俩有啥事商议着来。玉林上班去吧。"

"妈，你和小弟到爸那边以后给我和正平来封信。"

"好。"小弟玉树摆着小手向哥哥玉林告别。

就在车快要开的时候，宋正平提着两大兜东西赶来，"妈，这包是您的，这包是玉树的。"

"正平，你总为妈大手大脚地花钱，这都买了啥？"

"妈，我给您在街上赊了两套换洗衣服，不知道下次什么时候还能给妈买衣服。"宋正平说着两眼通红。

"正平别难过，妈到了武汉给你来信。"娘仨儿洒泪而别。

陶素梅走后三个多月，一切如常。范玉林在宋正平的帮助下又办了养猪场。虽说规模不大，也有二十来头，正在范玉林雄心勃勃准备施展才华之际，生活中的暗流正向他涌来。乡政府机构改革，裁减冗员，范玉林从乡政府农技站被裁了下来。

那年的秋天似乎来得特别早，飒飒的秋风带着凄凉和肃杀临空而至。范玉林在这样的秋风里被裹得踉踉跄跄地回到家。

"看你那熊样，准是被清掉了。"王霞出口不逊，范玉林忍耐着没有吱声。王霞火一般的性格瞬间燃了起来，她怒吼道："我的命好苦呀！咋嫁给你个狗日的。本想你爹拿国家工资，没想到他跑到武汉不回来，还把那个老女人和小王八羔子弄走了。他们在大城市里享清福，让我陪着你在这活受罪。"

"你骂谁？一句一个狗日的，一句一个王八羔子，骂你自己呢吧？"范玉林反唇相讥。

"就骂你，就骂你哥。"王霞不仅口中大骂还主动上前和范玉林厮打。范玉林没办法，只好退出屋外。他见王霞怀着孩子，不想和她发生肢体上的冲突。王霞并不这么想，她把范玉林的忍让看成是一种胆怯与懦弱。另外，她觉得自己是王书记的二千金，就是再给范玉林一百个胆他也不敢动自己一个手指头。王霞嘴里骂着，可动作的麻利程度丝毫不逊色于她那张嘴。范玉林前脚刚出屋，王霞就从背后蹿上来揪住范玉林的后领，另一只手朝范玉林的脖子和脸部抓去。

"嫂子，嫂子，快来拉架呀！"范玉林向汪秀华发出求救声。汪秀华听到小叔子的叫声，从自己屋里跑出来。这汪秀华也是怀孕在身，腆个大肚子跑上来劝架。

王霞见汪秀华来拉扯自己，就迅速弃范玉林直奔汪秀华。汪秀华做梦也没想到自己来劝架反而受到王霞的攻击。王霞松开揪住范玉林的手，迎面就给了汪秀华一拳，还没等汪秀华明白过来，王霞攒足了力气朝她的前胸撞去，只听"扑通"一声，汪秀华重重地摔在地上。此时的王霞仍不解气，照着汪秀华的肚子狠狠地踹了两脚。范玉林的后领被王霞松开后，头也不回地往前跑，生怕王霞追上来。跑了几步听到后面"扑通"一声，扭头一看，大嫂汪秀华扑倒在地，王霞正用脚朝大嫂身上踢。范玉林见此情景怒发冲冠，转身疾走上去，伸左手抓住王霞的头发，抬右手在她的脸上掴了两个耳光。这两个巴掌确实够重的，打得王霞满口是血。王霞觉得自己受到了奇耻大辱，哭叫着回娘家去了。

范玉林蹲下身子，看着嫂子汪秀华满脸沁出豆大的汗珠，连声问："嫂子，嫂子你怎么了？"

"快去叫大嫂。"

范玉林急忙去东庄找来大嫂、二嫂、三嫂还有侄子、侄女。大家七手八脚把汪秀华送进乡人民医院。等宋正平得知消息赶到时，汪秀华已经被推进急诊室。范玉林一见到宋正平就说："哥，我对不住你。"

"玉林，别自责，你说说这是为啥？"宋正平边安慰范玉林，边听着事情的缘由。范玉林把事情的原委从头至尾向在座的人讲了一遍。

宋正平说："玉林，这工作没有就算了，咱弟兄是有事可干的，别再为那个工作呕心。玉林你先回去吧，咱家里没人，你那猪场、鳝塘离不开人，回去再找一找王霞。"其他人也都劝范玉林，他只好离开医院。

范玉林没有回去，而是先去了岳父王书记的家。他不仅受到岳父的斥责，还让岳母痛骂一顿："范玉林呀范玉林，你还是人养的吗？王霞她有啥错，你说她有啥错，竟能下此重手，把孩子打成这样。她是偷情养汉了还是盗窃做贼了，给你范玉林丢人现眼，你打她……"范玉林没有接回王霞，只好悻悻地回到家。这一夜，他都没见正平哥回来，也不知大嫂的情况，天一亮就喂好猪匆匆赶往医院。

在医院的住医院部，他打听到大嫂的病号房。门半关着，就在他正要踏进屋时，屋内传来宋家老二的声音："小四（宋正平的小名），你非想要那两间瓦房吗？依我说不要了，你重新回东庄再盖，咱兄弟四个住在一块儿，还省得汪秀华受王霞的气。"

"小爹，老妈讲那王霞在你和玉林叔不在家的时候经常指鸡骂狗、指桑骂槐地咒骂老妈……"这是宋正平侄女的声音。宋家老三接过话茬儿："小四，那两间房就是金子盖的也别要了，扔给范玉林那小子吧。回东庄认祖归宗。"

"哥，你们别说了。我不是舍不得房子，是舍不得玉林。他是我的弟弟，是我的亲弟弟。你们不要说了。你们再说这样的话就是挑拨我和玉林弟的关系，我就不认你们是我哥。"范玉林听了宋正平的话，顿时热泪流下。他悄悄地转身离去，平复了一下情绪，再推门进了病房。

"玉林，王霞在家吗？"范玉林摇了摇头。

"回娘家去了吗？"

"是的。哥，嫂子她咋样了？"范玉林看着躺在病床上闭目输液的汪秀华问宋正平。

"你嫂子没事了，孩子丢了。"宋正平说完，屋内一片沉默。

经过几天的治疗，汪秀华的身体渐趋恢复，宋正平和汪秀华慢慢地走出前几天那悲怆的阴影。自从汪秀华住进医院的那天，宋正平都没回过家。他奔波于工地和医院之间。可这一天，他总是心神不宁，忐忑不安。

宋正平的心里总有一丝丝不安，他决定回家去看看。到了家，整个院落四门紧锁空无一人。范玉林不在家，他赶紧去了猪场和鳝塘。推开范玉林那间小屋的门，见他躺在床上。宋正平缓了一口气，看着熟睡中的范玉林不想打搅他。一转头，宋正平发现范玉林床头的桌子上放着一张纸，他拿起一看，上面写道：正平哥你好，我不想再连累你，不想让你和大嫂受到伤害。哥，你对我的关爱让我刻骨铭心，只是我无法报答和偿还。哥，原谅我的逃避和不辞而别。玉林在天堂的路口等着你，等你五十年、六十年，一直等到你为止。哥，我在天堂会看着你。别了，我亲爱的哥哥。

宋正平看完，撕了白纸，搂住躺在床上的范玉林大叫："玉林，玉林弟……"任凭宋正平竭力嘶喊，范玉林就是没有任何反应。宋正平跑到东庄叫来邻居，大伙飞一般地把范玉林送至乡人民医院。医院的医生及时施救，并很快联系到县人民医院的救护车，范玉林转到了县人民医院。

村民们关注着范玉林，关注着宋正平，关注着这个曾经是全村最幸福的家。有老人套用古语"不刮东风天不变，不娶恶婆家不散"来对王霞加以指责。范玉林服毒颇为严重住进县人民医院，宋正平全程陪护。家里没有人手，汪秀华也只好提前出院回家料理家务。汪秀华托着羸弱的身子，干着沉重的家务。这时，一个男人趁机闯入了汪秀华的生活。

赵小龙是宋正平和范玉林的同学，也是同村人。这些年赵小龙在街上做起买卖兔毛的生意，赚了几个钱，家庭状况在全村也算是不错。自从在宋正平的婚礼上看到汪秀华后，他就退掉自己已有两年的亲事。他发誓要找一个相貌赶上或者超过汪秀华的，可是至今仍是形单影只。

这天中午过后，约莫一点半钟。他在街上做完生意急匆匆地往回赶，碰巧遇上打完猪料回家的汪秀华。汪秀华担着百十来斤的担子在崎岖的田野小径上艰难地行走，此时的她已是精疲力竭，只能一段一段地挪田头，走一会儿歇一会儿。赵小龙见状，心里窃喜，真是天赐良机，不可错过。于是，他就主动上前搭讪："秀华，你在街上干啥才回去呀？"

"打猪料。"

"一个弱女子咋担这么多？"

"凑合着。"

"来，你帮我拎口袋，我帮你挑。"赵小龙说着把自己盛着兔毛的口袋硬塞进汪秀华的手里，并毫不犹豫地从她的手中抢过扁担，放在自己的肩头，起步就走。汪秀华提着赵小龙的兔毛口袋跟在后面。

"小龙，你一上午就收这么一点儿？"

"不少了，三四斤呢。"

"这么一点儿能挣多少钱呢？"

"就这也可以挣四五十块，如果再动一动脑子，可以挣个百八十块的。"

"那么多？"

"是呀，你以为我每天能收你这一挑猪料这么重哪，那样我就发大财了。"两人边走边聊。这次邂逅，赵小龙给汪秀华留下的印象挺不错。偶尔遇到一个熟人讥讽赵小龙说："小龙，你小子是不是黄鼠狼给鸡拜年——没安好心？"汪秀华在后面听着也是淡然一笑，没放在在心上。从那以后，赵小龙在做完生意的闲暇时间，总是千方百计地接近汪秀华，帮她干点儿活。俗话说：一回生，二回熟，三回成了老朋友。

汪秀华还没有完全恢复，范玉林就服毒惹出了那么大的事，宋正平只好丢下妻子去照护弟弟范玉林。汪秀华那颗受伤的心就像一艘漂泊在大海风浪中的船，找不到避风的港湾，恰巧遇到巧言令色的赵小龙，便有了栖身的地方。几个回合下来，他们把对方都当成了知心的朋友。尤其是汪秀华到了这个家以后遭到王霞的百般辱骂，再加上宋正平所表现出来的软弱，让她的心灵备受煎熬，林林总总她一下子对赵小龙倾吐出来。赵小龙本来就对汪秀华的容貌垂涎三尺，听了她的诉说之后更有英雄惜美的感觉。他用了几天的时间在整个街上搜寻高档时尚的女装，并不惜高价购买下来。一切准备妥当，赵小龙在一个漆黑的夜里敲开了汪秀华的门。

那夜星辰寥寥，万籁俱寂。夜色里，一名男子拎着一个包，蹑手蹑脚地朝宋正平那个小院摸去。他不敢走正门，那个看家的大黄狗让他心颤，他绕到屋后的那扇窗户。屋内一片漆黑，主人已进入梦乡。

"咚，咚。"敲击窗户的声响吓得汪秀华钻进被窝，出了满身的冷汗。

"咚，咚。"汪秀华吓得更厉害了。

"秀华，秀华，我是小龙，我是赵小龙。"那声音不大，可攒足了内力。汪秀华听清楚了。

"小龙，你深更半夜来干什么？"汪秀华打开窗户质问，声音中并没有丝毫的反感。

"我来看你，给你买了点儿东西，你开门让我进去吧。"

"小龙，你回去吧。我不会开门的。"

"秀华，别看我来这么晚，可我对你并没有恶意，如果我对你无礼，我赵小龙就不是人养的，会遭五雷轰顶，会……秀华，你要是不让我进去，我就大喊，然后吊死在你窗口的这棵树上。秀华，你能看到我吗？我这就去上吊，算是我对你的一片痴情。我为你殉情而死，毫无遗憾。"赵小龙这番话打动了汪秀华，获得了她的芳心。

"小龙，别……别……"汪秀华语无伦次的话语中带着内心的真情。她打开门，那条大黄狗摇着尾巴，同女主人一起把赵小龙迎进了屋。

"秀华，你咋不拉灯？"

"不能拉。"

"有电筒吗？"

"有。"

"那你把电筒打开。"汪秀华打开电筒，一束光亮照着赵小龙。赵小龙把手中的那个包举过头顶说："秀华，这是给你买的。"赵小龙打开包，拿出一套俏丽的女装和一双高跟女鞋放在汪秀华的面前。

"小龙，你给我买这些东西干啥？"

"你喜欢吗?"还没等汪秀华回答他就把上衣披在她的肩上。

"小龙,别闹。"

"谁在闹,我是真的。如果你不穿,我就不走了。"这俗话说,伸手不打笑面人,更何况他赵小龙是带着爱而来。汪秀华虽说不情愿,又不忍心拒绝赵小龙的一片痴情。她还是把电筒递给了赵小龙。赵小龙看着汪秀华穿好衣服,心里怦怦直跳。

"秀华,秀华,还有……"赵小龙又拿出皮鞋递给了汪秀华。

"小龙,鞋子就别穿了。"

"穿上,穿上。"赵小龙手执电筒,汪秀华坐在床沿上,赵小龙把手中的袜子和皮鞋一块儿递给汪秀华。汪秀华在赵小龙的盛情下,只好穿好,然后借用手电筒的光亮对着大衣柜的镜子照了照,的确不错。

"太美了,太美了。"赵小龙赞叹道。

"是衣服太美了,还是人太美了。"汪秀华转脸莞尔一笑。这一笑把赵小龙的整个心都迷醉了。他冲上前搂住汪秀华说:"秀华,你太美了。"赵小龙用双手搂住汪秀华的双肩,两只眼睛里射出火样的光芒,灼得汪秀华满脸滚烫。那带着强烈欲望和滚滚热浪的双唇向汪秀华的面颊靠拢,汪秀华连忙用双手捂住赵小龙的嘴巴说:"小龙,你刚才是赌过咒的。"

"放心吧,秀华。你流产没几天,我不会做出畜生做的事。"

汪秀华心里荡漾着微波,一种超越感谢的情愫在心头萦绕。

"秀华,嫁给我吧,我要娶你。我要用我的全部甚至是生命来保证,让你生活在一个美好的世界里,远离咒骂和羞辱。"

"小龙,你千万别这样想,我是一个破了身的女人,一个有夫之妇,不值得你爱。像你这样的条件,啥样的姑娘找不到。"

"秀华,我娶不到你就誓不为人。"

门外传来两声犬吠,吓得赵小龙赶紧躲藏起来,汪秀华也连忙脱下新衣新鞋藏到大衣柜的角落。过了一会儿,外面又恢复了平静。汪秀华打开门,那条大黄犬立刻摇着尾巴跑了过来。

"叫啥?"汪秀华朝那条大黄犬呵斥。大黄犬把头朝女主人的腿上蹭了蹭,做出了亲昵的动作。汪秀华用手电筒朝四周照了一圈,没有发现什么异常,进屋叫道:"小龙,你回去吧!"

赵小龙离开时,依依不舍,临走时丢下一句话:"秀华,咱们后会有期。"

在县人民医院的范玉林经过医务人员的全力抢救,昏迷四天,终于从死神面前转了回来。他看见宋正平叫了一声"哥",随后又昏了过去。护士对宋正平说："他是受到了巨大的刺激，等他再醒过来，千万不要让他过于激动，好好安定他的情绪。"

几天几夜没合上眼睛的宋正平终于听到了范玉林叫"哥"。他知道药的毒性得到了控制，情况有了很大的好转，心情一放松就趴在范玉林的头旁睡着了。过了好长时间，范玉林再次醒来，他歪过头看着趴在他床上熟睡的正平哥，泪水如泉一般从眼眶内涌了出来。稍有好转，范玉林就吵着要出院。宋正平告诉他："玉林弟，咱得听医生的。"医生告诉宋正平，病人仍在危险之中，体内的毒素没有完全排出，现在只是在控制状态，千万不可大意。如果出院毒性再次发作，那可危险了。范玉林在医院度过了生死关口的十五天，宋正平也在医院陪护十五天且寸步不离。

范玉林回到家，全村男女老少都涌到他家，把他家挤得水泄不通。看着从死亡线上绕了一圈的范玉林，一位老太太拉着他的手动情地说："孩子，你咋这么傻，有难处跟大家说说，大家都会拉你一把。当初你妈妈在家时，全村哪家大人孩子的衣服不是你妈缝缝补补，谁家有困难向你妈借个三块、五块从未落在地下（被拒绝的意思）。孩子你要是有个三长两短，咱庄上的人都对不起她呀！"老人的话让范玉林泪如雨下，泣不成声。

"孩子，别跟女人一般见识。女人嘛，就是爱吵吵闹闹。做个真正的男子汉要有大胸怀。"范玉林点了点头。老人转身又抓住宋正平的手说："孩子，你做得太对了，要不是你，玉林恐怕就没命了。当初素梅没白疼你，人哪就是要讲个良心。孩子，全村没有一个人不夸你。"

"宋老板，好样的。"大家异口同声，不少人还伸出大拇指。

吃过晚饭，宋正平对正在刷碗的妻子汪秀华说："秀华，委屈你了，让你吃了那么多的苦。"汪秀华听了宋正平的话，看着他一脸的真诚和疲惫，不觉脸上发热泛起绯红之色。

范玉林在哥哥宋正平的劝说下，两次到王霞家去接她均被岳父岳母拒绝。范玉林对宋正平说："哥，王霞不同意回来就算了，我想出去打工。"

"这不行，妈临走时嘱咐我们俩要相互照应，现在你走了，王霞回来怎么办？你那个养殖场怎么办？还有，王霞怀着你的孩子。"

"哥，你说叫我咋办？这不是我说了算。"

宋正平沉思了一会儿说："这样，明天我去一趟，看看能不能把王霞接回来。"

"去你的吧！哪有大伯子去接弟媳的呀，还不叫人笑掉牙。"汪秀华不热不冷地说。

"秀华，你去一趟吧。"

"啥！我去能把王霞接回来，那才是太阳从西边出来。王霞心里要有我，她也不会……"

"好了，好了。就你们女人为一点点鸡毛蒜皮的小事斤斤计较。"

"宋正平，你别把屎盆子往我头上扣。"汪秀华愤愤地离去。

"哥，你别批评大嫂，她心里也委屈，这事确实怨王霞。"哥俩想了半天，宋正平想了个办法，他对范玉林说："玉林，我明天去找村会计，他跟王书记关系很不错，找他帮忙一定行。"

第二天，宋正平一大早就去村会计家，把这个事情跟他讲了一遍，村会计同意中午见到王书记时把这事提一提。晚上放工的时候，宋正平再去村会计家打探消息，没想到会计喜笑颜开地告诉宋正平："王书记今晚在家等候你，让我陪你一块儿去。"宋正平感觉王书记给了自己足够的面子，喜出望外，连忙对村会计说："会计，我这两手空空没什么准备。"

"不用了，不用了，都是亲戚，要是有心情啥时都管，何必在今晚？"宋正平在村会计的陪同下到了王书记家，村里的大大小小官都到齐了，像是接待领导似的。晚餐时，更是把他让到首席，桌子上更是丰盛之极，鸡鱼肉蛋样样都有，煎炸炒煮个个俱全，碟盘碗锅堆了满满一桌，这让宋正平受宠若惊。转念一想，家中的家务事，弄得全村的头面人物悉数登场，王书记这是对自己的重视还是在耍他的威风，搞得宋正平云里雾里，满腹猜疑。他真的捉摸不透王书记的用意。

酒过三巡，菜过五味之后，村长开始发话："书记在村里'两委'班子中算是一个班长，在全村两千多口人中算是一个当家人。他家里的私事在村里来说也是公事，公事也是私事。宋老板年轻有为，后生可畏，年纪轻轻就能干出一番事业，人人敬之。在全乡也属于出类拔萃之人。今晚宋老板能到王书记家和咱们共商村里的大事，我代表'两委'班子成员表示感谢。"村长一边说着，一边端着酒杯和放在桌子上的宋正平那个杯子碰了两下。宋正平被村长弄了一头的雾水，稀里糊涂连喝两杯。

"爽快，爽快。宋老板真是个爽快人。"村长边咽着酒边赞叹。村长继续说："王霞和玉林的事，主要原因是玉林从乡农技站被精减了回来，王霞感到面子上过不去，心里难以接受这个事实。"

"我弟他虽然从乡里精减回来，可他有养殖场！"宋正平说。

"王霞说她总不能跟一个喂猪的、喂黄鳝的生活一辈子。"王书记插言道。

"养好了，最多是个专业户，养不好血本无归。"王书记的大女婿村团支部书记不屑一顾地说，并从眼角向宋正平瞟来轻蔑的光。宋正平微抬眉梢给村团支书还以眼色，转脸对王书记说："王叔，你啥想法？"

大伙都停了下来，屋内鸦雀无声，专听王书记的讲话："玉林搞养殖，我不反对。这也符合党和国家的政策，可王霞她接受不了。"

"王叔，这事你得看着办。"

"唉，不是我看着办，而是咱们看着办。"王书记不愧是老奸巨猾，先用话套住宋正平。

"叔，你在全村德高望重，咱听你的。"

"正平，这事有你的支持就好办。"

"叔，你有话就尽管说。"

王书记清了清喉咙和嗓门说："咱们村小学有五六个班，两百多名学生，正式民师六人，按每班一点五人的标准配备，需要教师九人，现在缺编三人。乡里答应秋季开学给调来一名公办教师，教管站同意给配备一人，抓教育的乡党委副书记让村里配一人。我们村有三十多人想进学校当教师，有人把关系拉到了县委、党委、局委。难哪！"

"叔，你想让玉林进学校当教师，这是好事呀！"宋正平说。

"叔有叔的难处哇，现在教育上搞个什么'双基'验收。我也说不清楚。会计，你在抓教育，跟正平说说吧。"王书记说完指挥大家，边吃边说。

村会计接过王书记的话茬儿对宋正平说："宋老板是这样的，今年教育'双基'是省政府组织验收，我们村里的学校要在年底建六个标准化教室和一个办公室，还要建围墙、大门，估计得七八万元，村里暂时拿不出这笔资金，就决定垫资承包并和一名教师指标捆绑，谁垫资建校这名教师指标就给谁。我想宋老板先垫资建校，等年底村里款收上来之后优先支付给你，一举两得，你看咋样？"

宋正平低头想了一会儿说："我没有这么多的钱怎么办？"

"宋老板可以想办法吗？比如，料可以赊账，工人工资可以欠到年底。"村长在给宋正平支招。

"正平有困难就不勉强，前几天有几个包工头托人要包这个工程，都被我拒绝。我们想咱村你在搞建筑，这俗话说：胳膊肘往里拐，肥水不流外人田。"王书记旁敲侧击。

"宋老板尽管放心，只要你工程验收合格，年底建校款一分不少，全部结清，少一分你就拔我的眉毛。"村会计的信誓旦旦让宋正平下定了决心。

"叔，那王霞和玉林的事咋办？"

王书记哈哈一笑，然后说："你工程的事今晚写个约，明天准备，后天开工，我们在开工奠基仪式上宣布范玉林进校教书，就在那天让玉林把王霞接回去。怎么样？"

"行，就按叔说的办。"宋正平爽快地答应下来。

宋正平和村会计分手后，心里美滋滋的，嘴里哼着小曲往前走。迎面忽然来了一个人，"谁?"

"哥，你咋才回来?"宋正平听出是范玉林的声音。

"玉林，这么晚了在这干啥?"

"我不放心，在这接你，害怕……"

"害怕我啥? 王霞家人能吃了我?"

"不吃你，但我害怕他们打你。哥，王霞家人可恨你啦!"

"恨我啥? 当初是王琴甩了我，又不是我甩了王琴。"哥俩在夜色中边走边谈，不知不觉到了家。家里除了那个忠实的门卫——大黄犬外，空无一人。

"玉林，你嫂子呢?"

"嫂子生气去东庄大嫂家了，今晚就没回来。"

"噢，女人嘛，心眼比针眼还小，咱们不能跟她一般见识。"宋正平开门进屋，拉亮电灯，室内一片光明，范玉林随着哥哥进了屋。

"哥，我还真替你捏着一把汗呢!"

"担心哥说不成事? 告诉你玉林，哥这一趟可谓是百分之百的成功。"宋正平很得意。

"哥，你别高兴得太早，王霞爸'鬼'着呢! 你未必是他的对手。"

"玉林，你知道啥，我现在跟王霞爸是合作而不是竞争，哪来的对手，今天的事一大桌人在场，他王书记再'鬼'，也不可能翻脸不认账。"

宋正平把事情的前前后后向范玉林说了一遍。范玉林听后大叫："骗子，一大群骗子。"

"玉林，你咋这样说呢?"

"哥，你上当了。村里的学校建筑款，前几年都加在公粮、提留上，开始叫'教育集资'，后来改为'教育附加费'，这些钱都让他们挥霍殆尽，现在让他们建校，没辙了就在你身上打主意，可好你为我的事却自投罗网。"

"玉林，没有你说的那么严重吧。不管咋说，哥今天做了三件好事：一、王霞回来；二、你当教师；三、哥又接了工程。"

"哥，我不扫你的兴了，该休息了。"范玉林说着站起来，凑到宋正平的面前又补充一句，"哥，你今夜能跟我睡吗?"

"玉林，你不能老想跟我睡，咱哥俩能生活一辈子吗?"

"能，咱哥俩能生活一辈子，谁也别想把咱们分开。哥，难道你有所怀疑吗?"

宋正平笑了笑，摇了摇头，没有说话。

"哥，我本来不想活了，是你救了我。你要是晚回来一会儿，这时的我真的是在天堂的路上等着你。"

"玉林，别说了，这深更半夜够恐怖的。"

"哥，那你是同意了。哥，去猪场吧。"范玉林拉扯着宋正平去了养殖场，在那里哥俩久违的情事又开始复活。

回过来再说说王霞，等人们离去，王霞和妈就从幕后走了出来，向当爸爸的书记打听事情的缘由。王书记讲了之后，王霞火了："爸，你怎么拿我的幸福做交易？"

"听爸的，没错。"

"不，这事我得自己做主。"

"你做主，做个啥主？你不就是看中学校的那个姓万的小子吗？爸把范玉林安排到学校教书，不也是个老师吗？"

"范玉林跟人家不一样，人家是正式教师。"

"啥正式教师，一个民办教师，一个月才十五块钱，那还得看爸高兴不高兴。村里给范玉林每月四十块，跟他在乡里工资一样多，你该满足吧。"

"爸，不管咋说，我得跟范玉林离婚。"

"离婚，就是真离婚也不是在这个节骨眼上。范玉林刚从乡里精减回来，你就跟他离婚，你不怕被别人戳断脊梁骨？"

"好了，别跟你爸吵了。你爸他不是给你留有后路吗？"书记夫人劝道。

"妈，你帮我想个主意吧。"

"妈能帮你想啥主意，那样你回到范家后仍和那个姓万的老师保持联系，等有了机会再讲。"

"妈，你说得轻巧，万老师他能等我多久，可我还怀着范玉林的孩子，咋办？"

"咋办？你自己看着办。"王书记丢下一句不阴不阳、不热不冷的话给女儿后，转身离去。

村小学开建的那一天，奠基仪式十分隆重。乡里抓教育的领导、乡教育管理站人员、村两委班子成员、全村村民组长会计和全校师生还有宋正平所带领的建筑队悉数参加，就在这个奠基仪式上王书记出尽了风头，那面子转得够光彩的了。

范玉林进了小学，当上了一名代课教师。王霞回到家也安分了一段时间。宋正平心里可高兴了，比吃了蜜还甜。

汪秀华在家闲着没事，而王霞带着身孕还得打猪料、煮猪食、喂猪、喂黄鳝整天忙得不亦乐乎，心里又不平衡了，开始指鸡骂狗起来。

如果在从前汪秀华总是帮着王霞干，但是上次那个事在汪秀华心里留下了一个疙瘩，挥之不去。

　　这一天，妯娌两个又接上了火，开始一番舌枪唇战。王霞首先挑起事端："你看你美的，整天抖抖转悠，找了个好老公，手不提肩不挑，脚不沾泥，好好养着做个闲太太，留着好插蜡……"

　　"这人哪是心有天高，命比纸薄。光想着美也不看看自己的模样，丑小鸭总想成天鹅，白日做梦。"汪秀华反唇相讥惹得王霞动起手来。

　　"这人心坏了没有好下场。恶有恶报、善有善报，时候没到，时候一到必然要报。"汪秀华边说边跑躲着王霞，不断地用语言来挑逗她，气得王霞发疯似的。王霞这次闹腾没有捞到任何好处，只得把气撒在范玉林的头上。

　　范玉林放学刚到家，王霞就撒起泼来，声称自己如何受到汪秀华的羞辱和谩骂，让范玉林为自己"报仇"。范玉林咋能听王霞的一面之词，便回敬一句："好了，你是啥鸟我还能不知道。"范玉林这句话可是引火烧身啦，王霞不依不饶地大骂范玉林："你还是个男人吗？你那心里一肚子坏水，我能不知道？你让我走了好去和那个臭婊子在一块儿。那个臭婊子整天乐颠颠的，讨人喜欢，不就是长了一身好皮吗？你哥俩娶那一个女人算了……"王霞越骂越凶。范玉林说："我要是不看你怀着孕，一定管好你。"

　　"你看你是谁，也不尿泡尿照照自己是个啥模样。"王霞边骂边上前去撕拽范玉林。范玉林一甩胳膊，那手臂正好打在王霞的脸上。王霞这次又有了理由，跑回娘家，临走时丢给范玉林一句话："范玉林我要是不和你离婚，我就不是人。"范玉林预感：王霞这次是不可能再回来了。王霞回去不久，背着父母到医院做掉了孩子，这让范玉林异常恼火，坚定不移地要与王霞决裂。就在冬季来临的时候，王霞和范玉林分道扬镳，这场带有先天性不足的婚姻终于谢幕。范玉林离开学校又回到他钟爱的养殖事业。王霞也圆了她和万老师携手步入婚姻殿堂的梦。

　　范玉林的离婚倒是对宋正平打击甚大，他把这事怨在妻子汪秀华身上。从此，二人的感情渐行渐远。进入腊月，工地的建筑陆续结束。用料欠账的债主、建筑队中的员工纷至沓来，一下子集中到宋正平的家。讨债、讨薪弄得宋正平抓耳挠腮，几次去村委会找王书记、村会计那要建校工程款，都是两手空空。这下可真叫范玉林言中了。

　　村里欠了五六万，可总是一毛不拔。看到正平哥急成那个样子，范玉林把自己圈里的、塘里的都卖了，所有的钱都给了宋正平，那仍然是杯水车薪。逼债的到家吵吵闹闹，讨薪的进门骂骂咧咧，这日子没法过，汪秀华和宋正平大吵一架，回南徐娘家了。路上她遇见伶牙俐齿、巧舌如簧的赵小龙，经不住赵小龙的蛊惑，二人在别人不知不觉中私奔而去。此时的宋正平和范玉林仍然被蒙在鼓里。

讨债、讨薪人如狼似虎，言辞犀利而出格。范玉林对宋正平说："哥，咱把房子卖了吧？"

"卖房子，不行，那是妈在家操心盖的。"

"别管那么多了，你看跟你一块长年累月干活的小工，他们就指望在你这拿点儿钱，年底给家人买点儿东西，孝敬老人，回馈朋友。你能让他们的愿望落空吗？"

"玉林弟，我对不起你。"

"哥，别说傻话，我这条命不是你给捡回的吗？"

宋正平低头哭泣："我对不起妈，对不起玉树，对不起秀华。"范玉林安慰宋正平说："哥，这钱本来就是左手去右手来。渡过了这一难关咱再盖。"宋正平咬着牙说："姓王的，我恨不得剥了你的皮。"

"哥，我都提醒过你的！"

"玉林弟，算哥瞎了眼。"没有办法，也只有这一招。宋正平对范玉林说："玉林你负责卖房，我去乡政府再去作最后的一搏。"哥俩分好工，开始行动。放下范玉林不说，说说宋正平在腊月二十的那天，冒着凛冽的寒风，很早就到了乡政府办公室，接待他的是乡政府办公室主任。

"同志，你是哪个单位的？有什么事？"宋正平把自己的事情说了一遍。主任把头摇得像拨浪鼓似的，说："现在啥事都好说，要钱的事免开贵口。"

"主任，我的日子难过呀！"

"谁家的日子好过呀，过年、过年，年就是关，关就是年，这合在一起过年就是过关哪。"主任带着一脸的无奈压低声音对宋正平说，"你说书记、乡长日子好过吗？不好过。刚进入腊月，书记、乡长就开始躲债。你说我好过吗？不好过。不信你等一会儿就知道了。"宋正平听后像泄了气的皮球瘫在木椅上，来时的那点儿希望一点儿也没有了。

八点刚到，办公室来了第一批上班签到的乡干部。大伙围着刘主任问："刘主任，这书记、乡长哪去了？欠了三个月的工资该发了。要是发晚了咱们年货恐怕也买不到了。"

"大伙别急，干好自己的工作，几个月都等了不在乎这几天。书记、乡长就是给咱跑工资去了。两天后回来就发，一分不欠，一分不少。"第一拨离去又来了第二拨。各村会计要求乡里尽快结算村提留，要不村部关门走人。

第三拨是给乡里干劳力活的，他们见不到书记、乡长却没有了前两拨的文明，开口骂了起来："书记、乡长钻老驴尻去了，干活就像厕屎唤狗一样，可要起工资比登天还难。"

"大伙消消气，伤了肝火大新年不吉利，家家都有一本难念的经哇。相互理解，理解万岁嘛！再说一年到头都等了，不在乎这几天。"主任真会劝，一拨一拨地应付。

整个房屋人头攒动，川流不息。宋正平想不通，这当官的收了老百姓那么多钱都用到哪去了。

宋正平带着困惑和失望走出乡政府的大院，来到街市上。这腊月集真火爆，每一条街、每一个商铺、每一个店门都是人流如潮。可宋正平的心境却与这市场形成了很大的反差。心情郁闷的宋正平碰见了自己的老同学。两人握手寒暄之后，老同学问："正平，你知道赵小龙最近在干什么吗？"

"不知道。"

"真的不知道？"老同学用怀疑的目光看着宋正平，看得他心里直发毛。

"真的不知道，我最近忙得不亦乐乎，自己一头虱子还来不及捉呢，哪有闲时间管人家的事。"

"秀华不在家吧？"

"是，她回南徐娘家了。"

"正平，你太善良了，简直善良得近乎愚蠢了。"

"老同学你有话就直说吧。"

"汪秀华和赵小龙一块儿私奔了。"老同学声音压得很低，可宋正平听来无异于一个晴天霹雳。他二话没说推着自行车直奔南徐。

"正平，正平你没事吧！"任凭老同学呼叫，他都置之不理。宋正平出了街拼命地蹬着自行车，那车子风驰电掣般地向前，吓得行人纷纷躲避，用惊奇的目光看着他。到了南徐那个他熟悉的地方，那个他事业起步的地方，那个他爱情甜蜜的地方……现在，他无暇去想。他像一阵儿风卷进门，搞得汪秀华父母十分意外。

"爸，秀华回来了吗？"

"没有，你们这是怎么了？"秀华妈急忙过来问，"正平，你们吵架了？"

"妈，没有！"

"孩子，没有你咋成这个样子了？"

"妈，爸，秀华她和别的男人跑了。"

秀华爸看着可怜兮兮的宋正平捶胸顿足，嚷道："家门不幸，出此伤风败俗的闺女呀！"无可奈何的宋正平只好骑上自行车往回赶。那短短四十多里的路程竟走了整整一个下午。等到家时，天黑得已经认不清对面的来人。范玉林忙了一天，张罗卖房子一事，总算有个眉目，只等宋正平回来作出最后的

105

决定。他一整天没见到宋正平的影子，心里总是忐忑不安，害怕他出了什么事情。天越黑他心里越着急，于是范玉林就在村口不停地徘徊。

"哥，你怎么才回来？把我都急死了。"宋正平没有理会范玉林，只管推着车子往前走。宋正平进了屋，一头倒在床上，弄得范玉林不知所措。

"哥，吃饭吧。"宋正平没有反应。

"哥，你起来吃饭。吃了饭我告诉你一个好消息。"

"我不想听，对我来说没有好消息，只有坏消息。"

范玉林端着饭站在宋正平的床前，默默无声。

"玉林，你吃吧，我不想吃。"

"哥，你不吃，我也不吃。咱哥俩是风雨路上的同舟人，生死与共。"宋正平转过身，看着范玉林端着热气腾腾的饭碗站在自己的面前，只好起床，接过他手中的饭碗。范玉林脸上露出了微笑。吃过晚饭，范玉林想把自己卖房子的情况跟宋正平说说，还没等他开口，宋正平眼泪汪汪地对他说："玉林，我不想活了。你去武汉找妈吧。"范玉林听后大吃一惊，说："哥，这点儿小事你就畏缩了，还算男子汉大丈夫吗？哥，你真的要死了，我也不活了。"

"玉林，你不能死，妈知道会伤心的。"

"哥，你死了妈就不伤心吗？"宋正平不吭声了。

"哥，不就那几万块钱吗，留得青山在，不怕没柴烧。我看村里能把那几万块钱当馍吃了？"

"不，玉林。你还不知道吧，你嫂子汪秀华跟赵小龙一块儿跑了。"

"啥？"范玉林瞪大眼睛，停了一会儿他转身就往外走。宋正平急忙起身拉住范玉林："玉林，你干啥去？"

"我杀了赵小龙这个狗日的。"

"你上哪儿去杀他，他早就跑得无影无踪了。"哥俩抱头痛哭。一阵儿悲伤之后，宋正平问范玉林："玉林，房子卖得咋样了？"范玉林把情况说了一遍，宋正平欣然同意。腊冬之夜愈深愈寒，范玉林对宋正平说："哥，你睡吧，我走了。"宋正平拉住范玉林的手说："玉林，你就睡在这儿。"一天没有吃饭的宋正平刚吃过晚饭，体温的热量很快又散去。寒冷的冬夜使他发抖发颤。

"哥，这是你和大嫂……"

"你大嫂……跑了……"

范玉林脱了衣服，穿着衬衣和哥一块儿钻进被窝。

宋正平拿了卖房钱，支付了一大部分人的工资。他和范玉林又重新住到了原先的土坯房。那个春节对宋正平和范玉林来说是黑色的，是严寒的，也是痛苦的。他俩在这痛苦中苦苦地挣扎着。

第四章

铸　爱

　　这哥俩又到了人生的一个"低谷"。春节过后，这个家平静极了。宋正平和范玉林闭门不出，筹划着他们的未来。

　　"玉林，今天是初几了?"

　　"初五。"

　　"玉林，家里给你了，我明天想出去打工。"

　　"哥，你不想在家里包工程了?"

　　"我今后在家乡咋见人哪!"

　　"哥，你走我也走，咱哥俩不能分开。"

　　"你愿意，行! 咱哥俩一块走，彼此也好有个照应。"哥俩商量好之后，就开始收拾行李，做好了背井离乡的准备。

　　"玉林，天快亮了，咱们起来走吧。"

　　"哥，天还早呢，外面亮是雪光照的。"范玉林说。

　　"玉林，走迟了让人看见多不好意思。"哥俩出门，把门上了锁。虽然外面的鸡鸣声此起彼伏，但整个村子却显得异常平静。村庄、田野及地面上的一切全部被大雪覆盖，没有可见的道路，只有一个雪的世界。空中飘落而至的雪片，轻轻落在哥俩的身上，算是家乡对他们的送行。轻盈的雪花在他们的脸颊上化成一滴滴凉丝丝的水，那是家乡与他们告别时的不舍与眷恋。哥俩脚踏在那厚厚的雪层上，发出"咯吱、咯吱"声，趁着还没褪去的夜色，离开了自己的家乡。

　　经过两天的行程，他们来到湖北省的省会——武汉。这是一个很大的城市，对于宋正平和范玉林来说是一个崭新的世界。一望无际的高楼大厦，连绵不断的宽阔街道，川流不息的人群，接踵比肩的汽车，喧嚣而繁华。

"哥，咱俩去哪儿？"

"走着瞧吧。"哥俩在街上漫无目的地走着，边走边打听边寻找工作。很多的商店、工厂、工地都拒绝了他们。天黑了，大街上仍一派繁华，这哥俩走得实在太累了，也饿了，就找了一个街边的小吃店吃上这一天唯一的一顿饭。吃饭时，他们跟这个个体老板聊了起来。

"二位是哪个地方人呢？"

"河南的。"

"干啥呢？"

"打工。"

"有没有熟人介绍呢？"

"没有。"

老板听后哈哈一笑说："小伙子，没有熟人介绍谁敢要你呢？不知道你们是好人还是坏人。"

"咱一不偷，二不抢，咋不是好人？你们这些城里人门缝中看人，把人都看扁了。"范玉林瞪着眼珠看着老板说。

"小伙子，别来气呀！这俗话说：在家千日好，出外一时难；在家靠父母，出外靠朋友。你们来到武汉两眼一抹黑，没一个熟人上哪找活儿去呀？"

"老板，别跟咱弟一般见识，他就是这么个爱使性子的人。再说老板你对咱也是好意呀。"

"就是，我本来就是在关心你们呀。"

"是，是，咱理解。老板，你是不是能帮咱找份活儿，先找个吃饭睡觉的地方。"

"不知你们想干啥？能干啥？这找活儿也得找个顺心的活儿是不是？"

"是。我在家搞建筑，我弟在家养鱼、养猪。"老板听到这儿，眼睛亮了起来，显得有点儿兴奋。

他说："你弟在家养过猪、养过鱼？"

"是的。"

"太好了，你哥俩在这碰到我，真是够幸运的了。我一个堂哥就在武汉郊区承包鱼塘和养猪场，你俩想去我就给你们做个介绍人。"

范玉林一听，可高兴了，连忙站起来向老板致谢。老板把他们的事用电话联系了一下，对方爽快地答应了。宋正平和范玉林在老板的引领下，打的来到南郊的一个规模很大的养殖场，见到了养殖场的承包人冯庆峰。

"庆云，你认识他们？"冯庆峰问堂弟冯庆云。

"不认识，是朋友介绍的。"冯庆云向堂哥冯庆峰撒了个谎。

"可靠吗？"

"可靠，可靠。哥，不可靠我也不会往你这领呀！"冯庆峰听了冯庆云的话点了点头。

"你俩是什么关系？"冯庆峰问。

"他是我哥，咱是兄弟。"范玉林回话。

"你们叫什么名字？"

"我哥叫宋正平，我叫范玉林。"

"你们是哥俩吗？"冯庆峰用惑疑的目光看着宋正平和范玉林。

"他们确实是哥俩。"在一旁的冯庆云帮腔说。

"噢，是异父同母吧？"冯庆峰说。

"是，就是。"宋正平认了。

"行，我收下了。咱们有话说在前面，工资每月三百元，如有不轨行为，得扣发工资。吃住在场，每月扣生活费六十元。"

"行，行。"哥俩不约而同地欣然同意。哥俩谢过冯家两个兄弟，在他人的带领下来到了工棚。两间工棚里住有二十名民工，床分上下铺。带他们来的那人一指上下铺的床说："你俩就睡这儿，一个睡上铺，一个睡下铺。"

"行，可以。"哥俩回话。

"今天休息休息，需要啥再买买，明天开始上班。"

"好。"宋正平和范玉林在外面买了一点儿必需的日用品后，又回到场里转了一圈。这个养殖场规模真够大的，简直让范玉林目瞪口呆。占地约三百亩的水塘，规划整齐，阡陌纵横，小径两旁栽着小树。鱼塘内清水涟涟。塘岸小路上有人挎着竹筐在往水里撒石灰，塘面上腾起阵阵白色的雾尘。范玉林一看可兴奋了，拉着宋正平边走边看，那嘴里的话说个没完。

"哥，我看你咋不高兴呢？"

"有啥高兴的。"宋正平不咸不淡地说。

"哥，你是不是不想干养鱼的活儿？"

"唉，有啥办法呀！货到地头死，人在弯树下，不得不低头哇！"

"哥，你不想干，明个再找找？"

"玉林，你挺喜欢这活儿，干吗再找找。"

"哥，不是你不喜欢吗？"

"我就只能到什么山上唱什么歌啰。"宋正平是一脸的无奈。

"哥，别那么悲观，说不定这儿就是咱们新生活的开始。"

"玉林，我可没有你那么乐观。"晚饭后，这个简陋的工棚里虽然是南腔北调，却关系十分和谐融洽。可能大家都是打工的"同路人"，才有着许多共同的话语。一阵儿寒暄之后，有人说："别叙了，往后在一块儿的日子长着呢，天不早了，休息吧。"工棚里立刻静了下来，宋正平小声地问范玉林："玉林，你睡上铺还是睡下铺？"

"哥，咱们睡下铺吧。"范玉林把声音压得很低，只有宋正平才能听到他说的是什么。宋正平白了范玉林一眼，嘴里没说什么，心里在想：玉林，我看你今夜咋睡吧。范玉林看了一圈，发现没人注意他哥俩，这时传出了有人入睡的呼噜声。

"玉林，别闹了，耽误人家瞌睡。"宋正平被范玉林搞急了。他搂上去的被子被范玉林扯了下来，再搂上去，再扯了下来。

"你哥俩争铺是吧？"邻床的一位工友问。

"不是，不是。"宋正平微笑着回答，他瞥了一眼范玉林，那阴沉的脸快要拧出水来了。说实话，宋正平看见范玉林这个样子，心里也是五味杂陈，充满着矛盾。这里是集体工友的工棚，不是他和玉林弟私人的房间。宋正平坐在上铺，耷拉着脑袋。许久，他还是从上铺跳了下来。范玉林见状，那阴着的脸上才露出笑容。

范玉林见哥从上铺跳下来，心里可高兴了，急忙把哥俩的行李扔了上去，然后说："哥，咱们睡下铺，上铺咱放东西。"

"好了，不管咋睡赶快睡吧，把电灯熄了省得照眼。"邻床的工友催道。

范玉林拉了一下开关，电灯熄了，屋内一片漆黑，哥俩脱去外衣挤在那个单人床上。范玉林侧身卧在被窝里，把身体紧紧地靠在宋正平身边。宋正平任凭身体外侧的范玉林挤靠他，他就是侧蜷着身体，面里背外侧卧在被窝里，丝毫不理会范玉林。范玉林心里也清楚，不是正平哥生气，而是怕别人知道了他哥俩的秘密。范玉林抓住宋正平的脚踝，想把哥的腿拉直抱在怀里，一次两次，宋正平禁不住范玉林反复使劲儿地拉拽，只好翻转身体把双腿伸给了范玉林。范玉林趁势托起正平哥正在伸展的双腿，把它放在自己的身上。宋正平那双放在范玉林下颌的双脚把范玉林身上的被子顶起了老高，范玉林怕邻近的工友看见，又把正平哥的双脚拿开放在自己身体的左右侧，然后两只胳膊略微舒展将正平哥的双脚夹在自己的腋窝。

早晨起来，工友们问哥俩："你们挤在一块儿舒服吗？"范玉林高兴地回答："舒服，舒服，两人挤在一块儿暖和呢！"

"那夏天可不行哪，这样挤会长痱子呢。"这句话让范玉林吃了一惊。

哥俩被老板冯庆峰叫到办公室，老板问道："听说你们在家养过猪？"

"是。"

"那好，你哥俩是愿意养猪还是愿意养鱼呢？"

"养猪。""养鱼。"哥俩意见不一。

"这样，愿意养猪就去养猪场，愿意养鱼就去鱼塘，行吗？"

哥俩犹豫了一会儿说："行。"宋正平决定去鱼塘，范玉林决定去养猪场。

从老板那儿回来，范玉林问宋正平："哥，你咋想养鱼？"

"玉林，养鱼干净，养猪活儿重而脏。"

"哥，咱在家养过黄鳝，可养黄鳝毕竟与养鱼不一样，养猪我是内行。"

范玉林到了猪场。这让他知道了啥叫现代化的养猪场。猪舍、围栏、仓储、配料、防疫、卫生等尽善尽美，无可挑剔。猪场的主管指着五个大猪舍对范玉林说："范玉林，这五个大猪圈，每圈有十头猪仔，都交给你了，你是饲养员，每天负责喂食、饮水、清扫，听明白了吗？"

"明白。"干了这一天，范玉林心里甭提多高兴了。看到那个个膘肥体壮、昂头翘尾的小猪仔，他心里的烦恼一扫而光。每头小猪吃饱之后，挤在圈内睡在一块儿可讨人喜欢了。范玉林吃了晚饭，又在圈的周围转了一圈，活干完之后，他找到猪场的主管说："场长，这儿没事，我该回去睡觉了，要不我哥该担心了。"

"范玉林，你还想回哪睡觉？你干活在这儿，吃饭在这儿，睡觉也在这儿。这养猪场就是你的家。"这话简直让范玉林傻了眼。他愣了半天，又想出一招。他强装着笑脸对场长说："场长，要不，让我哥到这边睡，咱哥俩是不能分开的。"

"你想得倒美，你以为这是你家，想到哪睡就到哪睡。这猪场是不允许外人随随便便出入的。再说了，你哥俩又不是穿一条裤子。"范玉林这下真的懵了，想了半天才说出一句话："场长，我去渔场那边把被子弄过来可以吧？"

"好，快去快回。等关了大门还不回来，就算你旷工一天，要扣你工资的。"场长的话很严厉，像警告似的。范玉林出了大门，像霜打了似的，一点儿精神也没有，那短短的一段路，不知用了多久的时间。

"玉林，你怎么才回来？跟人家闹矛盾了吗？"宋正平关切地问。

"哥，他们不让我来这里睡，非要我在猪场那边看着猪。"

"猪场那边比这边管得严多了，据说轻易不让人家随便进进出出。"旁边有人插话。

"玉林，你今夜就去那边吗？"宋正平感到有些突然，心里是既担心又舍不得。范玉林点点头。宋正平说："我送送你吧。"宋正平边说边给范玉林整理东西。

111

正月的圆月挂在东南的天空，像一个害羞的美少女在云层间穿来穿去。远处那座大都市的璀璨灯火和天上的明月交相辉映。鱼塘的小径上轻轻地走着一对特殊的恋人，分别的那种愁肠萦绕在各自的心头。

"哥。"范玉林情绪难控，这轻轻的一叫让宋正平心难平，情难抑。

"玉林，你有啥就说吧。"宋正平的话语中带着含蓄和温柔，像一股暖流涌上范玉林的心头。他张开双臂，在这个春寒料峭之夜把正平哥揽在自己的怀中。

"哥，我不想和你分开。"对于玉林的呼唤，宋正平的心里似一湖荡漾的春水。宋正平没有反抗，没有挣扎，静静地任凭范玉林双臂不断用力对他进行"施压"。

范玉林跟宋正平分开后的第三天，他思念哥的心情愁肠百结，难以排解。恰在此时，养猪场的技术员与范玉林发生了一场冲突。在技术员配料房里，技术员朝范玉林大发脾气："你不想干，滚蛋。"

"你妈没教你怎样说话？"范玉林毫不示弱反唇相骂。

"你小子反了，老子不教训教训你，你不知道天高地厚。"技术员边骂边攥着拳头朝范玉林扑来。

"来吧小子，爷爷不给你露一手，你也不知道爷爷的厉害。"范玉林边说边做好了迎战的准备。技术员抡拳朝范玉林气势汹汹而来，没想到范玉林一侧身，技术员一拳击空。范玉林顺势跳至技术员身后，来个顺水推舟，双手在技术员的臀部猛地一推。技术员失去重心，朝前跟跄一步后，一头栽在那堆猪料上，弄得灰头灰脸，惹得旁人忍俊不禁。技术员恼羞成怒，誓与范玉林决斗，以挽回刚才那丢失的面子。他不顾众人的拉劝，骂道："谁要拉我，不是人养的。"这么一骂，众人松开手，他像发疯的暴犬一样朝范玉林直扑过来。范玉林不慌不忙，就在技术员的头即将撞在自己身上的那一刻，伸双手掐住技术员的脖子，然后一用力，说了声："你给我趴下吧。"技术员真的乖乖地趴在地上，嘴里不住地大骂。范玉林一手按住技术员的后背，一手攥成拳头，想狠狠地揍他一顿，这时众人拉拉扯扯把范玉林拽了过去。

场长闻讯赶到，朝范玉林嚷道："小范，到办公室来一趟。"范玉林跟在场长的后面，去了办公室。范玉林走后，技术员还像是很委屈的样子，坐在地上不断地啜泣。

"技术员你咋恁傻，敢跟那个黑小子打。你看那小子人高马大，胳膊像杠子似的，拳头一握像个大锤。平时俺走路都躲着他，要是让他撞了一下那可就苦了。"

"就是的，你看他那张黑脸，活像三国里的张飞。"

"技术员，这俗话说好汉不吃眼前亏。"大伙七嘴八舌地劝技术员。

技术员停止哭泣说："那小子从来的那天就找我的茬儿，说我这不行，那不行，好像他是专家似的，对我指手画脚……"

"就是，他说他懂得养猪技术，在家猪养得可好呢！"

"噢，他还说养猪用什么'添加剂'。叫什么名字？"

"翠竹牌。"

"对、对、对，就是'翠竹牌'饲料添加剂。"

"他还说他跟广州军区那个养猪专家有联系。"

"呸，臭美。"技术员听后狠狠地唾了一口。

范玉林随场长进了办公室。场长示意他坐下来，范玉林毫不客气，一屁股坐在场长办公桌对面的木椅上，等待场长的发话。

"范玉林，你小子胆子也忒大了，怎么敢动手打人呢？"

"场长，你弄错了吧？是他先动手的。"

"我不论是谁先动的手，我就看见你把他按在地上了。"

"这样说，场长是想处分我了。那好，我听着。"

"范玉林，你小子吹牛该找个没人的地方去吹吧！吹破了天也碍不了别人的事。我问你，你若真有能耐咋不在家养猪，当老板，跑到这儿打小工？"

范玉林被场长这么一说，弄个脸红脖子粗。他结结巴巴地说："那不是我猪养得不好才出来打工的。"

"那是为什么？你说呀！"范玉林支支吾吾，没说出来个子丑寅卯。场长抓住范玉林的软肋，来了个穷追不舍。"你说呀！说出了理由我就不处分你了，技术员挨了就算白挨了，怎么样？"

范玉林这下受不住了，他"呼"地一下从椅子上站起来，冲着场长嚷道："你当个破场长，不要牛屎哄哄，此处不留爷，自有留爷处。"说完，他一扭头转身要走。

"范玉林，你不要自高自大，谁撵你了，谁撵你了？"场长喝住范玉林。范玉林停了下来，场长说："范玉林，我给你一个施展才华的机会，你敢接吗？"

"啥机会？一个养猪人有什么机会？"

"我看你小子表面上胆大包天，其实是胆小如鼠。"

"谁没胆子，大丈夫敢作敢为。"

"那好，我给你一个事，敢不敢做？"

"敢。"范玉林的回答是斩钉截铁。

"敢，你就坐下来。"范玉林又坐在木椅上，场长对范玉林说，"你敢把你养的那几圈承包下来吗？"

"怎么个承包法？"显然，范玉林还真感兴趣。

场长说："你养的那几圈猪，就按你的方法配料喂养，购买饲料的费用每三天向我报账一次。一个月后，如果你的配料、喂养方法明显优于技术员，我就向老板建议让你做技术员。怎么样？"听了场长的话，范玉林犹豫了半天，自忖：打了技术员，还要抢他的饭碗，这么做太不仗义，感觉对不起技术员。场长急了，嚷道："范玉林你还是不是个男人，能不能爽快点儿？"范玉林在场长的激将下，爽快地答道："行。"于是，范玉林在养猪场里，开辟了一个"特区"，自己既是技术员，又是饲养员。

一个月过去了，正是春暖花开一元复始万物复苏的时节，范玉林饲养的那几十头猪肥头大耳，跟其他小猪一比，足足高出半个头。冯老板在场长的陪同下视察猪场，看到范玉林养的那些猪高兴得合不拢嘴，称赞之词不绝于耳。在场长办公室，冯老板召见了范玉林，那热情劲儿就甭提了。

"玉林，年轻人有干劲儿，有技术，是一个难得的人才。"范玉林听着冯老板的夸奖，红着脸坐在那儿，一声不响。

"玉林，我想让你任养猪场的技术员，每月工资六百元，并配给你一间住室，怎么样？"

"那技术员呢？"

"我让他去渔场任技术员。"冯老板说完，范玉林立刻答应了下来。范玉林任猪场的技术员，工资高了，体力劳动下降了，住房条件也得到很大的改善，自由支配的时间也多了起来。一天晚上，范玉林实在想正平哥，便抽了空闲时间，早早到了渔场那个工人的宿舍，等待宋正平。

在这个养殖场如果没有范玉林，宋正平可能早就走了。对弟弟范玉林的那种情感是什么，连他自己也说不清楚。中间他抽空去过养猪场，可都吃了"闭门羹"。这几天，宋正平心里的烦恼不断地增加。他对养鱼这个职业一点儿兴趣也没有，工作起来无精打采的，常受到场长的责备和同事的嘲笑。见到范玉林的到来，宋正平当然十分高兴，他伸手去拉范玉林的手没拉着反而让范玉林搂住了肩头。一时宋正平有些不知所措，生怕范玉林在他人面前做出让人难堪的动作。

"哥，我有事跟你商量。"

"有事你说吧。"

"走，到外面说吧。"范玉林小声地对宋正平说，但还是被宋正平的一个同事听到了。

"哎呀！这好话不背人，背人没好话。"范玉林心里很不舒服，他瞪了宋正平的那个同事一眼，拉起宋正平就朝外面走去。范玉林用力拉着宋正平，生怕他跑掉似的，弄得宋正平稀里糊涂地只好跟着走。范玉林牵着宋正平一直把他拉到自己住室的门口。

范玉林从口袋里取出钥匙打开房门。"哥，正平哥，请进。"宋正平看了范玉林一眼，抬步跨进屋内。

范玉林紧随进去，立刻关上门。外面灯火通明，屋内一片漆黑。范玉林没有说话，立刻将宋正平紧紧地抱住……

"玉林，你疯了？"宋正平开始在范玉林的身下挣扎。这时范玉林清醒了许多。他从宋正平的身上爬了起来，宋正平随即起身坐在床沿上。

"哥，我太想你了！"说完，范玉林头一歪，放在宋正平的腿上竟然抽泣起来。

"玉林，别哭了。我又不是女人，我早就说过，我要是女人一定嫁给你。"宋正平一边说着，一边用手抹去范玉林脸颊上的泪珠。范玉林用手攥住宋正平那只给他拭泪的手，紧紧地贴在自己的脸上。"哥，你说咋办？"范玉林停止了抽泣问宋正平。"玉林，咱哥俩还得遵守咱们以前达成的协议，不得逾越，并严格保守咱哥俩的秘密，你说行吗？"范玉林停了一会儿，说："哥，我听你的。"

"玉林，我问你行不行，又没问你听不听我的。"宋正平显然对范玉林的回答不太满意。

"行，行。这回好了吧？"

宋正平见范玉林恢复了平静，就推起他说："玉林，你把我拉到这有啥事？这房子是谁的？"范玉林这才清醒过来。他把事情的前因后果说了个明明白白。听得宋正平喜笑颜开，范玉林自己也是眉飞色舞。宋正平高兴地朝范玉林的肩头击了一拳说："弟，好样的。"哥俩叙了很久，宋正平说："玉林，我该回去了，你也该休息了。"宋正平起身想走，他刚站起来，范玉林就从他的后面一下子将他的腰部抱住。范玉林把下颌放在宋正平的左肩头上说："哥，我不让你走，这是我的房，也是你的房。哥，我们不能分开。"

"这能行吗？"宋正平问范玉林。

"行，行。"范玉林连忙回答。

"你又不是场长，咋能说行就行？"

"哥，你不相信吗？这里的场长对我可好了，我说行那肯定行。"

"我说不行，再说我那个场长知道了咋办？"

"哥，真的想走吗？那我就哭着送你出去，让这里的人都知道咱哥俩的事。"宋正平知道范玉林的个性，那可是说到做到。宋正平放缓了说话的口气："玉林，就是我不走，你总不能这样搂着我吧。"范玉林松开手，宋正平后退两步，重新坐在床沿上。

"玉林，天不早了，咱们该休息了。"

"行，行。"范玉林很是高兴，他边答应边动手从一个小水桶中舀出一瓢清清的凉水倒进盆里，回身拿起热水瓶又往盆里加了点儿热水。"哥，洗洗脸吧。"听了玉林的话，宋正平从床沿上站起来，洗完脸对范玉林说："玉林，你洗吧。"范玉林洗脸后，把水倒进洗脚盆，端至宋正平的脚边。"哥，洗洗脚睡吧。"坐在床沿上的宋正平抬脚缩腿伸手去脱脚上的鞋子，这时，范玉林拉过一个小凳子坐在旁边，把宋正平正在拖鞋的那只脚抱了过来。

"玉林，你干啥?"

"哥，我给你洗吧。"

"去，去，洗个脚还能让你洗。玉林你那花花肠子我还不知道。"

"哥当然知道小弟想的啥啰。"范玉林边和正平哥说话边脱去他脚上的鞋和袜子，把正平哥的那双脚放在水盆里轻轻地撩起水慢慢地搓揉着。"好了玉林，水凉了，你自己洗吧。"范玉林拿起毛巾，宋正平说："玉林，给我自己擦吧。"玉林并没有理会哥，而是很用心地把哥哥脚上的水拭去。范玉林自己洗完，倒去脏水。宋正平已经脱去下衣坐在被窝里。

"哥，我和你睡一头吧。"

"不行，不行。"宋正平边说边用手将自己身边的被子往身下掖了掖。见哥不同意，范玉林也只能睡在另一头。哥俩分开一个多月再次相聚，那亲热劲儿就甭提了，真是"小别胜新婚"!

"玉林，我想跟你说句心里话。"

"哥，你说吧。"

"我不想在养鱼场干了。"

"哥，你想去哪儿?"

"到建筑工地干我的老本行。"

"哥，你有熟人吗?"

"没有，我想自己出去找一找。"

"行，我帮你找。"哥俩商议很久，并想出一个很好的法子。

第二天，宋正平到养鱼场找到场长请了假，范玉林借口办业务骑着自行车到了和宋正平约好的地方，带着哥哥向着城市有建筑工地的地方驶去。哥俩行驶在宽阔的街道上，在熙熙攘攘的人群中穿行。他们从一个工地转到另一个工地，整整一个上午就在这忙碌中度过，宋正平找工作的事仍是"八"

字没有一撇。

"哥,咱们去小吃店吃点东西吧,吃饱了咱再接着找。"

"玉林,你饿了就去吃点儿吧。我不饿。"范玉林看了看哥宋正平,看样子他今天找不到工作是不会善罢甘休的,没办法,范玉林也只能铁了心陪着哥找工作。到了下午,仍不见峰回路转,找个工作是那样的难,哥俩的头上沁出了汗珠。眼看这个下午马上就要过去了,可工作的事一点儿头绪也没有。在一个基建工地上,一个小工头模样的人告诉他们到江南那边去,工作会好找些。宋正平听后喜上心头,他对范玉林说:"玉林,你先回去,我到江南去,等我在那边找到工作就回来告诉你。"范玉林一听就急了,他连忙说:"哥,咱俩都回去吧,今夜好好休息一下,明天咱再收拾收拾去江南。"

"玉林,我去江南找工作,你去干吗?"

"哥,你去江南我也去江南,就是不和你分开。"

"你神经了,现在找一份称心的工作多难呀!"

"称心的工作再好,也没有哥好。只要跟你在一块儿我什么都不要。"宋正平知道范玉林那股倔劲儿,那可是说一不二。再说他自己也舍不得让玉林放弃称心的工作跟他一块儿去江南。因此,他去江南的决心一下子软了下来。太阳即将落下地平线,街上的行人顿时多了起来,下班的、收工的、放学的纷纷朝自己夜宿之地而去,这里面还有宋正平和范玉林哥俩。哥俩垂头丧气,范玉林低头推着自行车在前面走着,宋正平跟在他的后面。

"哥,咱骑上车走吧,这样走啥时候能到家?"

"这么多人,你有技术保证安全吗?"

"能,咱试试。不行再下来。"范玉林抬腿骑上自行车,宋正平只好坐在后面。

"哥,明天还来不?"

"来,找不到我后天还来,直到找到为止。"宋正平心里暗想,自己怎样才能瞒着弟弟独自去江南呢?他正想着,"咚"的一声,自己还没明白是咋回事,就从自行车的后座上摔了下来。同范玉林相撞的是一名头戴安全帽的下班建筑工人。此人见范玉林的车上有人摔了下来,顾不上扶起自己倒在地上的自行车,赶紧跑到宋正平的身边,拉着他的胳膊,连声说:"对不起,对不起。"

"光说对不起有个屁用,你得把我哥送到医院去。"范玉林对着那个撞车人怒目圆睁。宋正平慢慢地从地面上站起来,渐渐恢复了原来的样子。

"我好像在哪儿见过你,样子很熟悉的。"那个撞车人看着宋正平。

"我和弟弟上午在你那儿找过工作。"

117

"对，对。"那人拍着头上的安全帽说。

"对个屁呀，撞了人不想承担责任跟人套近乎是不是?"范玉林停好自行车，怀着一腔怒气站在那人面前。外围的人越来越多，有人在一旁劝道："摔坏了吗? 没摔坏就算了，哪有怎好的，自己吃饭还咬自己的舌头呢。"

宋正平走到那个人跟前说："老哥，没事的。咱弟就是这样，是个耿直人，不会讹你的。"

那人听了宋正平的话，对他说："小兄弟是豫南人吧?"

"是。"

"哪个地方的?"

"固城。"

"哎呀! 咱们还是老乡呢。"

"你也是固城的?"

"不是，我是光州的，咱们是邻居，邻居就是老乡呀。"

"是，是。"宋正平伸手和那个人握手言和。

"小兄弟，你哥俩找到活儿了吗?"

"没有。"一提到这事，宋正平一点儿精神气也没有了。

"没找到活儿，明天到我们工地上去。"

"能行吗?"

"行。"这哥俩一听这话，来了精神头，真是"踏破铁鞋无觅处，得来全不费工夫。"

"老哥，走。今晚弟请客。"宋正平拉着那个人的手说。

"不，不。"

"客气啥，我哥请你是真心的。"范玉林在一旁插言留客。三个人到了附近一家小酒店，点了菜拿了酒，坐定后边喝边聊。

"大哥贵姓?"宋正平问。

"我姓赵，叫赵杰。两位弟弟叫什么名字呀?"

"我叫宋正平，我弟叫范玉林。"三个年轻人话也很投机，一瓶酒很快喝了个精光，可仍是兴致很高。

"玉林，叫老板再拿一瓶。"宋正平吩咐范玉林。

"哥，拿一瓶能喝完吗? 喝醉了走路也不安全。"

"好，再拿个半斤的吧。"这瓶半斤的酒，范玉林退饮后又被宋正平和赵杰喝光。

"哥，你俩还喝吗?"范玉林问。

"不喝了，不喝了。"这下两人也都有了七八分醉意。酒足饭饱之后，范玉林付了账，三人分手相约明天工地上见。和赵杰告别以后，范玉林骑着自行车，后架上坐着宋正平在城市优美的夜色里向猪场方向驶去。

进了屋，范玉林已是满头大汗。宋正平一看便心疼起来："玉林，别脱单了。这春天容易感冒的。"宋正平边说边把范玉林脱下的衣服往他身上披。范玉林却转身拎起茶瓶和水桶朝厨房走去。哥俩洗漱完毕范玉林对宋正平说："哥，我今晚太瞌睡，就不陪你聊天了。"

"玉林，哥就跟你说一件事，说了再也不烦你了，行不？"

"行，哥你就说吧。"

"玉林，只要哥能找到建筑工地，就有可能东山再起，等我再当了老板，挣了大钱，咱哥俩就去找妈。"

"哥，你想妈了吧？"

"是的。"

"你知道妈在哪儿吗？"

"不知道，可我感到妈就在我们身边，就在武汉。"

"哥，明天咱不去工地，我带你找妈去。"

"不行，现在不能去，现在去妈会伤心的。"

"那有啥伤心的，我想妈还高兴呢。"

"不，玉林你想，妈为咱操了多大的心，她给咱盖了房、娶了人、成了家。可现在……"宋正平哽咽着说不下去了。

"哥，你哭了。男儿有泪不轻弹，男人就得拿得起放得下，摔倒了再站起来。不经风雨怎能见彩虹？"玉林一边劝慰哥，一边用手擦去哥眼角上的泪水。

"玉林，你睡吧。"

"哥，你也睡吧，老坐着干吗呀！"范玉林钻进被窝，而宋正平坐在被窝里毫无睡意。

"哥，你睡呀。"

"玉林，哥想坐会儿再睡。"

"哥，你是不是哪儿摔伤了，不舒服，让我看看。"范玉林说着掀起被子就要爬起来。

"不是，不是。"

"那是为啥？"

"玉林，你睡觉怎么管起我呀？"

"哥，我得抱着你呀，这是咱哥俩的'约定'，要不，我到你那头睡。"

"不，不。"宋正平说着，连忙脱去上衣躺下。范玉林侧身把哥的双腿拉直后夹在自己的两腿之间，而后双臂交合把哥的两条小腿抱住，头再往哥的两个脚背上一放，就迅速进入了梦乡。

宋正平虽闭双目，却浮想联翩，往事在脑海中一幕幕出现：妈是美丽的女人，高挑身材，白皙皮肤，俊美的脸庞，甜蜜的微笑让他终生难忘。

妈是慈爱的女人，自从进入范家，妈视自己为亲生，关爱备至，母爱的温暖时刻在他心中。

妈是善良的女人，为了他人的温暖，自己在寒冬腊月、天寒地冻的冬季熬到深夜，那冰凉的双腿和双脚只有他才能感到妈受冻的程度。宋正平想妈，对妈的思念难以排解，只能把妈在南徐给他的小礼物装在贴身的衣兜里。

弟是一个被人欺负的孩子，他被人踢打时总是用含泪的目光寻找别人的帮助。

弟是一个有情有义的孩子，每当妈递给他一个煮熟的鸡蛋时，他总是先问妈：有正平哥的吗？有时妈骗他说：没有。他总是把自己的鸡蛋毫不犹豫地塞到他的手里。

弟是一个顽皮的孩子，在夜深人静的时候，偷偷地把小手伸进他的小内裤里。有一年夏天午休时，把他的小裤衩扒开，把一根线绳一头拴在他的小鸡鸡上，另一头拴在用纸叠成的小飞机上。妈看到后，把弟狠狠地训斥了一顿。

想到此的宋正平，真恨不得自己是个女人，做妈的好媳妇，做弟弟的好爱人，来报答他们。夜深了，宋正平才觉困意，他想翻个身解乏，可那双腿像被绳索捆绑似的不能动弹，再使劲儿又怕惊醒了弟弟。

范玉林一觉醒来，外面已经放亮。他感觉脖子有点儿不舒服，便将头从宋正平的脚面上抬起来，向四周作半圆状来回晃了晃，然后松开双臂，用双手托起宋正平的双腿，从宋正平双腿下抽回自己的另一条腿。之后他又轻轻地把宋正平并拢的双腿轻放在床面上，生怕惊醒了熟睡中的正平哥。范玉林起床后，在猪圈转了一圈，见各位饲养员都在猪圈内专心打扫卫生，每头生猪个个昂着头"嗷嗷"直叫，像是很饿的样子，甚是可爱。看完猪圈后，他来到食堂，要了馒头和米饭。炊事员逗范玉林说："技术员女朋友来了，带食堂来让大家饱饱眼福。"

"去、去、去。大清早哪那么多废话。"范玉林回敬了炊事员一句转身离开食堂朝自己的住室走去。范玉林推开门，见宋正平仍然在熟睡之中。他趴在宋正平的头前小声喊道："正平哥，正平哥。"

宋正平睁眼一看，太阳已照进屋内，对范玉林说："玉林，起来咋不喊我一声？"

"哥，我不正在喊你吗？"范玉林看着宋正平微笑。

哥俩吃了饭，范玉林去食堂送碗筷，宋正平推着自行车，哥俩又出了门。这哥俩恨不得一下子飞到工地，见到昨晚上的那个赵杰，自行车被他哥俩骑得飞一般地块。到了工地，赵杰已经在等待他哥俩，一番客套之后，赵杰对宋正平说："兄弟，老板今天在这儿，你有多大的本事尽管使出来，千万别客气。这可能与你的工资有关。"宋正平听后点了点头。

赵杰把宋正平哥俩带到一个西装革履，手拿"大哥大"的中年男子面前。他连忙向宋正平和范玉林介绍："兄弟，这是卢老板。"哥俩连忙向卢老板问好："卢老板好。"

"你俩都是来打工的？"

"他不是，我是。"宋正平赶紧回答卢老板。卢老板看了看宋正平说："小白脸，一个书生能行吗？我看你教个书还差不多。"

"卢老板，你可不能门缝儿看人呢！"宋正平说。

"好，我看看你有多大的本事。"老板说完，把宋正平叫到一个工人面前，先让二人扎角。

两人爬上二楼的跳板，在东西两墙的拐角处站好，有人给宋正平送上一把砖刀，宋正平手拿砖刀，心里感到是那样的舒心。他站在这个"舞台"上，往下一看，见众目睽睽不免有些心慌。

"哥，加油。"范玉林给正平哥呐喊。

卢老板一声"开始"，两人的比赛序幕拉开。宋正平抹泥、上砖、斜眼吊线，各个环节丝丝相扣有条不紊。一阵儿忙乎之后，角扎好。他抬头舒了一口气，想看看对手怎么样，没想到他看后竟吓了一跳。对手竟然叼着烟，手拿着砖刀朝自己微笑。

"技术员上去看看。"卢老板一声吩咐，技术员答应一声，身带检测工具跃上二楼的脚手架。

"报告卢老板，宋师傅扎角十层，用时五十三分钟，垂直上下误差四，平面误差四点二；刘师傅扎角十层，用时四十八分钟，垂直上下误差三，平面误差三点六。"技术员报告完毕，从二楼脚手架跳下来，宋正平听了技术员的报告，心里凉了半截。

"小宋师傅，准备好，你还得过一关，同崔师傅比一比砌墙。"卢老板在下面向宋正平喊话。刘师傅跳下二楼脚手架，崔师傅跃上去，两人的比赛又开始了。这下宋正平憋足了气，提刀、拿砖、拎桶、抹泥、放砖、拉线一气呵成，娴熟自然，跟崔师傅配合默契，动作敏捷。可所砌的墙还是跟崔师傅相比少了一小段。宋正平倒吸了一口凉气，心中暗想：真是人外有人，天外有天。卢老板哈哈一笑，对宋正平和崔师傅喊道："行，你俩下来吧。"宋正平和崔师傅跳下脚手架，卢老板走到宋正平的身边，拍着他的肩头说："小宋师傅，是一块砌墙搞建筑的料，你愿意在这儿干，我就收下了。"宋正平听了卢老板的夸奖，红着脸说："跟刚才的两位师傅相比，差得很远呢。"

"噢，刚才那两位可是我们建筑队的高手。小宋师傅刚才表现得也不错呀。明天上班，工资每月五百元。"卢老板说话那是干净利落，不拖泥带水。

"谢谢卢老板。"宋正平爽快地答应了。就这样宋正平在卢老板的工地干起了建筑活。早上范玉林出来把自行车借给哥，晚上他出来迎接放工的哥哥。

这一天，场长对范玉林说："技术员，你把一个陌生人带进场内吃住，还把自行车借给他骑，严重违反场方的规定。"

"场长，那不是别人，是我哥。"

"谁也不行，要是老板知道了，不但要训斥你，还要扣你的工资，弄不好还要赶你走人。小伙子，听我一句，让那个人自己找个吃住的地方。"场长的话语重心长，说完又在范玉林的肩头轻轻地拍了两下。范玉林有点儿担心，他对场长说："场长，让俺哥住几天吧！等他找好了房子，我和他一块儿搬出去行吗？"

"范玉林，我让你哥走，可没有让你走。住几天也可以，场里的车子你不能让他骑了，我说这些对你是有好处的。"

"好，我听场长的。"范玉林也知道哥这样不是长久之计，他也想给哥买一辆自行车，听场长刚才这么一说，就立刻下了决心。他到市里给正平哥推回了一辆崭新的自行车。

晚上宋正平收工回来范玉林对他说："哥，你看。"范玉林把新自行车指给宋正平。

"玉林，你买的？"

"是的，哥。我买给你的。"范玉林心里很兴奋。

"我咋能让你买呢？我就合计着哪天有空到街上买一辆呢。多少钱？"

"一百八十元。"宋正平从口袋里掏出一沓钞票，递给范玉林。"玉林，一百八十元整，你数数。"

"哥，谁要你的钱，我说了给你买的。"

"玉林，你要是不要，哥就不骑自行车。"一番激烈的谦让之后，范玉林不得不收下宋正平的钱。

二十多天的平静生活后再起波澜。养殖场老板冯庆峰来到养猪场对范玉林说："小范，那个姓宋的小子住在这儿是吧？"场长在旁边没有说话，只低着头。范玉林一时不知怎么说，结结巴巴。

"小范，是不是你说呀？"

"是的。"

"你告诉他，他不能住在这儿。"

"为什么？"

"老板，技术员说等他找好住处就搬出去，他住这儿是暂时的。"场长在旁帮着范玉林说话。

冯老板白了场长一眼说："那是你允许的了？咱们有多少工人挤在一间屋内，倒让一个外面的小子躲在这里享清福。"

"唉，老板，你可不能这么说。"场长申辩，却被冯老板打断了话头。

"小范，今晚那小子再来，把他赶出去，你不撵，我可派人撵了，让他给我滚蛋。"冯老板说完，又补上一句，"这个事，要不是渔场场长跟我说，我还蒙在鼓里呢。"

"冯老板，你有几个钱就骚到这样，说话能臭十里远。"范玉林的火性被点燃，那可是个愣家伙。

"小范，你咋能对老板这样呢？"场长急忙劝范玉林。

"这还是好听的呢。"气冲顶梁的范玉林不仅说得难听，还把一只手伸向冯老板。

"小范，你这是干什么？"冯老板怎么也没想到范玉林敢顶撞自己并出手动粗，一时被弄得很是被动。

"干什么？给钱，算账，咱走人，咱滚蛋……"范玉林气得满脸通红。

"小范，小范。老板又没有说你，你何必大动肝火呢？"场长劝范玉林。

"场长，他说哥哥，那就不等于说我吗？这儿待不了，我想这么大的武汉就没有咱哥俩待的地方？"范玉林越说越火，那脾气可大呢。

这下老板遇了个"愣家伙"，不依不饶，弄得骑虎难下。

"小范，你冷静一下。"

"场长，我冷静不了。给我算账，咱走。"

冯老板这下也火了，他对范玉林说："你不是要走吗？明天去财务科结算工资，我就不相信离了张屠夫能连毛吃猪？你小子没来，咱场办得不也是红红火火的。"

"冯老板，冯老板，你也别跟小范一般见识。"场长在中间劝道。

冯庆峰说完，头也不转地走了。场长撵到大门外跟冯老板嘀嘀咕咕了一通。场长送走了冯老板，又来到范玉林身边对他进行了一番安抚。在场长的调解下，老板和范玉林的矛盾有了缓解。不管咋样，这个阴影还是暂时留在范玉林的心里。宋正平回来，他表面上装着若无其事的样子，其实在暗暗地盘算怎么搬出猪场。

　　两三个月很快地过去了，猪场里几个月前的小猪崽个个都长成了体壮膘肥的大猪。范玉林找到场长说："场长，我建议猪场的猪可以出栏了。"

　　"为什么？"

　　范玉林说了一大堆理由，可没有得到场长的同意："技术员同志，你我共同找老板，老板同意出栏就出栏，他不同意咱们也没办法。"

　　"场长，我不想见老板。"

　　"怎么，心里还有疙瘩呀？人家老板都不跟你计较，你还跟人家憋气。"

　　"咋能不憋气，要不是你场长，咱们可能早被人家撵滚蛋了吧。"

　　"话不能这么说，虽然我中间做了工作，但总体上说老板还是很有度量的。小范，一个人要想成就大事，就不能跟个女人似的斤斤计较，多跟老板接触接触，学学老板对你有很大的好处。"

　　"有个屁好处。"范玉林仍为以前的事余怒未消。

　　"小范，不要这么说。你年轻有技术，在家自己又干过，现在政策又这么好，你能不能想想未来，你就不想自己当老板，甘愿在别人手下打一辈子工？"场长一席话说得有条有理，顿时使范玉林茅塞顿开，豁然开朗。他沉思了半天对场长说："场长，我听你的。"

　　"这就对了。"场长很高兴。他拍了拍范玉林的肩头说："小范，走。我带你见老板去。"范玉林站在那儿没动，场长上前拉了一把说："怎么，还转不过弯儿？老板可不会和你计较的，他要是和你计较还能让你小宋哥住在这儿吗？"两人骑上自行车，朝老板家走去。

　　老板的家住在城郊的一个刚开发的商业街的后面，是一栋气派的别墅。范玉林在场长的带领下来到冯老板家，老板夫人把他们迎进客厅。

　　"场长，你俩来了，老冯知道吗？"

　　"不知道。"

　　"这位是？"

　　"噢，我忘了介绍，他是场里技术员范玉林。"范玉林连忙站起来，老板夫人朝范玉林微笑说："坐下，坐下。"

　　"你俩有事吗？"

　　"有，老板什么时候能回来？"

　　"我马上打个传呼问一下。"

　　过了一会儿，冯庆峰从外面回来。相互客套之后，冯老板对范玉林说："小范，你今天还真是稀客，是不是被场长硬拉来的呀？"

"不，不。"范玉林结结巴巴，不知怎样回答才好。

"冯老板，技术员好久都想来看看，一时没有合适的时间，今天他一说，我也有时间，正好咱俩就来了。"

"好哟，好。"冯老板挺高兴。

"冯老板，那天很对不起。"范玉林红着脸。

"行了，技术员，过去的事就让他过去吧。你也不能记在心里，那次我也有不对的地方。你俩不会为此事而来吧?"

"不是，技术员来就是有事要向你汇报。"

"客套啥? 还汇报呢。咱今天是裤裆摸跳蚤——不招外手。有啥说啥。"冯老板说完再转过来对范玉林说，"技术员，是不是为你哥俩住处的事呀?"

范玉林说："老板又在开玩笑了。"

"技术员，只要你不影响工作，你哥想住多久就住多久，怎么样?"

"我代哥谢谢老板。"

"不用，不用。技术员有啥事就直说吧。"冯老板说着，拿过烟盒，抽出一支递给场长，又抽出一支给范玉林。范玉林摆摆手示意自己不会吸烟。老板把那支香烟叼在自己口中，按燃火机，点上烟，认真地听着范玉林的话。

"冯老板，我想跟你说一说猪要出栏的事。"

"出栏，你说说理由。"冯老板的眼里露出喜悦之色。

"冯老板，我根据科学养猪法的饲养，现在已近五个月，最小的猪也有110千克，大的差不多有120到130千克左右。当下是出栏的最好时机，如果不出栏今后一个月就白养，它长的与消耗的几乎相等，要再过一个月猪长的还抵不上它消耗的。现在出栏，年底第二栏完全又可以投放市场。"

"技术员，你说咱这猪一年可以出栏两次?"

"是的，老板。"

"好，咱就照你说的办。"冯老板十分兴奋，站起来对场长和范玉林说，"走，咱到酒店去，今天咱三人好好喝上一盅。自从技术员来，咱还没有在一块吃过饭呢!"三人出了门，叫上一辆出租车，朝市区开去。

猪场里的猪经过三天全部出栏后，范玉林正在指挥工人清理杂物、消毒，准备接小猪崽，忙得满身是汗。场长走过来告诉他："技术员，冯老板今晚在市区的大酒店请你，做个思想准备。"

太阳已经落入了地平线，猪圈中的卫生消毒工作仍在继续。冯老板亲自来到猪场，看到大家干活那股投入劲儿，心里甭提多高兴了。冯老板看到范玉林工作认真、一丝不苟的样子，心里像喝了蜜一样甜。他没敢去打扰范玉林，只好在一边等着。这时宋正平下班骑着自行车回来，一眼见到冯老板，想绕道躲过他的视线，可没想到反而让冯老板叫住："小宋，小宋。"宋正平心想：这真是怕"鬼"有"鬼"。他没有办法，只好硬着头皮走过来："冯老板，今天有时间过来看一看。"

"这时间嘛，说有它就有，说没有它就没有，看你如何利用了。"

"冯老板高见。"

冯老板笑了笑说："小宋，现在干建筑还可以吧?"

"还行。"宋正平边说边向冯老板告辞，可让他没想到的是冯老板跟着他进了屋。

"小宋，你哥俩睡一个小床能睡下吗?"冯老板问。

"能，能睡下，多谢冯老板。"就在他们闲聊的时候，范玉林干完活回到屋。

"冯老板你来了。"

"干完了?"

"是。"

"那好吧，咱们走。场长跟你说了吗?"

"说了。"范玉林回答完冯老板的话后对宋正平说，"哥，你先吃吧，我今晚……"

"技术员，咋让你哥先吃，咱们一块儿呀! 我能在乎你哥喝一杯酒吗?"

宋正平明白了是咋回事，他对冯老板说："谢谢冯老板，我不去。"说完他扭头对范玉林说："玉林，都啥时候了，还不赶快跟冯老板走。"

"小宋，你这就见外了，还让我拉一把吗?"冯老板的话是真心实意。范玉林见冯老板那副真诚的样子，上前拉住宋正平的胳膊说："哥，走吧。"冯老板带上场长、范玉林和宋正平出了场门，打了辆出租车向市区驶去。

武汉的夜景真美呀! 人声鼎沸，汽笛轰鸣，一辆辆小车飞驰而过，街道两旁的高楼里传出了各种动听的音乐让人陶醉。车在霓虹灯下穿行，把车和车内的人都变成了五颜六色，那一眼望不到尽头、排列整齐的路灯，发出亮灿灿的光芒，把夜间照成了白昼。大街上各种造型的灯箱广告牌变幻着各种奇妙的光彩，让人仿佛置身于一个光的世界里。夜空中群星灿烂，城市里灯火辉煌。璀璨的流光让人目不暇接。出租车在一家"帝豪酒店"门前停下，冯老板打开车门，四人鱼贯而出。下了车，宋正平完全被这美妙的胜景所吸引。宽阔的大道笼罩在五光十色、斑斓溢彩的灯光下，充满了魅惑力。大道中间的机动车辆闪着锃亮的灯光照射出无数纵横交错的光柱呼啸而来，疾驰而去。沐浴在光的人行道上耄耋翁妪相扶、母子相牵、父子比肩、俊男靓女相偎而行，温馨怡人。不论是西装革履具有绅士风度的男子，还是打扮时尚、风华妙龄的女子都是一道迷人的风景。时而有"异人"出现,宋正平便惊呼起来:"老外,老外。"

"走吧。"在场长和范玉林的催促下,宋正平走进那扇豪华的大门。到了"贵宾厅",宋正平感觉像到了传说中的宫殿,富丽堂皇的吊灯,金碧辉煌的壁画,红色炫目的地毯,摆设讲究的家具,更有美丽活泼、充满朝气的服务员,都让他怦然心跳。

宋正平看着餐桌上那一道道他从未见过的菜,精美包装的好酒,却心事重重。冯老板、场长、范玉林三人谈笑风生,宋正平坐在一旁洗耳恭听。

"好了,咱喝酒不说别的,只谈喝酒的事。"冯老板收了原来的话题,回到酒桌上。

"服务员,服务员。"随着冯老板的叫声,服务员应声而到。

"老板,有什么吩咐?"服务员带着迷人的微笑甜美地回答着。

"斟酒。"服务员听后,握瓶在手,迈着轻盈的步子走到场长面前。场长仰脸伸脖,两盅酒下肚。范玉林也是如此。服务员站在宋正平旁,宋正平起身致谢。冯老板摆摆手对宋正平说:"坐下,坐下。"宋正平喝完两盅后,冯老板问范玉林:"技术员,你哥俩谁的酒量大?"

"当然是正平哥了。"范玉林坦率地回答。

"小姐,再给小宋斟上两杯。"冯老板说着,把宋正平介绍给服务员。

"不行,不行。"宋正平推辞着。

"不喝,那是想让服务员陪你喝了?"场长这句玩笑话弄得宋正平面颊绯红。

"服务员,那你就陪咱小宋师傅干两杯吧!"服务员端起酒杯要与宋正平相碰,这下宋正平的脸更红了,显得很腼腆,搞得服务员咯咯地笑起来。

"哎呀,你怎么跟个大姑娘似的。"服务员边说边端起酒杯递给宋正平。宋正平没办法,只好跟服务员喝了两杯。没想到冯老板又发话:"小姐,再跟小宋师傅喝两杯交杯酒,小费加倍。"服务员脸上笑得像朵盛开的鲜花,可宋正平感到更为难了。

"冯老板,算了吧!"宋正平向冯老板求救。

"不行,你这叫挡人财路。"场长在一旁插言。

"别磨蹭了小宋。服务员,你就不能把酒杯递到他手上吗?"冯老板催促。服务员抓起宋正平的手,把那杯酒送到宋正平的手里,宋正平只好跟服务员喝了两杯交杯酒。

又是一阵儿推推让让,四人喝了两瓶,宋正平趴在桌子上像是喝醉了似的。

"技术员,你哥没事吧?"冯老板问。

"没事。"

"没事，咱们去五楼跳会儿舞，放松放松，然后回去可以吗？"

"可以，可以。"场长和范玉林异口同声。

"技术员，你扶一下你哥。"

"行。"四人上了五楼，那屋内传出摄人心魄的舞曲声。冯老板从衣兜掏出四张十元的人民币，买了入场券。

宋正平坐在舞厅墙边的凳子上，关注着舞厅那近似疯狂的舞者，在天花板那变幻莫测的彩灯下，男男女女勾肩搭背，随曲起舞，尤其是那些摩登女郎扭身旋转，摆裙飘动，两条玉腿完全暴露在众目睽睽之下，形成舞厅一道特殊的风景。

"哥，哥，你没事吧？"

"没事，就是有点儿瞌睡。"范玉林一看，宋正平耷拉着脑袋趴在椅子后背上，还真以为他瞌睡呢。

一位舞女飘然而至，做了个请的姿势。冯老板离开座位和那个舞女漫步于舞池之中。宋正平没见到她的面容，可那背影太像自己心中的一个女人——妈妈。高挑身材，"二仔"发型，一身旗袍，脚穿高跟皮鞋。正当那舞女闪转之间，飘动的旗袍开衩处露出两条既修长又圆润的玉腿，宋正平心里一惊，差点儿喊出"妈"。这个"妈"字到了喉咙又被咽了回去。范玉林一看宋正平一惊一乍的样子，连忙问："哥，你想吐吗？"

"不是，就是有点儿恶心。"

"哥，你靠在我怀里吧。"范玉林伸着脖子，小声地对宋正平说。宋正平假装没听见，不去理会范玉林，而专注于和冯老板跳舞的那个女人。

正好冯老板和那个舞女跳转到他们面前，舞曲结束，冯老板对场长说："场长，你和刘小姐跳一曲吧。"

"不行，不行。我这老企鹅咋能和天鹅共舞呢。"

"不管是啥鹅，总归都是鹅。"冯老板的话逗得一旁的舞女刘小姐咯咯地笑。

短暂的调整后，又一支舞曲开始，冯老板对宋正平和范玉林说："你哥俩谁跟刘小姐跳一曲？"范玉林一听，头摇得像拨浪鼓似的说："不行，我不会。"刘小姐款款地走上前，一伸手拉住宋正平的手说："来，咱俩跳一曲吧。"宋正平连忙起身对刘小姐说："对不起，我不会跳。"刘小姐拉着宋正平胳膊的那只手并没放开，她说："不会，学嘛。来，我教你。"刘小姐还是想把宋正平拉进舞池。

"刘小姐，年轻人不会就算了。我看你还是陪咱老板跳吧！"场长给宋正平解了围。

在回去的出租车里，坐在后排中间的范玉林把右边的宋正平挤得紧紧的，真想把他的正平哥搂在怀里。

回到屋里，范玉林的兴奋劲儿又来了。他对宋正平说："正平哥，冯老板待咱是很不错的。"

"那不是对咱不错，是对人民币不错。"

"哥，你咋能这么说呢？"

"玉林，你想一想，要不是你有技术，要不是你给他养了这么多的猪，给他带来这么多的利润，他能在'帝豪酒店'请咱们吗？"

"哥，你说的也是。"

"玉林，你有没有其他的打算？"

"什么打算？"

"自己干，自己当老板。"

"哥，你酒劲儿还没过呀？说醉话是不是？"

"哥这不是酒后胡言乱语，而是真心话。玉林你没想过，家乡欠人家的钱是要还的，咱哥俩还是要成家的，等咱们的生活有了改变，我们还去找妈。"宋正平说着又激动起来。

"哥，成家，成家。我不想听'成家'这两个字。成家是个啥，说白了不就是娶个女人。哥，你今晚是不是见到了城里那妖来妖去的女人，又动了邪念，心思又回到女人身上了。女人是啥东西，是红颜祸水。咱们倒在女人手里的教训还不够吗？"

哥俩争论起来，一会儿宋正平的情绪缓和下来说："玉林，你我哥俩打工为什么？"

"挣钱呗。"

"挣到钱又干什么？"

"挣到钱咱就出去租房子，不住在这个地方。"

"要是再有了钱呢？"

"就去买房子，落户在这大武汉，不回去了。"

"买了房子谁住呢？"

"谁住？那还用说，咱哥俩住呗。"宋正平挖空心思想提醒范玉林，没想到绕了那么大的一个圈又回到了原点。他苦笑着说："玉林，我知道你心里咋想的。"

"咋想的，你又不能钻到我的肚子里看个究竟。"范玉林说完，看了宋正平一眼，满脸通红。

宋正平看着脸红脖子粗的范玉林说："玉林，你打消你的想法吧，那是不

129

可能的。我不止一次说过，我要是女人一定嫁给你，白头到老，永不后悔。可现实哥是一个男人，一个大老爷们。"宋正平说完长叹一声坐在床沿上。

"哥，我不管。"范玉林说着直向宋正平扑来，把宋正平按了个仰面朝天。他双臂抱住宋正平的肩头，把脸贴在宋正平的面颊上说道："哥，玉林真心爱你。"宋正平闭着双目，没有挣扎，他能感到弟弟那真真切切的爱意。

转眼间，一年过去了。又是新年的开春之时，人们都于这时谋划新一年的前景。

冯老板养猪场一年出两栏，这消息不胫而走，四邻的养猪场都来取经，参观学习者络绎不绝，送走一拨又一拨。这些天冯老板接待烦了，临走时落下一句话给场长说："场长，你看着接待吧。"

外面的小车汽笛又一次鸣响，门卫打开大门。从车内下来两位夹着公文包的人，大踏步朝猪场的场院而来，场长一看这两人模样比较熟悉。场长想起来，他们前两天刚来过，怎么又来呢？场长心里烦，可表面上还是显示出很热情的样子。

"二位，好像咱们见过面吧?"

"是的，前天咱们来过。"

"噢。"场长故作惊讶，还用右手轻轻地拍着自己的脑门。

"我们今天主要想和你们的技术员见见面，希望多学着点儿。"

"行，行。"场长一边喊范玉林，一边把他们带到范玉林门前。范玉林来到后，场长借故走开。范玉林把二位让进房内，他们一见床上还睡着一位，连忙说："不好意思，打扰了。"

"没啥，这是我哥，他在搞建筑，工地还没开工，闲着无事就多睡了一会儿。"范玉林一边说着，一边让他们坐下。

"小范同志，咱们不必客气，有话就直说了。我是武汉东郊前进村的。我们村也想上养猪这个项目，今天我们来就是想请你去承包这个项目。如果有啥要求你只管提，这位就是我们村支部书记穆俊同志。"范玉林又重新和穆俊书记握了握手说："穆书记你好，我哪有那个能力去承包搞猪场。"穆俊接过话茬儿："小范同志，你有啥顾虑尽管说，咱今天打开天窗说亮话。我们是很真诚的。"

"这我知道，但是我确实没有这个能力。"

"你说的这个能力，是资金、场地，还是劳动力，不会是技术吧?"

范玉林点点头，笑着说："穆书记真了不得，可以洞察一切呀!"

"那你是说，我说对了是不是?"

"是。"

"这样，资金由我们给你牵头向银行贷款，场地咱村的地块任你选，劳动力也可以由我们帮助你找，这样总可以吧？"范玉林没想到穆书记竟然如此豪爽与果断，他先前的话只不过是推辞而已，没想到这下弄得骑虎难下了。

"行，我同意。"在床上睡觉的宋正平说着从床上坐了起来。穆书记一听，和同来的那位相互瞧了瞧，又转头看着宋正平。

宋正平说："穆书记，你们别这样看着我呀！我是他哥，我同意他也就同意了。"

穆俊一听，连忙伸手和宋正平握手说："感谢，感谢你的支持呀！"

"没关系，今后咱们打交道还多着呢。"

"那我们这就谈成了？"穆书记用疑惑的目光看着宋正平。

"只要我们双方有诚意不就成了？框架协议不就有了？改天我陪玉林去那儿看看场子，咱们再仔细谈，写个合同书。"

"行，行。"穆书记留下地址后，起身告辞。穆俊两人走后，范玉林和宋正平发生了激烈的争吵。

"哥，你为什么答应他们，你去呀？"

"我去啥，人家来请你的又不是来请我的。"

"请我的，你答应啥？"

"唉，玉林。这可是好事，天大的好事，你再推辞好事就要泡汤了。机会稍纵即逝，机不可失，时不再来呀！"

"好事，屁事！"

"玉林，你这么说是哥在坑你了？"范玉林不吭声，宋正平可火了，"玉林，你知不知道这对你来说是一个机遇，机遇呀机遇，你不迅速抓住，它一闪即过，你会后悔一辈子的呀！"宋正平十分动情，可范玉林却接受不了。

"哥，你说我是傻子是不是，我看你是自作聪明。"

"啥？我是自作聪明。玉林，你是真傻了吧？"

"我傻，傻是一种真诚。不跟有些人那样，就跟三国的魏延样，长了一身的反骨。"

这句话真是刺痛了宋正平的心，他说："玉林，你这话是说我忘恩负义，恩将仇报了？"

"是不是，你自己想着。"范玉林的这句话也太重了，气得宋正平出了门。

范玉林也没有劝阻，哥俩就这样：一个出了猪场，一个继续工作。到了中午，范玉林没见到宋正平。他想，哥中午不回来，晚上还能不回来吗？晚上到了，范玉林仍不见宋正平的影子。他着急了就到宋正平干活的工地去找，不见哥的踪迹。范玉林转念一想，哥会不会回去了呢？他赶紧又往回赶，慌得他汗湿内衣，就在离猪场不远的路旁站着一个人，身后背着行李包，手里又提着一个小包。范玉林定睛一看，心里一阵儿惊喜，虽说人影模糊，但从那夜幕刚拉开的轮廓中认出了是宋正平。范玉林三步并作两步跑上来，一把将宋正平抱住，说道："哥，你上哪去了？让我好找哇。"

宋正平放下手中的提包，推开范玉林说："玉林，哥现在找好了地方，不住猪场了。"

"哥，我不会让你走的。哥，你要是还生气就狠狠地捆我两下吧。"

"玉林，咱哥俩分开住吧，省得有个磕磕碰碰。你和妈对我的那份恩情，我永远会记在心里。"

"哥，你真的不能原谅我，你真的要走吗？"

"玉林，有啥事需要我帮助就去那个工地找我。"宋正平说完拎起放在地下的那个提包转身离去。

范玉林疯了似的从后面扑上来，张开双臂将宋正平抱住："哥，我求你，你别走。哥，我听你的。我听你的还不行吗？"

正在这时，场长路过这里，见到哥俩这样，劝道："宋师傅，你就原谅技术员吧。年轻人谁没有个性子，相互沟通沟通，何必往心里去呢！再说技术员小点儿，你让他一下。回去，回去吧。"

"哥，你给场长一个面子，回去吧。"宋正平那是何等精明的人，赶紧借坡下台，随范玉林返回养猪场。

"哥，你还没有吃饭吧？"范玉林边说边帮助宋正平从背后取下背包。

"你吃了吗？"

"我哪能吃得下，急都急死了还有啥闲心吃饭呢。"哥俩一笑泯恩仇。

吃过饭，哥俩坐在床上，范玉林对宋正平说："哥，你真想让我去包养猪场，那咱们对得起冯老板吗？"

"玉林，你又来了。这是一个机遇，必须抓住它，这与对得起对不起冯老板没有关系。"

"咋没关系，咱走了冯老板怎么办？"

"玉林，你没来冯老板有没有养猪场？"

"有哇。这还用说。"

"那时没有你，冯老板的养猪场不是照办吗？你要是走了，难道冯老板的猪场就办不成了吗？"

"那倒不是。"

"这就对了，你走了冯老板猪场照办，技术员照样有人干。"范玉林觉得也有道理，就沉默不语。宋正平继续说："冯老板他能找到技术员更好，如果找不到合适的，你就帮助他培训一名，要么你抽个时间来帮助他们配好饲料，这样做不行吗？"

"那，那，我这配料的方法不就泄密了吗？"

"你的技术从哪里学来的？"

"跟广州军区的一位专家学的。"

"你能学，人家就不能学吗？这个技术不是你的专利，说不定人家还有比你这更好的技术呢。"

"哥，我听你的，妈原来就说过，你很有悟性，我只能比着葫芦画个瓢。"

"妈真的这么说？"

"真的，谁骗你谁是小狗。"

"玉林，听哥的。等咱哥俩混出个人模人样就去找妈。"范玉林表示同意，这哥俩谋划到三更半夜才进入梦乡。

第二天，哥俩按昨夜的计划开始行动，宋正平代表范玉林去前进村调查、勘察、商谈有关承包养猪场的事。而范玉林仍然装着若无其事的样子，在场里从事自己的日常工作。宋正平按照别人的指点，经过几次周折，找到了前进村的村部。村支部书记穆俊非常重视，立即召集村两委班子成员在村部开会。一阵客暄之后，进入正题。穆俊向大家说："这位是范老板的代表宋正平同志，是我们邀请的贵客。目的大家都知道，今天大伙畅所欲言，有啥说啥。行不？"

"行。"大家异口同声。宋正平一看，各位对这个项目还是挺有兴趣的。

"我们请宋同志先说一说范老板的想法。"一位村干部的提议得到大家的赞同。

"我还是想听听村里同志的想法，然后回去和范老板交换交换意见。"

"牛村长先介绍介绍情况。"穆俊书记说。

牛村长清了清嗓门说："我们村十四个村民组，三千多口人，劳动力丰富，基本以种植蔬菜为主，每家每户画地为牢，规模较小，收益不大，村里想招商，以科学养猪为主，形成种养结合规模经营。我们招商的想法有三：第一，以承包人的资金、技术和我方的土地、劳力相结合；第二，我方把土地出租给承包方；第三，双方也可以合作出资建场。详细办法还请我们共商。"

"小宋同志，你说说吧。"穆俊书记很认真地说。

"我想听听你们的具体打算是什么？比如，规模多大，给承包方什么优惠条件，风险方面的责任等。"

"这些方面我们没见到你们，也不好作出决定。你说说打算吧，我们既然去招商，就是有很大的诚意。就像你今天到咱们这一样，带着一颗真诚的心而

133

来。我们就开诚布公，坦诚相见。根据你们的要求，我们尽我们最大的努力。"

"那行，恭敬不如从命。我把话先说到前面，对谁都有好处。"宋正平继续说，"穆书记和牛村长走后，咱们进行了很认真的商量，如果贵村有诚恳的意愿，咱们就携手合作，如果各位觉得不妥，咱们就算交一次朋友。场地我们查看，规模由贵方决定，资金由贵村出面给我们贷款；技术设备、施工建设均由我方负责；用工方面以贵村村民为优先录用；其他方面如工商、税收由贵村协助我们解决；治安方面由贵村对我们作出安全承诺。"

"唉，你把我们当傻子。风险丢给了我们，你们白手拿鱼，搞空手套白狼，你们有没有能力办场呀？"

穆俊把说话人介绍给宋正平："小宋同志，这位是咱村文书，叫黄明堂。"

宋正平哈哈一笑，对黄明堂说："黄会计此言差矣，难道说我是行骗吗？这光天化日之下，我行骗也不能闯到你们村部来，那样岂不是自投罗网？"

"小宋同志，咱不是说你是骗子，你也别把咱们当'白痴'。再说你那要求提得也过高了。把风险都推给我们，这合适吗？"说话人是副村长康庆仁。

"看法不同，咱们可以讨论，大家的目的还是一样的，都是为了发展。"宋正平说。

牛村长接过话茬儿说："大家共同把小宋同志的要求逐一讨论。黄会计做好记录。"

争论集中在三个议题上：第一，贷款风险抵押；第二，土地租金；第三，技术转让。经过激烈辩论之后，双方就以上三个问题达成如下协议：贷款问题先由宋正平核算建场所用资金，经前进村确认后帮助其贷款总数的百分之五十，如果宋正平方面不能按期还款，场子由前进村接管；土地租金每亩每年两百元，上半年支付百分之六十，下半年支付百分之四十；前进村个体养猪户的技术问题由场方负责。宋正平带着他和前进村达成的协议回来，哥俩又开始新的谋划。

"哥，你这样有兴致，我看你就别干建筑活了，干脆你当老板，我给你和冯老板当技术员。"

"不行，这是哥在为你铺路，哥在为你奔波。你一定要当这个老板。"

"哥，我不是当老板的那块料。"

"谁也不是天生就会当老板，边当边学呗，有啥问题咱哥俩一块儿想办法，我想没有咱过不去的坎。"

"哥，那钱的事咋办？"

"我是这样想的。咱们先征十亩地，每亩两百元，共两千元，上半年支付一千二百。工程款咱先欠着，购料款先赊着。这养猪的效益是短、平、快。

过了前六个月咱就好办了。"

"行，我听你的。"

"这就对了，听我的没错。"宋正平十分高兴。

范玉林向冯老板辞职，冯老板在一家酒店为范玉林饯行。他拉着范玉林的手说："小范，咱们还是要相互照应，我有啥困难找你，你不要推辞噢。你有啥困难也尽管开口，我一定尽力而为。"

"多谢冯老板大仁大义。"

范玉林和前进村签了《合同》之后，宋正平完全成了一个操盘手。选场、建设、用人，短短个把月，一个占地几十亩，规模上千头的养猪场就这样建成了，并顺利生产。几个月过去了，第一批生猪出栏，除了开支，净利润两万多元。范玉林从没拥有过这么多的钱，心里甭提多高兴了。他赤膊在屋，口里哼着小曲，心里想着怎样来犒赏正平哥，让正平哥和他共同分享这成功的喜悦和幸福。

一阵儿电话响起来，他拿起话筒"喂"了一声，话筒那头传来一个人急切的话语声："你是范玉林吗？我叫赵杰，是宋正平的工友。宋正平今天下午突然生病，晕了过去，被老板送到汉口人民医院。"范玉林一听，放下电话，拦了一辆出租车直奔汉口人民医院。心急如焚的范玉林在那个偌大的医院里穿梭，在川流不息的人群中寻觅，整身的衣服都被汗水湿透。腰中的 BP 机响起，他连忙找一个电话亭回了一个电话，接电话的人正是赵杰。赵杰告诉他宋正平住的是 13 号楼 628 病房。范玉林进了病房，见宋正平正躺在病床上输液。他向站在床边的赵杰说："谢谢，多谢了。"

"玉林，这是我们老板。"赵杰向范玉林介绍。

范玉林也曾与宋正平的老板谋过面，急忙上前与老板握手："谢谢老板。"

"你就是宋正平的弟弟吧？"老板问。

"是，是。"

"医院里我已经交了四千元的押金，宋正平所有的检查都做过了，结果明天就会出来。现在输液我们在这儿也没有多大的事，我和赵杰先走了。"老板带着赵杰与范玉林哥俩告别便离开了医院。

送走老板和赵杰，范玉林趴在宋正平的床头前说："哥，你头几天说有病，身上无力，我劝你到医院看一看，你说没事，我知道你那是心疼钱。你把你所有的钱都给我办养猪场了。"范玉林说着心里难过便抽噎起来。

宋正平抬起另一只没有扎针的胳膊，用手抚摸着范玉林的头说："玉林，哥没事的。今天输了液明天就会好的。你回场去吧，哥今晚不跟你回去了，明天你没有时间就不要来了，我好了自己会回去的。"

"哥，我舍不得把你自己撂在这儿，让我在这儿陪你吧。场里的事穆场长（前进村支部书记穆俊被范玉林聘为养猪场的场长）会处理好的。"

"穆书记他知道吗？"

"不知道。"

"人家村里、场里、家里那么多的事，你又没跟他说，他咋能把所有的心思都用到猪场里去呢？玉林听哥的话还是回去吧。"

同室的人都劝范玉林："小伙子回去吧，你哥在这儿没事，再说还有护士和我们呢！你还有啥不放心的。"

第二天天刚亮，范玉林就赶到医院。宋正平见范玉林两眼红红的就问："玉林来这么早，昨夜没睡好吧？"

"哥，我把事情向穆场长说了。场里的事都交给了他。他说让我安心在这里伺候你就行了。"

哥俩正聊着，护士喊："宋正平的家属来了吗？去一趟主任办公室。"

范玉林随护士到主任办公室，主任问："你是宋正平的什么人？"

"弟弟。"

"你能尽快跟家人取得联系吗？"范玉林摇摇头，心里扑通乱跳。医生皱紧眉头，叹了一声。

"医生，有啥事你尽管说，我能办得到。"

"你是哪里人？"

"河南。"

"在这里干什么？"

"打工。"

医生听后很严肃地说："小同志，你还是尽快跟家人取得联系吧，如果你耽误了时间，你哥就没救了。"

"医生，有啥事你尽管说。"范玉林显得有些急躁。

"别的不说，医疗费你能付得起吗？"

"能，能。"范玉林的回答很是坚定。

"你一个打工仔，有多少钱，你哥的医疗费可不是个小数目。"

"医生，我是一个打工仔，可不是一个普通的打工仔，我有一个几百头规模的养猪场。"范玉林的眼睛里放出自信的目光。

"这样说你能承担起你哥的医疗费啰？"

医生把宋正平患急性肾衰竭的病情告诉范玉林，并说出换肾的费用大约需要十万块。范玉林听完医生的话，跌跌撞撞地走出医生的办公室，他先在

136

走道的角落里哭泣了一阵儿，擦干了眼泪，装作若无其事的样子重新来到宋正平的病房。

"玉林，医生咋说的，哥的病厉害吗？"宋正平迫不及待地打听自己的病况。

"医生说，你的病没啥严重的，不过得住几天医院治疗。"范玉林尽量克制自己的情绪，生怕哥哥看出了什么。哥俩并排肩靠着肩坐在床上聊着。

"哥，我今天回去，明天就不来了。"

"行，放心吧。我没事的。"

范玉林从医院出来，马不停蹄地赶到宋正平干活的工地找到赵杰。他把情况向赵杰一说，赵杰吓得愣住了："玉林，这么说正平他要死了？哎呀！这年轻轻的死了怪可惜的。"

"去你的，你才快死了。要是正平哥死了，我才不会来找你呢。"

"玉林，你找我有啥法子，又不是一两个钱，你总不是找我帮你抢银行吧？"

"不是，我找你是想求你家老板。"

赵杰听后摇摇头说："那恐怕不行吧，我看没戏。"

"我看行，你家老板不是给正平哥垫付了四千元吗？可见他还是很善良的。"

"玉林，你别瞎想，那是迫于当时的情况。老板的那点儿人道之心是逼出来的。"在范玉林的死磨下，赵杰要到了老板的 BP 机号，用电话拨通。范玉林和赵杰在电话旁耐心地等待着。电话铃响了，赵杰赶快抓起电话："喂，老板。我是赵杰，宋正平的弟弟范玉林找你。"范玉林接过话筒，把宋正平的事告诉老板并提出向老板借钱。

"玉林，我很同情宋正平，可我现在确实没有钱。工程都是垫资，银行贷款、私人高利贷我都借了很多。"

"老板，我求你了！"

"玉林，我要是有钱不借，就不是人养的。"老板的回话是沉重的，随后那挂断电话声更是沉重。范玉林听着被挂断的电话声，他的眼泪也随着那挂断的电话声戛然而止，最后的一滴泪珠噙在他的眼眶内。

范玉林忙活了一天，一个子儿也没找到。他回到猪场，一头倒在自己的床上，看着屋顶发呆，这是一个不眠之夜。

东方的天际，黎明的曙光将昏黑的夜幕撕开了一道缝隙，微弱的光亮透了进来。范玉林立在门前，等待这家主人早起开门。

穆书记可是个热心肠的人，他听了范玉林的叙述，撂下自己手中的活儿，陪着范玉林跑营业所、上信用社、到个体放贷户，均无收获。这些时时刻刻无不煎熬着范玉林的心。

第三天，范玉林来找冯老板，可冯老板出门在外，晚上才能到家。范玉林只好守着，守着这最后的希望。冯老板回到家后，把自己保险柜里仅有的一万元借给了范玉林。总算有了收获，范玉林想到穆书记仍在为他努力，心里充满着希望回到猪场，推开门他惊呆了。正平哥正坐在屋里。

"哥，你咋回来了？"

"玉林，你在干啥？"宋正平没有正面回答弟弟的问话，反而问起范玉林。

"我没干啥？"

"玉林，你知不知道我得的是啥病，你给我说实话。不说实话，我就一头撞死在这儿。"

"哥，哥。我说，我说。"看到宋正平那个样子，范玉林吓得哆哆嗦嗦，把情况全部告诉了宋正平。

宋正平听后反而镇定了许多，他对范玉林说："哥是今天下午才从护士那儿得到的消息。玉林，我知道你在为我忙，看你身后衣服上的道道汗渍，有几天没洗澡换衣服了吧？"

"能把你的病治好，忙死也是心甘情愿。"宋正平听完范玉林的话一阵儿感动，硬是把涌进眼眶的泪珠压了回去。

"玉林，没吃饭吧？弄点儿饭吃，我也饿了。"范玉林听宋正平这么一说，跑到食堂叫炊事员做了饭菜。吃过饭，宋正平对范玉林说："玉林，去洗洗吧，身上都有异味了。"

"哥，你洗吗？"

"我没出汗，不洗了。"

"那我给你弄点儿热水擦擦。"

"好。"范玉林拿起换洗衣服去澡堂洗了个澡，又把三天没换的衣服换下来洗了洗，然后又从厨房拎了瓶热水回到屋里。宋正平看范玉林把热水拎来之后，就脱去衣服，光留着一个小裤头，用湿毛巾来擦拭自己的身体。

"哥，你不能擦，我晾了衣服来给你擦。"

"我自己能擦。"宋正平一边擦着一边回答着。范玉林见哥哥这样，丢下自己手中的活儿，抢下宋正平手中的湿毛巾。

"哥，你躺下吧，我给你擦。"宋正平躺在床上，范玉林把他的前胸擦完后又让他翻个身，把宋正平的后背仔仔细细地擦了一遍。

"哥，我把你裤头脱下来也擦擦好吗？"宋正平没吭声，范玉林又问一遍，宋正平回答："玉林，你随便吧。"范玉林把宋正平的裤头从他身上脱下来，宋正平赤身裸体地俯卧在床，范玉林把他的身体擦了一遍。擦完后，范玉林找来一条洗净的裤头给宋正平穿上。

这些天范玉林没有合眼，太困了，他见正平哥坐在床上的凉席上沉默不语，就说："哥，睡吧。"宋正平抬头看着范玉林，眼睛里充满着哀伤和柔情。

"哥，凉席凉了点儿，我再找个被单给你铺吧。"

"不用了，这几天难为你了。"

"哥，啥叫难为呀？是我该做的。这钱我还没有弄够。如果实在没法，我就去找妈。"

"玉林，你千万不能这样做，如果你去找妈，我立刻就自杀。"

"哥，你可别吓唬我。"

"谁吓唬你，我说到做到。"

"好，好。我不去找妈。"

"玉林，来这头睡吧。"

"哥，我就这样睡，抱着你的腿挺舒服的。"

"你是见我有病，心里害怕是吧？"

"谁害怕。"范玉林边说边放开怀中宋正平的双腿，从床的一头移到另一头。范玉林把宋正平搂在怀里。宋正平偎依在范玉林的怀里，对范玉林说："玉林，你喜欢哥，我今夜就是你的了。你把我当成你的女人吧。"

"哥，你咋说这话，我不明白。"范玉林感到突然和困惑，一向守身如玉的正平哥今夜为什么有这么大的变化。

"玉林，你今夜要是……恐怕就没有下次了。"范玉林听后很是动情，双臂不由自主地把宋正平紧紧抱住。

"哥，我不想在这个时候拥有你。你有啥想法就说吧。"

"玉林，我明天想回家，我走后你把我欠老板的四千元钱还给他，行吗？"

"我不让你回老家，要是回老家你就没命了。"

"我不想在这儿，死在这儿，我无葬身之地，会给你带来很大的麻烦。"

"哥，你不要担心，没地方葬，我就把你葬在我的肚子里。"

"你想吃了我，真要那样我就放心了。"宋正平说完长叹一声。范玉林用手抚摸着宋正平的脸，那湿湿的泪水弄了范玉林一手，他把自己的脸紧紧地贴在宋正平那张流满泪水的脸颊上。

"哥，我不想吃你，我不想让你回去，我不能没有你呀！哥——"范玉林说着便哭泣起来。

"玉林别难过，让哥回去，等我的病好了会回来找你的。"

"不，不。"

第二天，宋正平不顾范玉林的反对执意要回老家。他收拾行李，在一旁的范玉林不断地落泪。就在这时，穆书记到来，问明缘由后说："正平，你别固执了。先回医院，钱咱们一块儿想办法，我们不会见死不救。"

"哥，你听穆书记的吧！"范玉林说着就跪在宋正平的面前。宋正平见玉林弟给他跪下，也跪了下来，兄弟两人相拥而泣。在一旁的穆俊被感动得热泪盈眶。

　　范玉林带上三万块钱和宋正平重新回到医院，护士长把二人批评了一顿。宋正平住好，范玉林被护士长带到主任医师办公室。主任医师问范玉林："钱准备够了吗？"

　　"没有。"

　　"现在有多少？"

　　"三万。"

　　"三万，只够手术费和医疗费，要是有人无偿捐肾就行了。这手术是越早做效果就越好。"范玉林一听，心头一阵儿惊喜，眼睛里有了希望的光芒。他对主任医师说："医生，我想捐肾给我哥，你看行吗？"于是主任医师同范玉林进行了一次长达一个多小时的谈话。谈话后，主任医师叫来护士带范玉林去进行全面检查。检查后，范玉林耐心地等待。下午四点钟左右，他再次被叫到主任医师办公室。

　　"范玉林同志，通过检查，你的身体条件符合要求，现在是你作最后决定的时刻。"

　　"医生，我已经作了决定，不再改变。"

　　"好，那明天就可以动手术，手术后你哥也就没有危险了。"主任医生对范玉林作了详细的吩咐，又办理了各种手续，只等明天的到来。范玉林到病房对宋正平说："哥，告诉你一个天大的好消息。"

　　"啥好消息？"

　　"肾源找到了，明天就可以动手术。"

　　"真的玉林，你不是骗哥的吧？"宋正平喜出望外。

　　"不是，是真的。医生说了你要好好配合，一切听医生的安排。"

　　"是，那是当然。"

　　第二天一上班，医院就开始手术前的准备。一群医务人员来到宋正平的病床前。宋正平说："医生，你们能不能等一会儿，我弟弟还没来。"

　　"你弟有事咱们就不等他了，今天的手术多着呢，不能耽误，请你原谅和配合。"主任医师抚摸着宋正平的头说。宋正平点点头。

　　宋正平被打了麻药，插上液管，被抬上担架小车，医务人员把他推进手术室。与此同时，范玉林同样躺在担架上，被推进手术室。几个小时后，两架担架小车分别把宋正平和范玉林推到两个不同的病房，宋正平住进了重症监护室。

太阳的光辉在屋外熠熠灼人，室内温暖如春。宋正平从沉睡中醒了过来，睁开双目，在一旁的女护士笑盈盈地对宋正平说："你醒了，恭喜你，手术非常成功。"

"同志，你能让我见弟弟一下吗？"

"不能，你现在住的是重症监护室，不准别人探视。"

宋正平听后不再吭声。三天后，宋正平再问护士："同志，我弟弟来了吗？如果他来了，请你让他进来。"

"我说了，不准外人来探视，你还没有度过危险期。"

在另一间病房里，范玉林急切地向医生询问宋正平的状况："医生，我哥他现在怎么样了？"

"小伙子，你哥他现在很好，比我们预想得好多了。你好好休养，过不了几天，拆线后你就可以见到你哥。放心吧。"

七天后，宋正平身上的缝合线被拆掉，他从重症病房转到普通病房。医生告诉他："宋正平，下午你弟弟来看望你，你们兄弟可以团圆了。"

下午，范玉林来到宋正平的病房，二人紧紧相拥。

"玉林，哥忘不了是你把我从死亡线上拉了回来。"

"哥，是你自己，是医生，还有冯老板。"

"我知道。"宋正平的脸上流淌着幸福的泪珠。整个病房的病友和他们的家属都向他们道贺，房间里充满着一片温馨与祥和。就在这时，外面进来一人，口中喊道："范老板，范老板。"范玉林一看是穆俊，上前同他紧紧握手："穆书记，这么忙你咋来了？"

"范老板，这几天你怎么跟失踪了似的，自己不回去，我来找你也找不到，打你传呼机，你也不回话，可把我急死了。"

"穆书记，我这几天忙着呢，没有空闲也就没有回去。"

"那你也应该给我回个电话呀！"

"对不起，当时太忙，把这事忽略了。穆书记，场里怎么样？"

"放心吧，有我呢。一切正常，可好着呢！"

"那多亏了你呀！"

"范老板，客气啥。"穆俊很高兴，他说完用左手拍着右手中的黑色皮包说，"范老板，够了。"

"啥够了？"

"钱呀，六万，六万元。"

范玉林看着满脸兴奋的穆书记，感动得热泪盈眶，上前一步握着穆俊的手："穆书记，穆书记，谢谢你了。穆书记我哥的手术做了，今天已经拆完线

141

了。"听了范玉林的话，穆俊瞪着双目说："范老板，那钱……"

"筹够了，够了。"

"那我这是白做了个人情，枉自忙活这些天，结果还是雨后送伞。"

"穆书记，你咋能这么说呢？我和正平哥领情了。"

穆俊看着眼噙泪珠的宋正平说："正平，别难过，厄运已经过去。一定要安心养病，早日恢复健康。"临走时，他还跟宋正平紧紧握手。

"范老板，家里有我，你就在这儿好好照顾正平吧。"穆俊跨出门还不忘吩咐范玉林。

一个多月后，宋正平经过医检各项身体指标都很正常，出院那天，在范玉林的陪同下回到前进村的那个养猪场。老板回来了，场里的人把范玉林的小屋挤得水泄不通。

"正平，你真幸福，有这样一个好弟弟。""你哥俩的事真让人感动呀！""正平身体恢复得很不错呀，在医院里养得白白嫩嫩，那皮肤真像个大姑娘。""范老板，你也得好好照顾自己呀！看你又黑又瘦，比起正平不知大了多少岁。"总之，大家七嘴八舌，无不体现对玉林哥俩的关爱。宋正平和范玉林不住地向大家致谢。

大伙走后，范玉林对宋正平说："哥，医生让你安静休息两三个月，然后再去医院复查。"

"我想去工地，我现在的感觉与以前没什么两样。"

"不行，绝对不行。医生说了就是完全康复之后也不能干重体力活儿。我想现在出去租一间房，哥你自己做饭，生活调理也方便些。"

"不行，我已经背了一身的债，再也不能……"

"哥，咋能让你一个人背债呢，这一次听我的没错，这也是医生的嘱咐。"宋正平听从范玉林的安排，在离市场较近的一个小巷的兴隆街内租了一间住房和一小间厨房。哥俩便从猪场那边搬了过来。

"哥，你在家养着，上街买菜、洗衣服、做饭都由我来做。"

"不，玉林你忙着场里的事吧，家里交给我。这些日子难为你了，看你都瘦了一圈，也得好好养一养。"宋正平在家真的做起了家庭主妇，屋内打扫得干干净净，物件收拾得井井有条，生活打理得丰富多彩。一天晚上，宋正平做好晚饭等着范玉林回来，可已经过了晚上八点多钟也不见范玉林回来。正常情况下玉林早该回来，宋正平惦念着，坐不住了，就只好关上门，去范玉林回来的路上迎迎他。

一辆出租车从宋正平的面前疾驰而来，到了他的跟前立刻停了下来。宋正平还在纳闷，车门打开，从里面探出一个脑袋。那人朝宋正平喊道："正平哥，正平哥，上车吧。"宋正平借着街旁的路灯的光亮看清是范玉林，走近车门跟前，被范玉林抓住手："哥，上来吧。"

宋正平上车一看，副驾驶座上坐着穆俊书记。后面坐着两个人，除了弟弟外，另一个是他不认识的陌生人，宋正平和二人打了个招呼后，车子飞快地向市区驶去。车子在一家比较豪华的酒店门前停了下来，四人下了车，在酒店一个单间里坐了下来。

"哥，我来介绍一下，这位是咱们河南老乡，他可不得了呢，是双汇集团的采购员，崔文忠同志。"宋正平上前与崔文忠握手，范玉林向崔文忠介绍："这是我哥宋正平。"

"知道，知道。在场里听范老板说过。"

范玉林向宋正平介绍说："哥，今天下午崔老板到咱们场里想订购咱场的生猪，先交部分款作为订金，价格呢，咱们正要谈。我和穆场长跟崔老板谈了一下午，想跟你再商议商议。"

"那好哇！大喜事！"

"范老板你把咱们商谈的情况跟你哥说说吧。"崔文忠说。

宋正平听后对崔文忠说："采购员同志什么时候到武汉的？"

"今天上午。"

"你走过几家养猪场？"

"只你这一家。"

"真的吗？"

"真的。"

"那采购员同志这次到武汉来想订购多少头生猪呢？"

"三千头。"

"三千头，如果咱们全部给你签下来怎么样？"

"你开玩笑吧。你们场哪有那么大的生产能力呀？"

"采购员同志，你不要问我们场规模多大，我保证可以按时交货。怎么样？"

"那当然好了。"听着宋正平和采购员的对话，在一旁的穆书记和范玉林一脸的错愕。

"你们场怎么能保证供给我们生猪的数量和质量呢？"采购员满腹的怀疑。为了及时打消采购员的疑虑，自己必须尽快拿出切实可行的方法和措施。其实，宋正平从开始接触到采购员，就在心里谋划如何与双汇集团建立长久的供需关系，扩大生产规模。因此，他对答如流："采购员同志，我们有巨大的生产能量，只是没有遇到你这样的大客户，现在有了你，咱们潜在的能量就

143

能充分发挥出来。因为我们的背后有个大靠山，就是他——穆书记和他的前进村。"采购员似乎明白了宋正平的意思，然后把头摇了摇说："那不行，如果你们不能保证生猪的质量，可能会影响我们厂家的正常生产和销售。再说了，你们生产的生猪如果不符合质量要求，对你们来说更是一个巨大的损失。"

"我可以保证咱们向贵厂提供的生猪完全合格。"宋正平的保证并没能让采购员满脸的疑云消去。他说："我不能光听你口头说，讲一讲你的具体做法。"宋正平是胸有成竹。他说："一千头生猪，咱们场你看过，是没问题的。剩下的两千头生猪，前进村十五个村民组每组一百头没问题，还有五百头咱们场扩大养猪场，内部生产。质量问题，我们这样解决，把零散的养猪户纳入我们场之中，和咱们场统一管理，统一配料，统一防疫。这些如果我们签约之后就立即进行部署和动员。"

"哥，咱场小猪都五六十斤了，再买小猪咋能如期出栏?"范玉林插言道。

"好办，咱不要小猪崽，出高价买五六十斤的大猪崽。"

"资金怎么办?"范玉林问。

"穆书记不是给咱筹借了六万元吗?"

宋正平这么一说，穆书记恍然大悟，惊讶地说："正平，你太有才气了。我完全同意。我代表全村向你和玉林，还有采购员同志致谢。"协议就这样很快地签了下来。崔文忠说："明天中午十二点以前，订金如数打到你们的账号上。"四人非常高兴，推杯换盏狂饮起来。范玉林夺去宋正平手中的杯子说："哥，你不能喝，我陪采购员同志喝两杯。"

"好。"采购员说着同范玉林碰起酒杯。

"玉林，你哥不能喝，你就陪采购员同志多喝几杯，喝醉了也可以解解乏呀!"穆书记不知内情。几杯酒小肚，范玉林已是头晕脸红，说起话来结结巴巴："穆书记，我酒量不行，你代表前进村和咱们场陪采购员同志痛痛快快地喝。"

席散之后，宋正平告诉穆俊说："穆书记，明天上午咱们三人到场里商讨今天签约之事，不见不散。"

哥俩打开房门，拉亮电灯，黑暗的房间里霎时一片光明。范玉林很兴奋，拉着宋正平一下子把他按在床上。宋正平躺在范玉林的身下说："玉林，你喝醉了吗? 我看你没喝几杯怎么就成这个样子呢? 是不是被哥连累的呀?"

"不是，不是。"范玉林起来还是把宋正平往自己怀里拉。

"玉林，别闹了，你喝醉了，哥给你洗澡。"

"真的呀! 哥，我们小时候，你每晚给我洗澡，你那软绵绵的小手给我搓澡特别的舒服，感觉就像妈给我洗澡一样。"

"玉林你又胡说，你是不是想妈了？"

"我才不想妈呢，要是妈在，她又该给咱哥俩弄女人了，活活把我们分开。"

"好了，玉林松手吧，我去卫生间弄好温水，然后给你洗澡好吗？"范玉林松开手，宋正平去卫生间把水温调好后喊道："玉林，来吧。"范玉林听到哥的叫声，三下五除二把衣服脱下，只留个裤衩，嘴里哼着小曲走进卫生间。宋正平一看，发现范玉林身上那个几乎和自己一模一样的伤疤，顿时惊呆了。

"哥，你咋的了，这样看着我，不认识我了？"范玉林发现宋正平没有反应，两只眼睛直勾勾盯着自己的前身，立刻明白了什么。他用双手立即捂住自己身上的那个伤疤，而宋正平上前奋力移开范玉林的双手，用颤巍巍的声音说："玉林，这是咋回事？你说呀，玉林，给我一个明白话。"

"哥，是我不小心摔的。"这下范玉林的醉意瞬间散去。

"玉林，玉林。"宋正平这下不是让范玉林抱住，而是发疯似的搂住范玉林，嘴里叫着，"玉林，我的弟弟！玉林，我的亲弟弟！"

"哥，你知道就算了。不要这样，这是我范玉林应该做的。哥，你给我洗个澡吧。"宋正平松开双臂，在那个狭小的卫生间再次演绎哥俩少年时代在家乡那清水涟漪的池塘中的一幕幕。

躺在床上，宋正平对范玉林说："玉林，我有什么让你值得用生命去爱？"

"哥，你就是我的生命。有了你，我才有气息；有了你，我才有生活的快乐和勇气；有了你，我的生活才充满阳光，充满爱。"

"玉林，咱们今夜有个约，若有来世，我一定变成女人，跟你海枯石烂永不分离。"

"哥，我不想有来世，只讲今生。"范玉林的话像飞坠的流星撞在宋正平的心坎上，衍出一股暖流。

"今生若是你喜欢，我的一切都是你的。"

"真的呀！哥！"

"真的，要是有半点儿虚假就让我五雷轰顶。"

范玉林听哥这么一说，放开双臂中的宋正平的双腿，一骨碌从床上爬起，转身到宋正平的这这头……

宋正平一觉醒来，他见范玉林侧卧在自己的右侧，头枕着自己的小腹，两腿夹住自己的双腿，手压在自己那个男性标志物上。他想叫醒范玉林，却没有这样做，不忍心打破玉林弟美丽的春梦。

在养猪场的那间小屋里，范玉林、宋正平和穆俊三人谋划这次完成"合同"的任务，先农户，后猪场。他们在前进村挖掘养猪的潜力，余下的由养

145

猪场再投资，扩大规模。没想到这一招竟然在前进村掀起养猪的风潮，大大小小的养猪场如雨后春笋般建成，引起当地政府的高度重视，随之而来的是信贷投入、政策优惠等一系列政府行为，这让范玉林、宋正平哥俩从低谷中走出，再次迎来人生的美好春天。

范玉林成了这里养猪事业的带头人，宋正平借此东风在前进村组织一批人，成立起建筑队，为前进的养猪户提供基建项目的服务。

哥俩白天忙碌自己的事业，夜晚沐浴在由哥俩自己开掘的爱河里，一边享受那如火的爱情，一边憧憬着未来、规划着事业的发展。范玉林对宋正平说："哥，你指挥指挥就行了，千万别干重活儿。"

"这我知道。玉林，你场里有啥困难？"

"有啥困难，就是饲料供应不上。"

"玉林，开厂。"

"开啥厂？"

"开饲料厂。"

"哥，你说说。"

"咱先找穆书记，租上几亩地，建一个生产厂房，几间仓储。拉上围墙，买来粉碎机、搅拌机，不就行了？"

"得多少钱？四五万够吗？"

"差不多。"

"钱从哪儿来？"

"借此春风来发展。"

"啥春风？"

"政府的重视，信贷的投入，政策的优惠，这三条足矣。玉林，凭你现在的声誉和人气，办好这件事还不是小菜一碟。"

"哥，你太伟大了。真说到我的心坎上了。"

一个月后，前进村的养猪场大大小小建成十三个；两个月后范玉林的小型饲料厂建成投产；三个月后范玉林陪哥到汉口人民医院做了全面检查，身体全面康复，一切体能指标正常。

第二天，宋正平来到工地，见到老板致谢后，表示要找份活儿干。

"小宋，你这身体刚刚恢复，不能干重活儿，最好你能找十几或二十几名工人，带个班，再给工程师当个助手。"

"行。"宋正平一听可高兴了。

这真是"踏破铁鞋无觅处，得来全不费工夫。"宋正平想也没有想到会有如此好的差事。宋正平回前进村招了二十几名工人，把他们带到武汉市区的建筑工地。老板可高兴了，每月给宋正平工资加带班费八百元，宋正平欣然接受。更让宋正平高兴的是他做了董工的助手。

这一年年底，宋正平还清了老板的债务。范玉林更是有惊人的进步，他被区政府授予"优秀农民企业家""农村科技星火带头人"称号。除了区政府的表彰，群众的拥戴这些光环外，他那两个场还清贷款后净剩七八万元的利润。这一年是他有生以来拥有最多钱的一年；这一年是他哥俩经历由大悲到大喜跨越的一年。

这一年的除夕，哥俩是在大酒店里度过的，比起前几年的除夕之夜那真是天壤之别。在六楼的一个包间客房里，空调吐出阵阵暖气，把整个房间吹得如同阳春三月，室内温暖宜人。哥俩坐在临窗的席梦思大床上，范玉林搂住宋正平的肩头说："哥，今年就别干建筑活儿了，在家里或厂里给我出出谋、划划策。现在咱哥俩有了钱，你就别辛苦了。等房租到期，咱就退房，租好房，买电视，买沙发，过正常人的生活。"

"玉林，你是想让我完全像女人那样，是不是？"

"不是，不是。"范玉林结结巴巴地回答。

"玉林，说实话，有时我真想做你的女人，感受你的温暖和爱抚。可我除了给你身体，什么也做不到。我不能像一个真正的女人那样挽着你的胳膊陪你下饭店、逛公园、去商场、遛大街，给你多姿多彩的生活。我不能和你组建美好的家庭，更不能给你繁衍后代。玉林，我想做你的女人，可我却做不成你的女人。你把哥都弄糊涂了……"宋正平的肺腑之言，带着愧疚，透着伤感。

"哥，你别往心里去，我只是随便说说。咱们是哥俩，是哥俩呀。"范玉林看着把头低在自己怀里的正平哥说，"哥，别难过，你是男人，是谁也无法改变的事实。我爱你并不是当你是女人我才爱你的，你不也同样地爱着我吗？"

宋正平抬起头，看了一眼范玉林说："谁爱你了？"

"哥，你能说你不爱我吗？自从咱哥俩好了以后，你处处满足我，一直到现在你把自己的身体都给了我。什么能让人自愿献出自己的身体？是爱情。你让我快乐，让我满足。满足对方的要求那是最大的爱。"

"我不跟你争论，你现在长智慧了。你都成企业家了，我哪能辩论过你。"

"啥叫辩论呢？这是事实。事实胜于雄辩。"

"事实就是事实，你爱哥，哥爱你。可这能长久吗？"宋正平眉头蹙着说。

"能。"范玉林吐出的一个字坚定不移，铿锵有力。说完，他迅速将宋正平揽在怀中。

过了初三，哥俩又回到出租屋，开始筹划新的一年。赵杰突然来访。宋正平见到赵杰立刻上前把他迎进屋:"赵杰,你没有回去过年? 新年快乐!"

宋正平和赵杰寒暄之后,范玉林也上前和赵杰握手说:"赵杰你好,新年快乐!"

"范老板好,范老板新年快乐!"三人坐下,扯了一会儿家常。

范玉林对宋正平说:"哥,你陪赵哥聊一会儿,我去做饭,今咱哥仨儿喝上两杯。"

"哎,你就别忙活了,今天我来找宋正平,是我们老板找他有事。"赵杰劝住范玉林。

"这大年初三,找俺哥聊天喝酒,可俺哥不能多饮酒。"

"不像是喝酒那么简单,是真的有事。范老板你就别忙了,我跟宋正平去咱们老板那儿。"

"好吧,真有事,哥那你就跟赵哥去一趟。"范玉林边说边从口袋里掏出一沓人民币递给宋正平说,"哥,拿着。大年初三去老板那儿总不能空着手。买啥? 你自己看着办。"

"玉林,我口袋里有,咋能花你的钱。"

见宋正平不接,范玉林说:"啥你的我的,不拿,我可当着赵哥的面把话挑明了。"范玉林表现得一脸严肃。

"拿着吧,你哥俩这么好,还分啥彼此。"赵杰在一旁说道。宋正平接过钱随赵杰离去。走出很远,范玉林在后面喊着:"哥,别多喝酒,晚上回来早些。"

"行。"听到哥的回音,范玉林心里像吃蜜似的甜。屋里没有哥是那样的空虚和寂寞,范玉林出去买了些礼品去了穆书记的家。

晚上,宋正平回来不见范玉林,他就做好饭等着玉林弟回来。直到夜幕降临万家灯火,仍不见范玉林的影子。九点多钟时,宋正平也坐不住,他出去找找玉林弟。不远只见范玉林摇摇晃晃,他立刻迎上去,扶着弟弟进了屋。

"玉林,你还不让我多喝酒,看看你自己喝得简直就不知道东南西北了。"

"哥,心疼我,是吧?"

"咋不是,你这样多让人担心呀! 玉林,你跟哥一样,只有一个肾。那一个给了哥。"

"哥,你不要把那事放在心上,像欠了我似的。换了你也会这样做。"

"玉林,我知道你是爱着哥。要是换了别人你能给吗? 你舍得给吗? 你还敢冒那么大的风险吗? 你不会。我知道你把哥看得比自己的生命还重要,你才会这么做的。"

"哥,你听我说。咱俩是人缘、情缘、心缘、血缘、天缘,缘缘相通;人气、情气、心气、血气、精气,气气密连。是吗?"

"是。"

"哥，你还记得，在南徐咱哥俩在洪武大帝坐过的石板上，我发过的誓言吗？"

"记得。"

"你能说给我听听吗？"

"我希望我和正平哥永远相好，生死不离。"宋正平一字一字地说出来。

范玉林十分感动，说："正平哥，没想到这么多年你还能记得清清楚楚一字不差。但愿洪武大帝的神威圣灵不减，保佑我和正平哥。"

"哥，你老板找你有事吗？"

"老板找我，他想让我带一个建筑队。"

"怎么个带法？"

"是这样的，老板今年不仅有城市排水工程、交通道路工程，还要上房地产项目。"

"乖，乖。这家伙做得这么大。"

"他手下的工程队不够，想让我带支工程队，添置点儿设备，把市政交通道路工程转包给我。"

"好哇！这可是打着灯笼都难找的好事，看来这老天爷还真的特别垂青我哥呀！"

"我觉得这支建筑队拉起来人是没问题，就是搅拌机、震动机、小架车等需要购置。"

"哥，说白了不就是钱的事吗？"

"就是。"

"多少？"

"四五万吧。"

"行，没问题，对我来说还不是小菜一碟。"

"玉林，你可不能把自己的那点儿老本给了哥，自己再去求爷爷告奶奶四处化缘。"

"哥，放心吧。事情总有个轻重缓急，咱从最要紧的事做起。"宋正平没有说话，用沉默表示赞同。

一九八九年，宋正平在武汉成立了鸿运建筑公司第八建筑队，这是他事业的起步阶段。范玉林那年才二十四岁，就成了一名年轻的农民企业家。哥俩在武汉这个大都市展开了事业腾飞的翅膀。

第五章

奋 争

　　宋正平按照老板的吩咐，提了点儿礼品，去拜会董工。他来到富贵花园十三号楼三单元 502 号门前，用手轻轻地敲门。

　　"吱"的一声，房门打开了。屋内站着一位二十一二岁的姑娘，高挑身材，一米七左右的样子，白皙稚嫩的脸上架着一副近视镜。白净的额头飘着几绺短短的秀发，细长纤柔的睫毛下一双美丽的黑瞳在镜面后闪动着春天般明媚的光华。

　　"你找谁?"媚语一出，娇似莺歌。

　　"请问，这是董工的家吗?"

　　"董工? 你找错门了，我们家没有人叫董工。"姑娘说完，莞尔一笑，随即想关上门。

　　"别关门，请问你家主人姓董吗?"宋正平见姑娘白嫩的玉手扶着门框，有逐客关门的意思，心里紧张，话说得有些语无伦次。

　　"是呀，可我家没人叫董工。"

　　"他名字不叫董工，他在鸿运公司做工程师，人们都称他董工。"

　　"你说的是我爸啊，找他有事吗?"

　　"没有，我是来给他拜年的。"姑娘听后咯咯地笑起来。那笑声银铃般地悦耳，可把宋正平笑得脸羞得像一块大红布。

　　"来给我爸拜年，还不知道他叫啥名字，我告诉你，我爸叫董文松。'文章'的'文'，'松柏'的'松'。"

　　"董文松。"宋正平轻声地复述了一遍。

"对，记住了，下次别忘了。"姑娘边招呼宋正平进屋，边从他手里接过礼品。

"你看你，来给我爸拜年，还买这么多的东西干啥?"

"不多，一点儿小意思。"

"不多，那你咋不把商场搬到咱家呀!"这姑娘伶牙俐齿，说得宋正平不好意思地低下头。

"看你腼腆得像个大姑娘，咱是逗你玩的。"这句话更让宋正平顿时涨红了脸。

"好了，别害羞。我问你在哪上大学呀?"姑娘见宋正平窘涩的样子便转了个话题。

"我不是在上大学，是在董工那个建筑公司打工。"

"在公司做啥?"

"砌墙。"

姑娘摇摇头说:"你骗人，我咋看你不像个泥瓦工，至少也是个白领。"

"我不懂啥是'白领'，啥是'黑领'。"

姑娘一听，笑个不停。宋正平被姑娘笑得一时不知所措，显得很尴尬。姑娘定睛看着被自己笑得发毛的男孩儿，才发现眼前这个白净俊美的青年有着不同寻常的地方:困惑中蕴含着探知，慌乱中显示着淡定，尴尬中透着刚毅。

"你忙吧，我走了，等董工回来我再来。"宋正平搁下一句话起身想走。

这下姑娘可显得急促和慌张起来:"你，你别走哇。我爸一会儿就回来，你坐下稍等一下，我打爸的传呼机催一催。"

董文松接到女儿的呼叫，与妻子回到家。中午董工夫妇非常热情，一定要留宋正平在家吃顿饭。他们谈得很投机，关系也十分融洽。宋正平下午回来的路上，董工女儿的倩影不断在他的脑海里闪现，连他自己也感觉奇怪。

宋正平到家，见穆俊在此，就先打声招呼:"穆书记，新年好!"

"好，都好。正平你回来得正是时候，我有话跟你说。"

"哥，别听穆书记的，这大新年的咱说点儿高兴的事，说些发展的事不好吗? 为什么要说那些破事?"范玉林一脸的不悦。

"玉林，你咋能这么说，这事情成不成总得有个说法。你总不能让别人拿热脸对着你的冷屁股。"穆俊说着情绪有些激动。

"玉林，你咋能这么说，啥叫'破事'? 幸亏这是穆书记，要是换了别人才不理你呢!"

穆俊一听宋正平这话，情绪舒缓了许多。他对宋正平说:"正平，事情是

151

这样的，咱们村里牛村长家里的二闺女叫牛莉，对范玉林感觉不错，牛村长夫妇也挺合心的。他们认为范老板是个很有事业心的年轻人，就请我做个媒人，从中牵线搭桥……"

"穆书记，你辛苦了。玉林，这是大喜事儿，我先给你道个喜。"宋正平这话差点儿没把范玉林鼻子气歪，他憋得满脸通红一句话也说不出来。

"玉林，这事听哥的，我会处理好的。"宋正平又转过头来对穆书记说，"穆书记，这婚姻大事应该是双方自愿，强扭的瓜也不甜。你既然热心这桩大好事，又受牛村长夫妇之托，我看不如先介绍他们认识认识。等他们有了感情，这还不是瓜熟蒂落、水到渠成的事？"

"还是正平你说得有理，你看啥时让他们见见面？"

"时间嘛，穆书记你看着办。这事就托付给你了。"

"明天上午你看怎么样？"

"嗯，后天上午吧。"

"后天就后天，一言为定。"

"在哪儿见面呢？"

"就安排在玉林养猪场你那个办公室怎么样？"

"好，就这样定了。"

穆俊高兴地离去，宋正平送客，范玉林气得坐在那儿一动也不动。宋正平回到屋里，范玉林就朝他咆哮起来："哥，你这是啥意思？是不是烦我了？你要是讨厌我，直说算了，何必用这种方式折磨我？"宋正平一看范玉林那种痛苦状，迅速上前张开双臂将范玉林抱住："玉林，哥不烦你，哥不讨厌你，哥爱你！"范玉林想推开宋正平，可没能推。就在这一刻，他听到哥趴在自己的肩头传来的抽噎声。范玉林心里一酸，伸双手反将宋正平抱住，哥俩紧紧抱成一团。

哥俩沉浸在深深相爱的苦海里，彼此能听到内心的呼唤和挣扎，徜徉在这样的爱河里有快乐，但更多的是一种痛。他们彼此相亲，只能在那见不得人的地方；彼此相爱，只能在那阴暗的角落里表达；彼此有缘，却不能结合。

这哥俩的感情简直就像是一场"情劫"，经过一阵儿痛苦挣扎之后，哥俩渐渐清醒了许多。宋正平松开抱住范玉林的双手，晃动着还把头埋在自己怀里的范玉林说："玉林，玉林……"

范玉林抬起头，用那双饱含泪水的眼睛看着宋正平说："哥，我不想和你分开。"

"玉林，没有什么力量能把咱们分开，哥永远都属于你。"哥俩由于情感的原因，晚上也没有胃口来享受晚餐，只能冷静下来面对社会的现实。

时隔一天，虽然还是春寒料峭，但明媚的阳光让大地万物复苏。范玉林在宋正平的陪护下，如约来到自己的养猪场与前进村牛村长的女儿牛莉相亲。

"玉林，你不要因为哥在而影响了你，你只当没有哥。"宋正平一路上都在安抚范玉林，生怕他使出性子来。范玉林在认真地听着，可宋正平的最后那句话惹火了他。他冲宋正平吼道："哥，这亲我不相了。没有了哥，我活着还有啥意思？现在还相什么亲哪！"

"玉林，你曲解了哥的意思，我是怕影响你相亲的事。别想那么多了。哥一定陪着你，你放心吧！"

范玉林在宋正平的劝说下，磨磨蹭蹭好久才来到养猪场。穆俊、牛村长一行人已经在此等了许久，见到范玉林哥俩自然很欢喜。穆俊此时俨然成了主人，招待得很是热情。尽管大伙都是熟人，因为今天是个特殊的日子，大家还是一阵儿寒暄和客套。穆俊一看这样的气氛，心里也充满了期待。

"大家都在这儿，你们有啥看法，各自表个态，可以吗？"穆俊说完，谁也没有说话，接着是一阵儿沉默。

"穆书记，你以为你是为大家开会呀，让大伙当面表态。"宋正平首先打破沉默。大伙一听都乐了，尤其是牛莉都笑红了脸。

今天的牛莉是一身新装，并刻意化了淡妆。一头乌黑的秀发飘逸在脑后，细嫩的白肤透着红润，浓眉下一双黑黝黝的眸瞳闪着光亮并含着丝丝的羞涩，高高的鼻梁下椭圆形的小口一笑起来，嘴角两边的笑靥更平添了几分妩媚，和长在两眉间的美人痣相互映衬。比起当年的王霞那可以说是有着天壤之别，说一个是白天鹅一个是丑小鸭，一点儿也不过分。

"对，对。是我工作方法有问题。应该找你们单独谈谈。"穆俊边说边站起来对范玉林说，"范老板你是外乡人，咱先得尊重你，你出来咱们谈谈。"范玉林低着头，坐在那儿没动。

"玉林，恭敬不如从命，你有啥想法跟穆书记说说。"范玉林听见哥发话，起身离去。宋正平一边和牛村长一家三口人拉家常，一边担心范玉林这个浑弟弟闹出什么来。

"正平，你出来一下。"听到穆书记的叫唤，宋正平立即出去。

"正平，你跟玉林说说。他同意也好，不同意也罢，说句话。总不能徐庶进曹营———一言不发吧。这让人咋办？"

"穆书记我单独跟他谈谈。"

"行。那你哥俩快一点儿，别让人家等得不耐烦。"穆俊可是个急性子人，说着点上一支烟朝另一个方向佯装办事离去。

范玉林张口对宋正平说："哥，我不想说人，就想跟你在一块。"

"玉林，我的弟弟，你小声点儿。"吓得宋正平急忙向四周看看，生怕别人听到。

"哥，你怕啥？难道这不是真的吗？"

"真的，是真的。玉林，我告诉你，咱哥俩的事只能是天知、地知、你知、我知，绝对不能再让其他人知道，你懂吗？"玉林没吱声，宋正平继续说，"玉林，你看牛莉相貌怎么样？"

"挺漂亮的。"

"在你见到的女孩儿当中算是漂亮的吧？"

范玉林点点头说："哥，我看牛莉配我有点儿屈了，不如说给你呢！"

"胡说，人家看上的是你。这叫'情人眼里出西施'。你看牛莉这么漂亮，算是同意了。"

"哎，哥，我没说我同意。"

"玉林，穆书记又过来了。人家都等急了，这事得给人家一个答复。"

范玉林看着哥着急的样子说："哥，你不抛弃我，我就听你的。"

"行。"宋正平应了一声，上前迎住穆俊说，"穆书记，玉林现在不好直接答复，关键得看人家，咱尊重别人的选择。牛莉同意他就同意，牛莉不同意也就算了。"

"要这么说事情不就简单了，何必兜那么大的圈子，折腾了半天。"穆俊一脸的喜悦和轻松。

"穆书记，你进屋再征询一下人家的意见，然后再叫咱哥俩进去。"不一会儿，穆书记开始喊话。宋正平再三叮咛范玉林千万不要由着性子来。范玉林向他保证："哥，我一定听你的。"

哥俩进了屋，穆俊笑呵呵地对哥俩说："可喜，可喜。"这话说得牛莉扭着身子趴在椅子的后背上不敢抬头。宋正平上前握住牛村长的手说："牛叔好！"又扭过头向牛莉的母亲说："婶子好！"牛村长夫妇可高兴了。

"玉林过来。"

范玉林听到哥的叫声，挪着小步走到牛村长夫妇旁说："牛叔好！婶子好！"这夫妻俩那叫个高兴，笑得连嘴都合不拢了。

"范老板坐。"牛村长对站在身旁的范玉林说。

话音刚落宋正平接过话茬儿："牛叔，往后别叫范老板，就喊玉林吧。都是自家的小孩儿，称老板多别扭呀！"这话说得牛村长夫妇心里真比吃蜜还要甜。

154

"好了，今天的事就到此吧。你们看哪天合适把定婚的日子确定下来。"穆俊说。

"我看就今天，正月初八，多好的日子呀！"宋正平说完，大伙都瞪大眼睛看着宋正平。

"牛叔、牛婶你们感觉是不是快了点儿，今天的相亲变成了定亲。咱爸妈都不在这儿，再等几天还是这样。一年之计在于春，这事办好之后，咱们还可以把精力放在事业上，是不是牛叔？"

牛村长取下帽子用手搔了搔头说："这事是急了点儿。"

"不急，我看就依正平说的。"牛莉妈显得迫不及待。

穆俊说："咱们还是征求玉林和牛莉的意见吧。玉林你说，别客气。"

"我听正平哥的。"范玉林回着。

"牛莉，你呢？"

"我听妈的。"

穆俊一听乐了，放开喉咙说道："行，那今天就来个相亲带定亲，良辰吉日不可错过。"穆俊高兴得眉飞色舞，把两只大手拍得啪啪直响。宋正平附在穆俊的耳边嘀咕了几句后，又把范玉林喊了出去。不一会儿，宋正平和范玉林返回屋内，穆俊对他哥俩说："牛村长说了，你们看着办，买一件东西叫范玉林送给牛莉，算是定亲的信物就可以了。"

"那行，这样玉林和牛莉你们两个上街买点儿东西，我陪牛叔、牛婶还有穆书记，咱们去喜来登大酒店。你俩办完事就直接去喜来登大酒店，咱们先去那儿等你俩。"

"哥——"范玉林有点儿为难的样子，欲言又止。

宋正平对牛村长夫妇说："牛叔、牛婶你们就叫牛莉和玉林一块去吧。"

"好，牛莉你就和玉林一块去吧。"牛莉听妈这么一说先站起来出了门，范玉林随后跟了上去。

宋正平帮助范玉林和牛莉定亲之后，范玉林帮助宋正平成立了一个公司，取名"诚信建筑公司"，并聘请董文松为公司技术总监，在原来的鸿运公司下面揽了不少的工程。这哥俩在各自所从事的行业中开始起锚远航。

在城市的一个建筑工地上，宋正平急得火急火燎，在一旁的董工还不断地催促："赵杰干啥去了？怎么现在还没到？"

"董工再等一等，赵杰本身是很紧工的，如果没事他肯定不会误工的。"正在两人焦急等待的时候，宋正平腰上的传呼机响了起来。宋正平心里正烦着，随手关了线路，可刚过不久，传呼机又响起来。

"小宋，回个电话吧！说不定是赵杰打来的。"宋正平听从董工的话，在旁边找了个电话亭，把电话回了过去。电话的那头传来了赵杰的声音："宋老板你快过来，我们被带到了公安局。"

宋正平惊出一身的冷汗，忙问："为什么？你们因为什么被带到公安局的？"

"老板，你别问了，也不是一句两句话能说清楚的，你快来吧！"

"喂，你在哪个公安局？"

"汉正公安局。"

宋正平放下电话，付了话费，急忙走到董工面前说："董工，不好了。不知道什么事，赵杰他们被汉正区公安局抓去了，怎么办？"董工一听先是一愣，尔后不容多想对宋正平说："小宋，走，咱们去汉正区公安局看看。"有了董工的这句话，宋正平的心里略微平静了些。他同董工走出工地，拦了一辆出租车，直奔汉正区公安局。

司机坐在驾驶室里，手操方向盘，在各个小街小巷中穿梭。坐在车内的董工问道："同志，你怎么专绕小道走呀？是不是想多计点儿里程？"

"哎呀，老板，看你说的。这样低估我的人品，你今天大概没上街吧？"

"我不是今天没上街，而是有好几天没上街了。"

"就是嘛，要不然你不会这样说我。告诉你们，大街的主要路口被那些闹事的人给堵住了。要是大街能通，我神经了在这小巷里找道哟。"

"噢。"宋正平和董工明白了。

司机扭头看了宋正平一眼说："同志，你是干啥的？"

"打工的。"

司机摇摇头说："不像，你要是打工的真算我瞎了眼。俗话说，英雄不要装，那要看长相。看你细皮白肉，眉清目秀，不是大学生，也是干部教师之类的人。那些打工仔、打工妹我一眼就能认得出来，干瘪着脸，眼珠子骨碌碌乱转，尖嘴猴腮。"

"师傅，你不能这么说，难道那些农村进城打工的人的头上写着字吗？"

"哎，咱别抬杠。不是他们头上有字，而是他们那眼神、那言谈举止、那种粗鲁和野蛮、那种贫穷与寒酸就是打在他们身上的烙印。"

"师傅，那你看我呢，是不是一个打工仔？"

"不是，我刚才不是说了吗？再说人看衣服马看鞍，看你这身行头，绝不是个打工仔。"

"好了师傅，你以貌取人的眼光要换换了。"董工说。

"哎，同志，你说我真的看走了眼，这位小同志真是一个打工仔？"

"是的，也不是。头几年是，现在不是。"

"现在是什么呀？"

"公司老板。"

"这说明我还是有眼力的呀，小小年纪就做了老板，不同寻常呀！"

"嘎吱"一声刹车，出租车停了下来。汉正区公安局到了。

宋正平和董工急忙到公安局办公室了解情况，负责办理此案的公安人员对他们说："赵杰那伙民工是你们公司的吧？"

"是的。"

"那你们就去交罚款吧。"

"交罚款？"宋正平用怀疑的目光看着警察。

"警察同志，让我们交罚款，也得让我们明白为什么要交罚款吧！"董工走上前说。那个警察瞪了一眼董工说："怎么？在大街上聚众斗殴，扰乱公共秩序还不想交罚款呀？"

"那你让我们见见他们，问一问情况，再交罚款行吗？"

"行。李警官你带他们去治安室，见见他们的人。"

旁边一位年轻的警官走过来对宋正平和董工说："走。"他们来到治安室，见到了那十几位民工。赵杰见老板和董工来了就大声地嚷起来："老板，咱们冤枉啊！"宋正平上前斥责赵杰说："冤什么冤？你说说这事怎么发生的？"

"老板是这样的，我们开着车朝工地去，到了长江路不知道怎么进到那些闹事的人群中了，结果被他们围住了。我们让他们给我们让点儿路，他们根本不听，还出口伤人。骂了很多，我们还了口，他们中有人用手里的饮料瓶袭击我们，我们就跳下车和他们厮打起来。他们人多势众，眼看我们就要吃亏，就有两个工友拿出了别在腰间的砖刀，用刀背砸伤了几个人。警察来了，就把我们连人带车都弄到了公安局。"

宋正平接过罚款单一看惊住了，上面开出的罚款数目是三千八百元整。

"同志，你这罚款有没有个标准？"

"《中华人民共和国治安管理条例》。"

"标准是多少？"

"一个人二百元。"宋正平愕然，那个警官说，"怎么，不相信？买一本自己看看去。"

"可这打架也不能只怨咱们，那些闹事的人更有责任呀！这也太不公平了！"

"哎，我说你懂法不懂法，我们可是依法处理的！要不你让局里重新处理？"那位警察发火了，董工一见急忙上前说："同志，别跟他一般见识，他还年轻。这罚款当然要交，一分不少，一分不少。"董工把宋正平拉到一旁说："宋老板，这人到弯腰树不得不低头呀！你这小胳膊是拧不过大腿的。"

"董工，这三四千元，叫我上哪弄去。"宋正平确实犯难，感到一筹莫展。

"要不，再找你那个当场长的弟弟。"董工说。

"唉——"宋正平一声长叹，也只能如此。

范玉林得知宋正平在汉正区公安局遇到麻烦，连忙叫了一辆出租车赶过来。哥俩见面，宋正平把事情简单地向范玉林说了一遍。范玉林听后也十分生气，但也没有别的办法，只好腰里揣着钱直奔财务室。

"钱带过来吗？"负责收款的警察说。

"带来了。"范玉林说道。

"行，你拿着收据单到治安股就行了。"

范玉林和宋正平又到了治安股找到股长，股长发话："放人。"

人被放了出来，车子也放行了。被扣押的工人一听被罚了款，心中感到愤愤不平，个个坐在车子上直嚷嚷。范玉林说："大伙唱支歌，行不行？"

"行！唱哪支歌？"

"唱《想念毛泽东》好不好？"

"好。"

大伙就在公安局的大院唱起来："抬头望见北斗星，心中想起毛泽东，迷路时想您有方向，黑夜里想您心里明……"这时，从大楼内走出一位当官模样的警察，拍了拍宋正平的肩头说："小伙子走吧！咱们应该相互理解。理解万岁嘛。"

"警察同志，你也应该理解我们哪！我们这些人背井离乡，千里迢迢来这儿打工，却处处低人一等，这容易吗？"

"你觉得我们处理得有失公平，是吧？可是，法律条款就是这样规定的，这也是没办法的事。我也同情你们，可这不能代替法律。还是谅解为好，谅解为好哇！"说完，他双手抱拳对那些民工说，"兄弟们，你们心里咋想的，我理解。请你们回去吧，回工地去吧，拜托了。"宋正平让司机把工人拉到工地，并在工地上住了下来。

宋正平回到屋，一头倒在床上。范玉林赶快过来，对躺在床上的宋正平说："哥，你还在为罚款的事生气哟！"

"没有，没有。我只是感到特别的困，玉林你去做饭吧，少做点儿，我不想吃了。"

"哥，你不想吃，我也不做了。"

"为啥？"

"为哥呗，哥不吃，我也不吃。"宋正平沉默着，躺在床上一声不吭。

"哥，你是不是因为那几千块钱……"范玉林虽然坐在床边连说了一大通，可宋正平就是一言不发。

"哥，你不吃饭，总得洗洗澡吧，看你衣服都湿透了，这样睡能舒服吗?"宋正平仍不吭声。

"哥，你不起来，我给你洗啦!"范玉林说完，等了一会儿不见宋正平回应，就打了一盆凉水，撩开蚊帐把那盆凉水放在床上，然后褪下自己的鞋钻进蚊帐内。

范玉林把毛巾放进凉水盆，又将毛巾从清水中捞出来，用双手把毛巾拧了半干，展开后去擦拭宋正平的脸颊。他发现宋正平双目闭着，像是熟睡，可眼角却流出泪来。

"哥，你哭了，你是不是为罚款的事伤心呀!"宋正平没有任何反应，范玉林很是小心地为哥擦洗脸颊和脖颈。

"哥，你坐起来把衣服脱了，我给你擦擦吧!哥，你坐起来呀!"无论范玉林如何叫，宋正平就是毫无反应。范玉林把宋正平的头往怀里一搂，用力将宋正平托起来，尔后范玉林腾出一只手，把宋正平的上衣脱去，然后把光着膀子的宋正平又放在床上。范玉林伸双手解开正平哥腰间的皮带后，抱起他的左右胯，褪下他的长裤和裤头，回转身托起他的双腿，把他下身的衣服脱了个精光。范玉林很认真地把赤身裸体的宋正平全身上下擦了一遍，回到卫生间自己又冲了个澡。熄灯之后，他上床躺在宋正平的一侧，把宋正平的头放在自己的一条胳膊上，没想到正平哥一个急翻身，像一个撒娇的女人，一头扎在自己的怀里。

"哥，你还生气呀!要哭你就哭出来吧。"范玉林边说边把宋正平紧紧地搂在怀里。

"玉林，你说我从娘肚里一生出来就矮人一等吗?"

"哥，别说了，罚款算我的。"

"算你的，你的钱是大水淌来的，还不是用血汗换来的。"

"那咋弄呢!这胳膊还能拧过大腿?哥，俗话说'小不忍则乱大谋'。"

"还大谋呢!哥这辈子是还不上你的了。如果有下辈子……"

"哥，别这么说，你这么说我心里不好受。"范玉林的用力让宋正平切身感到了玉林弟对自己那真诚的爱。

"哥，你是一个有远见、有谋略的人，你一定会有光辉的前程。"宋正平听后，伸双臂把玉林弟的腰部抱住，哥俩就这样紧紧地拥抱在一起。

第六章

失身

　　这一年秋季，董工的女儿董晶晶大学毕业，被分配到一所农村中学当了一名教师。董晶晶到了那所农村中学，才知道了农村的偏僻、落后与荒凉。她顿时觉得自己在酷暑的季节里一下子掉进了冰窟窿，从头凉到脚，连那颗充满青春激情的心也冷却下来。尤其是晚上，这里没有霓虹灯，没有广场，也没有歌厅与舞吧，只有那漆黑的夜色、寂寞的明月星辰，还有一个孤独的她。

　　她的到来，给这个偏僻的农村中学带来了城市的潮流与时尚，她自己成了这所中学里最靓丽的风景。同学们的尊敬和同事的羡慕与关爱，使她孤独的心灵增添了一丝丝温暖。有一天，县教育局局长陶兴章到学校检查工作，中午去餐馆的途中，碰见了刚下课的董晶晶。由于董晶晶是个单身女教师，中午自己做饭，校长庞玉波出于好意，邀董晶晶一块去餐馆陪陶局长吃顿饭。席间出于礼貌，董晶晶陪下乡检查工作的陶兴章局长喝了两杯酒。就这么一次，董晶晶那俊俏的娇容、颀长的身材、迷人的微笑、富有诗意的言谈，像刀刻斧凿般印在陶兴章的脑海里。

　　正巧赶上"普九"工作，要对董晶晶所在的庐新中学进行教学楼基建投入。陶兴章有了再见董晶晶的机会和借口。他电话通知了庐新中学校长庞玉波，要他带着董晶晶到县城邀请县政府主管教育工作的副县长司炳建，敲定这个项目。庞玉波趁中午午休的时候敲开董晶晶在学校宿舍的门。

　　"庞校长，有事吗?"董晶晶笑盈盈地把庞玉波迎到屋内。

　　"有事，当然有事。"庞玉波环顾四周，只有一个木椅，他毫不客气地坐了下来。

"校长，有啥事？"

"董老师，明天咱们去一趟县城，找到陶局长，看一看咱们教学楼的基建能不能确定下来。"

"咱们？"董晶晶瞪着眼睛用困惑的目光注视着庞玉波校长，随后又问，"让我去？"

"是。"

"校长，别拿我开玩笑了。我一不是校领导，二跟局领导没有关系，让我去干吗？"

"董老师，你是大城市人，见多识广，又能说会道，名牌大学毕业。你去一定行。"看着庞玉波那一脸真诚的样子，董晶晶爽快地答应了下来。

第二天，校长让教导处给董晶晶调好课，如约到了指定地点。董晶晶见只有庞校长一个人，心中疑窦顿生。她对校长说："庞校长，这么大的事情我去合适吗？"

"合适，很合适。"庞玉波满意地回答着。

"那校领导只去你一个人？"庞玉波点点头，没有说话。

"庞校长，你不是有别的事吧？"董晶晶很认真地说。

"董老师，看你说的。"董晶晶虽满腹狐疑，可怎么也看不出庞玉波有什么异样，心中的疑惑便渐渐地消失了。

两人坐上驶向县城的班车，赶到教育局大院。到达后，庞玉波让董晶晶站在院内浓密的树荫下等候，自己则腋下夹着公文包匆匆赶往二楼局长办公室。庞玉波走进局长办公室，正在办公的陶兴章抬眼看了一下庞玉波说："你坐。"那个瘦小的陶兴章坐在沙发上连屁股也没有动一下。庞玉波一声不响地坐在那个放有茶几的木椅上，默默地等待局长大人的问话。

"你一个人来的吗？"局长的声音不高，却透着严肃。

"还有董老师。"庞玉波一字一音，生怕局长听不清楚。局长听后才放下手中的笔，正眼看了庞玉波一下。

"她人呢？怎么没进来？"

"她在外面树荫下等着呢。"

"噢。"陶兴章慢腾腾地从沙发上站起来，缓缓地走到前面的窗前，居高临下，院内一切尽收眼底。站在树荫下的妙龄女孩儿映入他的眼帘，那个烙在脑海里的苗条身姿再次出现在他的面前。他的目光聚焦在她身上，身材修长而挺拔，秀气中渗透着柔美。上身穿白色的短袖衫，边镶天蓝色的细带，下身穿一件短至膝盖的黑裙，脚穿一双浅白色的高跟皮凉鞋。陶兴章为董晶晶的美色所陶醉，站在窗前久久驻足观看。坐在木椅上的庞玉波看到此情景，心中泛起一阵阵透心的寒意。

"难道他在打董老师的鬼主意？"庞玉波想至此，不觉心里发战，不知如何应对才好。

"陶局长，你看中午……"庞玉波说。

"噢，对了。中午还有司县长。"陶兴章收回目光，转过身来。

"陶局长，你看中午如何安排？"

"我打个电话问问吧。"陶兴章坐回办公桌前，接通了司炳建的电话。两人谈了一会儿，陶兴章挂了电话，对庞玉波说："司县长中午有事，晚上才能抽点儿空闲时间，中午就算了，晚上等司县长回来再说。"

庞玉波也只能听从陶兴章的安排，他出了局长办公室，下楼带着董晶晶离去。陶兴章站在窗内，看着董晶晶随着庞玉波走出教育局的大院。董晶晶那款步的每一脚都好像踩在他的胸口上，玲珑的高跟扎开他心胸中蕴藏已久的激情，让他心潮澎湃……

晚上六点多钟，陶兴章、庞玉波和董晶晶在县城最豪华的巴黎大酒店玫瑰厅内耐心地等待司炳建副县长。三人一边谈着，一边等着。陶兴章的目光不断地盯着董晶晶那双套着薄如蝉翼的丝袜的双腿，让在一旁察言观色的庞玉波不禁心惊胆战，一心盼着司炳建副县长早点儿到来，好结束这种窘境。

司县长因公务繁忙，姗姗来迟。服务员一阵儿忙碌，桌上摆上了丰盛的晚宴和醇香的美酒。酒过三巡，菜过五味之后，司炳建才发现董晶晶的娇颜丽容。那倾城的美貌瞬间让他垂涎三尺。

"董老师，哪个地方的呀？"

"武汉的。"

"哪个区的？"

"北合区。"

"哎呀，咱们还是老乡呢！"

"怎么，司县长也是北合的。"

"是，是呀！"司炳建喜形于色，内心的狂热表露无遗。可惜没有人发现他真实的丑恶目的，都被他耍弄的"老乡"牌所迷惑，尤其是董晶晶和带她来的庞玉波。

"哎呀，洞房花烛夜、金榜题名时、他乡遇故友是人生的三大幸事。恭喜，恭喜。那就请司县长与老乡董老师干上三杯。"陶兴章在旁边拍着手怂恿二人喝酒，可内心却十分不悦。司炳建将两杯美酒端至董晶晶的面前，装出很亲切的样子说："董老师，看在老乡的面子上，咱们共同干两杯。"董晶晶怎么也不能驳司县长的面子，况且这两杯小酒在她眼里就等于两口凉水，便接过司炳建端过来的酒杯一饮而尽。那举杯、送酒、下咽一连串的动作在司炳建的眼里煞是优雅，尤其是喝酒后的莞尔一笑是如此的甜美。司炳建看在眼里，爱在心头。他强压着自己内心的癫狂，竭力保持着外表的平静。司炳建张口老乡，闭口老乡，那股热情劲儿欺骗了一个涉世不深的女大学生，也让庞玉波放松了警惕。

　　鲜花下覆盖着陷阱，甜言中包藏着祸心，蜜语里暗怀着罪恶的目的。司炳建表面上是一个衣冠楚楚的正人君子，其实质是一个口蜜腹剑的邪恶之辈，一个天真幼稚的女大学生怎么能看出其中的玄机。桌上的四瓶"剑南春"，仅剩下半瓶，一个好色的局长也禁不住美酒的诱惑，虽没有醉烂如泥，也只能糊里糊涂地飘飘欲仙，他心中的小九九恐怕是要搁浅，半途而废了。做东的校长早已是昏昏沉沉地伏在桌上，醉得一言不发。权高位重的司县长还在不断地向自己的老乡董晶晶劝酒："老乡，今天认识你很高兴，往后有什么事尽管找我。"司炳建一边结结巴巴地说着，一边端着酒杯站在董晶晶的跟前："来，老乡，咱们再干了这一杯。"

　　"不行，司县长，我不能再喝了。"董晶晶那美丽的黑瞳中没有了光芒。她见司炳建站在自己的身边很久，只好双手按着桌面勉强站了起来，接过他手中的酒杯，一仰脖子，把杯中的酒饮了个底朝天。她的头一蒙，手中的杯子落地，腿一软，身子一下倒在椅子上。司炳建心里窃喜，自己要的就是这个效果。

　　"董老师，董老师。"三人同时喊她，她却一言不发，酒醉使她不省人事。三人站起来，有两人东摇西晃，踉踉跄跄。司炳建放下副县长的大架子，从背后扶起董晶晶。

　　"庞校长，你坐一会儿，我跟陶局长送董老师到三楼休息去。"庞玉波坐下来，司县长的话正合自己的心意，他想：有司县长在，陶兴章你这个色狼再给你一个胆子，你也不敢轻举妄动。

　　司炳建和陶兴章一人架着董晶晶的一条胳膊，往三楼上去。刚到二楼的登记处，陶兴章就歪倒下来。司炳建对陶兴章说："老陶。你在这休息一会儿。"司炳建撂下一句话，自己抱起董晶晶随服务员去三楼开房。

　　陶兴章迷迷糊糊中被司炳建叫醒："老陶，咱们走吧。"两人下楼，见庞玉波仍在醉梦中。

　　"庞校长，庞校长。"司炳建喊着。庞玉波睁开眼。

　　"庞校长，董老师住在306房，等一会儿她酒醒，你找她去。"司炳建说着把手中的钥匙丢给庞玉波。庞玉波看着陶兴章跟着司县长鬼鬼祟祟地走出去，自己又趴在桌上再次入睡。

酒店里的服务员下了逐客令，庞玉波只好向三楼走去。到了306房，他打开门，自己闪身进屋又迅速关上门，冲进卫生间，把头伸向马桶呕吐起来。呕吐了一阵儿后，他漱了口，走到内室，按开屋内的开关，屋内一片光明。那个宽大的席梦思床上，董晶晶安静地躺在那儿。

庞玉波趔趔趄趄如三岁小童学步，然后一屁股坐在窗前的那个沙发上。稍微定了定神，他张目一看，只见董晶晶一双高跟皮凉鞋，一只直立在床面的地面上，另一只则被扔在屋子的中央，斜躺在地面上。庞玉波感到好奇，他起身挪步，弯腰拾起那只扔在屋子中央的浅白色高跟女式皮鞋。

庞玉波端详了好一阵儿，转身蹲下，把董晶晶那双高跟皮凉鞋整齐地放在床前的地面上。当他起身向床的另一侧望去，一条长长的、柔软的、薄如蝉翼的丝袜，一头掩在白花的被单里，一头垂落在床边的地面上。他吃了一惊，再往床的另一头看去，一个粉红色的乳罩的细带露在被单的外面。庞玉波心里泛起了嘀咕，是谁脱去了董晶晶的乳罩和丝袜？董老师有没有遭到蹂躏和践踏？他越想越害怕，就大声呼叫："董老师，董老师……"

董晶晶死一般地安静，这让庞玉波心里更加害怕，自己应该怎么办呢？酒精的作用给了他力量，他轻轻地走到床的另一头掀起盖在董晶晶身上的被单，这让他大吃一惊：被单下董晶晶那修长洁白的双腿赤裸裸地横陈在床，一条黑色的短裙和一条长筒丝袜绞缠在一起，旁边还放着一条红色蕾丝的女孩儿内裤。庞玉波心中怒起，手中用力，干脆一下子把盖子董晶晶身上的被单全部掀起，一个纯真细嫩的少女玉体赤裸裸地展现在他的眼前，刹那间他的脑袋嗡的一声，感觉天要塌下来似的，心里怦怦乱跳，吓得他糊糊涂涂又迅速地将被单重新在董晶晶的身上盖好。

"陶兴章，你不是人养的，你要是糟蹋了董老师，就不得好死。"总之他把心中的愤懑一下子发泄出来，把所有的诅咒都倾泻在陶兴章的身上。

庞玉波心里十分恐惧，董老师酒醒之后将是什么结果，哭闹、拼命、自杀……种种不同的恐怖场面在他的脑海里轮换上演。自己无论如何也难说清楚，就是跳进黄河也洗不清。他越想越怕，想一走了之，可躲过一时，怎么能躲得一世。再说了，这事跟自己有直接的关系，如果现在逃之夭夭不等于畏罪潜逃，那时自己真是百口莫辩了。报案！一个念头闪现在他的脑海里，可转念一想，自己在这个县城里只不过是一只蝼蚁，可他陶兴章却能兴风作浪、呼风唤雨，只怕是画虎不成反类犬，搬起石头砸自己的脚。庞玉波惊出一身的冷汗，酒也醒了大半。在这个问题上自己掉进了别人的陷阱，他一筹莫展，无计可施，不断地用两只手轮番拍打着自己的脑袋。最终，他还是昧

164

着良心选择了息事宁人的做法。主意一定，他再次掀开盖在董晶晶身上的那条白花被单。

多么美丽的胴体呀！整个身体如银雕玉琢一般，晶莹而剔透。一个冰清玉洁的身体竟遭恶人蹂躏，而她自己却浑然不知。庞玉波看着这个睡美人和被扔得凌乱的衣衫，汗水湿透了他的衣服，豆大的汗珠从他的额头上落下。

他托起董晶晶的头颅，扶她坐起，把被撕下的胸罩和衣服重新穿在她的上身，然后又缓缓地把她放下。穿好上衣他又开始为她穿起下衣，当他托起她那颀长的玉腿时才发现她的臀部下垫着一条浴巾，浴巾上面还留存着白色的液体，液体中伴着董晶晶那少女的血红……

他惊呆了，口里不住地骂着"畜生"。他细心地为她清去色狼凶魔的遗留物，把她的内裤、丝袜、短裙穿好。室内一片沉寂，他卧在沙发上难以入眠，内心真是五味杂陈。回想董老师刚才的样子，淡去的陈年往事又重新聚拢在脑海。

那是三年前的夏季，中招考试即将临近，升学率那可是一所中学的生命线，初中三年级中考最后的冲刺工作能否做好是中考成败的关键。对庞玉波来说，比这更关键的是老领导下周就要退休了。和自己同级的两个副校长对校长一职觊觎已久。自己与他们相比，在文凭、人事、金钱等方面均处在劣势。自己唯一能够超越对手的是对工作的热爱和勤奋，可上级领导能够看中这些吗？

初三任课教师座谈会结束后已是满天星斗，皓月当空。学校专门为参加会议的乡党委委员、常务副乡长、主管教育工作的陶兴章和全体三年级教师设了晚宴，地点就在镇上那家最大的酒楼——金山饭店。

庞玉波陪着陶兴章最后走出三楼的小会议室，到了二楼他去了自己的副校长办公室，让陶兴章一个人下楼。庞玉波锁上自己办公室的门，到了一二楼的转角处，听到下面有一男一女的对话。

男："吕老师真漂亮，堪称校园一枝花。"

女："看陶乡长说的，哪有那么好？"

男："比花还好呢！美似桃花别样红，贵胜腊梅寒馨香。"

女："陶乡长还会做诗，可惜我听不明白啥意思。乡长，你先走吧，我等庞玉波。"

男："吕老师，坐我车子吧！"

女："不，不。你走吧。"

男："怎么，害怕我呀？"

女："不，不是。"

男："怕庞校长吃醋哟。"

庞玉波故意放重自己的脚步，来打断二人的对话。

"庞校长，我让吕老师坐我的车子，她说，没有你的同意，她不敢。"

"看陶乡长说的，哪有那么严重。吕岚，你坐陶乡长的车子吧，我去一下厕所。"庞玉波说着还真的向厕所走去。这下，吕岚不好推辞，坐在陶兴章自行车的后座上。而庞玉波并没有去厕所，他躲在阴暗处看着陶兴章用自行车把妻子驮出校园。

晚宴中，陶兴章还专门坐到吕岚那张桌子的座位上，卖弄着他的风雅。回到家，庞玉波对妻子说："吕岚，我看陶兴章对你有好感。"

"啥好感？一个色狼，对哪个女人没有好感。"

"他骑车带着你，跟你说了些什么？"

"挑逗。"

"他做了些什么？"

"小偷小摸。"吕岚回答得很干脆，这让庞玉波不禁有些失望。可他还是不甘心，一心想从妻子的话中寻到一些蛛丝马迹，以便有利于自己仕途的升迁。他继续追问着吕岚："难道他没有跟你说一句有用的话，尽是些不三不四的挑逗？"吕岚歪头一想，说："他真的说了一句有用的话。他说，吕老师有事尽管找我，我一定竭尽全力相助。"

"真的？"庞玉波像是发现金山一般，眼睛里充满贪婪的目光。

"真的，他是这么说的，一点儿也不假。"吕岚肯定的回答让庞玉波精神为之一振，那贪婪的目光里又多了一份光彩。

"那咱们再尝试一下？"

"去你的吧，上次你受的屈辱还不够哇！别指望了。他可是夏怀坚强的靠山，你撼不动的。尽人事随天意吧。我看咱坐不上校长的位置，就别坐了吧。"

"什么事都可能发生。真的，我觉得咱们是'山重水复疑无路，柳暗花明又一村'。"

"照你这么说，老吴退休后，你能坐上校长的位置？"

"这要看你的啰！"

"你要使'美人计'，要把自己的女人送给他，把'绿帽子'扣在自己的头上？庞玉波你是不是想当校长想得发疯了，你还是不是人？"庞玉波深知没有妻子的配合，这事绝对不行。于是，他心平气和地对吕岚说："你也懂'美人计'，那可是咱们的国粹。勾践献西施、王允送貂蝉、昭君出塞、文成公主入藏那在中国历史上有真真切切的文字记载，不是民间荒诞不经的传说。'美人计'在军事领域可有它至高无上的位置，列于三十六计之中。如今它更是被世人所推崇，被用于军事战、政治战、外交战、情报战、商战，等等。且成功率几乎是百分之百。"

"去你的，亏你能说出口。"

"吕岚，咱这也是没有办法的办法，再说了我们县里的人事局局长刘道华不就是把自己的老婆送给县委王文金书记做地下情人才坐上局长的宝座吗？这是一次投资，终身受益。"庞玉波故意把后面"受益"二字说得特慢特长。吕岚一言不发，沉思良久，显然是"受益"二字叩开了她的心扉。

"玉波，你想清楚了，以后可不许后悔。"

"想清楚了。"庞玉波语速很慢，但很坚决。

"玉波，你舍得？"

"舍得。不入虎穴，焉得虎子。"

吕岚精心打扮了一番，虽说她三十好几了，依旧是楚楚动人。她迈着轻盈的步子，高跟鞋底踩踏地面发出嘎嘎的声响，像是在弹奏一曲美妙的音符。陶兴章一见吕岚便心花怒放。

"吕老师，有事哟？"

"陶乡长怎么知道的？"

"你是无事不登三宝殿啊！"

"真叫陶乡长说着了。"吕岚从口袋中掏出一个信封，里面的东西把信封撑得鼓鼓的。

"陶乡长，这是三千块钱。请你帮一帮庞玉波。"

"噢，是让庞玉波接替老吴的吧！这事……这事不好办。除了这个，吕老师你说什么都可以。"

"陶乡长，我只有这一件事，其他的什么也没有。"吕岚一边说着，一边把那个装有三千元人民币的信封放在陶兴章的面前。

陶兴章一只手放在吕岚递上来的那个信封上，双眉皱成了疙瘩，嘴里说："吕老师，你这不是让我为难吗？"

"陶乡长，你有啥为难的，这还不是你一句话吗？"

"唉，吕老师，你怎么不早来呢！前几天，我已经向戴书记汇报了全乡的教育工作，并向他推荐了由夏怀同志接替即将退休的老吴。戴书记说等党委成员到齐了开个会，就决定行文。现在让我自打嘴巴？"

吕岚看着一脸愁容的陶兴章，心里想，怪不得在校内有人传说夏怀送给陶兴章一万元。夏怀接替老吴当校长那是木板上钉钉——稳稳当当。怪不得庞玉波送给他两千元，他连看也没看就拒绝了，还当场把庞玉波奚落一番。陶兴章手里拿着信封，对站在旁边的吕岚说："吕老师，这事确实很难办。"陶兴章低着头，不敢看吕岚的眼睛。

"陶乡长这是不想给我面子啰。"这娇滴滴的声音太迷人，可比这更迷人的是吕岚身上散发出来的阵阵芬芳。

"鱼，吾所欲也；熊掌，亦吾所欲也。二者不可兼得。"古人千年前的名言佳语今天可让陶兴章遇上了，一面是让人眼馋的钞票，一面是娇声柔语让人馋涎欲滴的俏佳人。陶兴章顾盼在财色之间，着实难以抉择。

"陶乡长，我也不为难你了。你好好想想，凡事三思而后行，好吗？"吕岚说完转身想走。吕岚的话软中带硬，诱惑中含有威胁，那娇嗔的眼神让陶兴章神魂颠倒。没想到从没有经过风月情场培训的吕岚，竟能拿捏得如此恰到好处。

"慢着，吕老师。"陶兴章感到如果让吕岚走掉，他再也没有机会得到这个漂亮的女人了。吕岚转身回眸，那股妩媚劲儿让陶兴章感到有种巨大的力量深深地吸引着他，让他不能自拔。望着娇羞含笑的吕岚，陶兴章呆若木鸡，手里拿着信封一动不动。

"怎么了，陶乡长，想拒绝我吗？嫌少吗？"

"我拒绝谁也不能拒绝你吕老师呀！"陶兴章终于下定了决心，把那个信封锁进自己的抽屉。吕岚见自己的目的初步达成，喜得像一枝盛开的鲜花般灿烂而美丽。兴奋之情让她不由自主地把自己潜在的风骚表现出来，也燃起了陶兴章难以克制的性欲。他上前一把拽住吕岚的右臂，往怀里一用力，吕岚便倒在他的怀里，陶兴章的大嘴巴立刻罩在吕岚的唇瓣上。吕岚虽然有心理准备，但还是惊得心怦怦乱跳。

吕岚晕晕沉沉地回到自己的家，庞玉波急切地问："怎么样，吕岚，事情有眉目吗？"

吕岚用慵懒的目光看着丈夫，有气无力地说："庞玉波，你想当校长都想疯了吧，也不问问我怎么样，反倒只关心事情的眉目。你心里除了校长的位置还有没有我？"吕岚第一次用陌生的眼神打量着十多年来相濡以沫的丈夫。

"吕岚，我怎么不关心你，你不是回来了嘛。"

"我要是不回来，上了陶兴章的床，你才高兴呢！"

"那么容易就能上了他的床？"

"告诉你吧庞玉波，我把钱送出去了，也把自己送了出去。成不成，不是我说了算的。"庞玉波沉默不语，用呆滞的目光看着妻子吕岚。

十几天过去了，学校放暑假了，昔日喧嚣鼎沸的校园变得异常平静。夜幕降临，校园内更是幽静，吕岚趴在桌子上等着从乡政府开完会回来的丈夫庞玉波。庞玉波回到家，喜形于色，伸双臂抱住妻子的肩头说："亲爱的，我们成功了。你的功劳应该刻在功劳簿的第一页上。"

"人事敲定了吗？"

"是的。"

"夏怀呢？"

"任站长了。"

"站长呢？"

"出了问题，被免了职。"

"这下陶兴章财色双收，该满足了。"

"还惦记他干吗？他如果没有色欲，你能有用武之地吗？"

"去你的，说出去，人家还不戳断你的脊梁骨。"

"宝贝，你今年的中级职称不就稳当了。"吕岚扬眉看着庞玉波，那种欲娇还羞、小鸟依人的风情让庞玉波不禁志昏神迷、欲火难耐。夫妻两人享受到一次久违的愉快性爱。

天亮了，夫妻两人还沉浸在成功的喜悦之中，吕岚仍依偎在庞玉波的怀里。

"玉波，没想到你还有这样的智商，能够釜底抽薪转败为胜。一次投资，终身受益。"

"那还不是我手中拥有一张王牌——貌美娇妻。"说完庞玉波便把炙热的嘴巴又覆在吕岚的额头。

"吕岚起来，上街买点儿菜，中午咱们先庆贺庆贺，下午陶兴章要到学校代表乡党委、乡政府宣布人事的决定。"

"行。"吕岚甚是高兴，从丈夫怀里坐起。

下午在中学的大会议室里，人头攒动，座无虚席。全乡十八所中小学大大小小的头头们济济一堂，会上陶兴章代表乡党委、乡政府宣布关于夏怀同志任乡教育管理站站长、庞玉波同志任乡中中学校长的任命决定。会后，乡中的新任领导班子成员设宴宴请了陶兴章。从酒店出来，陶兴章在庞玉波的陪同下路过中学门口，庞玉波对陶兴章说："陶乡长，到家坐一会儿。"这句邀请在陶兴章的盘算之中，正中其下怀。这是陶兴章求之不得的事，他真想看看高兴中的吕岚是什么俊美的模样。

陶兴章接过庞玉波送过来的水杯刚坐下，门外闯进来一个十来岁的男孩儿。男孩儿神色慌张地说："庞叔叔，我爸和我妈打起来了。"庞玉波对陶兴章说："陶乡长，你坐会儿，我去去就回来。"说完，庞玉波随男孩儿离去。

这个小男孩儿就是与庞玉波、夏怀两人争夺校长宝座的副校长刘大中的儿子。下午陶兴章把乡政府的人事任命决定宣布完毕，刘大中就窝了一肚子的火，晚宴上借酒消气就多饮了几杯。没想到回到家以后妻子却对他破口大骂："看你个熊样，人家花了钱，一个当站长，一个当校长。你呢，花了钱连动也没动，文件是一个字也没提。"这话对刘大中来说无疑是火上浇油，于是就对妻子大打出手，夫妻二人动起了武。

陶兴章坐在庞玉波的屋里，对面有吕岚这个风情的女人陪着，开始聊起家常。"孩子呢？"陶兴章在投石问路，为后来的文章做铺垫。

"刚放假就被爷奶接到乡下去了。"吕岚因陶醉于兴奋，没有防范的念头。

"庞校长扶正后，你可要做他的贤内助，千万不要拉他的后腿哟。"

"是，那是。这当然是要谢谢陶乡长了。"

"怎么谢呀！千万不要再送钱，吕老师到了，不比钱好多了。"吕岚一听，心里立刻战战兢兢的。她明白陶兴章的用意，害怕他在自己家里做出什么事情来，只好躲着陶兴章那火辣辣的目光和煽情的语言，盼着丈夫庞玉波早点儿回来。陶兴章脑中的酒精在不断燃烧，色欲也在不断燃烧，两片火源愈烧愈旺，他终于耐不住了，突然站起来，关上房门，直逼吕岚。吕岚怎么也没有想到陶兴章会发疯似的扑向自己，只好任由他那粗壮的臂膀将自己揽在怀里。

"陶乡长，陶乡长等过了这一天，我……我……我……"

"吕老师，你不能'卸磨杀驴'呀！我的心肝……"陶兴章不容分说，把她抱起来走向卧室。

吕岚不敢说话，也不敢反抗，担心一墙之隔的邻居听见。吕岚被陶兴章抱起，双脚悬空，整个身子被陶兴章托在空中。她感觉自己全身酥软，就像一只小羊被饿狼叼起。

屋内沉寂得瘆人，只有一个男人的施暴声。陶兴章得到了他想要的东西，满足之后趴在吕岚的身上说："吕老师，有事尽管找我，能为你服务是我的荣幸。"说完，他便离去。

吕岚闭目在床，犹如一具僵尸般一动不动，保持着陶兴章摆弄她的姿势，等着丈夫归来。庞玉波回到家，见客厅灯火通明却不见人影，就小声地喊："吕岚，吕岚。"

没人应答，庞玉波推开卧室的门，客厅的灯光从门中透过来，他清晰地看到床上睡着一个人。庞玉波拉亮卧室的灯，映入他眼帘的妻子赤条条地仰躺在床，姿势摆成"大"字形，那本来白皙的肌肤显得更加惨白。庞玉波看后，心里一阵儿酸痛，后背如芒在刺，喉咙如食在哽。他捧起吕岚的头，吻着她带泪的脸颊。吕岚哽咽着说："一次投资，终身受益是不可能的。"正如吕岚所说，从那以后陶兴章就把吕岚当成了自己的情人。俗话说：请神容易送神难，何况吕岚是自投罗网，主动投怀送抱的。在以后的日子里，吕岚和陶兴章的关系就非同一般。半年后，夏怀调到教育局，吕岚评上中级职称之后又当上了教育管理站站长，这夫妻俩把握着全乡教育的行政权。

一年后，陶兴章荣升某镇镇长，吕岚和他的关系暂时中断；两年后，陶兴章任教育局局长，他和吕岚的关系中断一年后又重新恢复，且更加温馨和密切，这才使得庞玉波对陶兴章貌恭而内仇。

庞玉波拉开窗帘，外面已是日出三竿，街上人来人往，车水马龙。他看看床上的董晶晶翻身起来，那样子是要吐。他连鞋子都没顾上穿，赶忙从卫生间里掂出个垃圾桶，刚伸到床面，董晶晶就大口大口地吐出来，飞溅的呕吐物弄了庞玉波一身。董晶晶吐了一阵儿，庞玉波端来温水让她漱漱口。起床后二人上街吃了早饭，匆匆赶回学校。

一个月过去了，董晶晶平安无事，庞玉波终于松了一口气。俗话说，这躲得过初一，也躲不过十五。该发生的事还是要发生的。董晶晶的月经没有如期而至，一开始她也没有放在心上，可过了几天竟呕吐起来，她去医疗室量一量体温，既不发热又不感冒。她又去县医院检查，医生告诉她："你怀孕了，快要做妈妈了。"这对董晶晶无疑是当头一棒，顿觉天旋地转。自己没有谈恋爱，没有搞对象，一向作风正派洁身自好，怎么能怀孕呢？她百思不得其解，如坠云雾之中。突然脑中一闪，心中有了思忖，董晶晶怒气冲冲地去找校长庞玉波。

庞玉波把董晶晶领到自己的办公室，与董晶晶一番长谈。听了庞玉波的话，董晶晶又怒又急地赶到教育局见到了局长陶兴章。

"董老师你可是一个有知识、有文化、有修养的人，自己身上发生的事自己要负责，胡乱猜疑那只能是搬起石头砸自己的脚。你应该反思反思自己。"陶兴章的话让董晶晶感到彷徨和愤慨。此时，司炳建老乡的话让她言犹在耳："董老师，今后有啥事尽管找老乡。"董晶晶看到了希望，犹如溺入深水中抓住了一根救命草。可是，几天的奔波她连老乡的影子也没见到，她只好悻悻而回。

是庞玉波，是陶兴章，还是那个口蜜腹剑、位高权重的老乡呢？董晶晶苦苦寻思着对她下手的贼人，一个孤身在外的柔弱女子呼援无门，加之世俗偏见的目光和一些乱嚼舌根的小人，使她内心深恶痛绝而表面却忌讳莫深，不得不强忍屈辱。

在庞玉波的开导下，选了一个日子，庞玉波托人在县人民医院给她做了人流手术。几天后董晶晶回家休养，从此她再也没有回到那个让她心碎的地方。

宋正平的工程进展顺利，项目也与日俱增。为了赶工期，抢时间，他买了一辆二手的四轮车，往来接送工人。太阳刚刚跃出地平线，赵杰就带上三十多位建筑工人坐上赶往工地的四轮车。

整个城市沐浴在柔和的春光里，阳光明媚，鸟语花香。清新的空气沁人心脾。宁静的早晨本是人们晨练的时间，而在改革开放的年代到处是超常规加快发展，人们对财富的欲望从来没有这么强烈，恨不得在一天的时间里刨出一个金娃娃。宋正平亦是如此。

宽阔的马路车水马龙，各式各样的车子在马路上鸣着汽笛呼啸而过，路两旁的行人惊得都躲得远远的，挤在公路的沿边，用恐惧的目光看着在公路上疯狂奔驰的机动车。

"小刘，快点儿。"赵杰坐在小刘的副驾座上不断催促，四轮车在催促中不断地提速。惨祸就这样发生了，司机小刘紧急避险导致四轮车向右侧翻，车子上的人顿时被甩出很远。宋正平和董工赶到现场时，交警已经到现场了，医院的"120"急救车几乎和宋正平同时赶到。来不及多想，救人是第一位的，许多人都加入了救援的行列。

救护工作告一段落，接下来就是医院的医疗费和死者的后事赔偿。在这场事故中，赵杰和张康两人送医院后不久死亡，刘强等七人重伤，还有九人轻伤。看着昔日的工友赵杰和张康的尸体，宋正平泣不成声。他们和自己一样，怀揣着对美好未来的畅想来到这个城市寻找自己的事业和出路，历尽艰辛。他对董工说："董叔，我这点儿家底你是很清楚的，我用什么来支付医院的医疗费和死者的赔偿金呀！明天，他们的家属要来，我又有何颜面去见他们？"

"正平，咱们仔细考虑考虑，别急，你要倒下了，他们怎么办？"这两人商量了大半天，才想出一个办法。工地上的事由董工负责，工期不能耽误，资金上的事由宋正平去找鸿运集团老总严鸿宾。

鸿运集团老总严鸿宾现在可是财大气粗。宋正平小心翼翼地敲着董事长室的门。

"进来。"宋正平推门进屋，严鸿宾扬了一下眼皮，阴不阴阳不阳地说，"小宋，你的事我听说了，很让人同情。"

"严总，我是来向您求救的。您不帮我，就是把我剁成肉酱磨成灰也摆不平这事。"

"你啥意思？你……你想把我牵扯进去？"

"不是，不是。"

"不是，你来这里干什么？"

"您看这么大的事，没有您出面是没有办法解决的呀！"说到此，宋正平潸然泪下。

"宋正平你可不能学刘备呀！用泪水换得他人的同情，心里怎么想的谁知道呀！这人心隔肚皮，虎心隔皮毛。"

"严总，我以前哪有对不住您的，您大人大量，宰相肚里能撑船。您帮我一下，我一辈子也忘不了您的大恩大德。"宋正平的这番话并没有打动严鸿宾。

"宋正平，你快走吧。这件事我不会插手的。"

"严总，我们是您的打工仔，您可不能袖手旁观啊！"

"你现在说这话有意思吗？你现在还是我的打工仔吗？宋正平，当初你生病，我严某人垫支药费。你大病初愈，我想让你发展，让你组织一个建筑队，可你却挖我的墙角。赵杰、张康他们原先都是我公司的骨干力量，你和他们谈理想，讲薪酬，用这种雕虫小技诱惑他们。你说要把他们带到天堂，其实是把他们送进了地狱。人可不能光想着挣钱，更应该注重生命安全。"

"严总，我知道了。您帮帮我吧！"说完，宋正平竟跪在严鸿宾的面前。

"宋正平，你这是干吗？你起来，该干什么干什么去，在这里你是磨蹭不出啥名堂的。"

宋正平跪在那儿一动不动。

"宋正平，你走吧。你不走，我可走了。"严鸿宾几乎是恼羞成怒。无奈的宋正平只好从地上爬起来抹泪而去。

"哥，明天他们就要到了，怎么安排呀？"范玉林问。

"唉，我有啥办法。"

"我看这样，明天我去牛莉家，跟她说说，先让那些家属住他们家，过一天算一天吧。"

"不行，那些家属来了肯定会哀号一片，牛莉他们家本是清白人家，怎么会容忍这样的事。"宋正平的头摇得像拨浪鼓似的。

"那怎么办？这不行，那也不行，难道这大活人能叫尿憋死？咱们能忍心让他们风餐露宿？"范玉林耐不住性子了，可看着哥那忧伤的样子，心里也是一阵阵的难受。"这样吧，明天死伤者家属来了就安排在我的养猪场内吧。"

宋正平看着范玉林，动情地说："玉林，哥拖累你了，就是哥给你当牛做马也难报答此情。"

"哥，瞎说啥呀！就这么办吧。"宋正平点点头。

第二天一大早范玉林就跑到养猪场安排此事。赵杰的妻子领着两个年幼的孩子出现了，张康年迈的父母也来了。年少丧父，白发人送黑发人，那凄惨的哭声让天地都为之动容。

伤者的家属很快就回去了，最难办的是赵杰和张康的赔款。双方的家属提出十万赔偿金的要求确实让宋正平心有余而力不足。

"漫天要价，这简直是讹诈。"

"玉林，到外面千万不能这么说，多伤感情呀！好言一句三冬暖嘛。"

"是，哥，我错了。可赔这么多钱上哪弄去？咱又不能屙金尿银，偷抢扒窃。"

"我知道，人是会想办法的，只要肯动脑筋，方法总比困难多。"别看宋正平在人前显得沉稳和淡定，在人后那可是抓耳挠腮、心急火燎。范玉林为了哥哥，把自己场里的那点儿家当都抖搂出来，仍旧是捉襟见肘、杯水车薪。

宋正平把招待伤亡者家属的事扔给弟弟范玉林，自己瞒着他人去血站卖血换得四百元人民币。宋正平怀揣四百元人民币去了商场，买了些高档女用商品，叫上辆出租车径直向严鸿宾家驶去。

新开发的居民区一派繁华，高楼林立，绿树掩映。卧在绿树丛中的栋栋别墅中西合璧，雕梁画栋，飞檐悬阁。宋正平无心观赏这碧瓦朱甍的胜景，而是在盘算如何面见女主人。

他按响门铃，女佣打开院门，把宋正平引至客厅。那客厅宽敞明亮，足足有五十平方米。现代的家具，考究的摆设，显得气派豪华。

"你坐，我去叫老板娘。"女佣走后，宋正平放下物品，一屁股坐在沙发上，心里默默地念叨：谋事在人，成事在天。

一阵儿高跟皮鞋踏地发出的清脆声从楼上传出，宋正平心里扑通乱跳，他不知自己此行的目的能否达到，心几乎悬在嗓门。

从楼上走下一位约三十出头的女人，袅袅身段娉婷玉立，娇娇容颜明眸皓齿，举止优雅翩若惊鸿。她长发挽髻，蝴蝶般地亭立在后脑勺上。一套黑色连衣裙，领低至胸，上露双乳峰谷；裙底覆臀，下裸两条玉腿。好一个时尚又美丽的女人！宋正平赶紧起身相迎："夏姐，打扰你了。"

"坐，坐。我说谁呢？原来是宋老板。"

"夏姐，别寒碜我了。我现在咋还敢称老板，就是一个流浪街头的乞丐。"

"话不能这么说，谁没有个三差五错的呢。"

"夏姐，你听说了？"

"听说了。"

"夏姐，这是我给你买的。"宋正平说着把自己买的礼品递了上去。

"你现在正缺钱，买这些东西干吗？"那个年轻貌美的女人瞟了一眼，让佣人收了起来。两人在客厅边饮茶边叙谈，宋正平老是不好意思开口。

"老板娘，晚饭……"女佣开始做晚饭了。

"多做点儿，再做几个菜，宋老板吃了饭再走。"

"不，不，夏姐，我还有事呢。"

"有事也得吃饭吧，再说了，既来之则安之嘛。"

"夏姐，严总他……"

"一个暴发户，弄了几个钱就不知道天高地厚，慌得不知怎么使唤。外面三妻四妾，这个家连个旅馆都不如。"女人说完叹了一声。

这个女人叫夏曦，前年严鸿宾和自己的结发妻子离了婚，才把夏曦娶进门，去年底她生了一个男孩儿。

两人说得很投机，宋正平看时机差不多就把来意说明："夏姐，我想请你在严总面前说句话，能不能把我的工程款提前结算了。"

夏曦一瞪眼说："跟他说也等于白说，你还不如另想办法呢。"

"夏姐，有办法我能来麻烦你吗？"宋正平那无奈的语气和哀求的目光让夏曦动了恻隐之心。

"让我想想。唉！宋老板你急需多少？"

"二十万，二十万。"宋正平唯恐夏曦听不清楚，连说了两遍。时间飞快地流逝，已是夜里十点多钟，钱的事情仍未有着落。女佣穿着睡衣抱着啼哭的幼儿叫夏曦上楼喂乳。客厅里仅剩下宋正平一个人，他沉浸在一个痛苦而无助的世界里。好一会儿，楼上的夏曦从楼上下来对宋正平说："宋老板，到我卧室来。"夏曦那温情的语言让宋正平有所迟疑，看着她上楼的倩影，宋正平的心里还是豁亮了许多。

卧室笼罩在粉红色的迷幻般的灯光里，席梦思床上躺着的夏曦光露着上身仰面躺着，披开的秀发落在枕头上，清秀而俊俏的脸蛋在微红的灯光中楚楚动人。那白皙光洁而又圆润的细颈，那高高隆起的双峰沐浴在柔和的光亮中美艳无穷，犹如刚出水的芙蓉……

宋正平侧卧在夏曦的身边，用鼻孔深吸着她口中吐出的兰花般的气息。他一只手托着下颌，目光不断地在那美丽的裸体上移动，含情脉脉的眼神隐藏着丝丝忧伤。

夏曦慢慢睁开双眼，看着宋正平那张俊美的脸庞，心里荡漾起此起彼伏的阵阵涟漪。他不再沉默，抽回托腮的右手，伸出右臂从她那嫩藕般的脖颈下穿过，然后一侧身，出左臂揽住那白绵绵的小腹。这时，床内的小娃娃突然哭叫起来。宋正平十分尴尬，刚爬上去的他又很快爬了下来。夏曦侧身用乳头塞住啼哭的小娃娃的嘴巴。

175

懊丧的宋正平坐起来，然后又移到床沿的另一头。夏曦用一只手拽起抖落在一旁的被单盖在自己白玉般的裸体上。宋正平顿时情绪低落，慵懒的身体变得有气无力。他用呆滞的目光环视四周，发现自己的旁边平放着一只玉笋般的嫩足，脚面朝下，脚心向上。圆圆的脚跟，浅浅的脚心发出粉红色的光彩，略微隆起的脚掌纹细如丝，齐斜的脚趾晶莹剔透。宋正平的情欲再次被激起，他伸手按住那只奇巧玲珑的玉足，捧起放在自己的膝盖上，玩弄于双掌之中。他偷眼看看夏曦，见她有了新的反应。他把她的那只脚往前拉了拉，可叹这只玉足太沉，竟没有拉动。

　　宋正平又一次感到失望。就在这时，夏曦把自己的身子往下侧了侧，把握在宋正平手中的那只脚往外延伸。处在身体下侧腿上的被单滑落下来，一条柔美的玉腿横亘在宋正平的大腿上，那只白嫩玲珑的美足玉笋般地高高翘在空中。这条美腿圆润而修长，白嫩而细腻，光洁而柔和。他俯下上身，伸长脖子，吐出粉红的舌尖从脚尖开始向大腿根部舔去，好像在小心翼翼地品尝一道珍肴……

　　宋正平的汗珠落在夏曦的腿上。夏曦感觉到了，她扭头看了看宋正平，只见他的额头上沁出许许多多的汗珠。她怜悯之心跃动，挪动着被宋正平抱住的右腿和小娃含住乳头的躯体，从床头柜里拿出一张纸条递了过去。

　　"宋老板，这些天急坏了吧。别勉强自己，注意一下自己的身体。这张存单上有二十五万，你先用着。"夏曦说着，把自己的右腿从宋正平的怀里抽回，递上银行的存单。满脸冒着虚汗的宋正平双手接过存单，嘴里不住地说："谢谢夏姐，你的大恩大德宋正平没齿难忘。"

　　宋正平迷迷糊糊回到家，范玉林说："哥，今天你到哪去了？三更半夜才回来，让人担心死了。"宋正平没有回答，一头倒在床上就昏了过去。范玉林怀抱宋正平，嘴里不断地叫喊："哥哥，你怎么了？"他看着面色煞白的哥哥，心里一阵儿难受，顿时泪水涟涟。好一会儿，躺在范玉林怀里的宋正平睁开双目，看见了满面泪痕的范玉林。他抬右手轻轻拭去范玉林脸上的泪珠说："玉林，哥没事的，就是太疲倦了，想睡觉。"范玉林看着消瘦的正平哥，点点头。

　　"玉林，今天去医院了吗？"

　　"去了。"

　　"怎么样？"

　　"还可以，哥，你休息吧。"宋正平躺在弟弟范玉林的怀抱里，睡得真香呀！

　　当宋正平一觉醒来的时候，天早已大亮，外面的集市人声喧哗。他的头还被范玉林拥抱在怀里，他用手掰开范玉林的胳膊，把他弄醒。

"哥，多睡一会儿吧。"

"你睡，我去医院看看伤员怎么样?"

"不用了，我昨天在医院把药费都安排好了。"

"玉林，你在哪借的钱?"

"哥，我把猪场的种猪都卖了，足够他们的治疗费用了。"

"玉林，哥连累你了。"

"哥，告诉你一个好消息，赵杰和张康的家属同意六万元的赔偿金了。"

"谁在中间做的工作。"

"反正有好多人。"

"不行，千万不行。他们要求十万元一个子也不能少。再苦、再累、再难，也不能让他们既伤心又寒心。"

"哥，钱的问题解决了吗?"宋正平点点头。

中午，宋正平和范玉林把两个死者家属请到一个大酒店，大伙围坐在一个大圆桌旁，宋正平先表示歉意。他接下来说道:"婶子、叔叔、哥哥、嫂嫂，你们好。你们的要求，我宋正平会尽力满足的。"他边说边斟满两杯酒，站起对大伙说，"请各位起立，咱们把这两杯酒先敬给赵杰和张康两位哥哥，让他们一路走好。"大伙起立，整个房间肃穆无声。宋正平双手端起两杯酒洒在屋内的地板上，他边洒边说:"两位哥哥，咱们从穷乡僻壤的农村来到这里相聚在一起，发誓要改变自己的命运，过上与城里人一样的生活，找到做人的平等与自尊。我们带着乡下人那特有的吃苦耐劳、忍辱负重的品格，希望能成就我们的事业和梦想，彻底改变父辈那'一条耕牛三亩田，老婆孩娃热炕头'的思想状况;彻底改变父辈那'日出而作，日落而息，面朝黄土背朝天'的生产状况;彻底改变父辈那'有屋防风雨，有衣御严寒，有饭填肚皮'的生活状况;彻底改变父辈那'生死有命，富贵在天'的陈旧思维。我们畅想未来的成功和荣光，带着荣耀和光华回到家乡，告慰祖宗，光耀门庭。没想到两位哥哥因车祸而命丧于此，撇下高堂父母、膝下儿女，独自踏上去往天堂之路。想到此，我的心里就像针扎一样难受。"宋正平悲情难控，和桌旁的众人哭成一片。范玉林红着双眼，两手扶住哥的肩头，哽咽着说:"哥，哥，你这样还让不让大家吃饭了。"

赵杰的弟弟赵信走到宋正平身边，拉住他的手说:"宋老板忠义至信，必能成就大事，我想留下来跟着宋老板干。"赵信的话刚落音，他爱人接上话茬儿:"赵信，咱是乡下人，在家种地是本分。老祖宗这么多年都熬了下来，难道就你活不成了?现在虽说公粮、提留多了点儿，那是千家压万家，不是咱一家。再说了，我不想让你跟赵杰一样，钱没有挣到，却把小命丢在这里，

177

好好一个大活人变成一把灰。"

"你，你……"赵信板着脸，怒视着妻子。

"赵信，冲动是魔鬼。嫂子是个有见识的人，她说得对，凡事需三思而后行。"范玉林劝解着，生怕在这节骨眼上再惹出个是是非非。

"大家坐下，大家坐下。"宋正平招呼大家坐好后从手提包里拿出两张支票来。

"这是两张支票，每张十万元。你们要是带钱，就把钱取出来。想安全，就带支票回去吧。"宋正平说完，大伙用诧异的目光看着他。

"宋老板，不是说好六万吗?"

"不，要不满足你们的要求，我宋正平昼不能食，夜不能寐，一辈子都不会安心。"

"宋老板真是好人，宋老板真是大好人。你可比那鸿运集团的老板强多了。"

"不是强多了。他们根本就不是一类人。鸿运集团的老板见过咱一次吗?他们给咱一口水、一碗饭、一分钱、一句有良心的话吗?"

"我看那才不是鸿运集团，而是厄运集团吧。"大伙七嘴八舌，暂时忘却了悲伤，边吃边聊。

送走了死者的家属，晚上范玉林拉着宋正平去了一家 KTV 包间。

"哥，心里放松些，这些天看你瘦的，过去的事就让它过去吧，吼两声。"

"玉林，你唱吧，我没这份心情。"

"哥，你唱呀!"范玉林一手把话筒递给宋正平，一手轻轻地推着宋正平的肩头。

"我确实不想唱，玉林你唱我听着。"范玉林见正平哥确实不想唱歌，自己就开始哼唱起来：淮河的汉子哟，淮河水养大，再难再累不叫苦，勇往直前不回头。淮河的汉子哟，淮河水养大，不怕天来不怕地，风风火火闯天下。淮河的汉子哟，就是咱哥俩，命运多舛又多险，刀山火海咱不怕。

范玉林唱完一曲之后，转了韵律，接着又唱道：古老的淮河有条船，船上有两个儿男，扬起风帆击恶浪，闯过道道险关。古老的淮河有条船，船上有两个儿男，荆棘丛生多艰难，有泪莫轻弹。

范玉林的歌声停下来，耳边有人在低泣。他转过身一看，是正平哥坐在后面的沙发上掩面悲泣。

"哥——"范玉林扔下手中的话筒，直扑上去，把宋正平紧紧拥抱在怀里。

第七章

团　聚

　　两年过去了，宋正平和范玉林这哥俩的事业一帆风顺，蒸蒸日上。宋正平的建筑队也注册成"诚信建筑公司"，不仅涉及城市的公共建设，也进入到房地产领域。这俩小子再也不是泥腿子和打工仔，而是实至名归的企业家。

　　范玉林刚处理完手中的活儿，想下班回去。牛莉从外面进到他的办公室对他说："范大老板，想走哇。"

　　"牛莉，你有什么事吗?"

　　"怎么没事我就不能来呀！我连来看看我自个儿的男朋友都不能哟? 范玉林我来看看你，这算不算是有事呀?"

　　"算，算。"范玉林很热情地把牛莉让到沙发上。他接着问牛莉："牛莉，你有啥事就直说吧。"

　　"玉林，今晚我想让你请我吃顿饭，咱俩说说挣钱以外的事行吗?"

　　"我今晚约了个客户，没有时间。"

　　"没时间，没时间。难道你真的钻到钱眼儿里不能自拔，成了名副其实的'赚钱迷'，什么也顾不上了是不是?"

　　"不是，不是。"

　　"玉林，咱们定亲两三年，我都成咱村的老姑娘了，难道你挣钱……"

　　"牛莉，我不是跟你说过，等咱哥找好了对象，我和哥在武汉市最好的小区买上两套房子，咱们一块举行婚礼，到那时还把我爸妈接过来。"

　　"等，等，等。你就知道等。难道等到我人老珠黄吗? 我要是成了黄脸婆也不知道你认不认我们之间的婚事了?"

179

"牛莉，你把我看得那么坏吗？走，我送你回去。"范玉林说着拉起牛莉的手，把她从沙发上拉起来。牛莉随范玉林坐上小汽车，一溜烟出了门。范玉林把牛莉送回家，自己开车到了他和宋正平的出租房。他见宋正平还没有回来，就拨通了宋正平的手机号码。

"喂，哥。这么晚了你咋还没下班呀？"

"下班了，我是在陪客人吃饭呢。你要没吃，就到街上随便吃点儿吧。"

"你在哪陪客人吃饭，我去找你。"

"玉林，你别来，我和董叔、刘婶还有晶晶一块呢。"宋正平说完，听听手机没有了信号，一看弟弟已经挂了手机，他也把手机挂了。

再说宋正平在下午四点钟接到董工的一个电话，让他晚上一定要到家做客，并且有很重要的事情跟他商量。宋正平哪敢怠慢，董工是何许人也，那是自己公司的擎天柱。宋正平提前下班，开着自己的小汽车直奔董家而来。他停下车，急匆匆朝楼上奔去，那上楼踏楼梯的步伐也和从前不一样，每一步走得都是那样坚实有力，充满了自信。

宋正平在门上轻轻地敲了两下，很快屋内有了反应。门被打开，宋正平惊叹了一声："哎呀，这不年不节的，董老师怎么在家呀！"

"宋老板，你这是批评我不该回来是吧？"此时，董工夫人刘芳也迎了出来，娘俩把宋正平让进客厅。

"伯母，董叔找我是不是有事呀？"

"是的，是的。晶晶你陪宋老板聊一会儿，妈去做饭。"

宋正平连忙站起身，拦住刘芳说："伯母，你就别麻烦了，等董叔回来咱们一块去酒店。"

"呀，士别三日，当刮目相看，宋老板现在是有身份、有地位的人了，你是嫌我妈做得不好，还是嫌咱家不够档次呀？"

"不是，不是。晶晶老师今天回来，就算我请你，让董叔和伯母作陪可以吧？"

门被推开，董工从外面走了进来。董工一眼瞧见宋正平，还没有跟宋正平打招呼就朝夫人刘芳嚷道："刘芳，啰唆啥？赶快做饭去。"

"爸，宋老板不让妈做饭，他今晚非要请咱们去酒店。"

"去，你起啥哄。"董文松瞪了闺女一眼。

宋正平哈哈一笑说："董叔，真的。今晚我请你们全家。"

"宋老板，本来今晚是我请你有事。"董文松显得不好意思。

"走吧，伯母、晶晶。"宋正平边说边拉着董文松的手。四人下了楼，坐上宋正平的小车，飞一般地向市区驶去。

就餐时，董文松对宋正平说："宋老板，我今晚找你还真的有事。"

看到董文松闪烁其词，宋正平说："董叔，你有啥事尽管说，别不好意思，只要我能做到，一定帮忙。"

"宋老板，晶晶不想在乡下教书，现在调回城又不简单，想到你公司先工作一段时间。不知你啥意见？"

宋正平一听，立刻瞪大眼睛，他几乎不相信自己的耳朵，愣了半天才对董文松说："董叔，你弄错了吧，晶晶到我公司？"

"怎么，宋老板不想要我哟？"没等父亲回话，董晶晶抢先问话，并睁着明亮的双眸看着宋正平。

"哪里，哪里。我是做梦也没想到，刚才董叔说我还以为弄错了呢。晶晶老师到我们公司，那可是我们公司的第一位国家名牌大学生。我们这个小庙能有你这个大菩萨光临倍感荣幸呀！"

"哎，你不会在推辞吧？"

"不是，不是。"

"那赌个咒。"

"谁要不是真心要晶晶老师，就天打五雷轰。"宋正平此话一出便觉不妥，想改口已经来不及，弄得董晶晶满脸泛红，宋正平自己也是脸红脖子粗。

"好了，好了。都怨晶晶，就是一个疯丫头。宋老板，要是晶晶去了你公司可要担当点儿。"刘芳在一旁打着圆场。晶晶趴在桌上吃吃地笑着。

"整天疯来疯去，没个正经样儿。明天到了公司，宋老板该说就说，该批评就批评。我们两口子不会护短。"董文松责备着女儿。

"宋老板，你给晶晶安排个啥工作呢？"

"婶，我公司的活儿就让晶晶老师随便拣，愿意干啥就干啥。晶晶老师，你什么时候上班呢？"

"就明天吧。"董晶晶回答得干脆果断。

"一言为定。"

吃过饭，宋正平开车要送董文松一家回去。董晶晶说："爸，我看你和妈步行回去吧，这离家也不远，就当是散步。我想坐宋老板的车逛一逛武汉，看看武汉的夜景。"

"鬼丫头，逛什么武汉看夜景，让宋老板回去休息。再说了你本身就是武汉人，还不了解武汉？"

"爸，我知道的是过去的武汉，这几年我被发配到乡下，对武汉真的陌生了。"

"好了，别说了，我跟你爸步行，让宋老板带你看看现在这个现代化的武汉。"刘芳帮助闺女说话。看着女儿坐上宋正平的车子离去，刘芳拍拍丈夫的肩头说："傻子，你没看出来咱晶晶对宋老板有那个意思？"董文松耸了耸肩膀，微笑着说："真没看出来。"

宋正平开着车，带着董晶晶看了一个又一个新景点。董晶晶显得很兴奋，她歪着头对宋正平说："宋老板，没想到你比我这个生在武汉长在武汉的人更了解武汉。看来我真的是落伍了。"

"晶晶老师，你是在讥笑我还是在夸赞我？"

"别一口一个老师的，我不爱听。从明天起再叫我老师，我就跟你翻脸。我不是老师，就是诚信建筑公司的一名员工。"

"我不喊你老师，喊你什么呢？妹妹，同志？"

"你随便，除了老师想喊什么就喊什么。哎，宋老板，你一个普普通通的打工仔怎么能闯出这么大的事业呢？"还没等宋正平回话，他的手机响了起来。接完电话，旁边的董晶晶问："谁打的？"

"我弟弟。"

"噢，听说过你弟弟。他叫什么名字？"

"范玉林。"

"他也是个很有能耐的人。"

"是的。他现在有一个有几千头猪的养猪场，还有一个饲料厂。"

"我还听说他女朋友谈好了，是武汉人。"

"是的，晶晶同志，你怎么知道得这么多，是私家侦探吗？"

"不是，因为你哥俩是名人呗。"

宋正平一阵儿大笑，说："啥名人，是你这样的知识分子瞎吹嘘的吧。"

"宋老板，你弟弟的女朋友谈好了，你呢？"

"八字还没一撇呢。"

"你骗人，像你这样的老板，身边还不是美女如云。"

"还如云呢，像你这样的有一个就烧高香了。"

"那我给你介绍一个。"

"行，到时候我请你吃喜糖。"

"不知道宋老板能不能看中？"

"我又没有看过，现在就问我能不能看中，有些为时过早吧？"

"你看过，绝对看过。"董晶晶边说边含情脉脉地看着正在专注开车的宋正平，然后头一侧靠在他的右肩上。

"晶晶，你可别跟我开玩笑。"宋正平的声音都颤抖了。

宋正平回到家，开门进屋，心里仍然怦怦直跳。说实话宋正平着实没有想到，今晚的董晶晶给了他一个大惊喜。

"哥，你怎么才回来，真让人担心。"

"担心什么？哥一个大男人让你担心啥？"

"担心你的安全呗。"范玉林怀拥着宋正平，像是拥抱自己的女人倒在床上。

"哥，有点儿事想跟你说。"

"啥事，尽管说。"范玉林就把牛莉找他的事说了一遍。宋正平说："玉林，我先给你买一套房子，等装修好了再定日子，怎么样？"

"不，应该买两套，咱哥俩一人一套。"

"行！就按你说的办。"

"不行，还是先买一套，一室一厅一卫即行。"

"玉林，你啥时这样出尔反尔。一会儿一套，一会儿两套。再说了买这么小的房子干吗？哥买大房子是送给你和牛莉结婚的贺礼。"

"哥，你不按我的要求买，就是送给我，我也不要。"

"行，就按你的要求买，玉林快睡吧，明天还工作呢。"范玉林抱着宋正平就是不松手。他附在宋正平的耳边说："哥，这事要快，最好明天就买，越快越好，三天买好，二十天装好，有难处吗？"

"行，不会耽误你洞房花烛夜。"宋正平说完，假装睡着了，其实是闭着双目浮想联翩。董晶晶那一言一行、一举一动、一笑一颦都在他的心中回放。

第二天，宋正平早早起来，穿衣、刷牙、洗脸快速而敏捷。宋正平走到车前，开门、发动、启程一气呵成，直奔董晶晶家而去。到了董晶晶家所在的小区门口见时间还早，他就在旁边的小餐馆吃了点儿早餐，然后就去董晶晶的家。宋正平轻轻地敲击着那扇门，急切的心情欲穿透那扇门板，他很想看看今天董晶晶的模样。刘芳打开门，还没来得及说话，宋正平就迫不及待地说："伯母，我是来接晶晶上班的。"

"哎呀！晶晶走了。"刘芳此言一出，让宋正平一下子没了情绪，刚才的那股热情劲儿一下子凉了下来。

"伯母，她去哪了？"

"去你公司了。"宋正平刚刚凉下的心又热了起来，转瞬间让宋正平经历了从希望到失望、失望到希望的往复。宋正平向刘芳告辞，开车向公司驶去。早晨的武汉沐浴在灿烂的朝霞中像被镀上了一层金色。宋正平透过车前的玻璃看见公司大楼门前站着一位亭亭玉立的姑娘，在她的身上放射出可以与霞光媲美的光华。宋正平一眼就认出她就是董晶晶，悬着的心落了下来，整个身体里充满着激情。

"晶晶，你来得这么早？"宋正平一下车就冲到董晶晶的面前。

"宋老板，早上好！"董晶晶一本正经地说。

"好了晶晶，别逗我了。晶晶，你是真心来我公司上班吗？"

"怎么，你怀疑我的真诚？"

"不是，我总觉得……总觉得……"

"总觉得我是逗你玩的？"董晶晶说着笑了起来。那笑声就是最美的银铃，最动人的乐曲。

"晶晶，你想做什么工作？"

"你随便安排，和泥、抬砖、拎灰桶都可以。"

"不行，不行。让你干那些粗活，我宋正平那才叫'乌龟吃大麦'呢。"

"啥意思？"

"活糟蹋。"

"看你说的话多粗哇。"

"是，下次改。晶晶，你就做我的秘书吧。"

"不行，难听死了。"董晶晶不同意，不断地摆着双手。

"晶晶你改吧，你改啥就叫啥。"

"那你听我的？"

"是。"

"就叫办公室主任。"

"行，董主任。"

上班后，宋正平召开了公司行政办公人员的会议。他当众宣布董晶晶任公司办公室主任，随后发出来一阵阵热烈的掌声。会后大伙把宋正平围在中间，对宋正平说："老板，你从哪聘请了这么漂亮的姑娘做我们的主任，是让我们饱饱眼福，还是为提振士气呀？"

"胡扯，你没看到宋老板和董主任是天生的一对呀。"

"别胡扯，刚才忘了跟大家讲了。董主任就是咱们公司董工的女儿。"众人不觉惊愕。

一个月后，宋正平对范玉林说："玉林，下午下班后，咱们哥俩去春苑小区看房子，如果你满意，咱们……"

"行，哥，谢谢你了。"范玉林可高兴了。夜幕刚刚拉开，春苑小区的一个单元门口停了两辆小车。宋正平拉着范玉林径直朝三楼走去，宋正平打开房门对范玉林说："玉林，你看还满意吗？"范玉林扫视一下四周说："哥办的，我咋能不满意，再说了，哥对房产这块可是专业人士。"听了范玉林的夸奖，宋正平的心里挺舒服的。

"哥，今晚我请你。"看到范玉林高兴的样子，宋正平一口就答应了下来。在一家酒店的包间内，哥俩对面坐着，范玉林端着酒杯双目含情地看着宋正平。

"玉林，你今晚怎么了?"

"我想跟哥喝上三杯。"

"行。"宋正平端起酒杯，一饮而尽。范玉林也是痛快地喝了满满一杯，又给哥斟满。

"哥，你说咱哥俩喝的第一杯酒叫什么?"

"叫什么? 你说呀!"宋正平微笑着说。

"叫'真爱如一'。"

"那这第二杯酒叫什么?"

"叫'终生不悔'。"

宋正平听后，端起酒杯又是一饮而尽。范玉林干完第二杯，又将二人杯中的酒斟满。

"玉林，这第三杯叫什么?"

"生死不离。"

"玉林，你少一点儿吧。"宋正平知道玉林酒量不行，就劝道。

"不能少，这不是在喝酒，是在铭志，这是我的誓言。"宋正平端起酒杯和范玉林的酒杯碰在一起说: "玉林，这世上没有什么力量能将我们哥俩分开。"尔后二人畅饮完第三杯酒。

"玉林，咱哥俩不喝了，行吗?"

"哥，我还有话想对你说。"

"玉林，有啥你尽管说吧，哥听你的。今晚你叫哥头朝东，哥绝不会头朝西。"

"哥，我想和你结婚。"

"玉林，你说啥呢! 小声点儿……"

"哥，这里没有人，只有咱哥俩。哥，咱们今晚结婚吧，这顿饭就算是咱哥俩自己喝自己的喜酒。"

"玉林，小声点儿。"

"哥，看把你吓的。咱哥俩的事就那么见不得人吗?"

"玉林，咱们吃饭吧。吃过饭我们回去，哥啥都听你的。"宋正平把头伸出好长，轻轻地对范玉林说。范玉林点了点头。饭后，开车离去，范玉林在前面，宋正平跟在后面。范玉林在一家喜庆商店门口停下来，买了件东西上了车径直朝春苑小区驶去。哥俩一前一后把车停放在新楼下。宋正平对范玉林说："玉林，咱们回去，明天再来行吗？"

"不行，哥。"宋正平只好在范玉林后面跟着。新房的门被宋正平打开。范玉林双手举过头顶对宋正平说："哥，这里好温馨哟。"宋正平看着兴奋不已的弟弟，心里甚是满意。范玉林把刚才在喜庆店购买的大红"囍"字张贴在雪白的墙壁上，陡然间房间内的喜气扑面而来。

"哥，进来看看，你进来看看。"听到玉林弟弟的叫声，宋正平走进卧室问："玉林，你这是干什么？"

"哥，今晚是咱哥俩的大喜之夜，让我们共度这个美好的时刻吧！"

"玉林，你……"宋正平说了半截的话又咽了回去。

"哥，这是咱哥俩的新房，不是我和牛莉的。这里将是世外桃源，是我们自由相爱的乐园，是我们共同的家。"宋正平似乎明白了范玉林的一片真情和苦心。范玉林情不自禁把宋正平放在崭新的席梦思床上，然后将宋正平的衣服全部脱去，又把赤裸裸的宋正平抱进卫生间那个白玉般的大浴缸里。躺在温水中的宋正平看着玉林弟认真地给自己洗着身子，他的额头上都沁出了粒粒汗珠。他用手抚摸着范玉林的头说："玉林，你累了，我自己洗。"

"不，正平哥你躺好，别动。"

"玉林，你都把我洗了好几遍了，我就是一个泥人也让你洗干净了。"

"哥，我是在洗，也是在看，同时也在记。我要哥身体上的每一寸肌肤、每一根神经、每一块骨骼都看在眼里，记在脑海里，铭刻在心里。"

"我能让你爱得那么深吗？看你累得都出汗了。"

"这还用问，我身上流出的不是汗，是幸福，是快乐。"

"玉林，你拿刀把我杀了，然后把我吃掉吧。我感觉你对我的爱太深了，我都不知道该怎么报答。"宋正平说话中带着哽咽。

"哥，你怎么这样说，难道讨厌我不成？"

"玉林，你看我讨厌你吗？我说的是掏心窝子的话。"

范玉林搂着宋正平睡在那个宽大的席梦思床上。范玉林说："正平哥，你不是讲有话对我说吗？"

"哥今晚不想说。"

"为啥？"

"因为今晚是我们大喜的日子。"

"哥，正因为今晚是我们大喜的日子，你更应该有话尽管说。"

"玉林，你让我说，可我说出来你千万不能生气哟。"

"不会的，我绝不会的。哥，你尽管说吧。"

186

"玉林，哥有女朋友了。"

"真的，你咋不早点儿告诉我？"

"不是怕你生气嘛。"

"哥，你不是怕我生气，而是怕我吃醋吧，对不对？"宋正平没有说话，范玉林接着说，"哥，我想和你商量件事。"

"啥事？"

"哥，你能把我和牛莉的房子跟你们买在一起吗？"

"那还用说。玉林，你是怕我们结婚以后，和我见面的机会少了是不是？"

"是。"

"咱们这不是有房子吗，到时候你什么时候想哥，哥什么时候就到，还不行吗？"

"哥，有你这句话我就放心了。"

"玉林，你想在哪买房？"

"我想离我们这远点儿，越远越好。"

"总不能离开武汉市去外地吧。"

"那倒不是。"

"玉林，你明天有没有空带牛莉一起，咱们去看房？"

"别急，等我们度完这个蜜月吧。"

"好，玉林。哥这个月一定陪你好好地度一个蜜月。"听了宋正平的话，范玉林把宋正平搂得更紧了。

"哥，你女朋友姓啥，叫啥呀？"

"嗯，她姓董，叫董晶晶，是我们公司董工的女儿。"

"董工，我认识。"

"他女儿你认识吗？"

"不认识。不过她一定很漂亮，像天上的星星一样明。"

"玉林，你又胡诌。"

"我才不胡诌呢，没有仙女般的美貌怎能配得上我这个俊美的哥哥。"

"我让你胡说，我让你胡说。"宋正平用手摸着范玉林的腋窝，弄得他咯咯地笑起来。

一个月后，范玉林坐在老板椅上，拨通牛莉的电话："喂，牛莉。你在哪，我马上开车去接你。"范玉林挂了电话，开车直奔牛莉家。小车到后，牛莉从屋里迎出来："哎呀！今天太阳怎么从西边出来了？"

"牛莉，上车。"牛莉妈还在招呼范玉林进屋，可牛莉已经被范玉林拉进车。范玉林从车窗伸出个脑瓜对牛莉妈说:"牛婶,进屋去吧,我找牛莉有点儿事。"说完,他发动车子,冒着一股青烟而去。牛莉妈看着远去的车子,摇着头,自言自语地说道:"年轻人,这些年轻人……"范玉林的车子径直往市区的大商场开去。牛莉问:"玉林,你今天有啥事? 火急火燎的。"

"好事! 喜事!"看着范玉林那张笑脸,牛莉想肯定是桩大好事。范玉林把车子停在商厦前的停车场内,转过头对牛莉说:"牛莉,我今天到这儿给你买套衣服,必须是最时髦的、最流行的。价钱嘛,你就别管了,有我埋单。"

"范老板,你今天拾到大钱了是不是? 出手这么大方。整天攥着的手今天咋舍得松开了?"

"牛莉我告诉你,我哥有女朋友了。我早就跟你说过,等哥有了对象,咱们一块结婚。昨天哥对我说,他今天晚上带上女朋友请咱们吃饭。"

"嘿,你哥带女朋友请咱们吃饭,你给我买什么衣服,还要最时髦、最流行的? 范玉林你发什么癫哪!"

"哎,你知道我哥的女朋友是谁吗?"

"谁呀?"

"董晶晶。"

"我以为是董文华呢! 董晶晶是谁呀? 我不认识。"

"董晶晶是董工程师的女儿,武大毕业,还当过教师,人家才是真正的武汉人,不同一般。"

"噢,我明白了。你是怕我们见了面,显得土里土气的,多丢面子是不是?"

"是,知我者,牛莉也。"

"别之乎者也的,假斯文。自己一个乡巴佬还嫌人家土。"

范玉林笑着说:"咱都土,可现在得洋气,至少也得是一个土洋结合,不能全土。是不是?"牛莉朝范玉林莞尔一笑,随手打开车门,范玉林也随之下车,二人并肩步入商厦。

夜幕下的大武汉矗立在长江两岸,灯火璀璨。水中倒映着灯火,灯火下反射着波光。灯火和波光交相辉映,异常地壮观和美丽。处在和平街的粉红色外墙的汉江大酒店,楼顶彩灯炫目,犹如头戴明珠桂冠,在闪烁的灯光中像一位雍容华丽的贵妃,翘首笑迎八方宾朋。俊男靓女、达官贵人往返其中。范玉林把车子停下来,催促牛莉下车。他刚下车一眼就看见宋正平的车子,高兴地拉起牛莉的手说:"牛莉,快进去,咱哥已经到了,他肯定在等着咱们呢。"范玉林牵着牛莉的手,走进了那个气派的玻璃旋转大门,屋内的装饰更是富丽堂皇。牛莉瞪大眼睛问："玉林，你们常来这吗？这得花多少钱？"

"你以为我是百万富翁，是大款哟！常来这谁能受得了。"两人说着，正朝楼上走去，迎面碰上从楼上下来的宋正平。

宋正平说："你俩再不来，我就打电话给牛莉了。"

"哥，嫂子来了吗？"

"玉林，你可别叫嫂子，这'八'字还没一撇呢。"

"看哥谨慎的，这'八'字有了一撇，不就成了一半。再说凭哥的才能和人品，就是省长的闺女……"

"呀！牛莉，见了面可不能这么说，否则不就是老和尚卖花——自卖自夸。"宋正平说完，三人哈哈一笑。宋正平把他们带到自己订好的房间。

范玉林刚进屋一见到董晶晶心里就咯噔一下，立刻低下头，心里寻思着：哥找了一位如此美貌的女人，往后他心里还有没有自己的位置？宋正平上前抢先一步，介绍道："玉林、牛莉，她就是董晶晶。"牛莉连忙打招呼："董小姐好！"宋正平一见范玉林低着头那副痴呆的样子，马上也乱了心思，有些不知所措。牛莉急忙上前推了范玉林一把说："哥跟你说话呢。"范玉林这才猛地醒悟过来，微笑着对董晶晶说："董小姐好！嫂子好！"

"范玉林、牛……"宋正平还想介绍，话说了一半被董晶晶截了过来。"不用介绍，他就是范玉林范老板，这位就是牛莉牛小姐。对吗？"董晶晶边说边分别指着他们两。

"是，是的，嫂子。"

"范老板，你刚才叫嫂子我都原谅了你，你再叫我可不饶你了。"董晶晶说完转过头对宋正平说，"宋老板，谁说我要嫁给你了？咱们是一般的朋友，是上下级关系，你是我老板，我是给你打工的。"

"这，这……"弄得宋正平挺不好意思。

"董小姐，那还不是迟早的事，再说了我哥决定的事一定是好事，一定能办成。今晚哥请我和牛莉来就是给你们做红人的。要是让你这样漂亮的嫂子溜走了，我哥他牙根都能咬碎，肯定要后悔一辈子。就连我们也会跟着他后悔。"

"董小姐，你看宋哥他那才叫一表人才，要是你真的放弃了，我看你心里不跟针扎似的痛哟。"

"牛莉，你这么说就不怕咱玉林兄弟生气？我看玉林弟那才叫一表人才呢！多英俊呀！"

"嫂子，范玉林谢谢你的夸奖。"

"玉林，你怎么又叫我嫂子呢？"

"嫂子，你都叫我兄弟了，我咋能不叫你嫂子呢？"

"一家人不说两家话，吃饭吃饭。"宋正平圆了场。

随后，宋正平带着董晶晶，范玉林带着牛莉，在离春苑小区约二十公里的新开发住宅区——龙凤花园，购买了两套房子。这哥俩的生意在邓小平同志发表南方讲话之后，更是蓬勃发展，真可谓是"一日千里"。宋正平和范玉林是苦尽甜来，春风得意。

一天，宋正平和范玉林躺在宽大而又舒适的席梦思床上休息。范玉林连喊了两声"哥"，却不见宋正平的回音，便用力把怀中的宋正平摇晃两下说："哥，你睡着了吗？"

"没有。"

"没有咋不回我话呢？是不是现在就想和漂亮的嫂子睡在一起？你是狗窝里放不住剩馍，迫不及待了吧？"

"玉林，别胡说，我是想妈了。"

"哥，咱不是说好了，等我们结婚以后就去找妈。"

"玉林，我想咱后天就去。"

"哥，你咋这么多的主意？"

"玉林，你能听我说吗？"

"能，如果你说得对，我肯定同意。"

"自从妈离开我们十多年，前些年咱哥俩把妈给我们的家庭搞得支离破碎，且债台高筑，咱哥俩不得不背井离乡，生活就像大海里的漂流物，没有方向和目标，只求日有三餐，夜有一宿。好在玉林弟有养猪一技，才让咱哥俩在养殖场有了栖身之地。就在那时，妈就在我心里，就在我的脑海里。我三更半夜就能见到妈的身影，隐隐约约听到妈唤'儿'的哭泣声。我时时刻刻都有一个信念：无论如何也要带着你重建一个美好的家庭，然后把妈和爸接过来，让他们安享晚年。没有想到我劫难未尽，竟然得了那么重的病，要不是你玉林弟恐怕我早就骨散架、肉成泥、魂如风，成了漂泊在外乡的野鬼。"

"哥，你别说那些不好听的。"

"是心疼吧？"

"是，哥，你说说咱哥俩找妈的事，谁叫你说些诅咒自己的话，让我听了不舒服。"

"原来是想咱哥俩结婚后去找妈。想想还是现在去好，玉林，你想想要是妈能参加咱们的婚礼，那多好哇！"

"哥，咱哥俩再要结婚，可就是第三婚了。"

"是。"

"原来，妈经常说，正平要是个女孩儿给俺玉林做媳妇多好呀！现在哥真的做了俺媳妇。"

"玉林，那是妈说着玩的，你千万不要跟妈说这事。"

"哥，你以为我是傻子，能把这事跟妈说。"停了一会范玉林又说，"哥，你说咱妈疼你真没疼错。"

"玉林，你说这话啥意思?"

"哥，原来在老家咱们那时还小，但总能把事情记清楚。妈把自己碗里好饭给你吃，我穿什么衣服，妈也给你做什么衣服，夜里我抱着妈的腿睡觉，你也要抱，我不同意，妈以为我睡着了，就从我怀里把腿抽回去伸给你。后来妈给人家做衣服，熬到半夜，脚冻得冰凉，你把妈的凉脚抱在自己的怀里。"

"玉林，你是怎么知道的?"

"你以为我睡着了，其实没有。我还听妈说，正平你别把妈脚抱在怀里，要是把你的小胃冰坏了，那可不好办。不错吧，哥?"

"玉林，你还知道什么?"

"我还知道哥在南徐给妈买了好衣服，妈骗我说，是爸爸给她买的。哥，你出门在外妈每天能念叨好几次。现在呢，哥能想着妈，说明妈没有白疼你。"

"那明天咱们把手头上的事赶紧处理一下，后天咱们一块去找妈、找爸、找玉树去。"

"行。"

宋正平想到一家人就要团聚，心情很是激动。他偎依在范玉林的怀抱里，小声地对范玉林说："玉林，把我抱紧点儿，再紧点儿。"范玉林的双臂不断地用力，几乎把二人融为一体："哥，你什么时候也没有现在这么温柔过。"

第二天的早晨，宋正平把头从范玉林的怀里伸出来，见玉林仍在熟睡之中，他推了推范玉林的肩头说："玉林，快起来，都啥时候了。"

"哥，急啥急，咱今天上午准能见到妈。"在宋正平的一再催促下，范玉林起床洗漱一番。哥俩并肩下楼，各自开着自己的小车朝武钢方向驶去。范玉林开车走在前面，宋正平开车紧随在后。哥俩的心里异常激动，那种成功的自豪感溢于言表，恨不得一下子回到妈妈的身边。范玉林走走停停，不断地向路人打听行路的方向，后面的宋正平知道玉林弟的记忆可能是有些模糊。车子打了个弯，驶进一条旧街道，前行一里多路，范玉林停了下来，从车里走了出来，他来到宋正平车窗前说："哥，下来咱哥俩再问问路吧。"宋正平下车，车子往那一停，嘿，两辆崭新锃亮的小汽车停在这条陈旧的小街上，立刻成了一道亮丽的风景，吸引了不少人的眼球。两人同时也成了这道风景中的一部分，惹得不少行人回眸驻足观看。

哥俩又上车，按路人的指点，把车子开进了一个偌大的院内。哥俩停车下来，好不容易找到家门，一拍门，屋内无人回应，二人只好悻悻地从楼上走下来。

"大叔，你知道我妈去哪儿了吗?"宋正平急切地问从外面回来的一位半百老人。

"你是谁? 我不认识你，也不认识你妈。"半百老人的回答让宋正平很是尴尬。

范玉林急忙上前："老伯，老伯，我妈叫陶素梅。"

老人摇了摇头说："不认识。"

"老伯，你认识我爸吗? 他叫范春成。"

"那你不早说。我告诉你，你们出大门往右走约五十来米，那有个菜市场，你爸你妈就在那个菜市场门口卖烧烤。"

"好了，谢谢老伯。"哥俩开着车子原路返回到刚才停车处，下车后两人找到了正在做烧烤小生意的父母。

"妈——"哥俩站在低头做烧烤的母亲面前异口同声地喊了一声。陶素梅一抬头，见到两个儿子西装革履地站在自己的面前，惊喜地大叫："正平，玉林。"两人急忙上前扶住陶素梅说道："妈，别激动，有话慢慢说。"这时，在后面招呼顾客的范春成也走了过来。范玉林忙对宋正平说："哥，咱爸过来了。"哥俩规规矩矩地站在范春成的面前叫了声："爸——"范春成认出了宋正平和范玉林，一家人的团聚让他十分高兴。

"春成，你去买点儿菜，我马上收生意，咱们回去，回去。"陶素梅高兴的心情难以掩饰。

"孩子，你娘仁在这儿，我去买菜。"范春成说完朝菜市场内走去。前来吃烧烤的人络绎不绝，陶素梅也打发不走，一拨一拨的。

"妈，你生意这么好，咋能收呢。"

"正平，不知咋的，今天的生意特别好。"看到妈忙碌的样子，哥俩不好意思打扰，只能是妈问一句，哥俩回答一句。

"素梅，你咋不收生意?"范春成手里拎着刚从菜市场买的新鲜蔬菜对陶素梅说。

"你没看见，不知咋的，今天的新老顾客都来了，咱也不好意思扫他们

192

的兴。"

"那你先回去，咱爷仨在这儿。"

"爸，我和你在这儿，让妈坐哥的车先回去。"范玉林说。

"你哥的车，在哪?"陶素梅瞪大眼睛看着范玉林和宋正平。

"妈，我有车了，玉林弟也有车了。妈，您看，那边树下停着的两辆车就是我和玉林的。"陶素梅和范春成顺着宋正平手指的方向看去，果然有两辆锃亮的小汽车。

"刚才开车路过这下来的就是你们哥俩?"陶素梅问。

"是的，妈。刚才咱哥俩到这儿，我记不清路，是下来问路的。"

"春成，刚才我说那两个人像正平和玉林，你还说我是在做梦，是想儿子想得发癫了。"

"行了，老婆子。你总不能让儿子在这等一上午吧?"

陶素梅解下腰间的围裙递给范春成说："玉林，你和爸在这，我坐你哥车回去。"临走时她还叮嘱范春成说："老范，没人你爷俩就回去，别等久了。"陶素梅坐上宋正平的车说："正平，这些年你跟玉林是在打工还是在做生意?也不给妈一点儿消息，都把妈担心死了。"

"妈，我跟玉林在家的事您都知道了?"

"知道了，我跟你爸还专门回去过。玉林那婚事是妈包办的，他们不幸福反而连累了你。"

"妈，您说哪去了，啥叫连累呀! 过去的事就让它过去吧，以后咱再也不提过去那些让人堵心的事。"

"行，妈听你的。"到了家，宋正平帮妈把菜提上楼，陶素梅打开房门，把宋正平让到屋里，三十平方米的房子显得很狭小。

"妈，这房子是……"

"是你爸在厂里分的，还行吧?"

"行，行。"

"正平，你坐那歇会儿，我做饭。"

"妈，我来做，你歇着。"宋正平边说边动手解围在妈腰间的围裙。当他拉开围裙带时，却停住了手，眼睛紧紧盯住妈妈的头。

"妈，您的头上咋有了这么多的白发?"

"妈都多大年纪了，有白发还能算稀奇?"

"妈，我给您拔拔吧。"

"不用了，正平。"

"妈，您是嫌疼吗?"

"不是，妈的白发你是拔不完的，要是真让你拔完了，妈还不成了光头女妖精。"宋正平不顾妈的反对，伸手将那根飘在妈妈头上最上面、最显眼的一根白发拔了下来。

"正平，别拔了。你要是会做饭，妈给你择菜做个帮手。"陶素梅边说边把围裙塞到宋正平的手里。

再说范玉林陪着爸爸范春成做生意边聊天，生意忙了一阵儿之后，渐渐地安静下来，父子两人围在小桌边亲切地攀谈起来。一阵儿银铃声，打断了父子两人的谈话。通话之后，范玉林对爸爸说："爸，妈叫我们回去。"

"行。"父子俩一阵儿手忙脚乱之后，把东西收好堆在那个长长的架子车上。

"爸，我给你拉吧！"

"玉林，开你的车去吧，爸自己拉。"范玉林听从父命，临走时从口袋里掏出一个黄色信封塞到爸爸的怀里说："爸，这是五千块钱，给你和妈的。"这里人来人往，熙熙攘攘。范春成也没推让，把那个里面装有五千元人民币的信封揣进自己的口袋。

在中午的餐桌上，一家人谈笑风生，其乐融融。宋正平说："爸，你退休了吗？怎么跟妈做起了生意？"

"哪是退休，是下岗了呀！"

"噢，爸，你老要是愿意，到我工地上去，给我管管工地，怎么样？"

"爸，你还是去我厂里吧，给我看看大门，风吹不着雨淋不着。"

范春成高兴得合不拢嘴，笑着说："我得跟你妈商量商量。你妈这生意也离不开我呀。"

"哎呀！我这是啥生意，咋能跟正平和玉林比。"

"妈，生意不论大小是吧。"

"好了，好了。咱家可了不得，出了三个企业家，其中有两个大企业家。"

听了丈夫的话，陶素梅白了范春成一眼说："老范，你别讥讽我，要不是我做个小生意，别说玉树上大学，就是吃喝都难。"

"功劳大大的，你培养了两个企业家，还有一个大学生。"范春成边说边伸出大拇指。

"我说是我培养的了吗？那是孩子自己创造出来的。老范你今天怎么老当着孩子的面挖苦我呢，跟我过不去？"

"正平、玉林，我挖苦你妈了吗？没有，那是夸奖。"

"妈，爸爸在夸您呢！往后您二老就别为玉树的学费发愁了，就包在我和玉林的身上。"听完宋正平的话，陶素梅抿嘴一笑。

"来，老婆子不识好歹，咱爷仨干杯。"范春成高兴地端起酒杯一饮而尽。几杯酒下肚，范玉林满脸通红。宋正平说："爸，玉林不能喝酒。"

"不能喝就别喝了。这小子模样像老子，可这酒量咋不像老爹。"范春成说。

"唉，爸。你看正平哥像谁？"范玉林问。

范春成瞪着眼看了一会儿，摇摇头说："看不出来。"

"爸，你再仔细看看。"

范春成又细细端详了一阵子，哈哈一笑说："我看正平确实像一个人。"

"谁呀？爸，你说呀！"范玉林迫不及待地追问。

"你就说吧！别卖关子了。"陶素梅也在帮腔。

范春成被范玉林娘俩一催，说："正平，爸说了，你千万可别生气。"

"不会的，爸。"

"正平，你这细皮嫩肉的像个大姑娘。"范春成这么一说弄得宋正平很不好意思。

"爸，我问你正平哥像谁？你说像个大姑娘。我问你他像哪个人？"

"爸看不出来。"

"爸，你看正平哥像不像妈。"范玉林这么一说，弄得宋正平更不好意思了。

"唉，你别说，这正平还真的有点儿像素梅。陶素梅，这正平说不定还真是你的私生子。"

"啥叫私生子，分明就是亲生的嘛。"陶素梅说完仰着脖子哈哈大笑。

"爸，正平哥就是你的亲生子，妈都承认了，你不承认吗？"

"承认，承认。"范春成边说边端起酒杯对宋正平说，"来，咱亲爷俩干一杯。"

"好。"宋正平端起酒杯也是一饮而尽。

"正平哥，你不能再喝了。"范玉林伸出右手把宋正平的酒杯盖住。

"这孩子，你不能喝，你咋不让正平喝呢？正平的酒量妈是知道的。"陶素梅边说边伸手拉开范玉林捂住酒杯的那只手。

"妈，那是过去，现在正平哥他真的不能喝。"宋正平看到范玉林那欲言又止很是着急的样子，就对范玉林说："玉林，我没事，再陪爸喝两杯。我和爸从未喝过酒，今天爸认我这个亲儿子，我当然要认亲爸爸。咱亲父子俩喝两杯。"范春成高兴得眼睛眯成了一条线，陶素梅心里也是吃蜜一样的甜。范玉林气得把头扭了过去，宋正平心里明白：玉林弟他是心疼自己。

"别管浑小子，咱爷俩喝两杯。正平，说实话，爸年轻的时候还真的能喝上七八两，可那时候家里穷，手里抠得跟这样。"范春成边说边伸出右手，将五个指头并拢在一起，做了个抠手的样子。他继续说："正平，小时候苦的样子还记得吧。现在条件好了，有酒喝，可上了年纪，酒量也不行了。"宋正平看着爸红着老脸，说话也变得口吃起来，但他实实在在地感受到了当年爸爸的付出和现在爸爸的真诚。

中午饭刚吃完，门外就响起急速的敲门声。陶素梅打开房门一看，门外站了一大堆的人，左邻右舍、范春成的好工友、陶素梅的好姐妹，那间小小的房间顿时被挤得满满当当。

"老范呀，咱院里停了两辆小车，我以为是上级领导来关心咱了，一打听才知道是你两个儿子的。"老师傅眼睛透过老花镜片放出惊喜和羡慕的眼光。

"就是呀！素梅，你怎么这么有福气。是不是你整天念叨的正平和玉林？"

"是，是。"

"老范，给介绍介绍，哪个叫正平，哪个叫玉林？"范春成很兴奋，他一把拉住宋正平在他的肩头上拍了拍说："这个是咱家正平。"

"哎呀！这孩子长得这么俊呀，白白净净的很像个书生。"

"我看像个大姑娘，细皮嫩肉的。"

"你们看看他像谁？"老范问大家。

"肯定不像你，倒像素梅。"

"对，对，对。"听着大伙的一片赞同声，站在人群中的陶素梅脸上笑开了花。

"那个黑小子就是玉林啰？"

"是我。"

"这小子特像你爸。"

"有意思，有意思。素梅你真会生孩子，一个像自己，一个像春成，这不偏不倚。"话说得近半百的陶素梅脸上泛起层层的红晕。

"还有玉树呢！玉树像谁？"

"既像春成，又像素梅。"这间小屋发出了阵阵笑声。一阵儿喧闹之后，邻居们一一告辞，屋内又恢复了平静。温馨的四口人各自诉说着对以往的寄思和未来的梦想。宋正平和范玉林告辞，爸妈把他们送下楼后又送出大院，直至哥俩的小车消失在那深街的车流之中。

"素梅，孩子们已经走远了。咱们回去吧。"看着眼前发呆的妻子，范春成拍打着她的肩头说。

"老范，正平和玉林他们一人开着一辆车回来的，是吗？"

"是，是。"

"老范，我不是在做梦吧？"

"素梅，你怎么了？孩子走了，咱们回去吧。"陶素梅在丈夫的搀扶下回到屋，夫妻二人高兴得相视而笑。

"素梅，你看这是什么？"

陶素梅望着丈夫手里那举得高高的黄色信封说："不知道。"

"不知道，你猜一猜呀！"还没等陶素梅猜出口，范春成就把信封内一沓厚厚的百元大钞掏了出来。

"老范，你哪来这么多钱？"陶素梅用惊喜的目光看着自己的丈夫。

"是玉林那小子给的，他说是五千呢！"

"这孩子，给咱们这么多钱干啥？"

"素梅，正平那小子没有给你钱吧？"

"没有。"

"一分也没有？"

"一分也没有。"

"素梅，你白养了那个小白脸，到底不是咱亲生的呀！"

"老范，你胡说个啥？正平这孩子可善良、可孝顺了。"

"孝顺个屁，连一分钱都舍不得给，白讨了一顿饭。"

"老范，你怎么越说越离谱了呢？说不定这五千块钱是他哥俩一块给的呢！"

"不会吧？要是他俩一块给的，玉林一定会说出来。对了，玉林说，正平现在可有钱了，包工程、搞工地、做地产，生意可大呢。听玉林那话的意思，正平比他挣的钱多。"

"钱、钱、钱，你是不是钻到钱眼儿里出不来了？今天他能跟玉林一块来，就说明他有情有义，没有忘了咱对他的养育之恩。"

"别恼，别恼。你高尚，我低俗，行了吧？"

"真是的，你跟孩子计较啥！"

"哎，老婆子，这话可不能传出去。"

"咋的，自己说话要给话做主，咋害怕了呢？"

"素梅，咱们那是说着玩的，你还当真了。我跟正平他大哥、二哥、三哥年纪般上般下，在家那时我们之间是称兄道弟，是你硬把这正平弄成咱们的儿子，让我尽父亲的义务，我都认了。现在咋能跟他计较，再说当年养他的时候也没有指望他当大老板给咱们遮风挡雨，让咱们享受荣华富贵，

197

是吧？"

"这不就对了。"

四天之后的一个上午，陶素梅和范春成正拉着车子去菜市场路口做生意。迎面传来小汽车的鸣笛声。小车停下之后，宋正平从车里出来，拦住二人的去路。

"爸，妈。"

"呀，正平来了，玉林呢？玉林咋没跟你一块来？"

"爸，我今天找你们有事，你和妈今天就别做生意了，跟我走吧。"

"啥事？正平你快说。"陶素梅急切地问。

"妈，您别问了，您和爸去了就知道了。"听宋正平这么一说，陶素梅向范春成嚷道："老范，快把那东西放好，咱跟正平一块走。"范春成忙乎了一阵子，和妻子陶素梅坐上宋正平的小车。宋正平安顿好二老后，自己最后上车，坐上了驾驶位。他关上车门，没有发动汽车，而是从座下拿出两个精致的小盒分别递给范春成和陶素梅。

"妈、爸，我给你们每人买了部手机，往后咱们叙话也方便些。"

"哎呀，正平！我和你爸都这么大的年纪了还用这东西干啥？让你多花冤枉钱。"

"爸、妈，你们把它打开，看看喜欢不喜欢。"

"喜欢，喜欢。"范春成还没有打开盒子，心里就乐开了花。

"爸，你手机盒上的号码是妈的。妈，您手机盒上的号码是爸的。"

"好，好。"陶素梅看到丈夫见钱眼开的样子，白了范春成一眼。老范心里明白妻子是啥意思。

车子在熙熙攘攘的人群和川流不息的车辆中穿行，不一会儿，车子进入一条崭新笔直的大道，一眼望不到尽头的大街宽阔而平坦。两旁矗立的摩天大楼栉比鳞次，各领风骚。路边耸立的路灯整整齐齐。路中央的绿化带红绿相间，奇花异草妖媚妖娆。好一座现代都市的迷人风光。范春成目不暇接，赞叹不已。车子开到一个大门前，门口的电动门自动放行。座座高楼拔地而起，栋宇分布错落有致，条条小径曲折幽远，花草树木郁郁葱葱，人文景观造型逼真，小区景色美不胜收。

"正平，这是啥地方？你带我们到这干啥？"陶素梅问。

"妈、爸，这里好不好？"

"好，太好了！"夫妻俩异口同声。

"爸、妈，这里好，以后咱们就住在这儿。这叫'龙凤花园'。"

"你说啥？正平，住这里？不是百万富翁能在这里住？"范春成一脸的错愕。

"你和玉林就住在这儿？"陶素梅问。

"现在没有，我说的是以后，以后的事。"车在一座楼的前面停了下来。宋正平先下车打开车门，对范春成和陶素梅说："爸、妈，下来吧！到楼上看看去。"三人上了楼，一敲门，屋内的人把门打开，对宋正平说："老板，你过来了。"宋正平点点头算是回答那位工人的话。他回头对身旁的范春成和陶素梅说："爸、妈，你们进来看看，这是玉林的新房，正装着呢。"范春成和陶素梅进屋一看，瞪大眼睛说："嗬！这么大的房子呀！"宋正平陪着二老在屋里转了一圈说："爸、妈，你们要不要再看看我的房子呀？"

"去去，当然去了。"宋正平领着二人又去了另外的一栋楼，在宋正平的新屋看了一圈。陶素梅看完心花怒放，她说："正平，你哥俩有出息了。"

"妈，我带您和爸再去看看你们的房子。"宋正平的话一落音，范春成立刻摇摇头，感觉自己听错了宋正平的话。

"正平，你给我和你爸……"陶素梅说了半截的话被自己打住，生怕说错。

"妈，我给您和爸也买了一套房子，就在前面，咱们看看去。我今天就是让你们来看房子的，其他的啥事也没有。"这两位算是真真切切地听清楚了。

"哎呀，正平，你给我们买啥房子，咱有房。"陶素梅说。

"正平，你们做生意，那得多少钱哪，咱们帮不上你的忙，还给你添累赘。"

"爸，你怎么这样说呢？当初你自己省吃俭用，把工资寄回去让妈养着俺。妈，你当初寒冬腊月，三更半夜给生产队做衣服挣工分让俺上学，那是多么不容易。你们咋不嫌弃俺是个累赘呢！"宋正平说着，眼里噙着泪花。

陶素梅急忙上前，用手抹去宋正平挂在眼角上的泪珠说："正平别激动，妈跟你爸去看房子。俺正平有出息了，送给妈一座金山妈也收下来。"

"爸、妈，咱们上车吧。"车子在小区兜了两个弯，在一座楼的前面停了下来，这座楼前是一个健身广场，各种健身器材应有尽有。宋正平把二老带到二楼，从口袋掏出钥匙，门被打开。三人站在阳台上，下面的健身广场尽收眼底。宋正平对二老说："爸、妈，前面是健身广场，二老没事就去锻炼。这二楼你们上下方便，前面没有高层建筑，房间里通风、通光。"

"正平，你为我们考虑得这样周到，让我和你妈咋说呢！"范春成搔了搔头。

"爸，你啥也不用说，只要你和妈满意就行。"

"满意，满意。"陶素梅连声说。

宋正平又从口袋中掏出一本活期存折，递给范春成说："爸，这里有三万块钱，出小区大门那家银行就能取到。"

"正平，给我这么多的钱干吗？"

"装房子呗。"

"那也用不了这么多吧？"

"用得了，用得了。爸，这房子你可得好好地装，如果装不好，再改可就麻烦了。"

"老范，咱不能要正平的钱。"陶素梅从丈夫的手里把存折夺了回来又塞到宋正平的手里。

"妈，这是装房款。你不要那我不得天天在这看着装修。我不是没那个时间嘛。再说了，爸在这看着，心里想啥样就装成啥样。"陶素梅不再吱声。宋正平把那个存折交给范春成说："爸，你拿着。"

"正平，你送给爸妈的礼物忒大了吧？我们咋……咋……"范春成支支吾吾，说不出个什么。

"爸，这是儿子应该做的。当初你不舍得喝酒，把钱寄给妈养着我和玉林。房子装好后您二老搬过来，让妈陪着你好好地喝，放开量喝个痛快。"宋正平说着又把新房的钥匙送给了范春成。

宋正平把爸妈安排到一家大酒店，中午又把弟弟范玉林叫了过来。范玉林听爸爸将事情的经过说了一遍，朝爸爸吼了起来："爸妈，你们怎么能让正平哥买房子呢？我的那套房子就是正平哥买的，现在他又在帮我装修。"范玉林吼完爸妈后，又朝宋正平叫起来："哥，你挣钱也不容易，再说了我现在也不缺钱。妈的房子多少钱，咱哥俩一人付一半，可以了吧？"

"玉林，咱一家人说两家话干什么？你要是过意不去，等爸妈的房子装好以后，给他们买套家具不就得了。"

"好，哥，就这么说定了。我买的不是一套而是三套。哥，你同意吗？"

"同意。"

中午吃饭的时候，陶素梅对两个儿子说："你俩把晶晶、牛莉叫过来，咱们一家人认识认识。"

"妈，你就别操心了，到时候正平哥会安排的。爸，到时候，你可别提我和正平哥过去的事。"

"玉林，放心吧！到时候我叫你爸怎么说，他就会怎么说。你和正平就把心放到肚子里去吧。"

范春成问陶素梅说："这里有啥秘密吗？"

"吃你的饭，别打听，回去再跟你商量。"饭后，哥俩开车把爸妈送回家。宋正平和范玉林刚走，范春成就迫不及待地对妻子说："素梅，你说得真对，正平这孩子真善良、真孝顺。他不但送给咱房子、票子，还给玉林买房子。这得多少钱哪！一个普普通通的老百姓累断脊梁骨挣一辈子也挣不来。"

　　"佩服了吧。正平这孩子有情有义，他受人点滴之恩真是以涌泉相报。"

　　"素梅，啥事回来跟我商量？"

　　"啥事？没事。"

　　"素梅，你是真糊涂还是假糊涂？在大酒店你不是当着玉林的面说，回来跟我商量的吗？"

　　"噢，是的。玉林再三跟我说，等咱们见到董晶晶和牛莉以后，千万别说正平不是咱亲生的，千万别说正平和玉林在老家结过婚。"

　　"这不是在说瞎话骗人吗？"

　　"啥叫骗人不骗人的，我叫你咋说你就咋说，否则说出了纰漏你负责。"陶素梅很严肃地对丈夫说。

　　"咋说，我听你的。"

　　"就这样说，正平从小体弱多病，咱找了个算命先生给他算一算。算命先生说这孩子必须得认个干爹，才能消灾除病，确保平安，所以就给他认个姓宋的干爹，姓了别人的姓，一直不能改动。"

　　"嘿，亏你想得出来，硬是去占别人家的孩子。"

　　"别胡扯八道，正平就是我们的孩子，一点儿也不假。"

　　"是，听夫人的。你现在功高盖世，尾巴都翘上了天。你再说说他哥俩在家结过婚的事咋说。"

　　"不说，只字不提。"

　　宋正平定婚那天，早早就把爸妈接到龙凤大酒店，然后开着车去找董晶晶买定婚礼品。范春成和陶素梅在酒店的包间内静静地等待。门被推开，范玉林带着牛莉走进来。陶素梅见牛莉身材修长，挺拔丰满。一头秀发齐剪至肩，圆圆的脸蛋光滑细腻，白中透红，长长的浓眉，大大的眼睛，高高的鼻梁，椭圆的小口，脸上还有两个小酒窝。陶素梅顿觉眼前放光，开口说道："玉林，这就是牛莉吧？"

　　"是，快叫妈、爸。"

　　"妈，爸。"牛莉那甜美的叫声让二位老人喜不自禁。

　　"这姑娘真漂亮，比王……王……"

　　"妈，你说啥呀！"范玉林站在一旁几乎惊呆了，生怕妈说走了嘴，急忙打断了妈的话。

"妈说，牛莉这姑娘比王爷家的公主还漂亮。"陶素梅自圆其说。

"妈，你别夸我，等会儿嫂子来了，你才知道啥是漂亮呢！"约摸一个钟头过去，宋正平带着董晶晶一家人进来。宋正平分别作了介绍，范春成拉着董工的手，陶素梅拉着刘芳和董晶晶的手，那热情劲儿就甭提了。陶素梅望着董晶晶掩饰不住内心的喜悦，她把董晶晶上上下下、前前后后、左左右右打量一番。陶素梅看完，心里暗暗赞叹，天下竟有如此美貌的姑娘。

"晶晶，像你这样漂亮的姑娘，有知识有文化，又是武汉本城人，你嫁给我家正平，就不怕委屈了自己？"

"妈，看你说的。我天天打着灯笼找，找了这么长的时间，才找到正平，我能委屈吗？"

"妈，你别光夸晶晶，也夸夸咱正平哥。如果晶晶嫂子错过了正平哥，那真得后悔一辈子呀！"牛莉说完咯咯笑起来，惹得众人也跟着笑起来。

酒过三巡，菜过五味。董工说："范师傅，你这两个儿子怎么一个姓宋，一个姓范？这里面有什么典故吗？"

"有，有。素梅你把这其中的典故跟董工说说。"范春成边说边注视着妻子。陶素梅那是料事如神，做到有备无患，因此才显得气定神闲。大伙屏息静气地听着陶素梅说出其中的典故。

"这话说起来还挺迷信的，正平小的时候，体质一直很差，隔三差五的经常生病，我便去街上找了个算命先生卜上一卦。算命先生说我家正平要是个女孩儿就好了，起到头生压子的作用，现在这个男孩儿必须得认个干爹才行。我回到家找了个姓宋的人家，把正平认给了他，做了他的干儿子，于是就姓宋了。那姓宋的儿子是'正'字辈，我就给正平取了现在的名字'宋正平'，意思是'送给一个真正的平安'。"陶素梅这话说得有鼻子有眼，董工夫妇深信不疑。那董晶晶生长在武汉，从小受科学教育，哪里听过农村这些荒诞不经的事，感到非常有趣，便追问陶素梅："妈，往后他还能改姓范吗？"

"不能，这先叫后不改，不但这辈不能改，就连下辈也不能改。"

"妈，正平原来叫啥名呢？"

陶素梅这人，别看年近半百，那脑袋瓜挺机灵的，眼珠一转，随口说道："正平原来的名字叫'范玉桦'。"

"中华的'华'？"

"不是，是中华的'华'字，旁边加个'木'字旁。"

"是白桦的'桦'。"董工插言。

"对，对。"

202

"有意思，听说正平还有个弟弟叫什么?"

"范玉树。"

"在上大学吧?"

"是的。"

"在哪上大学?"

"河南新乡。"

"素梅女士，你上过学吗?"

"没有。"

"看亲家的气质，简直就像一个受过高等教育的人。"

"承蒙亲家的夸奖。"

"你看，三个孩子起名'玉桦'、'玉林'、'玉树'多有意思呀! 你是盼着他们像小树一样成长，然后都能成才。"

"有这个意思。"

这家人围坐在一起，天南地北，古往今来，城市乡村，大大小小的事唠个不休。酒足饭饱之后，陶素梅说："正平，你当着双方父母和红人（指的是范玉林和牛莉）的面把戒指给晶晶戴上。"宋正平把那个精致的小盒打开，取出漂亮的白金戒指，拉起晶晶那只白嫩细腻的右手，将戒指戴在晶晶的纤纤玉指上。范玉林和牛莉还为他们献上了热烈的掌声。

"晶晶，往后你就是咱们家人了，多帮帮正平。"董晶晶听了婆婆陶素梅的话，心里感到特别幸福，她向宋正平瞟去深情的一眸。一个多月之后，在农历中秋节，宋正平和董晶晶、范玉林和牛莉双双牵手走进了婚姻的殿堂。这两个不同一般的哥俩又重新回到正常的生活轨道。

婚后二十多天的一个下午，范玉林下班独自开车来到春苑小区，进到他和正平哥的那个"家"。屋内摆设原封不动，就是上面落了一层薄薄的灰尘。他坐在床边，手摸着自己和正平哥欢愉过的床被，心里酸溜溜的，一种难以名状的情愫在心头萦绕。他站起来用手轻轻地抚摸贴在墙上的那张哥俩的合照，正平哥的微笑是那样的甜。新婚蜜月虽有俏丽娇妻牛莉相伴，让他体验到男欢女爱的床第之乐。可心中那个正平哥让他挥之不去，愈发的思念。夜幕已经落下，屋内的东西都变得模糊，范玉林只好走出那扇门，匆匆下楼，开着车朝龙凤花园驶去。到了龙凤花园，他把车速慢慢地减了下来，在小区明亮的灯光中，他目送正平哥下车、上楼，直至看不见他的踪影。

范玉林怀中拥着娇妻，闭着眼睛，他和正平哥的往事却历历在目。他太想正平哥了，短短二十多天的分离让他感到天如此长，地如此久，心里的煎熬使他多次拿起手机，想给正平哥打个电话，可他又害怕打搅了哥嫂那幸福的蜜月。偶尔哥俩碰面，他总是回避哥的目光。心中的那个正平哥哟，让他在幸福的蜜月还如此牵挂和思念。

那是蜜月的最后一个夜里，宋正平怀抱美貌如花的董晶晶说："晶晶，今晚是什么日子？"

"不知道。"

"是咱们蜜月的最后夜晚。"

"正平，你这么一个大忙人，还把这事放在心上。"

"咋不放在心上，这是人生中的大事呀！"

"臭美。"

"晶晶，这一个月来，你感觉身体方面有什么不一样吗？"

"没有哇，我感觉和从前没有什么两样。"

"细微的变化也没有？"

"没有，正平，你啥意思？"

"啥意思，咱投资都一个月了，怎么一点儿收获也没有哇。这无论大小，总得有点儿动静了吧！"

"正平，你说谁呀？"

"说谁，说你这个肚子呗。"宋正平边说边用手轻拍董晶晶的小腹。

"正平，没想到你这么坏。"董晶晶边撒娇，边往宋正平怀里钻，"正平，你真是个商人，才投资就想着回报，这事由不得你。"

"怎么晶晶，这事由不得我，难道由得他人？晶晶，你心里可别再装着别人。"

"去你的，说说就走了题。"

"晶晶，这回跟你说个正事，咱们蜜月一结束，我可得全身心地忙于工作，往后我跟客户打交道，陪酒、陪玩，通宵不归，你可别在意呀！"

"不会的，只要你心里有我就行了。"等了一会儿，董晶晶又说，"正平，你不会像古代那些商人一样'重利忘情'吧？"

"当然不会。"

"你赌咒。"

"我要背叛爱妻董晶晶就遭天打五雷轰。"宋正平话音刚落，董晶晶一下子把头从宋正平的怀里抬起，双手捂住宋正平的嘴巴，心疼地说："谁让你往死里发誓，我想让你说自己是小狗、小猫、小王八。"宋正平心里一阵儿激动，合臂将董晶晶抱住……

再说范玉林躺在那个宽大的席梦思床上，怎么也不能入眠。想到明天晚

204

上就要和正平哥在一起，他心里很是高兴。想到正平哥从前温存的样子，他心中的情波泛起阵阵涟漪。突然他感觉左臂有些酸麻，猛地抬起，才发现牛莉正枕着自己的胳膊。牛莉的梦境被玉林打破，她睁开眼睛对范玉林说："玉林，你怎么了，发癔症吗？"

"是，是的。"

"发什么癔症？吓着了吗？"

"没有，没有。"牛莉的温柔和体贴让范玉林十分感动，心里涌起一股对牛莉的愧疚感。他猛地抱住牛莉的头，热烈地、雨点般地狂吻在她的脸颊上。

太阳快要转入到地平线以下了，范玉林对牛莉说："牛莉，你先回去。我晚上陪一个客户，如果晚了，我就不回去了。"

"行。"牛莉知道自家的工厂里确实来了一个县级代理商。

"噢，对了，牛莉，你晚上不想做饭就到妈家里吃饭去。"范玉林陪着代理商用完晚餐，安排好住处，心急火燎地开着车直奔春苑小区而来。

范玉林打开门，屋里空荡荡的，一点儿声音也没有。他心里凉了半截，像是突然掉进了一个冰窖，大脑里一片空白。外面灯火辉煌，如同白昼，而整个屋里一片漆黑，范玉林的心里比这室内还要黑暗。他拉上窗帘，关上门，独自坐在床沿上等待。时间一分一秒地过去，随着时间的推移，他心里失落的情绪越来越浓。他反反复复抚摸着自己的手机，希望有响起的银铃。失望又失落，泪水不由自主地从他的眼角渗出：正平哥，你难道真的忘了我们的约定？范玉林知道夜进深更，正平哥到来的希望渺茫。他将棉被一掀，合身倒进被窝，用被子捂住自己的头，独自在被窝里咽喊。

宋正平呢，还真的是把和玉林的约定丢在了脑后。"晶晶，今晚城建局的领导要来，有个应酬，你也去吧。"

"去你的，我才不去呢。"董晶晶的态度很坚决，看来在乡下发生的事还让她心有余悸。

"人家要求你去呀。"

"原来咱们没结婚，人家咋不要求，现在要求什么？不去，就是不去。"

"晶晶，你就别固执了。"宋正平七说八讲，董晶晶勉强同意。

在大酒店那个宽大的包间里，上席坐着一个肥头大耳的人，约五十来岁，略有点儿谢顶，脑门透着光亮。宋正平赶到，连忙向董晶晶介绍："这位是陈局长，这位是严科长，这位是肖科长。"宋正平又向众人介绍："这位就是我的爱人董晶晶。"陈局长向前伸手和董晶晶握手，随后另一只手也搭了上去，他攥着董晶晶的手说："董女士新婚燕尔，光彩照人哪！"董晶晶一看那模样，就认定他是个老色鬼。

董晶晶硬着头皮和众人一一握手，握过手之后她坐了下来，在桌子的下面偷偷地甩着自己被握得疼疼的小手。三杯酒下肚，陈局长可来了劲儿，他非要让董晶晶陪他喝上三杯。无论董晶晶如何推辞，陈局长就是不依不饶，这事僵住了。还是严科长从中说和："陈局长，老板娘可能真的不会喝酒。再说了，老板娘现在是新婚期间，饮酒恐怕对下一代不利。"

"算了，算了。不喝就不喝吧。"陈局长显然扫了兴，心里不舒服。

"老板娘，这酒不喝了，可有件事必须得做。"严科长说。

"啥事?"董晶晶问严科长。

"吃过饭后，你得陪我们陈局长唱支歌。"

董晶晶听了，嘟囔道："这……这……"

"算了，算了。咱不能强人所难。"陈局长话里透着阴阳怪气。董晶晶不知所措，看看旁边的丈夫。宋正平向她点点头。

"行，饭后我陪陈局长唱支歌。"

"好。"陈局长立刻高兴起来。

酒足饭饱之后，这批官员步入舞林，个个怀抱舞女在那个大舞厅里旋转起来。一支舞曲结束，陈局长气喘吁吁地走到董晶晶面前说："老板娘，咱们唱支歌吧。你可是答应了，不会忘了吧?"

"晶晶去吧。"宋正平鼓励着犹豫不决的妻子。董晶晶站起后，随着陈局长去了歌厅的单间。宋正平的目光在昏暗的灯光中目送妻子，他依稀看见陈局长的一条胳膊揽在董晶晶的后腰上。他的心立刻紧张起来。

"宋老板，跳支舞吧。"

"我，我想坐一会儿。肖，肖科长你跳吧。"宋正平支支吾吾的神色让肖科长看了出来。

"宋老板，别紧张呀! 陈局长他好色，也不敢胡来。"肖科长这话几乎是贴在宋正平的耳边说的，算是给他吃了颗定心丸。舞曲又开始了，宋正平被肖科长拉着步入舞池。两支舞曲都结束了，董晶晶和陈局长还没出来，宋正平真的有些急了。肖科长见状心想：局长哪局长，你真是一个女人迷，别说一支歌，就是十支歌也该唱完了。他走到宋正平跟前说："宋老板，你不好意思喊，我去。"宋正平立刻对肖科长起了敬意，胸膛里暖暖的，充满了感激。

肖科长敲开门，对陈局长说："局长，时候不早了。"陈局长看看手表，起身对董晶晶说："晶晶的歌唱得真好，咱们一回生，二回熟，三回就成老朋友。"

"晶晶，没事吧！"宋正平甚是关切，悄悄对董晶晶说。

"还没事，差一点儿没把我吓死。"董晶晶的话中带着怨气。

"晶晶，你先回去，我在这儿陪他们到天明。"

宋正平送走了那些客人，开上车急急忙忙往家赶。车到小区门口，他的心里一惊，想起一件事，他赶紧调转车头，风驰电掣般的向春苑小区驶去。宋正平风风火火地打开房门，屋内一片寂静。

"玉林，玉林。"屋内无人应答。宋正平按开屋内的开关，屋里顿时亮了起来。客厅空荡荡的。他不甘心，拧开卧室的门，从客厅里透过来的亮光中他发现床上有人睡着。

"玉林，玉林。"床上的人毫无反应。宋正平用手扯了扯被角，可那被子被牢牢地压在身下。宋正平扑在范玉林的身上，他说："玉林，玉林。哥该死，让你久等了，让你伤心。"范玉林一下子从被窝里冲出来，一把搂住宋正平："哥，你把我们的约定忘了。"宋正平双手抚摸着范玉林的脸颊说："哥不会忘了你，不会忘了我们的约定。"

"哥，是不是我太自私，剥夺了你的爱，剥夺了嫂子的爱？"

"玉林，你不自私，你很伟大。你没有剥夺我的爱，反而给了我更多的爱；你没有剥夺嫂子的爱，你把自己的爱分给了嫂子。"

激动的范玉林一下子将宋正平搂住。这对难兄难弟、患难情侣徜徉在属于他们自己的爱河里，紧紧地相拥在一起。

外面已经是白天，人声嘈杂。宋正平一觉醒来，没想到睡过了头。他晃动一下脑袋，发现玉林的胳膊还在抱着自己的脖颈。他不想吵醒弟弟，更不想移开玉林弟的胳膊，便又重新安下心来。太阳的光芒穿透窗帘照射在他们的床上，似乎在催促他们。宋正平想轻手移开范玉林缠绕在自己脖颈上的胳膊，可怎么也移不开，越动范玉林的胳膊，那胳膊就越像是一条蟒蛇缠得更紧。宋正平这才明白，玉林弟他根本就不在梦里。

"玉林，你想勒死哥哟。"

"我不想勒死哥，我是不想让哥离开。哥，你就多让我抱一会儿吧。"

"玉林，你放手。哥起来给你买早点。"宋正平好像是在哄一个贪吃的孩儿童。

"哥，我不想吃早点，你把吃早点的时间留给我，可以吗？"

"行，哥今个就陪你睡。"

范玉林一翻身压在哥的胸口上，说："哥，我让你陪我睡到九点，就到九点。"

九点钟说到就到。两人起床穿衣，洗漱完毕，临走时范玉林对宋正平说："哥，啥时候咱哥俩再回来？"宋正平明白范玉林的意思，他回答说："玉林，哥听你的，你什么时候让哥回来，哥就什么时候回来，可以吧？"

"不行，咱哥俩总得定个日期吧！"

"这个家你是当家人。你定什么日期哥就遵守什么日期。"

范玉林扑哧一笑，说："咱哥俩一周回来一次行吗？"

"行，行。"

"你不能嘴上答应，心里不答应。前一个月，你回来过吗？我回来好几趟。哥，我每次回来都亲你的照片。"宋正平看着范玉林受伤的眼神，一下子冲过来抱住范玉林。

"玉林，这都怨哥，哥对不住你。"哥俩分开后，各自朝自己的工作岗位行去。

宋正平开车到了公司，急忙朝办公室走去。他推开门，屋里的董晶晶正在为他打扫卫生，整理杂物。宋正平心里一股暖流上升，冲上前抱住妻子，说："晶晶，让工人打扫，不必你亲自动手。"

"你干吗？这是公司，我是你的员工，不是你的妻子，更不是你的情人。"

"晶晶，你昨晚没事吧？把我担心死了。"

"你还知道担心哟。"董晶晶一边说着一边挣脱。门外传来敲门声，宋正平赶紧撒手。

中午刚过十一点，宋正平就催促董晶晶回去做饭。董晶晶前脚刚走，他后脚就跟了回去。董晶晶忙着在厨房做饭，宋正平蹑手蹑脚趁董晶晶没有注意，冷不防从后面将妻子拦腰抱住，惊得她一声尖叫。

"叫啥？我是你老公。"

"宋正平呀宋正平，你怎么神出鬼没的。"董晶晶瞋目视之。

"晶晶，我想知道昨晚的事情。"

"你还有脸问？不是你让我去的，现在倒关心这件事来。"

"晶晶，你怎么这么说呀！我啥时候不关心你啦？"

"你是不是想让我去给你拉工程，拉项目？"

"不是，你越说越离谱。原来咱们没结婚，工程项目一个接着一个，是你拉来的吗？咱们做工程项目靠的是信誉和质量，不是靠歪门邪道，更不能靠漂亮的女人去招引工程项目。那样咱的脊梁骨还不被别人戳断了。"

董晶晶见宋正平红着脸，显然是生气了。她说："正平，我是逗你玩的。"

"我不是替你担心吗？肖科长说，陈局长再贪色，也不敢胡来。这俗话说，酒能乱性。陈局长他没少喝酒，你们进去那么久，谁会预料会不会出乱子来。"

"正平，我告诉你，那个陈局长真不是个好东西，确确实实是个老色鬼。咱们刚到门口，他就伸出胳膊揽住我的后腰，生怕我到了门口又折了回去。他连推带拉把我弄到屋里，将门关上。屋里的灯光太昏暗，那氛围简直是一种令人毛骨悚然的暧昧。我横下心来，不就是陪唱吗？我坐在那个双人沙发上，他凑上来，搂住我的肩头，一人唱了一曲。我起身告辞，却被他拉住手不放。我说，陈局长不是说唱一首吗？他说，哪能只唱一首。我想挣脱，他就用力把我往怀里拉。没想到那个老色鬼力气蛮大的，我被他一拉，一个趔趄倒在他的怀里。他趁势把我抱住，喷着酒气的嘴巴硬是朝我脸上蹭。我真的怕他酒后失性，耐着性子说：陈局长，你不是想唱歌吗？我再陪你唱几首。这样，他才松手。我又回到原来的位置上。幸好昨晚我穿了一套牛仔服，要是天热，穿的连衣裙那可就惨了。"

"晶晶，我下次再也不让你抛头露面，担惊受怕了。"

"你不怕得罪他们，丢了工程项目？"

"我不是跟你说了，咱凭的是信誉和质量。咱公司追求的理念是：一流的服务，一流的信誉，一流的质量。晶晶，下次不让你去你没有意见吧？"

"鬼才有意见呢！"小夫妻相视一笑，浓浓的爱意尽在这微微的笑颜中。

一年之后，宋正平和董晶晶生下一个男孩儿，取名叫宋守华。范玉林和牛莉生下一个男孩儿，取名叫范晓明。三年后，宋正平和董晶晶有了第二个男孩儿，取名叫宋守夏。范玉林和牛莉第二胎生了一个女孩儿，取名叫范晓娟。

第八章

红　颜

　　西斜的霞光从西窗照进屋来，夏曦起床，披着宽大的睡衣，坐在梳妆镜前，对着镜面仔细端详起自己：惨白的面色，黯然的目光，干枯的唇瓣，憔悴的神态……良久之后，她朝着镜中的自己发出一丝苦涩的笑。窗前的拉帘被她拉开，屋内顿时亮堂起来。夏曦从梳妆镜前站起，缓步走到卫生间，她要彻底地洗刷一次自己。

　　她颀长、挺拔的躯体直立在喷头下。从喷头里喷出的清水，吐着轻雾从上至下飘落在夏曦的胴体后又顺着身体哗哗地流到地面。白昼的亮光照着她白玉般的躯体，那珠珠的水滴挂在她白嫩的肌肤上。夏曦关闭喷头的水源，站在镜子跟前，专注地看着裸体的自己，顾影自怜，陷入到对往昔的回忆。

　　夏曦出生在河南南部的一个偏僻的小山村，那里是革命老区，她所在的那个小县，曾有过三次农民起义被写入中国革命史。新中国成立后，那里出了几十位将军。几十年过去，家乡仍在贫困中挣扎，百姓的生活主要靠政府救济。夏曦所取得的"成就"不仅让父母骄傲，而且成了少男少女崇拜的偶像。只有夏曦自己明白，她欺骗了父母，也欺骗了家乡的人，她把自己编织在一个美丽的谎言里。如今，夏曦的幼子因病夭折，丈夫也因患脑血栓成了植物人。公司由丈夫的长子严少奇接管，他成了鸿运集团的掌门人。一连串的变故，让她猝不及防，不知所措。

　　今天，夏曦出了门，赶往她曾经大放溢彩的风月场所，想对以往的生活做最后的告别。她暗自下定决心，要洗心革面，重新做人。

　　在那近似疯狂的人群中，夏曦缓步前行。突然，一个声音在她的耳边响起："夏姐。"夏曦循声望去，一个英俊的青年站在她的跟前。

"宋老板。"

"夏姐，我们跳一曲吧?"

"不，我不想跳。"

"夏姐，跳一曲吧，把心中的悲伤忘掉。"

"宋老板，我想在旁边坐一会儿。"宋正平陪着夏曦，坐在舞场旁边的椅子上。舞池中的那些男男女女在快节奏的舞曲中飞舞。

"宋老板，你有事就先走吧，我想一个人静一会儿。"

"夏姐，要是心里烦闷的话，找个安静的地方，我们聊聊吧!"宋正平觉得，夏曦曾有恩于自己，而自己始终无以回报。关心苦闷的夏姐，是他应该做的事情。于是宋正平起身，把她从椅子上拉起来。

在一个茶楼的包间内，宋正平陪着夏曦谈了很久。城市外面的喧嚣渐渐退去，时间进入到午夜。

"夏姐，我送你回去吧?"

"我今晚不想回家。"

"我给你开个房间行吗?"

"不用。宋老板你回去休息吧，明天还要工作。"

"你一个人在外，我走了心里能踏实吗? 夏姐，我开个房间，陪你一夜行吗?"夏曦被宋正平的真诚所感动，便用沉默无语，表示赞同。在金海岸宾馆的一个标准间里，只有宋正平和夏曦两个人。夏曦坐在一个单人沙发上，沐浴在柔和的灯光中，淡淡的忧伤更让她添了几分妩媚。天仙般的夏曦让宋正平神摇意夺，他上前一手扶住夏曦的肩头，一手去解她上衣的纽扣。夏曦愤怒了，站起来朝宋正平吼道："宋老板，你自重些。"她拒绝了宋正平。

宋正平本是想以身报答当年的借款救急之恩，没想到却弄成现在这样，只好悻悻离去。

夏曦在外面流浪了一天一夜，等她回到家已是深夜十一点多钟。她打开别墅的门，拉亮电灯，发现一个男人坐在自己客厅的沙发上，顿时惊出一身的冷汗。

"严少奇，你怎么在这里?"

"这是我老严家的房子，我不能进来吗?"

"你来，我走。"夏曦转身想走，被冲上来的严少奇一把抱在怀里。

严少奇和夏曦是什么关系? 这还得从头说起。夏曦从七八岁时，就开始随父母进山劳作。十五六岁她就长成了一个水灵灵的大姑娘，是青山绿水造就了这样一个美丽的女人。初中一毕业，她就随别人来武汉打工。没有找到理想的工作，她只好在市内三流的舞厅做陪舞小姐。半年后，夏曦在舞厅认识了严鸿宾的大公子严少奇。严少奇当时正在读高中，那成绩在全校同年级都是倒数，整天一副富家花花公子的气派。这严少奇学习不行，但吃喝玩乐、寻花问柳可是无师自通。整日混迹于饭店和舞厅之间，在梦幻炫目的舞池里，他发现并结识了貌压群芳的夏曦。随后他被夏曦的美貌所征服，倾倒在她的裙摆下。自从他和夏曦相交之后对她还真的动了感情，从此再也没和其他舞女鬼混过。在一个深秋之夜，两人跨越了正常的朋友关系。

严少奇高中毕业未能考上大学，其父用手中的金钱打通了许多关系，把他保送到外地的一所大学做了一名委培生。严少奇临走时放心不下夏曦，就在父亲面前谎称夏曦是自己的同学，让父亲把她安排在鸿运公司工作。于是，夏曦就在鸿运公司做了一名文员。没多久，夏曦这个冒牌的高中生就原形毕露。严鸿宾很是恼火，把她叫到自己的办公室，本想狠狠地训斥一番。没想到严鸿宾独具慧眼发现了夏曦的潜能，把她安排在自己的身边，做了私人秘书。

夏曦做了这份工作，可是有了用武之地。在各种交际场所她如鱼得水，应付自如。关键时候她能挺身而出，处之泰然。因此，她很受严鸿宾的青睐和赏识。严鸿宾在重要场合、重要人物面前总是打出这张王牌，夏曦也从未让他失望过。多少党政要员、企业老总都被夏曦俘获，甘愿匍匐在她的裙底，为她效劳。夏曦在付出的同时也在收获。她取得了严鸿宾的信任，严鸿宾渐渐地把集团私下公关的任务交给了夏曦。夏曦从中知道了自己的薪酬在他们的利益交换中只不过是沧海一粟、九牛一毛。她的心里逐渐失去了平衡，她用录音、录像、拍照等方式记录了鸿运集团与腐败分子之间的权钱交易及权色交易的证据。后来夏曦用胁迫手段逼着严鸿宾与自己的结发妻子离婚，做了他的第二任妻子。

严鸿宾却对夏曦心有戒备，结婚后他就是不让夏曦进入到鸿运集团的权力核心。夏曦做起了家庭主妇，可她仍然在谋划自己的未来。谋事在人，成事在天。这人算不如天算，就在夏曦拨弄自己如意算盘的时候，厄运降临到她的头上。幼子得病夭折，丈夫突发脑淤血成了大半个植物人，严少奇取代其父成了鸿运集团的掌门人。

严少奇做了鸿运集团掌门人后，隔离了夏曦与父亲严鸿宾的联系，并把夏曦身边的女佣调离。偌大的一栋别墅里只剩下这个忧伤的佳人形影相吊。一天夜里十一点左右，有人按响了门铃，进来的就是她早期的追求者、丈夫的长子、现任鸿运集团的老总严少奇。

"严少奇，这么晚了，你来干什么？"夏曦一边说，一边关门，想把严少奇关在门外。来者不善，善者不来。严少奇能有那么好说话吗？当初，他对夏曦那是一往情深。他在上大学之前把夏曦带到父亲的鸿运集团，就是想将来能与夏曦结成百年之好，挽手步入婚姻的殿堂。可让他万万没有想到的是，夏曦不仅抛弃了他，还成了他父亲的女人，做了他的小妈。这让严少奇十分痛苦，这种刻骨铭心的耻辱刀刻斧凿般雕在他的心里。

咣当一声，夏曦被撞了个趔趄，往后退了好几步。严少奇一头扎进屋里，随手将门关上。

"严少奇，你想干什么？"

"有事。"严少奇瞪着那醉意迷离的眼睛说。

"有事明天去公司找我。"

"你去公司？你去什么公司？告诉你，你没有资格去公司。"

"怎么，你想把我从公司扫地出门？告诉你严少奇，我是你父亲合法的妻子。"

"去你的吧！你少臭美了。夏曦，你现在听我的安排，咱们还话好好说。"严少奇边说边拍拍屁股下的沙发，示意夏曦坐在他的身边。

夏曦没有理会，站在那儿一动没动。严少奇从沙发上站起来，上前两步，抓住夏曦的胳膊把她拽到沙发前，双手按住她的双肩把她按在沙发上。

"严少奇，你到底想干什么？"夏曦从严少奇的目光里看到了愤怒，从严少奇粗鲁的举动中感受到他内心灼烧的欲火。

"夏曦，你看着我！夏曦，我让你看着我呀！"严少奇歇斯底里的吼声让夏曦不寒而栗。严少奇见夏曦低头沉默不语，就松开双手撕开夏曦上衣的纽扣。夏曦再也不能任其胡为，照着严少奇的脸就是一记耳光，然后愤然站起。

"严少奇，我是你小妈。"

"你敢打我，你敢打我。你是我小妈，我还是你小爷呢。"严少奇捂着火辣辣的腮帮说。

"严少奇，我跟你爸是领了证的，那是受法律保护的。承认不承认由不得你。"

"啊！呸！夏曦你敢到法院把事情的来龙去脉讲清楚吗？你去，你去呀！你个不要脸的东西还讲什么法律，要讲法律你早就应该蹲监狱大牢了。"严少奇一席话真把夏曦说得哑口无言。就在夏曦一愣神时，严少奇来了个猛虎扑食把夏曦撂倒在客厅的沙发上。

"严少奇，你不要脸。"夏曦边破口大骂边全力反抗。

夏曦是个高个子的女人，也有一把力气，严少奇与之撕扯累得气喘吁吁。

213

两人拉扯一番，夏曦从严少奇手下逃脱，急忙去开房门。严少奇见夏曦从沙发上站起来，挥手去抓夏曦的上衣，却把她上衣的腰带扯断抓在手里。他逼近门旁的夏曦，从后面用那条腰带套住了欲夺门而出的夏曦。夏曦的脖子被严少奇套得牢牢的，没有丝毫的反抗能力。严少奇转身与夏曦站了个背对背，他反背着夏曦，把她拖到客厅的沙发上。高度缺氧的夏曦身体软得像一堆稀泥，她被严少奇放下后就瘫倒在沙发上。严少奇并没有就此罢手，反而更加肆无忌惮和疯狂。他把夏曦身上的衣服脱了个精光，又用腰带绑住夏曦的双手。赤裸裸的玉体横陈在客厅的宽大沙发上任凭严少奇摆布。严少奇得到了满足。从昏迷中清醒过来的夏曦朝严少奇嚷道："严少奇，你有能耐，就让你爸和我离婚，再把我明媒正娶了。"

"臭婊子，还做你的黄粱美梦。"严少奇边说，边将夏曦捆住的双手松开，尔后扬长而去。

夏曦这次回来，又见到不请自到并在此专门等候自己的严少奇，惊得出了一身冷汗。她转身想走，却被严少奇紧紧抱住。人为刀俎，我为鱼肉。那种身不由己的感觉让夏曦无可奈何。

"严少奇，你不是要小妈吗？动手哇。"

"夏曦，咱们好好谈谈。"

"有什么好谈的，不就弄那事吗？松开手，我自己动手。"严少奇松开双臂，夏曦面对严少奇解开自己的上衣纽扣，一颗、两颗……严少奇看着夏曦的动作，冲上去攥住夏曦解纽扣的双手说："夏曦，别解了，我今天找你真的有事。"

"有事，光明正大的事吗？能让我到公司谈吗？"

"不能去公司，只能在这儿谈。"

"严少奇，你能不能说点儿正事，做点儿正大光明的事。"

"夏曦，你做过正大光明的事吗？你能做正大光明的事吗？上次的事你不要记在心里，那是我一时冲动。再说从前你不是很黏我吗？咱们曾经是一对恋人。"

"去你的，鬼才跟你是恋人，那只不过是想多挣点儿钱。"

"好，咱不说这些，我今天找你确实有事。"严少奇说着自己先坐到沙发上。夏曦也把自己肩头上的小挎包取下来放在茶几上，坐在严少奇对面的单人沙发上。

"夏曦，我今天跟你说两件事。第一，我请你出面摆平朝阳区的那个区委书记，把舒心园的工程搞定，我给你高额回报；第二，这第二……"严少奇吞吞吐吐说不下去。

"第二是什么？你说呀。"

"第二是你跟我爸离婚。"

"可以，我以前也说过，给我鸿运公司的一半。"

"你休想。夏曦，你跟我爸离婚，我绝对不会亏待你。"

"严少奇，你心里怎么想的，我知道。你让我跟你爸离婚，然后做你的地下情人，成为你赚钱的工具、发泄的工具。对不对？"严少奇不语，夏曦的话说到了他的心里。

"严少奇，你现在离婚敢娶我，我就同意和你爸离婚。"

"夏曦，你说的那现实吗？当初如果你嫁的不是我爸，现在说什么我都同意。如果我像你说的那样做，岂不是在公开地叫板法律和道德吗？"

"严少奇，你现在做的事不是在叫板法律和道德吗？"

"夏曦，这两件事做不做你自己想清楚。"严少奇起身。

夏曦坐在那里对严少奇嚷道："严少奇，你今夜不要小妈了？"气得严少奇摔门而出。

严少奇走后，夏曦一夜没有合眼，她反复掂量着严少奇提出的两件事。她决定先答应严少奇做第一件事，把朝阳区那个舒心园的工程拿下来，然后再跟严少奇讨价还价。主意一定，她向严少奇要了五十万。夏曦准备用自己的美色和五十万巨款攻下朝阳区区委书记陈健。

夏曦动用了一系列的人脉资源，终于请到了朝阳区区委书记陈健。夏曦刻意打扮一番，长发剪去，重新做成了波浪状爆花式的发型。上身穿黑色短瘦皮夹克，下身穿黑色牛皮超短裙，脚穿黑色牛皮长筒马靴，高至膝盖。在马靴和超短裙之间那段性感的大腿上穿着黑丝绒裤，一身黑色着装，显得她更加风姿绰约。

夏曦终于见到了她久等的陈书记。陈健四十多岁，近一米八的身材高大魁梧，国字形脸庞，鼻直口方，浓眉大目，一副意气风发的神态。夏曦迎上去伸右手和陈健相握。陈健伸出宽大的右手轻轻地攥了一下夏曦的纤纤玉指，算是相互问好。夏曦从陈健的动作和神色中发现他不是一个张扬的人，个性内向而沉稳，情感含蓄而内化。她暗自庆幸自己今天没有打扮得花里胡哨，否则不会让陈健有好感。一阵儿寒暄之后，善于察言观色、揣摩别人心思的夏曦发觉陈健表面上的一副正派其实是在佯装，他总趁自己没注意时偷看自己。

再说陈健在肉食队伍中也算得上一个正人君子，至于他不断地偷窥夏曦，那也属正常。爱美之心人皆有之。况且夏曦之美超乎寻常，卓尔不群。那婀娜多姿之躯，那一身黑色着装性感而神秘，让人浮想联翩，感慨颇多。

酒逢知己千杯少。陈健和夏曦频频举杯。多少天来，夏曦没有这样的心情，不知不觉有些飘飘欲仙的感觉。直到举止不稳，谈吐不清时，陈健才说："夏小姐，咱们不喝了。"

"不，我要敬陈书记三杯，就三杯。"此时的夏曦正在陈健的面前上演贵妃醉酒的戏码。陈健来者不拒，誓有与"美酒美女同时醉"的气势。

陈健扶着夏曦上了一辆出租车。出租车在夜间的武汉市区穿行，不一会儿车在夏曦的别墅门前停下，司机打开车门让夏曦下去。夏曦下车后，踉踉跄跄地奔到自己的门前，手里拿着钥匙就是打不开门。坐在车里的陈健见状，下车和司机打声招呼，赶到夏曦的身旁。

"夏小姐，是这把钥匙吗？"

"是。"陈健从夏曦手里接过钥匙怎么也打不开。夏曦站立不住，顺着门框蹲了下去。陈健放弃开门，弯着腰，两手架着夏曦的胳膊，把蹲在地上的她扶了起来。

"夏小姐，站不住你就趴在我怀里。"夏曦偎依在陈健的怀里。陈健左臂揽住夏曦的肩头，右手不住地变换着开门的钥匙。门被打开了，陈健扶着夏曦走了进去。陈健找不到电灯的开关，他把夏曦扶站在屋的中央。

"夏小姐，你站好，我找开关。"夏曦没有说话。陈健松开夏曦，用手机屏发出的亮光来找墙壁上的开关。

咕咚一声，陈健还没能打开电灯，夏曦就倒在屋里的地面上。电灯亮了，屋内一片光明。陈健在一楼转了一圈没有见到卧室，他把目光投向二楼。

陈健蹲在夏曦身边，把她扶坐起来，将她的右臂搭在自己的左肩上。他用左臂揽住夏曦的后背，右臂从她马靴上口的膝盖下面托起她的双腿，提气运力，将地面上的夏曦缓缓地抱起。

柔软的身体仰卧在陈健的两条胳膊上，那一身黑装包裹的躯体蜿蜒起伏。陈健看着这具绰约多姿的躯体，嗅着从体内发出的兰香气息，感觉自己的双臂托起的是一条柔美的黑蛇。他缓缓地挪动步子，生怕脚落地太重而惊醒怀中酣睡的娇娘。

陈健把夏曦轻轻地放在那个宽大的席梦思床上，双唇在那张俏丽的脸蛋上来了一次温柔的全程旅行，然后托起她那条黑丝颀长的美腿，用力把马靴的拉链拉开，将夏曦藏在马靴内的秀美小腿和精致的玉足从马靴中拉了出来。他的右手与刚从马靴中出来的玉足和小腿轻抚而过，那上面放出的体温是如此的温馨和美妙。陈健脱下她的马靴后又将她抱起，平放在席梦思床上，抖开里面的丝绒被盖在她的身上。陈健回望一下躺在床上悄无声息的夏曦，横下决心离开这个诱人之地。

睡在床上的夏曦听到他下楼关门声，起床拉开窗帘的一角，借助外面路灯的亮光看着下面的陈健。夏曦看见陈健离去，还不时回头看着自己的这片窗口。陈健远去，夏曦一屁股坐在席梦思床上。今晚她精心设计的戏没有按自己的意图结局。

功夫不负有心人。几个回合下来，陈健在香围粉阵中独钟小家碧玉的夏曦，倒在如花似玉的夏曦裙下。最终，他答应将舒心园的工程交给夏曦。夏曦一阵儿欣喜之后，又思考着这个工程。给严少奇，她不甘心，不给严少奇，那给谁呢？她想起诚信建筑公司的宋正平。夏曦拨通宋正平的电话。电话通了，就是没人接。挂了之后，再打过去，电话的那头发出"你所拨打的电话正在通话中"。夏曦放下电话，苦笑一下，心里暗念：傻小子，还为姐上次的呵斥而生气哟。夏曦不停地拨打宋正平的电话，宋正平忍不住了，还是接了夏曦的电话："夏姐，你找我有事吗？要是没事，你不要乱打我的电话，行吗？"

"宋老板，你现在咋能说这样的话，要是你有事求我，这样的话你绝对说不出口。"

"夏姐，有事你说。"

"宋老板，夏姐现在遇到难处，求你帮忙。咱们今晚八点在金海岸宾馆202房见面，不见不散。行吗？"

"行。"

宋正平如期而至，夏曦已在此等候。夏曦笑脸相迎，把宋正平让到窗下的单人沙发上她自己倒上茶水放在茶几上，然后坐在宋正平对面的那个单人沙发上。

"夏姐，有啥事你说，我一定帮忙。"夏曦把事情和盘托出，宋正平并没有喜形于色，反而惊得瞪大眼睛，结结巴巴地说："夏……姐……"

"宋老板，看把你吓的，要是换了别人那可是求之不得的事呢！"

"不，不，夏姐。我是在为你担忧。严少奇那小子暴戾恣睢，比他老子更狠，我怕他记恨你。"

"记恨我，他还能把我杀了？宋老板，算是姐求你，帮我这一回吧。"

"夏姐，我可以帮你。可我担心你的安全呀！要是严少奇知道真相，他能放过你吗？夏姐，你可想清楚了。"

"宋老板，这事我铁了心干下去，死也不怕。"宋正平看着夏曦坚定的样子点了点头。

"夏姐，严少奇那小子心狠手黑，啥事都能做出来，你现在是他的小妈，他都敢……"

"你怕吗？"

"我怕什么？咱跟他隔山不打鸟，我是在为你担心。"

"宋老板，我主意已定，就是死我也要跟他一搏。我要是死了，宋老板能为我收尸吗？"夏曦说得十分惨烈。

"夏姐，你别胡思乱想，刚才我只是提醒你一下。"宋正平心里一酸，起身把夏曦搂住。

"宋老板，我不需要你的感情，我需要你的帮助。"夏曦边说边推开宋正平。

"我怎么才能帮你呢？我做生意一向是以诚信为本，不做那些下三烂的事。"

夏曦一听这话，气不打一处来，冲着宋正平说："宋老板，你走吧！算我瞎了眼，找错了人。"

"夏姐，这……你误会了我的意思，我绝不是在说你。夏姐，对不起，我伤害了你。"宋正平看着低头流泪的夏曦，再次起身抱着夏曦的肩头说，"夏姐，我帮你，一定帮你。"两人密谋之后，商订了计划。

宋正平回到公司，把要参与朝阳区舒心园工程一事跟董晶晶一说，立刻得到她的支持。

准备公司的竞标申请书、资质等一系列材料，由董晶晶处理起来简直是小菜一碟。董晶晶那可是武大毕业的高才生，天资聪颖，才华出众。

再说夏曦按照宋正平的吩咐依计行事。她电话通知了严少奇，让公司准备竞标的申报材料。严少奇一听当然高兴，立即吩咐手下人操办，自己晚上赶往夏曦的家里，又送去五十万元的打点费。双方公司的竞标工作紧锣密鼓地进行。夏曦是明修栈道，暗度陈仓。陈健已被夏曦美色所迷，暗地约会接连不断。

在招标的头一天晚上，严少奇又给夏曦送去一百万的支票，要求夏曦把竞标的事办成，不能有丝毫的差错和闪失。而诚信公司的董晶晶则忙于竞标的前期准备工作。事无巨细的董晶晶认真演练着竞标会上的演讲。处在关键位置上的夏曦也是小心翼翼，生怕陈健临时变卦，控制不了竞标的局面。

刚刚陪完专家组的陈健，匆忙赶往文星宾馆。夏曦已在那里等候多时，见到陈健到来自然是喜上心头。陈健刚进屋关好门，夏曦就主动扑上去。他张开双臂将夏曦从地面上托起，抱在自己的胸口。小鸟依人的夏曦躺在陈健的怀里，双手抱着他的脖颈亲热。

初升的朝阳放射出金灿灿的光芒，喧嚣繁华的武汉市又开始了新的一天。沉醉于美梦中的陈健双臂环抱着美艳如花、粉白似玉的夏曦，度过了一个销魂之夜。

218

朝阳区政府大厅里激烈的竞争场面令人惊心动魄，这里面有三个关键人物没有出现在现场。第一个是诚信建筑公司总经理，这场工程招标竞标会的总策划人宋正平。他坐在办公室用电话保持着与两个不同凡响的女人的联系。一个是他的妻子董晶晶，一个是与他保持着暧昧关系的夏曦。第二个是朝阳区区委书记陈健，他是这次招投标的操盘手，他的话对专家组的评定起着决定性的作用。第三个就是夏曦，她应该是这次竞标活动的开关阀。

　　竞标的会场经过几番讨价还价，不少公司纷纷退了下来，最后仅剩下鸿运集团和诚信建筑公司的较量，竞争的程度也达到了白热化。败退下来的公司代表仍未退场，他们想看看这个工程项目最终将花落何家。

　　最后一个程序的安排是两家公司的代表登台演说。严少奇上台作了近二十分钟的演说，主要内容是炫耀自己集团的规模和实力。第二个上台演讲的是董晶晶。董晶晶今天上穿天蓝色绒毛紧身衣，下身穿黑色尼龙脚踩裤，脚穿黑色高跟皮鞋。她一走上演讲台立刻赢得一片雷鸣般的掌声。台上的董晶晶一头乌黑发亮的秀发，扎着一个独辫垂至后背中部，白净的额头飘逸着几缕短发与下面细浓的长眉交辉。一副近视镜后面闪着双明亮的眼睛，两颗黑瞳里放出灿烂的光芒。一开口露出两排整齐洁白的牙齿，流畅的语音通过扩音器在全会场升扬。她讲话的内容有公司简介、成名工程列举和舒心园工程建设概况。章章循理，节节有据。董晶晶二十多分钟的演讲赢得了全场三次热烈的掌声。

　　台下的严少奇一见这阵势，心里凉了半截。他把最后的希望压在夏曦的身上，不断地给夏曦打电话，最后却都是"你所拨打的电话无法接通"。董晶晶讲完，从台上下来，热烈地掌声一直把她送到座位上。

　　台上的专家组成员一阵儿嘀咕。区长走向讲台，首先对参加招标的公司表示致意，然后话锋转向正题："现在我宣布朝阳区舒心园小区工程的中标单位是——诚信建筑公司。"

　　整个会场一片沸腾，就连竞争对手也向董晶晶表示祝贺，每一个人都向她投来羡慕的目光。意气风发的董晶晶成了镁光灯下最美丽的女人而被新闻记者摄入镜头。严少奇则像一只斗败的公鸡，迅速撤离会场。他急忙向手下人打听董晶晶何许人也，他的计谋全毁在这个女人身上。

　　获得成功的董晶晶欣喜若狂，没想到刚一出道，就能够旗开得胜，一鸣惊人。董晶晶决定当晚就在帝豪大酒店宴请所有公司行政办公人员和家属，她安排妥当之后才通知丈夫宋正平。这让宋正平心里十分不悦。

　　当招标竞拍定锤落音之际，夏曦在第一时间通知了宋正平，并相约在远离城市中心的世外桃源休闲中心相见。两个女人的安排一时间让宋正平左右为难。就在此时，夏曦通知取消与他之前的约会，见面的时间日后再定。

帝豪大酒店的餐厅里，诚信建筑公司的行政办公人员济济一堂，频频举杯。成功的喜悦挂在每个人的脸上，董晶晶穿梭于人群之中和手下人共享竞标成功的喜悦。二楼的包间内，范春成、陶素梅、董文松、刘芳、范玉林、牛莉，还有几个不懂事的孩子，一帮人徜徉在成功的喜悦中。晚宴上的董晶晶大出风头，一个女强人的形象初露端倪。

董晶晶送走一楼的公司员工，来到二楼包间，父母兄弟之间免不了又是一番夸赞。范玉林起身，端着酒杯对董晶晶说："嫂子，你中标成功，我祝贺你和哥'夫唱妇随爱情美，志同道合事业长'。"

"呀！玉林，还有两下子。文精诗词歌赋，商通产研营销。嫂子送你一句话共勉'泰山不让土壤，故能成其大；河海不择细流，故能成其深'。"

"谢谢嫂子。"范玉林和嫂子董晶晶一饮而尽。董工夫妇看着女儿今天的神采也高兴得眉开眼笑。陶素梅看着坐在自己身旁的宋正平沉默寡言，不知儿子心里有啥事情，当着众人的面又不好直问。她见范玉林拿着酒瓶又在斟酒，起身把他手中的酒瓶夺了过去说："小子，这人哪千万不要高兴过火，得意忘形。"董晶晶愣了一下神对婆婆说："妈，你说谁呀？是说我呢吧？别含沙射影，让人听了多不舒服。"

"晶晶，别误会。妈不是说你。"陶素梅赶紧解释。然后，她瞪了范玉林一眼说："玉林，哪有小叔子跟嫂子喝酒的。要喝跟你董叔喝两杯。"

"妈，看你说的，这不是在咱乡下，陈规陋习多如牛毛。再说了，咱乡下不还有那句话吗？叫'小叔小，满屋跑'。"

"妈，你来武汉这么多年，乡下那些乌七八糟的东西咋没忘掉呢？妈，你说这大伯子和弟媳能不能碰杯酒呢？"董晶晶问婆婆。

"不行，不行。"陶素梅边说边摇着手。

"正平，跟牛莉碰一杯。"董晶晶是在命令宋正平，也是在挑战婆婆。

"晶晶，你有完没完？"宋正平有些火了。这时牛莉却大大方方地端起酒杯送到宋正平的面前。几个幼小的娃子也在一旁拍着小手助兴。一阵儿磕磕碰碰，一阵儿欢声笑语，待大伙酒足饭饱、杯盘狼藉之时，就是散席的时候了。范玉林拉着宋正平的胳膊，磨磨蹭蹭落在别人的后面，俯在宋正平的耳边说："哥，咱们今晚回去吧。我想你。"宋正平没有回答，心里却泛着情花，他感觉自己不论内心还是肉体都需要玉林弟的爱抚。他真想同玉林弟一起回到那间久违的小屋，一头扎进玉林弟的怀里。

"范玉林，快点儿。"牛莉站在车门旁催促丈夫范玉林。

"牛莉，你跟爸妈回去吧。我找正平哥真的有点儿事。"范玉林回着牛莉的话。牛莉一听火了，赶紧回头上前，拽着范玉林，硬是把范玉林哥俩分开。牛莉一边拽着范玉林，一边对宋正平说："哥，嫂子今晚喝多了点儿，你开车注意安全。"同时，她训斥丈夫道："嫂子今天高兴，回去两口子肯定有那事，你掺和啥？"宋正平没有办法，只好坐上车。两辆小车一前一后向龙凤花园小区驶去。

话说夏曦本来今夜和宋正平相约在世外桃源休闲中心见面，没想到陈健打来电话，邀请她去高尔夫球场。就在日落霞散的时候，陈健亲自开车把她接走。巨大的高尔夫球场，环境优雅，风景如画，垂柳婀娜多姿，绿茵草地宽阔而平坦。球场中央，身材伟岸的男子与妙龄淑女挥杆击球的飒爽英姿，在夕阳的余晖中尽显男女风情。碧波荡漾的游泳池里，体健魁梧的男子并肩美女，在浪花飞溅中劈波斩浪。一路下来，说不尽的男欢女爱之词，道不完的情意绵绵之意。权力和美色是一对绝佳的姻缘。陈健痴迷于夏曦的美色，夏曦陶醉于陈健的权力。二人的黑夜世界是一个怡情悦性、鱼水相欢的乐园。

严少奇把自己关在一个封闭的房屋里，没有嘈杂的声响，只有品尝闷酒的哀叹。他不断地拨打夏曦的电话，却怎么也无法接通。陈健、夏曦、区长、董晶晶四人的形象在他的脑海里轮换上映。陈健是否是个实力派人物？夏曦的美色能否困住陈健？区长的眉飞色舞说明了什么？董晶晶一路高歌、斩将夺隘的靠山是陈健还是区长？这些答案在夏曦那里也许会有一知半解的答案。他在愤懑中寻找夏曦，想尽早揭开其中的秘密。

宋正平躺在妻子身旁，看着妻子娇红的面容带着微笑入眠，他满脑子却尽是夏曦。她现在何处，是与陈健共度良宵，还是在与严少奇周旋？是在享受快乐，还是在忍受痛苦？这个美丽的女人能否摆脱现实的窘境，步入正确的人生轨道？夏姐，我在为你担忧。

此夜不同寻常，一个女人牵动着三个男人的神经。

夏曦的失踪让宋正平和严少奇这两个男人心急如焚。宋正平多次拨打夏曦的电话都无法取得联系，两天来他无精打采，愁眉不展。他害怕不利于她的消息传来。可在董晶晶面前，他强装欢颜，装着若无其事的样子。在第三天大约十点左右，一个陌生的电话打过来，他拿出手机一看，怀着一颗忐忑不安的心把电话接了下来："喂？"

"宋老板，是我。我是夏曦。"宋正平一听那声音，立刻有了精神。

"夏姐，你在哪儿？我想见你。"

"中午下班，到天源宾馆 1808 号。"

"行。"宋正平还想说什么，可对方已经挂了电话。他怎能等到中午下班，连忙打的去天源宾馆。

夏曦起床后刚洗漱完毕，就有人敲门。她小心翼翼地打开房门，一见是宋正平忙说："宋老板，不是让你下班后才来吗？"夏曦说着，等宋正平进屋慌忙把门关上。还没等夏曦转过身来，宋正平已将她揽在怀中："夏姐，我好想你呀！我害怕你出事！"

　　"宋老板，谢谢你的关心。"夏曦没动，她心甘情愿地把自己的身体贴在宋正平的怀里。夏曦感到宋正平的双臂不断地用力，那滚烫的双唇已落在自己的脸颊上。

　　"好了，宋老板，松开吧。我找你来是有事商量，不是找你来谈情说爱的。"

　　"夏姐，我爱你。"

　　夏曦看着宋正平说："那是你一厢情愿。我从不知道啥是爱，我没有谈过恋爱，我只知道挣钱。"

　　"夏姐，我给你钱，给你、给你……"

　　"宋老板，你从农村来，打拼到这个地步不容易。可别跟那些人学，唉——"夏曦一声长叹，然后扭过头闭上双目。

　　"夏姐，你别生气，我不会强迫你的。你找我来有什么事？"

　　"当然有，要不然怎能麻烦宋老板亲自跑一趟呢。"

　　"夏姐，这两天你是怎么过的？手机关着，就是打不通，让人担心死了。"

　　"宋老板是不是害怕严少奇杀了我，然后再神不知鬼不觉地处理掉？"

　　"就是。夏姐你可要小心点儿，严少奇能那样对待你，他啥事干不出来。"

　　"宋老板，我今天找你就是为了这个，请你帮我想个办法。"

　　"夏姐，你就这样失踪吧。我找个地方先把你藏起来，然后你再改名换姓，另想办法。"

　　"宋老板，你这是馊主意，我不赞成。"

　　二人密谋了一阵儿，终于想出了一个可行的办法。两人在天源宾馆吃过晚饭，已是午夜十一点左右。宋正平和夏曦分手，目送她上了出租车，自己才离去。话说夏曦坐上出租车直接回到自己的别墅，她打开门，回身将大门再从里面反锁。她来到客厅，按开开关，顿时惊得大叫一声昏厥过去。原来，夏曦打开室内的电灯，发现一人坐在屋里。这一惊吓，整个瘫在地面上。

　　这个人不是别人，正是鸿运集团第二代掌门人严少奇。他见夏曦吓得昏倒在地，连忙起身把倒在地上的夏曦抱了起来，那一刻满腔的怒火和积怨化成缕缕情思。

　　夏曦醒了过来，见自己躺在严少奇的怀里，强压怒火问："严少奇，你是怎么进来的？"

"怎么，这是我严家的房子，不能进来吗？"

"能，能。那你也得告知我一声。严少奇，不说我是你小妈，就是一个朋友你也得尊重吧。"

"小妈，小妈。"愤怒的严少奇推开怀中的夏曦说，"当初你跟着我时，是怎么想的？你这个女人比三国里的貂蝉还坏，貂蝉在董卓和吕布之间耍弄感情，那董卓和吕布只不过是义父、义子的关系。可你在我们父子之间耍弄感情到底是为了什么？"

"谁在你们父子之间耍弄感情？你经常骂我是个婊子，你知道婊子有感情吗？没有。婊子是用身体挣钱，谁给的钱多就跟谁。你们父子是什么人？是嫖客，是一对父子嫖客共同享用一个婊子。"夏曦说着哭泣起来。

严少奇的心软了下来，他说："夏曦，我真的爱你。从我看你的第一眼就被你的美貌所征服，发誓要和你结婚，组建家庭，互敬互爱，最后白头偕老。因此，我才欺骗父亲，把你做舞女的身份隐瞒下来，说你是我高中的同学，恳求父亲让你进入公司做了白领。可我怎么也没想到生活会如此捉弄人。唉！"

"不是生活会捉弄人，而是那些有钱人会捉弄人，是你爹会捉弄人。他把我看成人了吗？没有。把我当成礼品送人，来包揽工程，赚取更多的黑心钱。现在他阴不死、阳不活是上苍对他的惩罚，活该！"

"夏曦，咱不说过去的事，再争论也没意思，说说现在，说说工程的事，怎么搞得这么糟糕？"

"这个，具体的情况我也不甚了解，只知一二。"

"好，你知道多少就说多少，最好不要有漏的地方。"夏曦便把她跟宋正平密谋好的话一股脑儿倒了出来，那中间丝丝相连、环环相扣，滴水不漏。夏曦真的把严少奇糊弄住了。

"咱们的一百五十万呢，还能退回来吗？"

"不可能。"

"陈健这小子，财色双收，却不肯办事，我严少奇饶不了他。"严少奇恨得咬牙切齿。

"严少奇，你千万不可胡来，这俗话说得好：穷不跟富斗，富不跟官斗。这是常理。"

"夏曦，你说我就这样，弄个哑巴吃黄连——有苦说不出？"

"那还能咋样？"

"夏曦，你知道我现在有多难吗？新工程接不到手，在建工程资金不到位，建成的工程项目屡屡出现问题，被人们戏称为'豆腐渣'工程，甚至有人在背后说我们鸿运集团是'豆腐渣集团'。唉，一片指责之声，恶名在外。

这次工程项目拿不到手，确实与这些工程的质量也有很大关系。"

"严少奇，你也有自知之明呀？今晚到此结束吧，我困了，该休息了。"夏曦下了逐客令，可严少奇依旧坐在那儿纹丝不动。

"严少奇，你该走了，听到没有？"

"夏曦，我不想强迫你，今夜你就给我一次机会吧！"

"严少奇，你真的对我有那份情谊，就应该给我五百万，让我离开这儿，从此忘掉曾经在这里发生的一切。"

"夏曦，你现实点儿吧，不要异想天开。你让我落得人财两空，办不到。"严少奇抱起夏曦的右腿将她掀翻在沙发上。夏曦拼尽全力想从严少奇怀里抽回右腿，可怎么也抽不回来。她抬起左脚向严少奇踹去，没有踹着严少奇，自己的双腿却被严少奇夹在左右的腋窝里动弹不得。汗水淋淋的夏曦仰面躺在沙发上喘着粗气对严少奇说："严少奇，你赶快把我的腿放下来。哎呀！疼死我了。"

"怎么，抽筋了吗？"

"哎呀，你放下呀！疼死我了。"夏曦没有了反抗，她知道反抗也是徒劳的。严少奇恣意妄为后，扬长而去。夏曦拖着疲惫而又备受蹂躏的身子走进卫生间，她站在镜子面前，看着自己狼狈的样子，想到自己里里外外遍体鳞伤，禁不住伏在镜面上号啕大哭。那哭声被关在密封的房间里和它的主人一样悲凉。

哭完之后，夏曦心里舒服了许多。她放了一池的清水，冒着微微的热气，自己躺了进去。一个十来平方米的卫生间，装饰精致，瓷砖贴墙铺地，光滑明亮，直径足足有一尺的圆灯附在天花板上，发出微红的光亮，柔和而多情，像是在安慰心灵受到创伤的主人。很大的双人浴池内躺着一位面带愁容的女人，她全身沉入水中在灯光与水光交融中泛着迷幻的光彩。黑夜的时间在悄无声息中流淌，夏曦泡够了，从水中坐了起来，用双手不停地在自己的腿上搓揉着，一遍又是一遍……

一天的晨光破暗而出，夏曦才进入自己的梦乡。

夏曦一觉醒来之后，略微洗漱完毕，就趴在写字台上书写文字，这个不善于写字的女人一口气竟写了整整两页。她把写好的纸叠起来装在一个信封里，在信的封面上又写上"宋正平收"。夏曦打开保险柜，把保险柜里的东西和那封信一同装进一个精美的铁盒内，外面又加上一把小锁。收拾完毕，她换上整洁的服装出了门。

夏曦把整理好的东西交给自己的好友甄玉萍，托她保管。她对甄玉萍说："这些东西除了自己外，还有一个叫宋正平的人也可以取走。其他人千万不能给。"下午，夏曦迈进了区人民检察院。

两天后，严少奇接到一个电话，此人姓高，现任职于市人大，职务是人大副主任。

"严少奇，我是你高叔。"

"噢，高叔。你今天怎么有空给我打电话了？"

"严少奇，你得看住你那个小妈，不要让她乱跑。最好让她闭嘴，永远地闭上嘴巴。"

"为什么呀，高叔？"

"不要问为什么？这事关系重大，一定按我说的去做。"于是严少奇从公司派出两人专门看住夏曦，不让她出去。

宋正平的诚信建筑公司所竞标的舒心园动工奠基仪式正在紧锣密鼓地进行。他和陈健相会几次，觉得这个陈健书记还可以，不像是个贪官。这个项目的得来，夏曦功不可没。宋正平心里荡起思念夏曦的情波。他拨通了夏曦的电话："夏姐，舒心园工程就要举行奠基仪式，我想请你参加，陈健书记也有这个意思。"

"不行，严少奇知道了真相他不得杀了我。"

"夏姐，我想你。今天中午在天源宾馆见面，行吗？"

"不行，宋老板。严少奇派了两个人看住我，就是不让我出去。"

"怎么，严少奇他敢软禁你？"对面的手机里传来夏曦的哭泣声。

"夏姐，别哭，我马上赶过去。"宋正平嘱咐夏曦该怎么做后，心急火燎地赶往夏曦的住地。宋正平把车子停在一个偏僻的地方等待夏曦。一会儿，夏曦慌慌张张地跑出来，宋正平拉住夏曦就往车里拽，迅速离去。宋正平帮助夏曦逃离别墅，来到天源宾馆，二人进了一个包房。

惊魂未定的夏曦眼中依然闪动着丝丝的恐惧，不禁让人产生怜香惜玉之心。宋正平一把将夏曦抱在怀里，可很快被夏曦挣脱。

"宋老板，咱们能坐下来好好说说正事吗？"

"行哪。"宋正平扶着她坐下来，然后自己挪动椅子在她的身旁坐下。夏曦从小挎包里掏出一个用手绢包的小包，递给宋正平说："宋老板，你把这个东西保存一下好吗？"

"啥东西？神秘兮兮的。"

夏曦把她去区人民检察院告发鸿运集团一事告诉了宋正平。宋正平顿感事情的严重性，为她的安全担心。他对夏曦说："夏姐，放手吧！钱财是身外之物，生不带来，死不带去。听我一句，放弃吧。"

"宋老板，害怕了？姐不会连累你的。"夏曦有些火了。

"夏姐，你就是没有一分钱，我宋正平也能养着你，让你享受安全自由的生活。"

"宋正平，你死了这条心吧。我绝不会让任何人包养的。"

"我先送你出去，找一个严少奇找不到的地方住下来，然后再慢慢地想办法，可以吗？"夏曦点了点头。吃过中午饭后，宋正平陪着夏曦出门，他要带她离开这里。可惜，祸端变生肘腋，二人却浑然不知。

"夏姐，你去路那边等着，我把车头掉过来。"宋正平去开车，夏曦快穿过马路到达对面的时候，突然，旁边的一辆小汽车发动起来，迅速地朝她猛撞过来。宋正平坐在车里顿时傻了眼，惨剧就这样发生了。

夏曦先是被小车撞"飞"了起来，落在机动车车道内，又被迎面而来的大货车从右胯部碾压过去，顿时鲜血染红了路面。大货车司机冲出好几十米后车才停了下来。宋正平亲眼目睹了这一切，那辆肇事的小车的车牌号被宋正平牢牢地记了下来。

宋正平发疯似的冲出车门，奔到夏曦的身旁。夏曦那修长的身躯舒展在马路上，倒卧在自己的血泊之中。刚才还笑靥如花美貌倾城的夏姐刹那间遭此厄运，血流如注，肢断躯残，气息奄奄，命悬一线。宋正平犹如万箭穿心般痛苦，不住地用拳击打着自己的胸口。

公安局"110"大队的警察，医院的"120"救护车迅速赶到，夏曦被抬上担架，送进救护车。警方根据宋正平提供的信息，很快找到了肇事车辆，并刑拘了鸿运集团第二代掌门人严少奇。

话说宋正平把夏曦带上车，被看管人记下了车牌号。两名看管人迅速将此事报告给了严少奇。严少奇一听怒不可遏，又打电话给他的高叔。市人大副主任高某给严少奇下了死命令：迅速出击，免得夜长梦多。弄死夏曦，不留活口。严少奇派出多路人马在整个武汉市的大街小巷搜寻宋正平的这辆小车，结果在天源宾馆被发现，严少奇急忙赶到。当他看到夏曦和宋正平并肩出来，心里顿时明白了过来。内心的怨气顷刻间化为了仇恨，看着自己心仪的女人如此对待自己，他恨不得饮其血、食其肉。他打算与宋正平、夏曦三人同归于尽，没想到宋正平却从夏曦身边离去。他瞅着自己心爱的女人，咬着牙根，自言自语道："既然我不能拥有你，那么我就让你消失。"

舒心园的开工奠基仪式规模宏大，各级领导、各路精英及商界楚首云集于此。彩球、彩带、彩旗迎风飘扬；鞭炮、礼炮、声乐震耳欲聋。宋正平从没有经历过这样的大场面，他知道是夏曦这个女人让他站在这个万众瞩目的演讲台。

宋正平在工地上忙碌了三天，工程终于有了头绪，步入了正轨。宋正平急忙赶往医院，他多么希望能有夏曦转危为安的奇迹出现。当他赶到医院的重症监护室时，已是人去床空。医生告诉他：病人于前天下午一时左右不治身亡，当天下午被拉到火葬场。夏曦没能看到宋正平的奠基仪式，宋正平也无法把这一消息告知他的夏姐。

失魂落魄的宋正平欲哭无泪，回想着他与夏曦在一起的日子，感受着她的善良和美丽。他坐在自己的车里，打开夏曦送给他的一个用红手绢包成的小包，里面有一把精美的钥匙和一张白色的纸条。纸条上面写着：红星区爱民路38号甄玉萍。宋正平开着车来到夏曦在纸条上面写着的地址，从甄玉萍那里拿走了她留给他的遗物。晚上，宋正平独自坐在他和夏曦住过的天源宾馆那个单间里，打开小铁箱查看。里面大多是照片、录音带、录像带之类的东西，还有叠得整整齐齐的一个信封。宋正平掏出信念了起来：

> 宋老板，我真想叫你一声弟弟，更想叫你一声老公。可叹我命运多舛，没有这个福分也不配和你谈感情。第一次见到你，我就被你的气质所吸引。当你遇到困难向我求救时，我想用借款来表达对你的爱慕。可你身体透支、虚汗淋漓的时候，我有了怜悯之心。因为我爱你，我才有那么大的胆量偷梁换柱，把舒心园的开发工程牵到你的名下。后来，我从自己一次次拒绝你的要求后，你那渴望的眼神中得知，你也爱我。可我是残花之容，败柳之躯，是个肮脏的女人，不值得你爱。我助纣为虐，做了许多坏事。夏姐爱你就决不能破坏你的家庭，毁了你美好的人生。你肯定不理解夏姐把自己的身体给了那么多人，为什么偏偏不能给你。宋老板，我告诉你，我在拒绝你的同时也是在煎熬我自己，我想在你的心里留下一片干净的地方。严少奇让我送给陈健书记的一百五十万，陈健没有收。严少奇给我的用于打点的五十万，我也没花。这二百万的巨款我把它存在银行里送给你，留作你用于舒心园的开发。这里面的录音带、录像带、照片就是鸿运集团与腐败分子合谋创造"豆腐渣"工程的证据。宋老板，往后你不论见到多么漂亮的女人，千万不能被她的美貌所迷惑，一定要做一个堂堂正正的男子汉，做一个正直守信的商人。我感觉自己有危险……

宋正平读完信，泪水已经把整个信纸都打湿了。他在内心暗暗发誓：夏姐，我一定为你报仇，还你一个公道。

没过几天，宋正平把夏曦留下的这些东西交到陈健书记的手里。不久，一伙腐败分子和区检察院那位泄密的副检察长纷纷落网。这真是：天网恢恢，疏而不漏。

第九章

代价

时间到了一九九六年，范玉林的饲料厂和养猪场面临着严重的危机，随着市场经济的发展，商业竞争愈来愈激烈，愈来愈残酷。中国市场一下子来了一百八十度的大转弯，由原来的卖方市场一下子转到买方市场。买家把生猪价格压了又压，养猪场几乎没有了利润空间。范玉林的养猪场和他下设的个体养猪户，有几千头等着出栏的生猪找不到买家。原来的"双汇"集团也跟他解除了业务上的供求关系。范玉林陷入到经济危机之中，整天愁眉不展，亲人朋友也都为他着急。

这几天，范玉林寝食难安，一天比一天消瘦。宋正平看在眼里，疼在心里。他几乎放下自己手中的业务，动用所有的人脉资源，帮助玉林弟寻找生猪销售之路。

在宋正平千方百计的努力下，终于有了一个很好的销售渠道。原来宋正平在他人的帮助下，认识了省外贸处的一个处长，叫刘炳章。宋正平在一个豪华的大酒店单独宴请了刘处长。刘炳章对宋正平说："我省是个工业较发达的省，农业方面与邻近的河南相比有较大的差距。近几年，河南依托农业优势，大力发展畜牧养殖，取得了突飞猛进的发展。武汉市的生猪供给来源大部分来自河南。河南的生猪质量好，价格低，颇受消费者青睐。现在河南省被国家确定为活猪供港省份，如果能与河南外贸部门取得联系，会有很好的效果。"

"还望刘处长多多操心。"宋正平给了刘炳章两千元的联络费，答应他事成之后还有丰厚的回报。刘炳章果然不负厚望，在三天后，他打电话告诉宋正平："宋老板，你让我办的事有了眉目。河南省外贸厅的黄处长下午三点要到武汉，到时我和你一块去接机。"这是一件大好事，宋正平爽快地答应。下午两点左右他就开着小车同刘炳章一块到了飞机场，迎接黄彦芳处长。这是一个五十来岁的女人，身材较矮，体胖，皮肤较黑。

黄彦芳被安排在一个国际酒店下榻，由刘炳章和宋正平陪着。宋正平把这个好消息告诉了范玉林。范玉林喜出望外，连忙驾车赶到那个国际酒店。

晚上，范玉林设了一桌丰盛的酒宴为黄彦芳接风洗尘。席间，黄彦芳得知宋正平和范玉林是河南老乡，当即表示要全力以赴促成此事。三人一听此话，自然是喜上眉梢。

用餐之后，安排好黄彦芳的住处，大家分手时，黄彦芳叫住宋正平，把他单独留下来。在黄彦芳所住的客房里，黄彦芳对宋正平说："宋老板，你坐下。"

"黄处长，你有什么吩咐？尽管说，别客气。"

"宋老板年轻有为，能在武汉打下一片天地实属不易呀！"

谈了很久，宋正平见黄彦芳只扯一些无关紧要的事，就起身说："黄处长，你一天长途跋涉，车马劳顿，该休息了。我就不打扰了。"宋正平怎么也不会想到他刚走几步，黄彦芳就从后面一把将他抱住："宋老板，年轻英俊……"

"别，别，黄处长，你是国家干部，是领导。"吓得宋正平变得结巴起来。

"宋老板，你不要把我当成领导。我是你的老乡。"宋正平一时语塞，头脑一片空白。他怎么也不会想到初次见面的黄处长已是半老徐娘，却会如此这般。停了一会儿，宋正平掰开黄彦芳的手说："黄处长，你休息吧，我回去真的还有事呢。"

"宋老板，你要是走了，明天我们就别再见面了。"这话里带着威胁，而且好像还是最后的通牒。宋正平心里一下子凉了半截。黄彦芳这句话的震慑力够大的。宋正平犹豫了许久，没敢迈出半步。宋正平定了定神，微笑着说："黄处长，黄处长你今晚先休息，明天到养猪场看看，明晚我……"

"宋正平，这话啥意思？俗话说：强扭的瓜不甜。我也不强求宋老板，明天再说明天的事吧。"黄彦芳说完，耷拉着老脸，满面沮丧。

"黄处长老远来一趟，多玩两天，我一定抽出时间好好陪你，怎么样？"

"好吧，客随主便，宋老板你走吧。"黄彦芳嘴里说着，心里想：好小子，跟我耍心眼，我就不相信你能从我的嘴边溜走。

范玉林在外面等着宋正平，一见哥哥出来，就急忙迎上去说："哥，黄处长都跟你说啥了？这两千头猪她都要吗？"

"玉林，她明天还要到你的养猪场看看，看了之后还要做动物检疫，说检疫合格后再跟咱们谈价格。"

"她出多少价？"

"不知道，听刘炳章说，肯定比咱们当地价高。"范玉林听后心里放松了许多。可宋正平的心里却好像打翻了五味瓶。哥俩开着车回到龙凤花园小区他们各自的家，临分手时宋正平对范玉林说："玉林，你明天去早点儿，接待好黄处长。人家是官，脾气大着呢！不论她说什么，你都忍着点儿。生意场上讲究的是和气生财。俗话说得好：包贬是买主，喝彩是闲人。"

"哥，我一定听你的。"

范玉林和宋正平分手后回到家，高兴地把妻子牛莉抱了起来，在屋里摇了两圈，兴奋地嚷道："正平哥救了我，正平哥救了我呀！"

"玉林，放下我。得了外财似的，高兴得发癫，不怕晓明、晓娟笑话你。"

"喜事，大喜事呀！"范玉林边说边把怀中的牛莉放下来。

"啥喜事？快说呀！真急煞人。"范玉林把事情的缘由向牛莉一说，牛莉自然是乐不可支。

再说宋正平回到家，两个孩子已经进入梦乡，妻子董晶晶还坐在电视机前看晚间新闻。宋正平对妻子说："晶晶，你咋还没睡呀？"

"睡啥呀！我还在替你担心呢，生怕你喝醉了开车不安全。"听了晶晶的话，宋正平心里一阵儿感动。

宋正平躺在床上，把熟睡中的董晶晶紧紧地搂在怀里，心中念叨：晶晶，我对不起你呀！等有了下一辈子，我一定给你一个完整的男人。他又想到范玉林，心里的话只有一句：玉林，哥是被逼无奈呀！

范玉林高兴得一夜没合眼，天快亮的时候才进入梦乡。牛莉推推他，他只是哼哼地应着，气得牛莉一用力把他从床上拽起来。范玉林这下才从熟睡中醒过来。一番忙碌之后，他迅速下楼，开着车朝那个国际酒店驶去。

这个黄彦芳处长工作还是蛮认真的，她在刘炳章、范玉林、穆俊等人的陪同下，每一个猪场、猪圈，甚至是每一头猪她都要亲自目测。这些生猪的品质还是让她挺满意的。

下午下班时，黄彦芳对范玉林说："范老板，晚上你不用找那么多人陪我，咱们还是去市中心的那家酒店。晚上有刘处长、宋老板、你和我四人就行了。"

"行。"范玉林很爽快地答应。

到了市中心那家国际酒店，范玉林拨通了宋正平的电话："哥，你今个晚上还得来呀，黄处长可是点了名的。"

"黄处长今天看得还满意吗？"

"满意，满意。"

"价格定下来了吗？"

"没有，估计今晚就得谈价格吧。"

晚宴的酒桌上，大家除了谈一些国际时政、经济动向、民风民俗外，更主要的是猪的品质和价格问题。虽然刘炳章、宋正平和范玉林三人都提到生猪价格问题，但都被黄彦芳以明天的畜牧卫生抽检之后再谈为由拒绝。

宋正平心里明白，这位黄处长是"醉翁之意不在酒"，今夜满足不了她，事情办妥的可能性很小。今晚这出戏的主角就是他——宋正平。

宋正平今晚是豁出去了，他强作欢颜对范玉林说："玉林，黄处长今天辛苦，你和黄处长干三杯。"

"哥，你知道的。我不能喝酒。"

"玉林，今晚破例，得舍命陪君子呀。"

"范老板，我不会饮酒。为了表达我的诚意，我以饮料当酒可以吧？"

"可以，可以。"范玉林没有表态，刘炳章和宋正平在一旁附和。

"来，宋老板，咱们别闲着。"刘炳章和宋正平也各自干了三杯。大家相互交叉，推杯换盏。范玉林不胜酒力，已经头昏脑涨，显出了很大的醉意。

"玉林，你能不能再和黄处长加敬三杯表达心意？"宋正平一反常态。

"行，行，我听哥的。"范玉林端起酒杯身体开始晃动。

"宋老板，我看就免了吧。你瞧，范老板已经醉了。"刘炳章提醒宋正平。

"嗯，来，没事。"范玉林强撑着又跟黄彦芳喝了三杯。这时范玉林真的完全醉了。宋正平叫过服务员，把范玉林扶入客房部的房间。黄彦芳似乎领悟到了宋正平的意图，那心里猫舔似的，痒痒的。她表面上装得若无其事，可内心早已是急不可待。

刘炳章喝酒也是到了兴头上。他抓起酒瓶，满了两杯，然后对宋正平说："宋老板，你的酒量还真行。咱们喝上六杯，这叫'六六大顺'。凡办事的人都喜欢这个数。"

宋正平迟疑一下，心想这六杯下肚我也和玉林差不多了，今晚的事……

黄彦芳似乎看出了宋正平的心思，连忙打圆场说："六杯太多了，就喝三杯吧。"

"不行，三杯有'山'，办事有困难，必须是六杯，一杯也不能少。"刘炳章根本就不同意。

宋正平端起酒杯对刘炳章说："刘处长说话有道理，就恭敬不如从命。"两人喝了六杯之后，宋正平满脸通红，一下子趴在桌面上。黄彦芳一见心里刚才那高兴劲儿全没有了，心里骂道：刘炳章，你个老酒鬼，搅黄了我的好事。想到此，她心里恼怒，拿起酒瓶斟满两杯对刘炳章说："刘处长，我看你能喝几杯，咱们干。"

231

"黄处长，你，你……"刘炳章支支吾吾，用惑疑的目光看着黄彦芳。黄彦芳真的端起酒杯和刘炳章喝了三杯。黄彦芳不依不饶还要和刘炳章喝下去。刘炳章也是十层有九层的醉意，他站起身拍着宋正平的肩头说："宋老板没事吧？我告辞了。"

宋正平把刘炳章送上车，顺便在旁边的一家药店买了几粒安眠药。随后他给董晶晶打电话告诉妻子：范玉林喝醉了，他得照顾玉林。宋正平回到酒店房间，黄彦芳还在那儿等着他。

"宋老板，没事吧？"

"黄处长，今晚喝多了，你别见笑。"

"看你说的。"黄彦芳莞尔一笑。两人来到客房部，服务员上前打开房门。黄彦芳对宋正平说："宋老板，进去呀！"

宋正平进屋，黄彦芳关上门，她上前主动扑在宋正平的怀里说："宋弟，姐看你第一眼时，心里就……"说着，她把自己的头贴在宋正平的胸前。

"黄处长，你……"宋正平轻轻推开黄彦芳，对她说，"黄处长，你先等一会儿，我去看看范老板。"

"宋弟，你不会'偷梁换柱'吧？"

"看你说的，黄处长把我看成什么人了。"

"开个玩笑，开个玩笑。你快点儿，可别让姐等得太久了。"

"放心吧，黄处长。"宋正平一迈步踉踉跄跄的。

黄彦芳连忙说："宋弟，让不让我陪你去呀？"

"不用，不用。"

宋正平来到范玉林房间，见他已醉烂如泥。他掏出几粒安眠药磨成粉尘状，倒进水杯中。然后他坐在床头，一手托起范玉林的头，一手端着水杯说："玉林，张口喝点儿水解解酒吧。"迷醉中的范玉林听到哥的话，张开嘴巴，宋正平把那杯药水让他喝下去。

宋正平见范玉林喝完，扶着他又重新睡下。他自己也喝了与范玉林同样多的药水。他在范玉林的脸上亲吻着，轻声说道："玉林，哥对不起你和你嫂子！明天天一亮，一切都会过去的。"

宋正平安顿好范玉林，自己趔趔趄趄一步一摇地走到黄彦芳的门前，敲开她的房门。黄彦芳打开房门，宋正平头一沉，一下子栽了进来。黄彦芳赶忙把宋正平扶住，关上房门。

"黄处长，今晚我喝醉了，恐怕会让你失望的。"宋正平支支吾吾地说着。

"这里没有黄处长，只有咱姐弟。叫我黄姐，叫我黄姐呀！"

"夏姐，夏姐。夏姐没有了。"宋正平嘴里嘟嘟哝哝，黄彦芳也没听出个所以然。

宋正平趴在黄彦芳的肩头上，她把宋正平扶到床边。宋正平一下子倒在床上，酒醉加药物的共同作用使得宋正平没有任何知觉和反应，犹如一具卧尸在床。黄彦芳像一只贪吃的猫迅速扑向无力逃脱的小鸟。她见宋正平朗目疏眉，那白皙的脸蛋酒醉之后红扑扑的，那白里透红、红里透白的光彩着实可爱，英俊的面容真可称得上现代的城北徐公、傅粉何郎。她卧伏在宋正平身上，独自与他眉眼传情，双手捧着宋正平的脸，不断地在他脸颊上亲吻，嘴里呢喃道："小弟，今晚你能到姐的房间，姐就满意了。"

黄彦芳忙碌一阵儿，把宋正平脱了个精光。赤身裸体的宋正平完全暴露在她的面前。这具独具特色的躯体让她瞠目结舌，惊叹不已。整个躯体的皮肤细腻而又光滑，肌肉健美而又发达，身躯犹如粉妆玉砌，卧床之姿尽态极妍。她被它所吸引，目光紧紧盯住不敢错移一寸一厘。她的欲火燃到了极点，关闭室内的电灯，她扇动着两片嘴唇像饥饿的婴儿吮吸着带汁的乳头。

宋正平醒来的时候，发现自己的脑袋还被黄彦芳搂在怀里，那个硕大的乳房就贴在他的脸上，就像一个母亲在哺乳自己的婴儿一样。宋正平顿生厌恶，从她的怀里挣脱出来说："黄处长，该起床了。"

宋正平揭开被子，两具赤裸的身体让他羞得满目通红。宋正平穿好衣服去了范玉林的房间。这个范玉林仍在酣睡之中，宋正平拉着他的胳膊叫他。他把臂一挥搂住宋正平的脖子嘟囔："哥，咱们再多睡一会儿好吗？"

在黄彦芳的要求下，范玉林要求卫生防疫部门对生猪进行了细致的抽检，并填写了抽检报告单，完善了相关手续。

再说黄彦芳占有宋正平一夜并不感到满足，在她看来昨夜她只是占有了他的身体，并没有占有一个真实的宋弟，她的心里不平衡。因此，她又心生一计。

"正平老弟，姐今天想去黄鹤楼那边看看，再去品味一下武昌鱼是什么滋味。"

"黄处长，今天的检验你不参加了？"

"不参加了，有刘处长和范老板就行。你也别参加了，陪姐到那边玩玩。再议一议价格，草签一份协议，怎么样？"

"我跟你谈价格，这恐怕不合适吧？还是叫范老板去吧。"

"宋老板要是不去，那价格恐怕就不好谈。"黄彦芳的话里带着威胁，让宋正平虽心知肚明，却不好推辞。宋正平心里暗想：今天，这个女人非得让自己陪吃、陪游、陪床。

黄彦芳似乎看出宋正平有些为难，她说："宋老板，你谎称自己有事。我呢，就说去看一个老朋友怎么样？这样就可以避开他人的猜疑。我上午走，你下午到，到了那边咱再联系。"黄彦芳把事情安排得这么周到，宋正平还有啥办法。事到如此总不能功亏一篑。宋正平硬着头皮应允。黄彦芳上午走了。宋正平则上午在自己的公司上班，安排好自己假出差真赴"约"的程序。

宋正平照着黄彦芳的指点来到一家宾馆，推开"512"的房门，黄彦芳还躺在床上。

"黄处长，你约我来是谈生猪价格，不是……"宋正平结结巴巴、吞吞吐吐的话，还是让黄彦芳听出了弦外之音。

"那是，那是。昨夜熬得太久了，就来这儿补一觉，可睡意仍然未尽。"黄彦芳这话脱口而出，自觉不妥，但已不能收回。

"黄处长让我来不是为了专门告诉我这个吧?"

"当然不是，我是在等宋老板陪我登黄鹤楼呢。"

"行，那咱们去黄鹤楼，边走边谈。"宋正平和黄彦芳出了宾馆，开着车朝黄鹤楼行去。

"黄处长，你也该开个金口了。"宋正平对趴在自己身上的黄彦芳说。

"啥金口，宋弟，你别跟我一本正经的好不好，有什么话你尽管说。"黄彦芳说着，动手拍着宋正平的小腹。

"黄处长既然这么说，我可要价了。"

"要吧，只要别要了姐的命。"

"黄姐，你不怕我狮子大开口哟。"

黄彦芳一听宋正平喊她黄姐，心里高兴："不怕，姐就喜欢。"

"黄姐，那我就直说了。"

"说吧，说吧，姐听着呢。"

"黄姐，那生猪我要三块钱一斤。"

"小弟，这是你心里话?"

"是的。"

"行，姐答应你。三块就三块。"宋正平愣了一下，没想到这个女人被情迷昏了头，竟爽快地答应下来。

"黄姐，你为什么不跟我讨价还价呢?"

"小弟，你别问我为什么，只有一个原因：姐喜欢你。"当天下午，宋正平陪着黄彦芳饱览了长江风光，又登上了黄鹤楼，品尝了武昌鱼，在游泳馆里冲了浪。更令黄彦芳销魂的是，宋正平让她体验了一回真实的美男子。宋正平起身，她一下子扑上来又将一丝不挂的宋正平抱在怀里，轻声说道："宋弟，明天我就要回去了，今晚签约之后还能陪姐一个晚上吗?"宋正平看着这个女人，那布满皱纹的眼角和乞求的目光，他的心软了下来，随后点了点头。

"小弟，你太好了，让姐不虚此行，有生难忘。"

宋正平上午回到公司，黄彦芳在那儿又等了半天，拿回她与宋正平在各个景点的合影。

晚上，宋、范、刘、黄四人又在那个国际酒店聚会，范玉林把各项手续都呈现在黄彦芳的面前。

"范老板，找个地方咱们单独谈谈。"

"行。"范玉林满口应承下来。

在一个单独的小厅里，黄彦芳问范玉林："范老板，这手续都齐了，最后咱把价格定下来行吗？"

"行，黄处长你看？"

"你不要客气，尽管讲，可不要漫天要价呀！"

"那是当然。黄处长你说个价吧。"

"怎么能让我说呢，还是你说吧。咱们搞市场经济，双方都是平等的。"

"黄处长，你看两块八一斤怎么样？"

黄彦芳哈哈一乐说："范老板，你也太诚实了。两块八一斤你就不怕亏本？"范玉林惊愕地看着黄彦芳。

黄彦芳说："我看咱们就按三块一斤定价怎么样？"

"谢谢黄处长的关照。"范玉林连忙致谢。这时他想起给黄处长准备好的礼包，双手奉上："黄处长，这是一点儿小意思，请你收下。"

"范老板，多少？"

"五千元。"

黄彦芳一听，脸色立刻变了样，她说："范老板，我给你每斤高出当地价五角，一头猪二百斤，这就是一头猪可多卖一百元，二千头就多卖二十万。"范玉林明白了：原来人家嫌少呀！

"黄处长，你直说。"

"范老板，给二万吧，你那个二十万的十分之一。"

"行，这个你先收下。"

"你收起来吧，明天你来送我，帮我拎行李，然后把钱放进去。千万不能让外人知道，明年我还来调你场的生猪。"

"行，就这样。"范玉林嘴里答应，心里却骂道，"老女人，挺狠的。"

晚饭后，范玉林再三催促宋正平，因为今晚是他和正平哥相约回"家"的日子。宋正平在思考今晚的应对之策，现在他不是左右逢源，而是左右为难。两个女人，一个男人。他多么想自己有分身术。

"范老板，这生意都谈好了，急着回去想向夫人报喜是不是？晃来晃去的，也不陪黄处长多坐一会儿。你不要以为这次成功了，还有下次呢！"刘炳章的话让范玉林暂时安下心来。

"范老板，你要想回去就走吧，这里有你哥和刘处长呢。"

"不，我是怕耽误黄处长休息。咱们聊一会儿也好。"范玉林又重新入座。

几个人各怀心事，谁也不好说清。他们一直聊到深夜十二点。外面的阵阵雷声打破了深夜的寂寞。

"呀，都零点了。咱们该休息了。"黄彦芳说着，外面的大雨瓢泼般地下了起来。

"下雨天，留客天。留我不，留。黄处长明天就别走了，咱们好好叙叙。"

"谢谢刘处长的好意，这几天亏不了你。"

"别客气，天下外贸是一家。"刘炳章说完，抬头看看宋正平和范玉林接着说，"两位老板，你们去看看有没有房间，再要两个。下这么大的雨，咋回去呀！"

范玉林下前台一问，没有单间，现在仅剩下702一个房间。范玉林返回一说，刘炳章接过话茬儿："你哥俩怎么办？总不能坐上几个小时。我看你俩还是回去吧，明天八点之前再来。"

"行。"范玉林一听当然高兴。宋正平也是喜在内心，表面上却不露声色，坐在那儿没动。黄彦芳一看心里自然明白。她暗骂刘炳章：该死的，不滚回去，搅了我的美事。

"两位老板，你们回去吧。"黄彦芳借坡就下。宋正平心里如释重负，可表面还装作遗憾的样子给黄彦芳看，让黄彦芳内心涌动娟娟暖流。

哥俩出来，偌大的街上大雨如注，灯光在雨中闪烁，人车往来稀少。范玉林对宋正平说："哥，咱们回春苑小区。"

"是。"

放下宋正平和范玉林哥俩不说，再说说刘炳章和黄彦芳两人。

"黄处长，咱们到你房间叙叙吧。"

"可以。"刘炳章和黄彦芳走进黄彦芳的单间。

"哎呀！这房子还挺雅致的呀。"

"不是你荆楚风格吗？豪气而高雅。"

"是的，是的。"刘炳章突然话锋一转说，"黄处长，你不是跟我说过这生猪价格可以卖到三块五一斤吗？"

"刘处长，你别怀疑是我杀价太狠，是人家根本就没要那个数。"

"可你完全可以跟人家说清楚吗？"

"刘处长，谁愿意把钱往外掏，除非是个傻子。那个范老板自己才要两块

236

八一斤。"

"哎！"刘炳章替范玉林后悔。

"刘处长，咱们做个生意好不好？"

"咋做？"

"你在这边搞个假合同，跟那两个傻小子的合同咱不拿出来，到时候咱按假合同上面的价格每斤价格提高五角，一头猪可赚一百元，两千头净赚二十万，你看怎么样？"

"能行吗？"

"这要看你的了。"

"这不是犯法吗？"

"这是市场经济，团结一致向'钱'看。我看行，就看你做不做了。"

刘炳章像注了一针兴奋剂，高兴地拍着手说："这事，天知、地知、你知、我知。利润咱们对半分，你同意吗？"

"同意。"

刘炳章得来意外之财，高兴得上前抱住黄彦芳："黄处长，够意思。"黄彦芳在刘炳章怀里晃动着，不知是为了挣脱，还是为了挑逗。刘炳章见状把黄彦芳推到床边，就势将其按在床上。

夜雨停，天放晴。晨曦刚露，东方微明。范玉林要是在平时怎么也舍不得放开怀中的正平哥，今天他起了个早。

"玉林，起这么早干什么？"

"有事。"范玉林边回答哥的话，边穿着衣服。宋正平迷迷糊糊又合上睡眼。说实话，这几天他真是熬得够呛。范玉林洗漱完毕，见哥仍在睡梦中，临行前又把哥的身体抚摸了一遍，在哥的脸上亲吻了一番。

范玉林去岳父家、去办公室、去自己家，总算凑够了两万元。一切妥当后，他赶往那个国际宾馆。到了宾馆，宋正平已经陪两位处长吃了早点。吃过早点黄彦芳开始收拾行李，准备打道回府。范玉林站在旁边，紧紧地盯住她的行李箱。黄彦芳刚一收拾好，他就迫不及待地抢了过来："黄处长，我来帮你。"黄彦芳心领神会，很自然地把行李箱交给范玉林。

大家往楼下走，范玉林落在最后，趁人不注意，把那两万元钱塞进黄彦芳的行李箱。

黄彦芳踏上北去的列车，高兴地走了。她不仅完成了任务，还收获了财富和美色。刘炳章走了，他心满意足。宋正平和范玉林拿了合同，落得一身轻松。

五天之后，范玉林和他所属的养猪场里的生猪一头也没有落下，全部装上南下的火车，运往香港。

在春满楼酒家的一个包间内，范玉林一家十几口人，把一个偌大的餐桌围得满满的。

"嫂子，玉林敬你一杯。"范玉林站在那儿，双手端着酒杯，一副虔诚的样子，着实让董晶晶有些吃惊。

"呀，玉林，你有没有弄错？咱爸、咱妈在上面，你应该先敬他们。"董晶晶说。

"嫂子，我就要先敬你一杯。"范玉林仍然固执地站在那儿。宋正平在一旁拉了拉范玉林的后衣襟，让他坐下，他就是不坐。

"嫂子，你要是不喝这杯酒，我就这样站着。"

"玉林，你让嫂子喝酒，也该说说理由吧。否则，嫂子我不喝。"

"嫂子，这些天正平哥一心扑在我的事上，白天黑夜不回家，把孩子、公司都交给了你，这些天你受累了，我应该先敬嫂子一杯。"

"玉林，你的事办好了，我可没有帮上忙，这酒我不能喝。"

"晶晶，你就喝了吧。"董晶晶的公公范春成说。

"就是，玉林说得一点儿也不假。晶晶应该喝这杯。"婆婆陶素梅说。有了爸妈的话，晶晶接过酒杯和范玉林碰在一起，然后一饮而尽。

董晶晶喝完酒放下酒杯说："玉林，表面上看你是个不讲小节的人，可心里够细的。牛莉为你做了那么多的事情，你整天还不把她顶在头上哟。"

"我做了什么呀？还是正平哥为他做得多，不管大小事他都得正平哥拿意见。他呀，真应该把正平哥顶在头上。"

"他真要是把正平顶在头上，你心里不酸溜溜的呀！"

"你心里才酸溜溜呢！"这妯娌俩的玩笑，说得对面两个男人很不好意思。

一天晚上，宋正平来到春苑小区他和范玉林的那个家。在家中他等了很久仍不见范玉林回来，心里有些纳闷，就拨通了范玉林的电话："玉林，你在哪，怎么还不回来呀？"

"哥，你今晚回龙凤花园去吧。我欠嫂子的太多了。"

"玉林，你在哪儿？"

"在厂里呢。"

"回来吧玉林，哥在家等着你呢。"

"哥，你还是走吧，我不回去。"

"玉林，你不回来我可要去找你了。"

"哥——"电话的那头，范玉林有些激动。

238

"回来吧玉林，别破坏了我们的约定。"

看见范玉林进屋，宋正平满脸喜悦，腰里系着围裙，手里端着热腾腾的油馍。他满面春风，双目含情地对范玉林说："玉林，你不是喜欢吃哥做的油馍吗？这些东西都是我今天下午刚买的，做出来的油馍一定合你的胃口。来，快吃吧。"

哥俩并排坐在客厅的双人沙发上，品尝着儿时哥俩最喜欢吃的食品——鸡蛋油馍。

"好吃吗？"

"好吃。"范玉林一边回答，一边大口地吃着。宋正平看到范玉林那贪吃的样子，心里有说不出的幸福感。他一边用筷子把油馍往范玉林碗里夹，一边问他："玉林，你知道我第一次听到和吃到油馍是在哪吗？"

"不知道。"

"你真是个好忘事的人。"

"哥，你说，提醒提醒我。"

"那是哥去你家不久，有一天下午放学，妈在赶做衣服，就让咱哥俩做饭。你在锅门前烧火，我在搅拌面疙瘩。你对我说：哥，今晚你做油馍吃吧。我一听就傻了眼，心想：这有蒸馍、烙馍、水煮馍，哪有油馍哇。你接着问：哥，你吃过油馍吗？我摇摇头。你硬是把妈从缝纫机前拉过来，哭着对妈说：正平哥没有吃过油馍，你做油馍给他吃吧！妈用手指着你的鼻子说：哪是你正平哥想吃油馍，我看是你个小馋猫想吃油馍了吧。妈做了两锅油馍，我站在旁边看着，心里默默地记着做油馍的方法。妈做完后，把两锅油馍分给咱哥俩一人一锅，她自己做衣服去了。我贪吃，你又把自己的那一锅大部分给了我。说实话，那顿油馍是我一生当中吃到的最好的馍。"

"哥，你记得还真清楚，后来你做油馍的技术超过了妈，那天妈吃了你做的油馍后还夸了你。哥，你还记得妈当时说的话吗？"

"不记得了。"

"真的不记得了？"

"真的。"

"是真的不记得了，还是记得不想说？哥，要不要我把妈的原话再学一遍？"

"你学吧，但不能胡说。"

"乖呀！正平这孩子心灵手巧，看啥会啥。这油馍做得软绵绵的、细细的，吃到嘴里真香。正平，你要是女娃多好哇！给俺玉林做媳妇那可是天生的一对。玉林，你就能一辈子都吃上这么好吃的油馍了。"范玉林轻声细语地

239

学着当年妈的语气，搞得宋正平忍俊不禁。

"哥，你笑啥？妈做梦都想不到我正在享用她老人家的好儿媳做的油馍呢！"宋正平笑得几乎是前仰后合。

"哥，咱们哪一天单独请妈吃顿饭，谢谢她。"

宋正平一听不笑了，问："为什么？"

"这还要问吗，妈是我们的大媒人呗！"

宋正平又笑起来，转过头说："玉林，你猪卖出去了，不愁了。真淘气！"

"哥，你不会才知道我淘气吧？很早以前我就在你小鸡鸡上吊飞机……"哥俩叙说着儿童的往事都笑出了眼泪。

第二天的天明，范玉林醒来，宋正平说："玉林，你醒了。"

"哥，你醒这么早？"

"我醒了好大一会儿了。"

"哥，你有事吗？"

"没事，玉林，你看你。"范玉林掀开被的一角，看着自己光着身子搂着光着身子的正平哥，然后嘿嘿一笑。宋正平抬手在范玉林的鼻子上捏了一把说："玉林，你啥时候开始想哥的？"

"哥，你想知道吗？我不告诉你，这是我的隐私。"

"好，我不想知道了，现在该起床了吧？"

"不，再睡一会儿嘛。"

"你上次不是起得很早吗？"

"那是有事。"

"什么事？"

"找钱的事。"

"找钱干吗？"

"哥，你问恁清干啥？跟审贼似的。"

"你不说，你不说我就起来。"

"好，好，我说。"范玉林一用力把刚刚抬起身的宋正平又压了下去。

"那个女处长跟我要钱，我能不给吗？"

"她要多少？"

"两万。"

"你咋不跟哥说呢？"

"她不让我说，说对谁也不能说。她还说，明年她要是还搞这个工作，还来调我的生猪。"

宋正平一听，长长地哼了一声，然后从牙缝中挤出一句话："这个该死的女人。"

"哥，你怎么了？那是没办法的事，再说了咱也没有亏本。"

"玉林，你给别人算多少钱一斤？"

"三块呀。"

"玉林，你也没挣啥钱哪！"

"多少挣一点儿。哥，我算给你听听。一头猪比在当地多卖一百元，我八百头猪，就多卖了八万块，给黄处长二万块，刘处长五千块，三天招待费八千块，动检再加上招待、小费、车费七千块，装车费一万块，一共支出五万块，净赚三万块。"

"那你怎么不把这些费用分摊呢？"

"哥，咱咋能那么小鼻子小眼呢。再说了，我也负担得起。钱这个东西再好，也得讲个义气，是吗？"

"玉林，你真是好样的。"

"哥，你这是夸我还是损我呀？"

"当然是夸你啦，玉林你做得对。"

"真的？"

"嗯。玉林你下一步怎么办？"

"现在正在消毒、修缮，等结束后再购小猪。"

"玉林，哥想让你转产，你同意吗？"

"哥，我一边养猪，一边办饲料厂，现在搞得好好的，为啥要转产？"

"你听哥说，现在养猪场、养猪个体户太多，供大于求。市场开始向着有利于买方的方面发展。这生猪到了出售的时候就不能再养，这个你比我懂。再加上市场风云激荡，捉摸不定，那风险够大的了。"

"那转产我能干什么呢？"

"我给你两个建议，第一跟哥合作，搞建筑、包工程。"

"不，不。我不跟哥合作，这两个鸡蛋都放在一个篮子里，如果篮子出了问题，两个鸡蛋都会被摔烂，那不光是风险，更是危险。"

"玉林，哥真没有想到你会看得那么远。哥给你第二个建议是办服装厂。"

"办服装厂，哥，对我来说那是个未知的领域，是擀面杖吹火———窍不通。叫我咋办呢？"

"可以学嘛。"

"哥，咱都是三十好几的人了，学一技之长谈何容易呀？"

"你嫂子曾经送给你两句话，哥也送你两句话：有心人，天不负，卧薪尝胆三千铁甲可吞吴；有志者，事竟成，破釜沉舟百二秦关终属楚。世上无难事，只要肯攀登。"

"哥，大道理我懂。咱一介平民，哪有那本事。"

"玉林，十年前咱们初到武汉有什么，真正的一个光棍汉。"

"不对，那时我也不是一个光棍汉，我有一个英俊潇洒的哥哥，还有一个美丽温柔的娇妻，怎么是一个光棍汉呢！"

"好了玉林，你别跟哥耍贫嘴。哥说服不了你，咱们该起床了。"

宋正平在岳父董工的陪同下，正在工地视察，范玉林打来电话，声称有事要跟正平哥商量。宋正平对董工说："爸，你在这儿看一下，我去玉林饲料厂，他有事要跟我说。"

"正平，那你就赶快去吧。"

宋正平匆匆赶到饲料厂，厂部办公室里坐着穆俊书记、牛莉爸和范玉林。范玉林一见宋正平就叫起来："哥，我的厂子全完了。"

"玉林别急，玉林别急。"

"宋老板，你坐下。"穆俊书记起身相迎，并把情况向宋正平作了说明，"宋老板，情况是这样的。我们这儿的土地被政府征用，作为城市开发。范老板的猪场、饲料厂都要被拆迁，宋老板你看？"

"政府拆迁那是好事呀！"

"哥，啥好事呀！咱两个厂（场）子都没有了，还好呢？"

"厂子没有了，咱们还可以再建。这叫'不破不立'。再说了政府拆迁，加快城市发展这是大势所趋。你想拦，能拦得住吗？"

"玉林，你看你哥说得多好。别生气了。你们哥俩再商议商议，看看还能搞个啥项目。"牛莉爸说。

"爸，你说得好，做起来多难哪！"

"这世上再难的事，总得有人去做。俗话说：路是人走出来的。"宋正平不断地开导着范玉林。

天黑了，人们陆续地都走了。这片曾经带给他辉煌，寄托着他多少对未来期待的地方要被改变，范玉林坐在那儿呆若木鸡。

"玉林，跟哥回咱们的家，哥今夜跟你好好谈谈这个事。"

"哥，你跟嫂子说了吗？要不然她和孩子又该等你了。"

宋正平听了范玉林的话，拨通董晶晶的电话："喂，晶晶，你在家吗？"

"在家呀。"

"晶晶，你知道玉林厂子要拆迁的事吗？"

"不知道，他二叔厂子拆了，往哪搬呀？"

"现在还不确定，我想跟你说，今晚我不回去了，帮助玉林处理厂子的事。"

"行，正平你可得好好做他二叔的思想工作。要不咱们一块儿干。"

"他不会跟我们一起干的，他说我们哥俩是两个鸡蛋，不能放在一个篮子里。"

董晶晶笑了一声，接着说："玉林挺有头脑的，挺有忧患意识的。"

"晶晶，我不多说了。再见！"宋正平挂了电话，抚摸着范玉林的肩头说，"玉林，跟哥走吧。"

"哥，我舍不得我的厂子，这么大的一摊子怎么能说拆就拆了呢？"宋正平看着泪水涟涟的玉林弟，心里挺难受的。他蹲下身子，用自己的手臂轻轻地拭去挂在范玉林脸上的泪珠，那情形像母亲关爱孩子，又像大姐姐呵护弟弟。范玉林伸手抓住哥的手，伏在哥哥的肩头呜呜地哭着。

"玉林，听哥的话，咱们回去吧。"宋正平拉起范玉林，对他说，"玉林，你就别开车了，坐哥的车吧。"范玉林锁好自己的小车，坐在宋正平的副驾驶位上，车子离开饲料厂朝春苑小区驶去。

"玉林下来，咱哥俩吃了晚饭再上去。"

"哥，你吃吧，我不想吃。"

"玉林，你不吃，我也不吃了。"听哥这么一说，范玉林打开车门走下车。哥俩吃过饭，进入一个只有哥俩的世界。范玉林无精打采，一屁股坐在沙发上。

"玉林别愁眉苦脸的，哥给你道喜。"

"哥，你是嘲笑我，还是逗我乐呢？"

"哥说的是正经八百的事。"

范玉林看哥不像是开玩笑的样子，再说哥从来不跟自己开玩笑，便问："哥，你说说。"

"玉林，这次城市拆迁对你来说是一个难得的机遇，千万要抓住。机不可失，时不再来。玉林，你想过没有，如果不拆迁，你要转产，重新办厂的话你得付出多少？第一，你租期未到，得赔偿损失；第二，你拆迁费用得自掏腰包；第三，新厂土地得高价租用。玉林，你的正直善良连上苍都被你感动，格外地垂青于你。你在新的行业定会风生水起，宏图大展。哥羡慕你，哥向你道喜。"

"哥，我没想转产，我还想养猪、办饲料厂。那是我的老本行。"

"玉林，放开眼界吧。放眼世界潮流的人，才能挺立潮头；思想开放的人，才能成为时代的弄潮儿。玉林不要留恋自己养殖主的宝座，而要成为新兴的资本家。"

"哥，干养殖，我是游刃有余；做服装，我是班门弄斧。"

宋正平见范玉林如此固执，话锋转入低沉："玉林，哥跟你说过，那养猪场不能再办了。"

"为啥呀?"

"市场竞争太残酷。"

"我有市场,那个姓黄的女处长答应我,明年还来收我的生猪。"

"玉林,你真的逼哥说实情哟。"

"啥实情? 你说。"

"那是哥用身体换来的。"宋正平把真相告诉了范玉林。

范玉林一听暴跳如雷,吼叫着:"那个不要脸的女人,下次见到她,我非宰了她。"

"玉林,别冲动,那是过去的事,对谁也不要说。玉林,我对不起你和你的嫂子。"宋正平低着头,像是一个做错事的女人。

"哥,玉林听你的,那猪就是整天尿金屙银我也不养了。要知道哥为那事失去男人的尊严,承受着对两个心爱的人的愧疚,我就是把那些猪全宰了,拿到市场上送给武汉人白吃,也不卖给那个不要脸的女人。"

"玉林,咱们还是说正事吧。"

"哥,玉林听你的。"

"你既然听哥的,有没有信心进入现代化工业生产的行列,从事服装生产,并把它做大做强?"

"这可由不得我,就像我能把猪养出来,谁又能保证卖得出去。"

"玉林,你怎么老是惦记着养猪。"

"哥,你不愿意听,我下次绝不说养猪的事。"

"不是不说,那咱们得看市场。如果市场好,你再回养猪业那不是不可能的。"

"哥,你说吧。"

"前几天,我去汉正街商品市场看了看。那里的生意十分地火爆,尤其是服装,可以说是手按着卖,各地来的经销商川流不息,看着就让人眼馋。回来后,我就想为什么服装生意这么好? 细细地琢磨,终于琢磨出一个头绪来,那就是现在的人吃的问题解决了,就想着穿衣打扮。因此,就有了卖粮难、卖猪难的问题。是不是?"

"嗯,有道理。哥,你还真是个天才商人,市场分析师。"

"我是这样想的,你的厂子建在郊区的工业园区,然后在汉正街最繁华的地方租几间门面房,作为对外批发的窗口,有条件的话再做几个广告牌。咱就这样轰轰烈烈地搞,过几年你就再也不是养猪王,而是服装行业的大亨了。"

"有哥给我撑腰做后台,我一定搞出一个名堂来。哥,你安排我明天干啥?"

"明天跟哥去汉正街看市场,再去工业园区看地块,最后去工业园区的招商部。"

"行了,一切听从哥的安排。"

"听我的就睡吧,明天按计划行动。"

"好了。"范玉林把身子往下一缩,头一偏放在宋正平的小腹上。宋正平把自己公司的事安排给妻子董晶晶和岳父董工,自己全身心地投入到范玉林的事业上。

哥俩看了市场、工业区、服装厂、招商部,了解情况之后觉得很满意,接着就开始了具体的行动。宋正平负责组建新厂、购置机器设备、人员招聘等方面的工作;范玉林负责旧厂拆迁、物质运送、拆迁补偿等方面的工作。一切顺利。正当他们紧锣密鼓地工作之际,又传来市政府关于拆迁企业用地、税收等方面利好的消息,乐得哥俩合不拢嘴。

四个月后,正赶上入冬期,再过两个月就是春节,范玉林的"红菱制衣公司"正式挂牌成立。宽大的厂房,整齐的机器,充满朝气和活力的员工,还有总经理办公室、副总经理办公室、人事部、财务部、生产部、质检部、后勤部等井井有条。乐得范玉林眼睛都眯成了一条缝。

"玉林,你这可是鸟枪换炮,从游击队变成了正规军。"

"哥,这一切还不是你给的。"

"别胡说八道,哥只不过给你打打工而已。"

两个月过去,临近春节。范玉林开着车到了宋正平的家门前,抬手按响门铃,门开了,两个孩子立刻上来抱住范玉林的腿嚷道:"妈,二叔来了。"

宋正平和董晶晶从屋里迎出来。董晶晶一看范玉林,身上的西服笔直挺拔,颈上还系着鲜红的领带,可神气了。

"呀!他二叔这派头跟从前真的不一样了,这才叫大老板。"

"玉林,到屋里坐吧。"宋正平把范玉林带到客厅。范玉林没有坐下,弯腰从手中的衣袋掏出一套崭新的西装。

"哥,给你的。这是我托人从法国购买的皮尔·卡丹面料,找我厂技术员亲手给你做的。穿上看看,合不合身?"宋正平毫不客气,接过来就往身上穿。在一旁的董晶晶说:"正平,你也不客气客气。"

"一家人,还客气啥。"

"哥,这是领带,系上吧。"宋正平本来就是一表人才,这么一打扮更英俊了。两个孩子拍着手说:"爸爸好帅,爸爸真帅。"在一旁的董晶晶嘴里没说,心里却是美滋滋的。

"嫂子,这是你的。"

"哎呀,你咋给我也做了一套呢?"

"嫂子,这是应该的,有哥的,当然也有你的了。"

"接着吧晶晶,穿上给玉林看看,好不好?"宋正平说。

"守华、守夏,这是你哥俩的。"小哥俩接过衣服抱在怀里高兴得手舞足蹈的。

董晶晶穿好衣服,从屋里出来。那天蓝色的风衣把她俊俏的脸颊映衬得异常美丽,过膝的风衣中间的一条腰带把她的纤纤玉体凸显得异常优美,下身那黑色的束腿紧身裤把她的身段烘托得异常妖娆。

"玉林,看嫂子穿得怎么样?"董晶晶面带微笑地问范玉林。

"嫂子,太漂亮了。"这位轻易不赞美女人的范玉林,也发出内心的赞誉。

"玉林,行哪,你公司有这么棒的人才。"

"还不是嫂子你介绍的。"

宋正平转身问妻子:"你介绍的?什么人呀?叫什么?"

"苗彩云,大学毕业,服装设计专业。"

听完妻子的介绍,宋正平对着范玉林大声说:"好哇玉林,都用上大学生了。"

"哥,你不是早就用上大学生了吗?"

"在哪儿?"

"哥,就在你身边。"

"你说的是你嫂子吧?"

"不是吗?不仅是大学生,而且是名牌大学生。"范玉林的话说得宋正平和董晶晶都哈哈大笑。

"你哥俩没上大学后悔了吧?"

"晶晶,你啥意思,说我和玉林是泥腿子、暴发户,是不是?"

"你看你哥俩,一听大学生三个子,就觉得稀奇。大学生有啥,不也跟你们一样,长着鼻子和眼睛。无非是比你们多待几年教室,多读几年书而已。"

"嫂子,你可别说,大学生跟常人就是不一样,说话做事讲情讲理,头头是道。"

"玉林,你当着牛莉的面可不能这么说,况且你哥俩也没上过大学,干事创业不比谁都强。就差一点儿,没有在街上横着走。"

"玉林,你听听,你嫂子这个大学生说话这么没水平。"

"怎么,我说错了吗?"董晶晶用迷惑的目光看着范玉林哥俩。

"嫂子,你不应该说我和正平哥在街上横着走。"

"横着走咋的了，街上不是有横穿马路的吗？那是说人骄傲自满，目中无人。"

"嫂子，横着走在俺们乡下那是骂人的话。只有螃蟹才横着走，说人横着走，就是骂人是螃蟹。"

"玉林，对不起，千万别生嫂子的气。"

"嫂子，我咋能生你的气呢！俗话说：不知者不怪。"

"晶晶，做饭去，让玉林在这儿吃了饭再走。"

"不了，嫂子，别忙乎了。"

"玉林，恐怕你还没吃过嫂子做的饭呢！今天尝尝嫂子做的饭咋样？"晶晶说完转身脱下新衣下厨去了。

客厅里，宋正平对范玉林说："玉林，这两个月生产、销售、利润如何？"

"哥，太好了。这两个月呀抵得上我养一年的猪。"

"真的吗？"

"真的，谁骗你谁是小狗。哥，你真有眼光。"

"好了，别恭维我了。那是你干出来的，不是我想出来的。"

范玉林把嘴伸出去，几乎贴近宋正平的耳朵，轻声地说："哥，咱们年里还能回去一趟吗？"

宋正平心里自然知道范玉林说的是什么，他回答说："玉林，哥听你的，你说回去咱就回去。"

"今天是腊月二十六，明天是二十七，后天是二十八。我想咱们二十八回去，算是过个团圆年。"

"好，二十八就二十八。"

这时董晶晶端着香喷喷的菜走到客厅，看到两人那亲昵的样子说："呀，两个大男人说话还背着人，肯定没好事。说啥呢？还怕我听见了。"

"不是，嫂子。"范玉林支支吾吾，憋得满脸通红。

"晶晶，你说什么呢？看把玉林弄的。"宋正平批评妻子董晶晶。

看到范玉林那个窘态，董晶晶更是觉得好奇，似有打破砂锅问到底的架势："玉林，你哥俩说的啥？这么不好意思。"

"玉林，把你刚才跟哥说的今年办服装厂两个月挣了多少钱，再跟你嫂子说一遍。反正你嫂子也不是你的竞争对手，说了也无妨，再说了你嫂子也不是外人。"

范玉林经哥宋正平的提醒，有了话茬儿。他说："嫂子，你别问了。跟你说，你别笑话俺。"

"哎呀玉林，在你看来还是哥亲，嫂子不亲呀！你跟你哥说的那都是商业秘密，嫂子不听就是了。看把你吓的脸红脖子粗，紧张成啥样子了。"

"嫂子，俺咋能跟你比，你受过高等教育，又经过大世面。"

"玉林别说了，嫂子做了两个菜，你们哥俩多喝两杯。"董晶晶说完转身去了厨房。

到了农历二十八的晚上，哥俩来到他们的家，春苑小区那栋楼房。进了屋，宋正平帮助裁纸，范玉林挥毫泼墨在那鲜红的纸上尽情豪放。在正门他写上"生意春前草，财源雨后花"，卧室的门写上"兄弟情谊深，夫妻恩爱长"。宋正平看着心里会意地笑了。

哥俩躺在那柔软的席梦思床上，总结即将过去一年的风风雨雨，畅想着即将到来一年。那真是幸福、快乐、满足和自豪。冲动的范玉林动手想脱去正平哥的衬衣，被宋正平按住了。他说："玉林，今晚在咱哥俩来说就是大年三十，不能再把我脱光了，那意味着我们来年的生意不顺畅。"宋正平这话本来是想吓唬一下范玉林，没想到真把他蒙住了。范玉林立刻停住手，老老实实地躺在一旁。宋正平一阵儿感动，倒是他主动抱住范玉林说："玉林，有时间咱们回老家一趟看看。"

"哥，你咋想回老家？"

"玉林，咱哥俩是哪年出来的，你还记得吗？"

"大概是一九八七年。"

"对了，就是一九八七年，春节刚过，咱哥俩就背井离乡，逃之夭夭。"

"是的。"

"你可记得咱哥俩为啥逃出来吗？"

"怎么不知道，那段日子实在不堪回首。哥，你今晚说这些话干吗？多扫兴哇。"

"玉林，这叫'前事不忘后事之师'呀。"

"那也不一定要回去呀！哥，你是不是想大哥、二哥、三哥他们了？"

"是，也不全是。"

"哥，你这模棱两可的是'是'还是'不是'？"

"玉林，我想回去把原来欠人家的钱还了，顺带看看哥嫂他们。"

"哥，我不想让你现在回去，咱哥俩的事要让嫂子和牛莉知道……"

"玉林，就咱哥俩回去行吗？"

"不行。如果哥嫂他们来武汉走亲戚，到那时，不仅是咱哥俩骗了嫂子和牛莉，就连爸和妈也骗了他们。他们知道了内情之后，咱们的家庭生活还有现在这么和睦吗？哥，我珍惜现在的生活，它来之不易，不想让它再起波澜，

248

惹来不必要的麻烦。哥，你想到没有，嫂子那么好，人长得那么漂亮，学问好，处理事情也好，对你的感情更好。她要是知道自己心爱的男人是个'二手货'、'三手货'。她能接受了吗？"范玉林的话在理，宋正平陷入深思和矛盾之中，怎么才能想出一个万全之策呢？

"玉林，你说咱们永远就不回去了吗？树高千丈，落叶归根。咱们河南许世友将军南征北战，足迹踏遍了大半个中国，死后也不想进八宝山，还葬在自己的家乡。"

"哥，你咋能把我们跟许世友将军比呢？人家是开国名将，位高权重。咱们是一介草民，趁着改革开放的好政策，发了一点儿小财。"

"玉林，你没有听明白哥话的意思，连许世友将军这样胸怀天下、放眼世界的人都想落叶归根，更何咱们这些凡夫俗子呢！"

"哥，你是铁了心想回去看看？"

"当然啰。"

"想跟村里要钱了？咱们村还欠你好几万呢！"

"不要了，也不提那个钱啦。"

"哥，我给你想一个回去的办法。"

"啥办法？你说。"

"跟战争年代的地下党那样乔装打扮。"

"对，对呀。玉林，过了年陪哥乔装打扮偷偷回去。"

第十章

梦　圆

　　光阴荏苒，岁月如梭。十几年的光景如白驹过隙，宋正平的两个儿子宋守华、宋守夏离家求学。范玉林的儿子范晓明、女儿范晓娟也在外地上大学。宋正平和范玉林哥俩都是年近半百之人，对故乡的思念让宋正平难以排解。家乡现在是个什么样子，在他们的脑海中是一个想象的世界。

　　"哥，咱哥俩乔装成什么人回去最合适呢？"范玉林问宋正平。

　　"小商人或者乞丐？"宋正平在征求范玉林的意见。哥俩想了一遍又一遍。

　　无论有多少的担心和障碍，也阻挡不了他们归乡的路程。哥俩找了个出差的借口，精心扮装了一番，踏上回乡的路程。一天一夜的长途颠簸，他们穿麻城、过商城，越过千山万岭，回到自己阔别已久的县城。高楼大厦取代了低矮的瓦房；宽阔的马路取代了曲径的小巷；笔直挺拔的路灯取代了婆娑多姿的垂柳；川流不息的车辆取代了接踵摩肩的人群。五颜六色的广告牌成了县城中一道靓丽的风景……哥俩不禁赞叹，家乡的变化太大了。他们再也找不到二十几年前的旅馆和干店，迎接他们的是富丽堂皇的宾馆。

　　哥俩在大街上走着，似乎在寻找着当年能存在记忆中的东西。突然，前面一座十几层的高楼出现在他们眼前，那座楼的气派，不论从哪个方面看在这条大街上都显得特别出众。

　　"哥，咱们就住在这儿吧。"

　　"可以，这叫啥宾馆呀？"哥俩抬头向楼顶望去，"千禧宾馆"四个金色的大字矗立在十几层高楼的顶端，在夕阳的晚霞中熠熠生辉。

　　两人快步走进那个旋转的玻璃门，来到服务台办理住宿登记手续。当他们办完手续转身时，宋正平发现坐在服务台前的那个大堂经理座位上的一个女人正直勾勾地看着自己。四目相视，让宋正平惊出一身冷汗。他连忙拉住范玉林迅速离开。

迎宾小姐拦住了他们的去路："二位先生，那边有电梯，请你……"

"行。"哥俩急急忙忙转进电梯，上了五楼。

再说刚才的那个女人，约有四十四五岁，白皙的脸庞，略带浅浅的皱纹，一头长长的披肩发显得比她的实际年龄要小得多，微带点儿青春气息。上身穿黑色妮子超短休闲装，时尚靓丽，外短内长。短外套内，长长的中绿色羊绒衫覆盖整个臀部。下身穿紧身丝裤，外面套着端至膝盖以上的一步裙。脚穿带着拉链的高跟马靴。虽是半老徐娘，但风韵犹存。她见宋正平哥俩离去，起身走到服务台，问刚才给他俩办理登记手续的服务员："刚才那两人住什么房间？"

"506。"这个女人听后默默离开。

宋正平拉着范玉林打开 506 房门，进屋后砰的一声关上房门。宋正平这才从惊魂未定中缓过来。

"哥，你怎么了？跟见着鬼似的。"

"刚才，我看到一个人。"

"谁？是俺村的吗？"

"是。"

"那怎么办？咱哥俩这趟回来，会不会惹出什么事端？"范玉林显得有些急了。

"不，不会的。"宋正平反过来安慰弟弟。

"哥，你看见的那个人是谁？"

"不说了玉林，别来个自己吓自己。"

"那个人看见你了吗？"

"也许看见了。"

"哥，咱们到此结束，赶快回武汉吧。"

"不，不能回去。玉林，咱哥俩办事有半途而废的吗？"

"没有。"

"那不就行了。"

"哥，我去卫生间办个事，你在这儿看会儿电视。"

"玉林，你没吓得屙裤子吧？"

"哥，我没有胆量能跟你一块回来吗？"哥俩开了个玩笑。范玉林去了卫生间。宋正平打开电视，坐在床上看电视节目。

门外传来敲门声，宋正平蹑手蹑脚走到门后问："谁呀？"

"服务员，送水的。"

宋正平打开房门，那个让他害怕的女人一阵风地扑进来。宋正平顿时惊呆了。

"正平，玉林呢？"

"小姐，你认错人了吧？"

"正平，你就别跟我打马虎眼了，装什么蒜？我们夫妻几年，难道我连自己的丈夫都不认得了？"

"你想干什么？"宋正平回过头，正视着那个女人。

那个女人不顾一切地扑上前用双臂紧紧扣住宋正平的脖颈。范玉林听见外面的动静，把卫生间的门打开一条缝，看见一个衣着时髦的女人紧紧地抱住哥哥。他刚想张口吆喝，那个女人摇了一下头。这一转脸的工夫范玉林认出来了，是自己原来的嫂子——汪秀华。范玉林急忙缩了回去，躲在卫生间里不敢出来，静观外面的变化。

宋正平掰了两下，没能掰开汪秀华的手。他说："汪秀华你想干什么？"

"正平，我以为你真的不认识我了，原来是故意装出来的。这俗话说：一日夫妻百日恩。咋能说不认识就不认识了呢？"

"汪秀华，先把手放开。请你自重点儿，我现在跟你一点儿关系也没有。"

"正平，请你说话温和点儿行吗？你原来可不是这个样子的。"

"把手松开，要不然我要叫人了。"

"正平，你那么凶狠干啥？我只不过是想跟你说说话。"

"汪秀华，你还有脸再跟我说话。你要是个有志气的人，羞也羞死了。"

"你不跟我说话，我就是不松手，看你能怎么样？你不是想喊人吗？喊哪！"

宋正平没辙了，他真没想到这次回来首先会碰到自己的前妻汪秀华。

"汪秀华，你松开手。我答应和你说说话。"汪秀华听宋正平这么一说，立刻松开双手。

"汪秀华，你坐下吧。想说啥就说吧。"

"不，等一会儿你到我201办公室，我再跟你说。"汪秀华说完转身离去。

范玉林看到汪秀华走后，立刻从卫生间里溜出来，走到宋正平面前说："哥，嫂子来了。"

"玉林，还口口声声说爱哥，为哥可以去死。看到哥有难为什么躲起来不敢露面，还什么两肋插刀呢？"

"你可不能这么说，你跟嫂子恩恩爱爱，抱得那么紧，我可不好意思打搅。"

"你看到了，她是一个下三烂的女人。她不是你的嫂子，你的嫂子是董晶晶，不是汪秀华。"

"哥，这我知道。现在咱哥俩怎么办？还是走吧，趁早溜号。咱惹不起还能躲不起吗？"

"这是福不是祸，躲也躲不过。我就是要看看这个女人要耍什么花招。"

"哥，还是少一事比多一事好。"

"我又不欠她的，也不是我先背叛她的，我怕她什么？"

"哥，小心点儿，别让旧情蒙骗了你的眼睛。"

"放心吧玉林，你在这儿等着，我去去就来。"

宋正平推开201室的门，那个宽大的黑色老板桌后面坐着汪秀华。她神情沮丧，眼中含着淡淡的忧伤。当宋正平进来的时候她顿时精神起来，刚才的无精打采便烟消云散。

"正平，你真的来了。你要是不来，我会在这儿等你一夜的。"

"汪秀华有那个必要吗？当初你真要有这样的情分，也不至于抛弃我，和赵小龙一起远走他乡。"

"正平，还说那些往事干吗？"

"我想知道，你跟赵小龙没走之前，有没有把绿帽子高高地戴在我的头上？"

汪秀华扑通一声跪在宋正平面前，她满脸泪水地说道："正平，我该死，我不该听信赵小龙的花言巧语，上了他的当。"

"起来吧汪秀华，你不是有话说吗？我不是来听你道歉的，你有啥话就直说吧。"汪秀华跪在地上仍不起来，宋正平双手把她从地上拉起来。

汪秀华站起来说："正平，你怎么不问问我现在在干什么？跟赵小龙关系怎样？日子过得幸福不幸福？"

"有那个必要吗？"

"有，有必要。正平，我告诉你，你现在住的这个千禧宾馆就是我的，我就是这里的主人，这里的老板。正平你要是能回到我身边，这里的一切都是你的。"

"汪秀华你混得不错呀，这个宾馆是你租的还是买的？"

"租的。"

"租的也挺好呀，搞这个宾馆至少也得五十万吧？"

"不是五十万，而是八十万。"

"你跟赵小龙没有跟错呀，现在也算是个成功人士，哪像我，整天东游西荡，居无定所。"

"正平，别提赵小龙，你提他简直就是在我心口上撒盐。"

"怎么，赵小龙他亏待你了?"

汪秀华哼了一声，说："一言难尽，一言难尽哪!"然后，汪秀华就把赵小龙如何把她骗到手，赵小龙做兔毛生意亏本，逼着她去做"三陪"小姐一五一十告诉了宋正平。

"赵小龙现在干什么?"

"他几年前以收废品为名干起偷盗营生，被公安机关抓去了。现在正在服刑呢。"

"你有没有孩子?"

"有，两个闺女。大的出嫁了，小的还在上大学。"

"你现在离婚了吗?"

"没有。正平，这些年你成家了吗?"

"没有。"

"正平，你要不嫌弃我……"

"汪秀华，那是不可能的。这些年我和范玉林风风雨雨，做个小生意倒也落个清闲自在。"

"你们都没成家吗?"

"都没有。"

"你们哥俩不会是'一朝被蛇咬，十年怕井绳'吧? 我和王霞确实伤害了你们，可总不能单身过一辈子吧。"

"汪秀华你别替我们操心了，说书掉泪为古人担心，多此一举。说说你自己，看看你这身打扮，我真没想到你是老板，还以为你是……"

"是三陪女，是吗?"

宋正平沉默了，没有回答汪秀华。过了一会儿，他说："汪秀华，做个正正派派的人，老老实实做点儿事吧。"汪秀华点了点头。

宋正平从汪秀华那里得知：大哥和大嫂在儿子家里生活得很好，大侄子在家成了种粮大户；二哥和二嫂去了二侄子家，二侄子大学毕业考上了公务员，在外地工作；三哥和三嫂在北京做生意。大家过得都不错，他这才长长地舒了一口气。

"汪秀华你忙吧，我走了。没事不要去打扰我和玉林。"

"别慌，等一下。"

"汪秀华，你还有什么事吗?"

254

汪秀华从抽屉里拿出一沓钞票，递给宋正平说："正平，这一万元是我送给你和范玉林的。"

"不用，你自己用吧。我和玉林虽不太富裕，但养活自己还是绰绰有余。"

第二天，宋正平和范玉林扮成外地小商人的模样到了阔别二十多年的家乡。进入家乡的土地，一切都是那样亲切和熟悉，花草向他们点头，鸟儿向他们唱歌，清风吹拂着面颊，泥土散发着芳香在无声地欢迎游子的归来。那块块田地是他们曾经耕耘的地方。

"哥，这块地是咱们的。那块地也是咱们的。"

"玉林，小声点儿，别让人听见了。"

"哥，你说奇怪不，春耕大生产，一年之计在于春。可这田地里怎么没人干活呢？"

"不知道。"

哥俩到村里，先来到自己原来的家，那栋曾经在全村首屈一指的砖瓦房如今犹如枯枝败叶，屋顶有些地方已经塌陷，破碎的瓦片散落一地。再转一个地方，那些四合院早已是人去院空，门前青草郁郁葱葱。从这一个个精心设计的四合院可以想到村子里当年的兴盛与繁华，现在却是一派衰落破败的景象，从院落的四周生长的野草可以看出这里是人迹罕至。这座座空空如也的院落和广袤田野中生机勃发的万物相比简直是一个世界两重天。

"哥，你说这人为啥都不种地了？"

"发展呗，中国工业现代化发展的必然结果。"

哥俩从村子的东头走到西头，又从西头走到东头。东西南北转了一圈又一圈。当他们来到当年那个红红火火的学校时，才晓得这里已经不是学校而变成了养鸡场。二十年哪！家乡的变化太大了。

"玉林，哥这次回来想办三件事，现在看来一件也办不成了。"

"哥，你回来想办哪三件事，说给我听听。"

"第一，我想把咱哥俩离家时欠别人的账还了，搁在心里也是一种负担。第二，看看三个哥哥有什么困难想帮帮他们。第三，当初为了这个学校弄得我们一贫如洗，现在真想为这个学校捐点儿款。"

"哥，你心里还装着这么多的事？"

"是呀。现在看来这三件事都不用考虑了。还钱吧，找不到人；资助吧，是多余的；捐款吧，学校没有了。"

"哥，我知道你心里在想啥。是不是想给咱村里做点儿什么，你心里才踏实呀！"

"是的，现在能做什么呢?"

"哥，你没看见咱村通往镇里的那条沙石路被车轧得坑坑洼洼，而留在家里的都是些老幼病残走不出去的人，咱哥俩出资修一条路。"

"玉林，你说得太好了。能给咱村修上一条通往镇里的水泥路，方便在家的那些叔叔、婶婶、老哥、老嫂和那些晚辈的出行，咱哥俩也不枉此行。"哥俩不谋而合，一拍即成。这个事情很快就定了下来。

在镇党委、镇政府的办公室里，镇政府办公室主任接待了他们。

"二位，哪个村的，有什么事? 要找谁? 说一说我给你记下来。"看着主任那漫不经心、不热不冷的样子，两人心里多少有些不快。

"主任，你能不能对咱热情点儿，能不能给咱倒杯水喝?"

"哟，二位嫌招待不周。招待不周你们就走哇! 别没事找事，多费口舌。"主任一边说着一边翻着他的笔记本，连眼皮都没抬一抬。

范玉林恼了，说:"你还是不是公务员，是不是人民公仆。胡总书记怎么教导你们的? 他说'权为民所用，利为民所谋，情为民所系。'现在政府在转变职能，建立服务型政府，你知道吗?"

主任一听这话，抬起头看看宋正平和范玉林哥俩说:"哟，二位懂得蛮多的呀!"随即改变了一副面孔说:"二位有啥事直说吧，我能答复的就立即给你答复，需要书记、镇长答复的，我帮助你联系，行了吧!"

"行。哥，你就对他直说了吧。"

宋正平对主任说:"主任，我们来没有别的意思，就是希望政府能帮助咱修一条水泥路。"

"这我可答应不了，我看连书记、镇长也无能为力。现在镇财政别说修一条水泥路，就是修一个坡也拿不出钱来。"

"主任，咱们不让政府拿钱，我们自己投资。钱全部由我们出，政府能管理一下施工，协调各方面的关系，做好质量监管就行了。"

"你们投资?"主任不相信自己的耳朵，又反问了一句。然后站起来探出个脑袋看一看，不知道是否是想看看这两位是坐什么牌子的小车过来的，以判断他们的经济实力。主任显然是有些失望，在门外连个小车的影子也没有见到。于是，他一本正经地说:"这可不是开玩笑闹着玩的，如果我跟书记、镇长一汇报，结果是子虚乌有的事，或者你们根本没有意向和实力投资，那可不好办了。"

"主任，你真啰唆。害怕我们忽悠你是不是? 俺们忽悠谁也不能跑到政府部门来忽悠政府吧。我们真心实意地想做一件好事怎么这么难?"

"好，你们说说想投资修哪条路?"

256

"从刘洪村二队到镇上的那条路。"

"那条路至少也有五公里，需要不少资金哪。"

"一公里十万块钱，五公里五十万块，总够了吧？"

"够了，足够了。"主任边说，边拨通书记、镇长的电话。书记、镇长一听有这么好的事，在很短的时间内赶了过来。主任做了介绍："这位是刘书记，这位是饶镇长。"他又转过身对刘书记和饶镇长说："这两位老板想在我镇投资修建镇里到刘洪村的公路。"刘书记、饶镇长赶紧上前分别握住宋正平和范玉林的手说："谢谢你们，两位老板怎么称呼呀？"

"书记、镇长好，我叫正玉，他叫林平。"宋正平很机灵，给他和玉林重新起了个名字。

"主任安排一下，中午在豫兴酒店招待正、林二位老板，好好商谈一下投资的事。"

"刘书记，别破费。我们是来投资修路的，不是来混饭吃的。书记、镇长咱们就在这儿说挺好的。"

"大老远回来一趟不容易，又在给家乡的建设做贡献，吃顿饭那是应该的。"

宋正平和范玉林一听刘书记这话，先是一惊，心里稍作调整说："刘书记，你误会了，我们不是你们镇上的人。"

"你骗谁呀！不是我们镇上的人，能把资金投在我们镇上吗？"还没等宋正平哥俩回答，办公室主任把刘书记叫了出去，对刘书记说："刚才我打电话给刘洪村书记查了一下，他们村根本没有这两个人。"

"再问一问老书记，那个新书记可能不知道。"

刘书记回到屋，刚说两句话又被办公室主任叫了出去："刘书记，老书记也讲，他们村没有这两个人。"

"难道是两个骗子，招摇过市？"刘书记心里起了疑心。他趴在办公室主任耳朵边小声说："通知派出所来两个同志，穿便装。最好所长亲自来，要他们见机行事。"办公室主任离开，派出所的干警在外面张开一张无形的网。一旦这哥俩"原形毕露"就会束手就擒。

在镇办公室里，刘书记、饶镇长高度戒备，充分做好了几种预案，并不断地试探二人。这时，从外面进来两个人，刘书记连忙介绍："这位是我们镇的常副镇长，主抓招商引资工作，这位是我们镇的政协联络员钱春生同志。"宋正平和范玉林起身相迎，接下来便是审讯式的舌战："你们投资修路，我看不如投资修一修我们镇上的四条商业街。商业街修好以后，镇政府把商业街的管理权和收费权转给你们。这样，你们的投资也有回报。"

"不行，咱就修那条路。其他的地方我们没有兴趣，一概不问。我们投资这里不求回报。"

"那你们投资这个项目的目的是什么?"

"主要是方便刘洪村那些老人和孩子的出行。"

"二位不是刘洪村的人，怎么对刘洪村有这么深的感情呢?"

"我们从小就长在刘洪村。"

"刘洪村是你们的第二故乡啰?"

"是的。"

"在这里读过高中吗?"

"读过。"

"那你老师是谁? 今天中午让你们师生团聚好不好?"

"不记得了。"范玉林的头摇得拨浪鼓似的。

宋正平笑着说:"二十多年前的事，时间长了，连老师的名字都忘了。"

"那校长你还记得吧?"

"记得，记得。他叫张春松。"这给派出所提供了一个线索，所长与学校取得了联系，证实了范玉林的话是真实的。所长要求学校查找正玉和林平在校的有关资料。时间已过中午十二点，学校那边仍是杳无音信。所长一看，总不能这样耗着，在枝节细末上绕圈子，干脆来个釜底抽薪。

"二位老板，你们来此投资，用什么方式来证明你们投资的诚意呢? 你看:一没有相关证明;二没有熟人介绍;三不见你们资金。让我们咋跟你们合作呢?"

"常镇长，咱们带着资金的。"

"在哪儿?"

"在身上。"宋正平和范玉林分别从衣袋里掏出"银联"卡，展示给他们看。

"各位领导，我们丑话说到前头，只有镇政府答应我们的全部要求，我们才给你们划拨资金。"

刘书记一看二人，也不像是欺诈狡猾之徒，反而觉得他们确实是诚心诚意的。他心里的疑虑逐渐释去，便直截了当地说:"二位老板，谁知你们卡里有没有资金，是不是来忽悠我们的。为了双方的便利，我建议咱们到农行营业所查实一下。如果二位真有诚意，政府无条件答应你们的要求，怎么样?"

几个人坐着镇政府的"奥迪"小轿车到了农行营业所一查，营业所的电脑操作员告诉刘书记:"这张卡里存放着巨额资金。"刘书记当然喜出望外，激动得热泪盈眶。他想:整天东闯西荡，南征北战去招商引资，商没招来，资没引来，反而枉扔了许多路费，劳民伤财。镇政府财政拮据，苦不堪言。激动的刘书记对宋正平和范玉林深施一礼说："我代表全镇人民感谢两位老板慷慨解囊捐资。"在镇政府那个小会议室里，刘书记、饶镇长答复了宋正平和范玉林的全部要求，并做出了庄严的承诺：第一，镇政府负责修路的管理、用工和质量监管；第二，若路段在三年内出现"豆腐渣"工程，镇政府要赔偿投资修路款五十万元；第三，镇政府保证投资款全部用于路段建设，不得挪用和克扣；第四，这条路命名为正玉路。此四条以合同的方式用文字表达出来。双方签字后，小会议室内响起一阵儿热烈的掌声。

当天，刘书记、饶镇长又陪着范玉林和宋正平到了学校。哥俩又给自己的母校投资五十万元，镇政府又追加了五十万元，当年镇直中学又建起了四层、二十四班规模的教学楼。

哥俩在一天的时间，给家乡小镇投资一百万的善举，引起了轩然大波，成了官方和民间津津乐道的话题，大家都在查找这两个大善人的真实身份。

且说宋正平和范玉林这次回家做了一件大好事，心里自然很高兴，办完事便赶回了武汉。

宋正平回到公司，刚进门妻子董晶晶就迎上来说："正平，你回来得正好。区政府办公室打来电话，说要开发东方商城，想让我们承包基建工程，接不接？"

"接，咋不接。哪有工程不接的道理？"

"正平，这次你得三思而后行。"

"为啥？"

"说是垫资。"

"垫资，那我得多想想。"宋正平有些犹豫。

中午十一点，区政府办公室又打来电话，随后宋正平与妻子董晶晶去了区政府。小车在繁华的大街上缓缓地行驶，夫妻俩在车内温情脉脉。

"正平，这几天你出啥差？有时还关机，啥意思？"

"怎么，怀疑我在外面包了二奶？"

"没有，再说玉林跟着你，你敢胡来？"

"想我不？"

"想，咋不想。"

"晶晶，你往这来，我有话告诉你。"董晶晶听丈夫这么一说，把头朝丈夫的嘴边挪了挪，宋正平突然在她的面颊上就是一个重重的亲吻。

"正平，你真坏，开着车还不老实，出了事让你吃不了兜着走。"

"你老公是什么人？那可是'眼观六路，耳听八方'。"

小车进入区政府大院，宋正平一看，心里一惊，没想到大院内停了那么多的小车。他轻声对董晶晶说："晶晶，今天这阵势可比得上朝阳区舒心园招标的阵势。"

"差不多吧，那次咱们都拿下了，这次咱们一定行。"

"此一时，彼一时。"

"正平别怕，这次的把握比那次可大多了。区委翁书记前天就打电话对我说，工程公开招标那是个程序，其实只是一个骗人的幌子。我昨天给翁书记送去二十万。"

"晶晶，你这是贿赂，咱们做的是合法生意。"

"正平，谁不想做合法的生意？这世道能让你做合法的生意吗？不是我送的，是翁书记他要的，他说他女儿在澳大利亚留学，需要钱。正平，你先去竞标现场，我找翁书记探探标底。"也只能如此了，二十万总不能白送。宋正平夹着公文包走进竞标现场的大厅。

大厅内人来人往，熙熙攘攘，人们三五成群，交头接耳。室内烟雾缭绕充满了一种诡秘的气氛。宋正平找了个位置坐了下来，等待着接下来事情的发展。主席台上的人都坐齐了，竞标就要开始，可董晶晶还没有过来，看到他人兴奋的神情和充满竞争态势的眼光，宋正平感觉可能没戏了。

竞标书发到每一个人的手中，他翻了一遍看了一下，一个字也没有看进去，竞标书对他来说已经无所谓。宋正平打算放弃，就在这时，董晶晶飘然而至，把他吓了一跳："晶晶，搞什么鬼名堂，像幽灵似的。"

"正平把竞标书给我。"宋正平把竞标书送到董晶晶手中。董晶晶接过竞标书往桌面上一放，掏出钢笔，神态自若，笔翰如流。写好后她交给宋正平说："正平，交上去吧。"看着董晶晶那志在必得的样子，宋正平心里愕然。

漫长的等待之后，专家组组长开始宣读竞标结果：诚信建筑公司。场内一片哗然。有人开始打听诚信建筑公司的背景，然后又是剧烈的骚动。会场内有几家大公司的老总临走时还骂骂咧咧的。

宋正平和他的诚信建筑公司获得东方商城的基建权，是董晶晶第一次在没有宋正平的参与下取得商场上的首次胜利。四十四岁的董晶晶在她的人生步入中年之际尝到了成功的喜悦，接下来董晶晶所做的事情更是让宋正平匪夷所思了。

在宋正平和董晶晶的卧室里，那往常十分柔和的壁灯今夜显得特别亮。

"晶晶，你是怎么取得这次竞标权的？"

"我不是跟你说过了，两个条件：一个是二十万的作用；一个是翁书记的帮助。"

"别的没有了？"

"没有了，就这么简单。"

"这翁书记为什么要帮助你？"

"可能是那二十万的原因吧。"

"你送二十万，人家就不会送二十万，难道没人送四十万给他？"

"你什么意思？"

"我担心这里会不会有诈？"

"难道你不相信政府？"

"那要看是哪级政府，是谁在掌握这级政府的权力。如果是一个正直的人掌握政府的权力，这个政府就是一个高效、廉洁、公平和富有正义的政府，我们就应该相信它；反之，如果是一个贪婪的小人掌握政府的权力，这个政府就是一个腐败、欺骗、愚弄人民和玩弄权术的政府，我们就应该离它远点儿。"

"正平，说白了你不就是担心垫资的事情吗？"

"是，再说了，咱们也没有那么多的资金来做这件事，一旦资金链断裂，那后果不堪设想。"

"后果十分广阔，我告诉你正平，翁书记说了，等工地一开工，他就给咱担保从银行贷款，需要多少就贷多少。"

"晶晶有句话说得好，安危在是非，不在强弱；存亡在虚实，不在众寡。咱们何必打肿脸充胖子。再说了，翁书记现在他就敢直言不讳地跟你要钱，到时候你求他的事情多了，他不更得勒索。"

"正平，你那小农意识该放一放了。有多少人巴结翁书记还巴结不上呢！俗话说：大树底下好乘凉。你懂吗？"

宋正平听后摇了摇头，一言不发地坐在床沿上紧锁双眉。董晶晶迈着轻盈的步子走到丈夫身边，和丈夫并肩坐在床沿上，头一偏倚在宋正平的肩膀上。

"正平，你多一点儿信任，少一点儿怀疑；多一点儿鼓励，少一点儿抱怨。好不好？"

宋正平趁势把妻子搂在怀里，动情地说："晶晶，我知道你做了一件好事，做一件好事很难很难。咱们多长个心眼为好，多这个心眼不是为了坑害别人，而是为了不被别人坑。"

"正平，放心吧。你不必过度谨慎，前怕狼后怕虎的。如果那样咱们就会错失商机。这机不可失，时不再来。"

宋正平沉默一会儿之后对妻子说："好吧，这个工程由你来做，我给你做个帮手，怎么样？"董晶晶一听，十分高兴。她从宋正平身旁站起来，双手抱住他的肩头说："真的，正平？谢谢你这样信任我。"

"当然信任你了，因为你是我老婆。"

"好，那咱们俩拉钩。"宋正平伸出右手跟董晶晶拉钩，高兴得董晶晶连续在宋正平的脸上亲了好几下。

在宋正平的卧室里，壁灯经过微红的外罩放出柔和的光亮。沐浴后的董晶晶从卫生间里走出来，推开卧室黑红色的门，轻盈盈的身体飘了进来。

沐浴后的董晶晶，修长妖娆的身体外穿白色的旗袍式连衣裙，湿漉漉的秀发飘垂在身后，白嫩的额头泛着光亮，细长的美眉斜卧入鬓，长长的睫毛垂立，黑黝黝的眸瞳发出柔美的情波。

两具美丽健康的胴体交叉在一起，灯光下上肢美臂相绕，下体四条美腿互缠。绵绵情意在两口四唇中流淌，董晶晶的纤纤玉指在丈夫的身体上划过："正平，你的皮肤像女人般光滑细腻。"

"再怎么好，也比不上夫人你呀！"

宋正平经妻子这么一煽一挑一逗，内心的欲火愈积愈旺。他伸臂将妻子推了个九十度的转身，自己迫不及待地攀上妻子的身体。董晶晶见丈夫扑上来，双手用力把他推开后迅速侧身。宋正平扑空，用惊疑的目光看着妻子。

"正平，正平，我想跟你换个位置。"

宋正平看着嫣然含笑的妻子，喃喃地说："晶晶，你想跟我换个位置？"董晶晶含情脉脉地点了点头。

"好哇！晶晶，真有你的，够有创意的呀！"宋正平心头一振，双手连拉带拖把妻子拽到自己的身体上。

"正平，你干啥呀？"

"晶晶，你不是说咱们换个位置吗？"董晶晶羞得满脸绯红，她知道丈夫误读了自己的意思。

"正平，我说的是在公司。"

"什么公司不公司？只要你高兴，换就换吧。"宋正平被性爱冲昏了头，双手抱住妻子，就是不让妻子从自己的身体上下来。

"正平，你可是真心的？"

"真的。"

"你发誓。"

"谁要不是真心的，走路撞在车上，被撞得粉身碎骨。"

听完丈夫的话，董晶晶心里一阵儿心疼，连忙用双手捂住丈夫的嘴说："正平，我让你发誓，又不是让你诅咒。"

"诅咒算不算发誓？"

"算，算。"

"晶晶，你还下来不？"

董晶晶摇摇头，把头发改变了一下方向，一双杏眼水汪汪地看着自己身下的丈夫说："不下去，不下去了……"

三个月后，诚信建筑公司的其他工程陆续竣工，开始全面进入东方商城项目，而这个工程主要是董晶晶在做，也就是说董晶晶实际上成了诚信建筑公司的老板。董晶晶把公司所有的资金都投入到东方商城的建设工程。

"晶晶，你把咱们所有的资金都投入到东方商城，其他的工程还接不接？"

"这一个工程就够咱们做的，那些小活咱就不接了。"

"晶晶，找咱们接工程的都是我们的老客户，跟我们有很深的情谊，他们的信誉很高。如果丢了这些老朋友也就丢了咱们已有的市场。"

"正平，我们有了大市场，就不要小市场；有了大工程，就不要小工程。我们马上就要进入到主流市场，何必在乎那些边缘市场呢。我这样做与国有企业改革一样，抓大放小，有所为有所不为。"

"晶晶，你不要脑子发昏，欲望膨胀。蚁负粒米，像负千斤。我还想提醒你，我们咋能跟国家相比。国家抓大放小，能抓能放，国家对局势有掌控力，有话语权。我们没有。晶晶，你不要想蒸沙成饭。"

"我们也有话语权。我们在建筑市场一定要有自己的一席之地，三分天下有其一。必须把企业做大做强。就像大海里的航空母舰一样，只有大才能顶风雨，抗巨浪。"

"我说这男人有野心，可这女人怎么也这么野，野到要发疯的地步。"

"正平，这不叫野，叫理想。不想当将军的士兵不是好士兵。"宋正平细想了一下，觉得也许董晶晶做得对。

董晶晶对公司最高权力的觊觎越来越强烈，可宋正平对交权并不积极。有时董晶晶旁敲侧击提醒他，可宋正平不是敷衍就是揣着明白装糊涂。

一天，董晶晶对宋正平说："正平，今晚咱们去新汇区一趟。"

"去那儿干什么？"

"新汇区的计划委员会主任同翁书记是同学，他们那有个工程项目，咱们去看看吧。"

"行。"夫妻俩把这个事情定了下来。

在长江大桥桥头一家气派豪华的大酒店，董晶晶和宋正平夫妇设宴邀请到新汇区计划委员会主任丁继光。

丁继光，大高个，身体较胖，五十来岁的年龄头顶却谢了个精光，右边的几绺长发左偏，从光秃秃的头顶和油光闪亮的脑门上覆过，算是头顶和脑门上的毛发。

宴会进行了一段时间，宋正平怎么是丁继光的对手，几个回合下来，宋正平是头昏目眩，咽喉发硬，再要拼下去，醉烂如泥那是肯定的。客人没有喝好，可主人已经这样。董晶晶见丁主任酒兴正浓，自家老公却先"败阵"下来，只好亲自出马了。趁妻子和丁继光碰杯之际，宋正平去了趟卫生间。笑盈盈的董晶晶端着酒杯向丁继光敬酒，可丁继光突然放下手中的酒杯，将右手向桌下伸去，按在董晶晶的左大腿上。董晶晶心里一惊，本能将左腿向内收缩。就慢了那一点儿，左腿的膝弯还是被丁继光的双手扣住。他强行将董晶晶的左腿抬起放在自己的右腿上。董晶晶一脸的愕然，可丁继光却满脸淫笑。就在这种僵持状况中，卫生间的门开了，宋正平的返回才打破了刚才那短暂的尴尬。

董晶晶看着丈夫回到自己的位置说："正平，不舒服哇，你趴那休息一会儿。"宋正平抬头看了一眼妻子，然后用眼色跟丁继光打了个招呼，便趴在桌边休息起来。

董晶晶端起酒杯，她和丁继光又接着喝起来，二人边喝边聊。丁继光看旁边的宋正平趴在桌边一动不动，他的心思不禁动了起来，手也动了起来。丁继光把他的左手又放在美女老板的左大腿上，董晶晶不敢动，生怕丁继光的动作惊动了丈夫宋正平。看着貌美的董晶晶如此温顺，丁继光更是欣喜，左手在桌下更加放肆地在董晶晶的大腿上抚摸起来。董晶晶不敢在桌面下抗争，只好用目光警告丁继光。可这在丁继光眼里，娇嗔的董晶晶更加妩媚了。

宋正平趴在桌边突然向右边的桌下倒去。董晶晶连忙站起来，跑到丈夫的身边。幸好宋正平右边有把椅子，宋正平倒在椅子上。董晶晶扶起宋正平，旁边的丁继光也从椅子上站了起来。董晶晶趁此时机向丁继光告辞："对不起，丁主任。"

董晶晶扶着丈夫宋正平离去，丁继光仍在那品味着刚才从董晶晶大腿上获得的兴奋和快感。

董晶晶把丈夫扶进屋，宋正平一屁股坐在自家客厅的沙发上对她说："晶晶，你是在考察项目，还是在用自己的大腿色诱项目呀？"

"正平，你说什么呀！你知道不知道你这是对我人格的侮辱。"

"还谈什么人格？就差没有脱衣服跟姓丁的上床了。"

"老宋，你为什么这么说，有证据吗？"

"有，这耳听是虚，眼见为实吧！我亲眼所见。"

"你看到什么了？说呀！"

"就在我斜身倒下的那会儿，我看到你大腿上有只手抽了回去。"

"神经病，宋正平，我问你，我的身上就连我自己也不能碰吗？告诉你宋正平，那是我自己的手放在我自己的大腿上。"

"你……你自己的手。"宋正平嘴里嘟囔着，可心里是半信半疑，随后追问一句："你为什么把手放在大腿上？"

"我腿上痒痒，我给自己搔痒怎么了。"宋正平仍是疑云未消。

"怎么，不相信？你可以把我带到公安局做个指纹鉴定，不就明白了。"董晶晶见丈夫疑云满腹立即又补充了一句。听妻子这么一说，宋正平心里舒服多了。可董晶晶火了，从屋里抱出一床棉被就扔在丈夫的怀里，撂下一句话："你在这儿好好想想，想明白了再进屋。"董晶晶转身进了卧室，然后砰的一声将卧室的门关上。从此，夫妻二人的关系渐行渐远。

宋正平和董晶晶的关系僵持了两个月，开始和季节一同进入到漫漫寒冬。自从上次董晶晶带宋正平去新汇发生不快之事以后，董晶晶再有客户应酬的事就干脆瞒着丈夫独自前往。

一天，董晶晶在洽谈完生意后把客人送到餐厅的一楼。客人拉开玻璃大门，外面的冷风袭进，董晶晶打个寒战。就在此时，大厅里有人叫道："服务员，再来两瓶常温啤酒。"随后就是一声"爱情不是想来就能来"的吟唱。她一边向客人告别一边将脸扭了过去，目光在搜索着刚才唱歌的人。她的目光锁住了一个独坐桌边的男人，锅底的火苗照着那个人"国"字形的脸庞。董晶晶心里立即荡漾起少女般的青春情潮，怦然心动。

她穿过人群，走到那个人的旁边，轻轻地叫声："世轩，世轩。"那个人抬起头，惊呼："晶晶，是你呀！干啥呢？吃饭了吗？"这个叫世轩的男人一连问了几个问题。董晶晶连声支吾着："没有，没有。"

"没有，坐下吧！咱们一块吃，边吃边聊。"董晶晶坐了下来。

"世轩，这些年来你在干什么呢？"

"唉！像我们这些背负历史恶名的人能干什么？"董晶晶从世轩的眼神中看到他的没落和心中的不满。

"老同学，看你这气派混得挺不错的吧？是官吏、官太，还是商人、富婆？"

"看你说的，多难听呀！"

"难听，就不说了。喝酒，喝酒。今夜有酒今夜醉，管它明天风和雨。"世轩举杯，二人的酒杯碰在一起，心里的旅程也愈来愈近。不知过了多久，整个大厅已经是人少凳子多，服务员开始收拾东西，准备下班。世轩起身，董晶晶仍不舍离去。世轩拉起董晶晶说："老同学，我送你回去吧。"

　　"我不想回去，世轩我想跟你聊上一个通宵，好吗?"

　　"行，咱们找个地方，我陪你聊到天明。"两人手挽手而出找了一家宾馆。

　　这个男人叫朱世轩，是董晶晶在武大的同学，也是她心中第一位的白马王子。朱世轩在学校的名气可大了。学生会主席，学运领袖，加之一表人才，引来校园众多女生的青睐，董晶晶便是其中之一。多年来，董晶晶对朱世轩暗恋情深。今日得见，多年情梦得圆，自然是忘乎所以。朱世轩当年对董晶晶这个小师妹的追求视而不见，因为他心里装着另一个女人。她就是武大化学系的高才生纪乃馨。她不仅是名门之后，而且学业出众，有着"未来中国的居里夫人"的美誉。朱世轩在校追求纪乃馨未果。毕业后，纪乃馨进入清华读了研究生，后进入到中科院下属的一个研究所，事业蒸蒸日上，科研成果斐然。朱世轩则被分配到江西省一个县城做了小吏，后来他仕途挫折，便辞官经商，几番拼搏弄得他筋疲力尽。一事无成的他，又回到当年自己求学的地方。

　　无巧不成书，他来到武汉就遇到了当年的小师妹。两人倍感亲切，一阵儿畅聊、狂饮之后，走到一家宾馆。

　　外面寒风凛冽，可屋内热浪滚滚。挂在墙壁上的空调还不断地给室内增温添热，董晶晶不顾一切地扑向朱世轩的怀里，双手扣住他的腰部。朱世轩看着眼前的小师妹，上身穿鹅黄色的羽绒服，下身着束臀束腿喇叭裤，脚穿黑色高跟皮鞋。对于这个主动送上门来的尤物，朱世轩岂能气沉神稳，胸中的那颗心扑腾乱跳。

　　朱世轩双手捧起董晶晶的头，把它从自己的胸口上移开，让董晶晶花般的容颜置于柔和的灯光下。看着这张迷人的面孔，朱世轩那滚烫的双唇煨在董晶晶那雪白的额头。朱世轩的双唇游遍那张美丽的面，最后停泊在散发兰香的唇瓣上，四片唇瓣紧紧地黏合在一起……

　　冬日的朝阳，没有往日的色泽，显得有些苍白，白灿灿的阳光还是从窗隙中透来。董晶晶穿好衣服对朱世轩说："世轩，你在武汉如果找不到理想的工作就到我公司去吧。"说完，董晶晶放下一张名片后离去。

　　董晶晶出了门，心里长舒了一口气，那不是愧疚，而是愉悦。

　　三天后，朱世轩真的投靠到小师妹公司里。董晶晶专门在公司设置了一个"广告策划部"，让师哥朱世轩做了公司高管。朱世轩拿起了高薪厚酬。这一切宋正平全然不知。

宋正平因管外地工程，极少在家，市内的大工程都是由董晶晶在做。仅仅成立几个月的"广告策划部"的支出令人吃惊，财务部的主管王振清把这一情况向董晶晶作了汇报。

王振清在宋正平手下做财务工作有些年头，此人精打细算，是掌家理财的一把好手。除了这儿，更让宋正平赏识的是他的正直与清廉。他和宋正平是相知相识的好友，是他事业上的一名得力助手。宋正平也不曾亏待他，用公司的资金给他在武汉买了一套商品房。

王振清的汇报，不仅没有得到董晶晶的肯定，反而让董晶晶反感。终于有一天，她趁宋正平不在家把王振清辞掉了。

"王总管，宋总说了，他谢谢你这些年对公司的贡献。这张卡里有十万元，用来表示我们的心意。"

"董总，你这是什么意思？"

"什么意思？你是真糊涂还是在装糊涂？"朱世轩在一旁讥讽道。

"你算什么？我要问一问宋总。"

董晶晶一听这话顿时勃然大怒："老王，你太过分了。"

"董总，董总，我不是说你的。我说的是老朱。"

"老王你不要过于自负，老宋他不想见你，他要是想见你，还需要我来说吗？"

看到董晶晶那绝情的样子，王振清愤然离开，临行丢下一句话："董晶晶，咱们识字不多，文化不高，可骨气一点儿也不少。"王振清离职后，朱世轩堂而皇之地坐上了财务总管的位置。朱世轩这才知道了这个小师妹的公司的雄厚实力。

宋正平回到公司后，因此事夫妻俩大吵一架。至此，宋正平这位老总在公司的位置已经是名存实亡。一怒之下，他把公司法人代表的位置让给了妻子董晶晶。

第十一章

厚　爱

一天，朱世轩告诉董晶晶："董总，账户上的资金不足，你得想想办法。"工地待料，工人待资，红红火火的建设即将陷入停工的境地。那是一个初夏的午后，董晶晶驱车到区政府，寻求翁书记的帮助。

"董老板，你为贷款的事而来吧？中午我跟贾行长说过这事，可这事有点儿困难。"

"啥困难？"董晶晶几乎瞪着眼睛看翁书记。

翁书记揉了揉眼睛，叹口气说："贷这么大的一笔款，需要东西抵押担保。"

"这我知道，银行是为了规避风险，这很正常。"

"董老板用什么东西做抵押呢？"

"我可以用我的建筑工地来抵押。"

"不行，绝对不行。你那个建筑工地是区政府的，不是你私人的物件。虽说是你的垫资，可工程结束后经验收合格区政府方能付你的款。"

"那怎么办呢？"董晶晶有些急了。

"董老板，我给你找了一家公司，用他们的固定资产作抵押，可人家要你贷款总额的百分之十作为风险担保费。"

"百分之十！翁书记这百分之十是不是多了点儿？"

"不多，不多。你想如果你能够如期还款还可以，如果你不能如期还款那人家不就有了风险？"

"翁书记，我怎么可能拖延还款时间呢？咱们工程在年底一定会如期竣工，到时候区政府给咱们工程款，我们不就把银行贷款还上了吗？”

"董老板，不是你工程竣工区政府就会给款，而是工程验收合格以后才能给款哟。"

"有你翁书记，验收那还不是走个过场。"

"董老板，你千万别这么说，这质量就是生命，你诚信建筑公司不就是靠质量才有今天的业绩吗？你要是搞了个'豆腐渣'工程，到那时候可就不好说了。"

"那是当然，咱一定按照合同和质量保证书上面的要求去做，绝对不打一丝一毫的折扣。"

"这就对了。"

"翁书记扯了这么远，贷款的事怎么办？"

"我刚才不是跟你说过了，你再考虑考虑。今天下午贾行长那头还等着回话呢，要是贾行长明天出差走了，那近期就办不成了。"

董晶晶皱了皱眉头，一咬牙下了决心说："行。今晚彩虹大酒店，我做东。翁书记你就安排吧。"

董晶晶回去跟宋正平一商量，宋正平立即表示反对。他说："晶晶，你算过细账吗？"

"算个鬼呀！小农意识，黄鼠狼泥墙——小手小脚的。"

气得宋正平丢下一句话："晶晶，你自己看着办吧。今天晚上我有事，你自己去吧。"

宋正平走后，董晶晶找工程师和财会人员一核算，她也惊出一身的冷汗。事到如此，她也只能硬着头皮干下去。

在彩虹大酒店，由翁书记出面，请到了贾行长。贷款的事终于敲定。董晶晶顺利地从银行贷了八百万的巨款。按照她和翁书记的约定，给担保人百分之十的担保费。

董晶晶办理好手续之后，携带八十万巨款的存单去了翁书记的住处。董晶晶送上八十万的巨款存单，翁书记当然笑纳。董晶晶当着翁书记的面又把一肚子的苦水倒了出来。翁书记听后，拍了拍董晶晶的肩头说："董老板，你放心吧！这俗话说：不织大网不逮大鱼。有投入才有回报嘛！"董晶晶的脸上展现出一丝苦笑，她说："翁书记，那合同上白纸黑字写得清清楚楚，我上哪能赚上一大笔？"

"董老板，合同是'死的'，人可是'活的'呀！"董晶晶听出翁书记话的弦外之音，心想：有钱能使鬼推磨，什么竞拍、合同，看来都是骗人的鬼话。

269

董晶晶建设开发东方商城，在区委书记的关照和操纵下，她又取得了十几个合同外的项目。在这些项目中董晶晶做足了手脚，仅靠合同外的工程就从区政府手中赚取了三百多万，这让宋正平瞠目结舌。

有了这样的效益，董晶晶在宋正平面前更是有恃无恐。宋正平这个丈夫俨然成了个摆设。

董晶晶是个受过高等教育的人，她深知人才对企业的重要性。她从社会和大学中招聘了一批优秀的建筑人才，充实到公司的各个重要岗位，再加上她从银行贷出的雄厚资金色及翁书记的庇护，使她在市场竞争中脱颖而出。

董晶晶宛如商界一颗冉冉升起的耀眼明星，光彩照人。而宋正平与之相较却黯然失色。宋正平感觉自己落伍了，除了偶尔和弟弟范玉林在春苑小区相聚外，就是陪爸妈在家说说话。整日里无所事事。

"正平，你看晶晶这么有出息，搞基建、房产、地产，还搞慈善事业。整天开会、上电视多好哇！"陶素梅说。

"是的，咱儿子、儿媳妇个个是好样的。正平，晶晶这么能干，你应该感到高兴才对呀！"

董晶晶把"诚信建筑公司"改成"诚信集团"。在新的一年，她又成了区政协委员。这一切的幕后操纵者就是翁书记。当然这不是无条件的，是董晶晶把公司利润的百分之四十无偿地送给了这个贪婪的翁书记。

一天，宋正平在妈家里，与爸妈谈心，突然接到原来自己手下的一名工人打来的电话："宋总，你能不能来公司一趟，工人和董总之间发生了冲突。"宋正平急忙开着车赶到公司，那黑压压的一群工人把公司的大门口围得严严实实，水泄不通。宋正平下车，工人向他围拢过来。大家纷纷大声向宋正平说："宋总，你可来了。"

"宋总，董总她怎么能这样对待俺们哪！"

"宋总，这城里的女人长得好看，心怎么那样狠呀！"

"宋总，再领着咱穷哥们干吧！"大家七嘴八舌，寄予了宋正平很高的期望。

宋正平挥手向大家说："工友们，等一等，我去跟董总谈谈。"宋正平走进董晶晶的办公室，董晶晶阴着脸对宋正平说："老宋，你看见了吧，你这些手下的工人简直是无法无天。"

"董晶晶，我问你，你为什么要克扣他们的工资？他们是在用自己的血汗挣钱，不是在接受你的施舍。"

"宋正平，你以为你是谁呀？是法官？"

"董晶晶我们能不能好好谈谈？"

"好哇！你谈吧。"

"这些工人都是咱们公司的老员工，有的跟着我都干了二十多年，他们对公司的发展没有功劳也有苦劳哇。来到新工地，你连一个月的工资都没发，可现在你不仅不给他们增加工资，反而降他们工资，他们能接受吗？"

"这些都是你惯的，你看看那些人，要技术没技术，要力气没力气，还想拿高工资，你以为我这公司是大集体的生产队哟。"

"那你也得给他们一个合理的工资呀！这些人上有老人，下有孩子，他们得养家糊口。"

"我们公司一定要改革，你原来那样的做法肯定不行。我们这是办企业，要与别的企业竞争，公司要有效益。工资一定要与效率挂钩，这一点也不能含糊。我们这是公司，不是红十字会，不是慈善机构。"

"那你能不能按原来的标准给他们发工资，后来的事跟他们讲清楚，是去是留让他们自己选择。"

"不行。决定了的事不能改变。"

"什么不能改变？国家的政策和法律还经常变呢！"

"老宋，你到底是来解决问题的还是来火上浇油的？"

"看你说的，我当然是来给你解决问题的呀。"

"我决定了的不能改变，希望你好好做做他们的工作，到财务科把工资结了。"

"你没有给我一个很好的理由，我怎么去做他们的工作。"

"你找个理由吧。"

宋正平沉默了一会儿，想出了一个主意，说："这样，我还带着他们单干，你给我一点儿资金和设备。"

董晶晶沉思了一会儿说："我把你最后带来的资金和设备还给你，你看行不行？不行你说。"

"可以。"

夫妻二人达成一致意见后，宋正平走出董晶晶的办公室来到罢工工人中间，把情况向这些工人说明，这些工人自然都答应下来。就在此时，有人在叫宋正平："宋总，董总要你赶快去她办公室一趟。"宋正平返回董晶晶的办公室，董晶晶说："老宋，我不能让你再去吃苦受累，你还是安心休息吧。"

"董晶晶，你这是什么意思？是不是刚才咱们达成的意见你反悔了？"

"是的。"

原来，宋正平从妻子办公室刚出去，朱世轩就进来了。董晶晶把刚才和丈夫达成的意见跟朱世轩一说，立刻遭到他的反对。

"董总，咱们把资源整合起来都满足不了建设的需要。现在你却要把这些资源分出去，请问董总你还想不想把企业做大做强？俗话说，五个指头攥成拳头打出去才有力，合则盛，分则衰呀！"董晶晶听朱世轩这么一说马上改变了主意，才让人把宋正平叫了回来。宋正平刚才把情况已经向工人们说了，这下可好，事情却来了一个一百八十度的大转弯，这岂不是自打嘴巴。这让宋正平很难接受。

"董晶晶，你不是说决定了的事情是不能改变的吗？"

"那要看是什么事情了，情况总应该因事而定吧。"

"好，不允许我带着他们单干，那你就按照我原来定下来的标准给他们发工资。"

"宋正平，你虽然不做公司老板了，可这公司依然是你的呀！你怎么胳膊肘往外拐呢？"

"你承认公司是我的，那你就应该按照我定下来的标准给他们发工资。"

"老宋，你不要逼我。"

"我怎么是在逼你呢！董晶晶，你有那么多的文化知识，难道就不明白'人道酬勤，业道酬精，商道酬信'的道理吗？"

"宋正平，你不要利用你那点儿学问来教训我，这事要是没有你来搅局，能有现在这个样子吗？"两人意见主张南辕北辙，言语不和，舌枪唇战起来。争吵越来越凶，其他人纷纷前来劝和。

"董晶晶，你出尔反尔，鬼迷心窍，还有没有一点儿廉耻？"此话一出，气得董晶晶怒火难抑，美丽的脸蛋因气恼而扭曲变形，更何况身边还有朱世轩用诧异的目光看着她。这让董晶晶顿时失去了理智，随手端起刚倒出不久的茶水朝宋正平的脸上泼去。宋正平做梦也不会想到妻子会来这一手，躲闪不及，一杯热水泼在宋正平的脸上，一张愤怒的脸被烫得通红。众人拉开要上前打妻子的宋正平，董晶晶趁势离去。夫妻的矛盾进一步升级。

董晶晶有了借口，整天整夜不归。陶素梅得知此事后直奔董晶晶的公司，给儿子儿媳劝和，希望两人重回以往的甜美生活。陶素梅推开董晶晶的总经理办公室的门，见一男子双手搭在儿媳的双肩上，顿时脸色大变。老太太的突然造访也惊得董晶晶和朱世轩两人面面相觑。陶素梅见儿媳和一个陌生男人的窘态心里怒火燃烧，就朝朱世轩吼道："你是谁？你在干吗？"董晶晶很快从惊慌失措中转了过来，她对婆婆说："妈，他是我们公司的财务总管。"董晶晶说完立刻对朱世轩说："朱总管，这是我婆婆，老宋的母亲。"

"伯母，您好！"朱世轩满脸赔笑。

"滚，我不想看到你。"陶素梅怒道。董晶晶向朱世轩使了个眼色，朱世轩退了出去。

"妈，您坐。"老太太找了个位子坐了下来，屋里只剩下陶素梅和董晶晶。

"晶晶，你和正平？"

"妈，我和正平没什么呀！"董晶晶含着微笑回答婆婆的话。

"骗妈干什么？没有什么，这么长的时间都不回去。"

"妈，真的没什么，等我忙了这一阵子就回去。"

"晶晶，你忙事业，妈不反对。可不能丢家弃夫呀！"

"妈，你说啥呀！啥叫'丢家弃夫'，你今天是不是为宋正平出气来的，想教训教训我，从你进门的那一刻就阴沉着脸。"

"哎，晶晶，你怎么腰里别着牌，谁来跟谁来呀！"董晶晶一听这话，心里的火腾地一下升起来。

"我就是腰里别着牌，谁来跟谁来，你管得着吗？"

"今天你跟正平的事我还真得管一管了。"陶素梅在儿媳面前毫不示弱。

"你管不着，我咋做那是我的事。"

陶素梅见董晶晶如此蛮横无理，气得浑身哆嗦，一股脑儿地把心里话都端了出来："晶晶，看你还是一个大学生，识文断字，怎么一点儿道理也不懂。俗话说：吃水不忘挖井人。你这公司是你干出来的吗？不是。是正平他一点一滴干出来的，这中间的酸辣苦甜你知道吗？现在你从正平手里接过公司坐享其成。正平就是为了他的那些穷工人，跟你提出那么一点儿要求，你就该当着那么多人的面把热水泼在他的脸上吗？正平他现在不是老板，可他还是你的丈夫，是守华和守夏的爸爸呀！他还是一个男人。晶晶啊晶晶！想想当初你们的关系，想想守华和守夏你也下不去手哇！看看你现在的公司、大楼、工地、设备、资产哪一项不倾注正平的心血啊！两口子没有不拌嘴的，可你跟正平吵了一架就整天整夜地不回家。"

公司职员越聚越多，陶素梅越说越激动，禁不住老泪纵横。董晶晶看到此景，脸上也挂不住，压不住心中的怒火，指着陶素梅说："老太婆，你今天又哭又闹，我看你能不能把这栋楼哭垮。我今天没空陪你。"董晶晶说着走出门外。陶素梅见董晶晶要走，就追了出来。董晶晶打开车门，钻进车内。陶素梅从后面追上来拉住董晶晶的衣服往外拽，嘴里说："晶晶，你别走，咱娘俩今天把话讲清楚。"

董晶晶慢了半拍，没能关上车门，却被婆婆拽住了衣服无法走脱。她心里窝着火，下车就跟婆婆推搡起来。陶素梅哪里能推搡过儿媳，被董晶晶推倒在地。董晶晶见婆婆摔倒在地，急忙上车，关上车门，打开发动机，一溜烟而去。

　　一辆小车和董晶晶的小车急擦而来，小车在地面一阵儿振动后停了下来。宋正平从车上急忙下来，飞奔到妈妈身边。他抱起倒在地上的妈妈一看，妈妈头上右边的那根根银发被鲜血染成了一团红丝。

　　"妈——"宋正平一声惨叫，把妈妈搂在胸前，自己倒了下去，不省人事。

　　话说范春成见陶素梅去了董晶晶的公司，担心婆媳二人话不投机，就去找到宋正平。宋正平听爸这么一说，不敢怠慢，开着车就奔公司而来。他刚进大门就看见妻子将妈妈推倒在地，然后上车跟自己的车子打了个照面便飞驰而去。

　　宋正平停下车，疯一般地扑向妈妈。当他看到妈妈受伤的样子，怒火攻心，便昏了过去。陶素梅见儿子正平这样，不顾自己头上的伤势和不断往下流淌的鲜血拍打着宋正平，大声叫道："正——平，平——儿。"

　　娘俩被众人抬上"120"急救车，送进了区医院。家人闻讯除了在外地上学和工作的都赶到医院，唯独少了董晶晶一人。

　　范玉林一见正平哥死一般的沉寂，悲痛欲绝，号啕大哭。医生告诉范玉林："没事，过几天也许就会醒过来。"宋正平昏迷几天中，范玉林放下手中的工作，一心照顾哥哥。五天过去，宋正平虽然未能苏醒过来，可身体的某些部位已可以动，看来病情正在向好的方向发展。陶素梅不顾年高头伤，给儿子熬鸡汤，亲自端到宋正平的病床喂汤。宋正平不能说话，只能瞪着眼看妈妈，泪珠在眼眶里转了一圈后从眼角流了出来。陶素梅放下汤碗，用毛巾拭去儿子眼角的泪珠说："正平，正平不哭，病会好的。"陶素梅像哄婴儿般地哄喂着宋正平。

　　只听宋正平下身部"咕咚咕咚"一阵儿声响后，整个屋里一股大便的粪臭充满房间，那臭烘烘的气味把屋里的人熏得跑了出去。躺在病床上的病人不能走动，只好用薄被蒙住头，忍耐着这臭不可闻的空气。陶素梅放下汤碗，揭开宋正平的薄被，那整个床单被糟蹋得不成样子。

　　"妈，您出去，我来收拾。"范玉林把妈妈往外拉。

　　"玉林，你不嫌脏吗?"

　　"不嫌，妈您出去吧。"陶素梅出去，范玉林拖着哥哥那具沉沉的身体，从哥的身下将被单扯了下来，尔后脱下哥哥的上下内衣，又将哥哥的身体用热水擦洗了一遍，重新换上干净的内衣、被褥、床单，清完这些范玉林已经是汗水淋淋。陶素梅关切地对儿子范玉林说："玉林，回去换衣服洗个澡，好好休息休息，今夜我和你爸在这就行了。"就在这时，董晶晶带着父母来医院看望宋正平。董夫人刘芳拉着陶素梅的手说："亲家，你这头是?"

"是我不小心摔倒碰伤的。"

"哎呀! 这些天辛苦了，这么大年纪还跑前跑后伺候正平。可怜天下父母心啊!"董晶晶听了两位老人的对话，觉得不好意思，顿时，一丝愧疚掠过心头。董工与妻子刘芳站在宋正平的病床前，凝视着植物人状的乘龙快婿潸然泪下。许久之后，董工和刘芳起身告辞。董工对女儿说："晶晶，正平病成这个样子，你怎么今天才告诉我们? 你们俩的关系为什么会搞成这个样子? 今晚我和你妈打车回去，你就留下照顾正平吧。"

"这里有玉林和我就行了。公司忙离不开人，晶晶你开车把爸妈送回去，安心工作吧。"陶素梅边说边拉着董晶晶和董工夫妇往外走。

又过了三天，陶素梅把从家中熬好的鸡汤端来喂宋正平。范玉林将哥哥扶坐起来。宋正平突然抱住跟前的陶素梅放声大哭。陶素梅放下汤碗，扶住宋正平说："正平，你委屈就哭吧。"宋正平哭得那个惨啊! 一哭就是一个多小时，哭得妈妈不住地跟着流泪。宋正平哭得自己也是汗水淋淋。

"哥，哥……"范玉林安慰着宋正平。宋正平抬起头，竟然放开妈妈自己从床上下地站了起来。陶素梅娘俩被宋正平的举动怔住了，同房的病人也瞪大眼睛看着这奇迹的发生。

"哥，你好了。"范玉林高兴地站起来与哥哥紧紧地相拥在一起。

真是一个奇迹。号脉、量血压、做心电图、做脑电图……宋正平在弟弟范玉林的陪护做了全面检查，一切恢复正常。

"正平，要不要给晶晶打个电话，让她来接你出院?"陶素梅边说边征询宋正平的意见。

"不用，不用，我现在不想见她。我今晚出院想跟玉林弟好好谈谈，妈这些天让您老辛苦了，您回去休息休息吧。"

出院的那天晚上，哥俩回到他们春苑小区的"家"，相偎在那个席梦思床上。范玉林对宋正平说："哥，我今夜可要好好地睡上一觉。"

"行，玉林，你睡吧，我不打搅你。"范玉林右臂一伸，把哥哥的头揽入怀中便"呼呼"地进入梦乡。宋正平头枕弟弟的右臂，面贴着弟弟的前胸，怎么也无法入眠。

从这以后，宋正平与董晶晶的关系从"热战"开始进入到"冷战"阶段。宋正平得到了弟弟的厚爱，董晶晶则沉浸在自己心目中的那个"白马王子"给自己带来的"婚外"柔情中。夫妻二人感情生活处在僵持之中。

转眼间，一年多的时间过去了，虽说已进秋季，但武汉的热浪仍然没有平息的迹象。董晶晶刚忙了一阵儿，坐在老板椅上闭目小憩，门外传来咚咚的敲门声。

"进来。"朱世轩走了进来，含情脉脉地望着她。

"世轩，你怎么用这样的眼神看着我?"

朱世轩笑而不答，递过一张纸给董晶晶，然后转身离去。董晶晶接过一看，上面写道：晶晶，世轩今晚在蓝天大酒店月亮厅包间宴请你。咱们晚上不见不散。董晶晶看完心里像填满了蜜似的。

西下的太阳还没有完全坠入地平线，在城市的有些地方已经拉开了帷幕。华灯初上，董晶晶已经在办公室里对着镜子略装打扮，急于奔赴师哥指定的那个地点。

董晶晶锁上门，刚要转身，有个声音在她的身后喊道："董总，董总不好了。技术员小丁不慎从脚手架上跌了下来，现在昏迷不醒。"

"快，快送医院哪!"

"没钱，没有钱送到医院咋办?"董晶晶下了楼走到大门，一群下班的工人把公司门口堵得严严实实。

"你们怎么把人抬在这儿? 快送医院啊!"

"董总，咱们去咋办? 你公司得去人安排呀!"董晶晶没有回应工人的话，也没有走向那个受伤的小丁，而是进了自己的小车。一个工人站在董晶晶的车前，大声吼道："董总，你还有没有人性?"愤怒的工人围住了董晶晶的小车，董晶晶没有办法，只好走出车门对大伙说："朱总管出差了，你们叫我怎么办?"

"董总，你可是公司之主。等朱总管回来这人不早就成了鬼!"

"大伙想想办法，我还有要紧的事。"

"董总，还有比这人命关天的事大吗?"

"刘队长，你想想办法，救人要紧。明天等朱总管出差回来再到公司报账。你今晚全权代表公司。"刘队长一边安排工友兑钱垫付，一边拨打急救电话。董晶晶赶紧开车离开，去与朱世轩约会。

在蓝天大酒店月亮厅包间里，二人边喝边聊，从远古村落到现代都市，从野蛮落后的茹毛饮血到现代文明的互联互通，从中东世袭王朝到北美民主典范，从强掳强占的婚姻到志同道合的爱情……他们谈得是如此的融洽和开心。

时间在他们的愉快交谈中流淌。董晶晶用右手揉了一下自己的面颊，对朱世轩说："世轩，时间不早了，咱们……"

"晶晶，师哥再陪你喝最后一杯，可以吗?"

"可以，可以。"董晶晶爽快地答应。

朱世轩从自己身旁重新拿了一个杯子，给董晶晶斟上，双手送到她的面前。两人干完杯中酒后，朱世轩注视着董晶晶的眼睛说："晶晶，师哥安排了住宿，你同意吗？"

"咋不同意，听师哥的安排。"两人离开月亮厅包间，顺着电梯上了"1212"房间。朱世轩打开门，董晶晶进了房，整个身子摇摇晃晃。朱世轩急忙上前扶住，她一下子便倒在他的怀里。朱世轩看着怀中的师妹，嘴角露出一丝狡黠的微笑。

他用双臂轻轻地把她托起，平放到那个洁白的床单上，然后小心翼翼地把她的衣服全部脱去。一丝不挂的她，躺在床上一动不动地昏睡过去。朱世轩站在床前，眼睛直勾勾地盯着床上师妹的美体。忽然，他转身从包里拿出照相机，把镜头对准了自己学妹的裸体。

朱世轩拍照完毕，便坐在茶几前疾书，一张白纸被他写得满满的，写好后放在迷睡中的董晶晶的床头。

朱世轩提包在手，关上房门，头也不回地走出大酒店，然后消失在这座城市里。

董晶晶一觉睡得够长的，等她醒来时已经是斗转参横。她感觉只有自己一人睡在这个大床上，就喊起来："世轩，世轩。"喊了两声无人应答。

"世轩，世轩，你在搞什么鬼名堂？"董晶晶一边看着自己的裸体，一边喊道。可仍无人应答，她一扭头看见床头放着的纸，上面密密麻麻地写满了字。董晶晶拿过来一看，然后大惊失色。她从包里拿出手机，一遍一遍地拨打朱世轩的手机，结果都是无人接听。

董晶晶撕烂朱世轩留下来的那张纸，穿好衣服，急忙奔回公司，查阅了公司账户，结果是公司的流动资金几乎全被朱世轩卷走，董晶晶这下吃了个大大的"哑巴亏"，栽在自己编织的恋情中叫苦不迭。

董晶晶不敢向别人诉说，她害怕自己刚刚起锚的事业受到影响。可这次的亏吃得太大了，她千方百计动用一切关系打听朱世轩的下落，结果却让她大失所望：朱世轩全家移民了。

董晶晶在痛苦中度过了两个月，她想尽办法终于把丈夫劝回家。可是宋正平躺在床上，却感觉家里没有以前那样幸福和温馨了。董晶晶上床揭开棉被，身子紧紧地贴着丈夫的后背。

"正平，你还在生我的气呀？"

"董总，我哪敢生你的气。"

"正平，这里没有董总，只有晶晶，你的晶晶。"董晶晶说着，把右臂从后面搭在宋正平侧着的身体上。

"我心里没有了晶晶，只有董总。"

"正平，我向你道歉，向你赔不是，好不好！"

"董总，你不需要向我道歉，我承受不起。"

"好，我明天就去给妈道歉。"

"董总，时间过了那么长，你没有必要给我妈道歉。你根本不了解她，你不知道她有多善良，她的胸襟有多宽广。偏偏是别人推倒了她，她非说是自己不小心绊趴下的。"

"正平，连妈自己都说是她自己绊倒的，你为什么非要怀疑我呢？"

"那是我亲眼所见，我相信我自己的眼睛是不会骗我的。"

"好，我错了。明天我一定去给妈道歉。"董晶晶说着右手在丈夫的胸脯上抚摸起来。

宋正平沉默不语。董晶晶则用右手撑开丈夫短裤的松紧带，把他的那个东西攥在手里，希望激起的性爱能消释丈夫积结在心头的怨气。可丈夫的那个东西就像个"病猫"，慵懒地瘫在自己的手心里，无论怎样也唤不起它的精神和斗志。她失望地对丈夫说："正平，你怎么了？"他答道："董总，是你改变了我。"

在春苑小区的那间套房里，范玉林用手不停地在宋正平的头发中寻找着变白的那根，然后将其从他的头上拔了下来："哥，你开心点儿，嫂子接过你的棒并没有给你丢脸，反而比你做得还好，你有啥忧郁的。依我说你该好好地乐一乐！要不然，不出三年你肯定会变得白发苍苍。"

"玉林，你是知道我的。我是干活的命。我停下来看啥都不顺眼，心里憋得慌。"

"哥，到我厂去吧。咱哥俩一块干。"

"我给你干，是义务的。不收钱。"

"行，只要哥开心就行。"

"你要不要回去跟牛莉商量商量。"

"商量啥，又不是外人。"第二天，范玉林开着车真的把宋正平接进自己的厂里。就在这时，范玉林接到一个来自广东的电话，让他下午去广东。上次交的那批货出了问题。

"哥，我下午去广东，你在厂里给我招呼一下。"

"你去广东干啥？"

"上次的那批货出了点儿问题。"

"那该怎么办?"

"没啥事,找人修一下就行了。然后再听老板训斥一顿不就完了。"

"玉林,你怎么不打造自己的品牌呢?"

"哥,你以为跟我刚开始做服装那样,什么牌子不牌子的,只要你把布料做成衣服就行,不愁卖不出去。可现在不行了,人们买衣服不仅讲究品牌,还得是名牌。小牌子卖不出去。你说这人'洋气'不?"

"洋气,确实洋气。这是时代的变迁,社会的进步。玉林,你能不能带我去广东?"

"哥,你想去广东? 行,咱哥俩一块去。"下午,范玉林和宋正平去了广东。范玉林是做加工生产,产品出了问题在总厂修补。放下范玉林不说,宋正平又去了东莞。宋正平从东莞这个地方明白了什么是"世界工厂"。那大大小小的工厂星罗棋布,遍布城乡。这引起宋正平的极大兴趣,于是年过半百的他又激发出创业建厂的热情。

范玉林交完货,到东莞与宋正平见面,哥俩一拍即合。于是,两人在东莞这个地方又租地建起了厂房。宋正平建了一个电子玩具厂,起名"腾飞电子玩具厂"。那厂子不大,却很紧凑,各个设施井井有条。范玉林建了一个服装加工厂,取名"永盛制衣厂"。这两个厂很快就建成投产。

宋正平在范玉林的帮助下,建起的腾飞电子玩具厂在短短的三个月签下若干个订单,生意做得红红火火,而在武汉的董晶晶对这些全然不知。在东莞的一家酒楼上,哥俩对面而坐。四个他乡小菜吃得有风味,品得有特色,谈得有声色,心情十分惬意。

"哥,你建厂跟嫂子说了吗?"

"没有,跟她说啥。"

"你打算这样瞒下去吗?"

"嗯,难道这样不好吗?"

"哥,我的永盛制衣厂可跟牛莉说了。"

"那,我在这边的情况你跟牛莉说了吗? 我说,你千万不要跟牛莉说。"

"哥,看把你吓的。嫂子不能再跑到广东来要你的厂子吧! 我跟牛莉说哥在这边为我做事。"

"怪不得你嫂子这几个月不给我打电话呢!"

"哥,你在这里也不能待久了,不定时回去看看嫂子。两个侄子都不在身边,嫂子的父母又不在了。一个女人再强也得有人关照。想想嫂子一个女人在商场中打拼,穿梭于政商要员之间,应付于各种场合,面对着那些光怪陆离的事情,怪……怪……"

"怪什么怪的？你怎么不说了？"

"怪辛苦的。"

"辛苦什么？现在是改革开放时期，经济大潮一浪高过一浪，可谓是'天高任鸟飞，海阔凭鱼跃'，人人都有展示才华的用武之地。社会的主流之处不再是男人独来独往一统天下的时代。妇女的解放和参与使得这个社会的各行各业五彩缤纷，生机勃发。'女强人'是多么时髦的名字呀！你嫂子不就是其中之一吗？"

"哥，你还生嫂子的气呀？不管嫂子她怎么强，这身边得有个说话的人。"

"我在她的面前说的那些话毫无价值，在她的眼里，我只不过是一件过期的商品，一个抱残守缺之人。"

"哥，你是不是在忌恨嫂子抢了你的位置，依我看她抢对了。现在要用'三个有利于'来衡量。"

"玉林，你不要用大道理来开导我。"宋正平打断范玉林的话。

"哥，你是嫂子的丈夫，她需要你的关心与呵护。"

"玉林，我发现你倒是挺关心嫂子的哟。"

"哥，你可别这么说。那是因为你，我才关心嫂子。我就不信，像嫂子这样漂亮的女人，那些有权有势的人会对她不动心？果真有一天，嫂子向别的男人投怀送抱，你还能耐得住？"

宋正平听了弟弟的话，立刻想起了夏曦。他心想：翁书记为何会心甘情愿地为晶晶抛头露面，贾行长怎么那样爽快地给了晶晶巨额的贷款？除了金钱方面就没有别的？晶晶虽然年过四十，但那修长柔美的身材，俏丽倾城的容貌，优雅文明的举止，博学儒雅的谈吐就是青春年少的靓丽女子也难以比及。翁书记、贾行长这两人手握重权却对她的话言听计从，对她的要求也都有求必应，别的男人对她更是趋之若鹜。宋正平不敢再往下想，身上立即起了一层鸡皮疙瘩。

"玉林，你说哥该咋办？"

"把手中的活交给厂长代你处理，我在一旁注意点儿。哥，你回去照顾一下嫂子，她肯定会很感激的。你顺便再看看爸妈。"

"行，这回哥听你的。玉林，你不回去了？"

"咱哥俩轮流在广东坐庄。"范玉林说完，哥俩会心地笑了。这哥俩的深情很难用言语来表达，几十年来相濡以沫，真可谓"心有灵犀一点通"。

董晶晶的东方商城进展顺利，她在公司质量总监和工程师的陪同下视察工地建设。这时口袋中的手机响了起来，她打开一看是宋正平打来的，心里有种难以名状的冲动，也许是"久别胜新婚"。

"正平，你在哪儿？"

"晶晶，我在车站。"董晶晶立刻停止了视察，开车直奔车站。

宋正平站在车站那个川流不息的人群中，翘首等待着董晶晶。突然一辆小汽车飞驰而来，不偏不斜正停在他的身边。车门打开，一个熟悉而亲切的声音传入他的耳朵，冲撞着他的心扉，滋润着他干涸的心田。

"正平，上车吧！"宋正平转身上车，关上车门。董晶晶并没有启动发动机，而是静静地坐在那儿，深情地看着丈夫。宋正平一看妻子那脉脉含情的模样，便情不自禁地在董晶晶的脸上亲吻起来。

第十二章

踌 躇

宋正平在家待了一周，又回到广东东莞。再说董晶晶这天起得特别晚，当她起床打开手机一看时间已经是九点多钟。刚刚开机不久，就有人打来电话，她一看是翁书记。董晶晶不敢怠慢，赶紧接起电话："翁书记，早上好。"

"好，好。晶晶，你干啥呢？"董晶晶一听，这翁书记今天怎么这样称呼自己，心里有种莫名其妙的感觉。现在除了正平和他的父母外，没有人这样称呼她。

"翁书记，有事吗？"

"今晚我在彩虹大酒店宴请你，你一定要来呀！"

"行，翁书记还是我来做东吧。"

"不，这次由我请客。"翁书记一反常态，让董晶晶一天都忐忑不安，如坐针毡。到了下午下班后，她如期而至。让她没有想到的是今晚只有翁书记一个人，而且他已经在等候自己。这使得今晚的董晶晶受宠若惊。

"翁书记，有事吗？"

"晶晶，别叫我翁书记，好吗？"翁书记今晚一连串的举动十分反常，董晶晶心里七上八下。

"我不叫你翁书记，叫什么呀？"

"叫'金城'，就直呼我金城吧。"

"翁书记，小民哪敢呀！"

"晶晶，别张口翁书记，闭口小民的。今晚我们谈点儿私人话题。"

"那找一下贾行长，没有人陪你喝酒多无聊哇！"董晶晶说着，拿起手机，却被翁书记拦了下来。

"晶晶，不用找贾行长，今晚是我特意安排的，只有我们两个人。"董晶晶无奈地答应了。翁书记打开酒瓶先给董晶晶斟上一杯，然后自己也斟上满满的一杯。

"来，晶晶，陪我喝上两杯。"董晶晶端起酒杯和翁书记手中的杯子碰在一起。

"晶晶，你知道吗？'士为知己者死，女为悦己者容'。"

"翁书记，你这话什么意思？"董晶晶明知故问。

"晶晶，像你这样天资聪颖的人还不理解是什么意思？真逗。看来落花有意流水无情哪！"

酒足饭饱之后，翁书记这次还真的自掏腰包付了费。董晶晶在一旁心里暗想：老财迷，今晚掏钱心里疼不疼？

"晶晶，回去还早呢，到我房间坐一会儿，我有话跟你说。"

"书记，有话就在这儿说吧。这里没人。"

"到403房，我真的有话跟你说。"翁书记说完，自己先走了，扔下董晶晶一个人。董晶晶迟疑了一会儿还是跟上了翁书记。董晶晶跟着翁书记进了房间后，这位平日里趾高气扬的区委书记突然扑通一声跪在董晶晶的面前。这个举动让董晶晶大吃一惊，她低下头，伸出双手去拉跪在地上的翁金城。

"翁书记，你喝多了吗？有什么话尽管说，何必这样，岂不丢了你书记的身份。"

"晶晶，我爱你，我希望你今晚能留下来。"

"翁书记，你这是什么话？"

"晶晶，这是我的心里话。当我看到你第一眼时，就被你的魅力所折服。你让我朝思暮想，如痴如醉。"

"翁书记，你起来吧，我可要回去了。"董晶晶说着就要转身离开，却被翁金城从后面抱住双腿。

"晶晶，你不答应我，我就不让你走。"两人僵持着，足足有半个小时。

"好吧，你起来。"董晶晶先是让了一步。

"你答应了，晶晶？"

"嗯。"翁金城松开双臂，从地上站起来。董晶晶趁势脱离了翁金城在肢体上的纠缠，向房门走去。

"晶晶，你今晚离开这个门，明天就会威名扫地，生意上血本无归，说不定为此身败名裂。你要想清楚，然后三思而后行。"董晶晶心里悚然，暗骂：老狐狸，你终于露出了尾巴。就在董晶晶迟疑之时，翁金城上前抱住董晶晶。

"晶晶，今晚你就别走了，我确实有话跟你说。"翁金城边说边抱住她的双肩。董晶晶在他的怀中缓缓地向那个宽大的席梦思挪去。董晶晶边走边想着如何脱身。她被翁金城拥到床沿上坐下来，翁金城两只手紧紧握住她的右手说："晶晶，我跟你说个事。"

"啥事？你说吧。"

"晶晶，我要调走了，这是市委的决定。"

"什么？你要调走了。"董晶晶一听犹如晴天霹雳，瞪着双眼看着翁金城。

"晶晶，你这双眼睛真美。"

"翁书记，人家都急死了，还美呢！"

"急啥，你说呀！我不是还没走吗？"

"翁书记，能不能在走之前把东方商城的款给我结一结？"

"不可能。你的工程还未完全竣工，叫我怎么结？"

"翁书记，你调到哪里去了？什么时候走哇？"

"晶晶，你这么关心我哟。"董晶晶心想，鬼才关心你呢。

"我调到市里任人大副主任，恐怕就是最近几天吧。"

"恭喜你呀翁书记，祝你官运亨通，步步高升。"

"恭喜什么呀！那是个闲差事，其实是明升暗降。"

"翁书记，你临走把我的事怎样安排呢？"

"今晚不就是来安排你的事吗？"

"好，你说。"

"我跟贾行长说好了，让他再给你贷款五百万，明天你去银行找贾行长把这个事情办妥。"

"担保咋办？"

"我替你想好了，我用政府的名义给你担保。"

"谢谢翁书记。"

"现在别说谢谢，等我把话说完，你才要真正谢我哟。"董晶晶听着翁金城半掩半藏的话，瞪了他一眼。翁金城把董晶晶的手往自己怀里拉了一下接着说："我明天在区委召开四大家班子会议，把你的市政建设的二期工程定下来，免得夜长梦多。就是后天我走了，新书记也是没有办法的事。"

"谢谢翁书记的关照，你到市里……"

看到董晶晶欲言又止，翁金城心领神会。

"晶晶，放心吧，我到市里也不会忘记你，只要有你一句话，我尽百分之百的努力。满意了吧，宝贝。"翁金城说完，将董晶晶扳倒在床，亲昵地说，"晶晶，这回你真的得谢谢我。"

284

"你，你，让我洗洗吧。"

"不需要，我就是喜欢你身上散发出的迷人气味。"董晶晶仰面，上半身躺在床上，双腿从床面上耷拉下来。翁金城用他那颤巍巍的双手开始解董晶晶的上衣纽扣。翁金城站在床边盯着躺在床上裸着上身的董晶晶，惊叫道："晶晶，你真美！"翁金城看着董晶晶上部的胴体，情难自禁。他发疯似的扯掉董晶晶下身穿着的水磨色短裙和乳白色的丝袜，一个一丝不挂的女人就横卧在他的面前，那纤柔的胴体流动着玉一般的光泽。他抱起她的双腿来了九十度的转弯，把董晶晶完完全全地放在席梦思床上。

夜很深了，一阵儿手机的铃声把二人惊得手足无措。"是谁的手机？是谁的手机？"美梦乍醒的翁金城问个不休。

"别惊，是我的。请你不要说话。"董晶晶吩咐翁金城，自己光着身子打开手机，显示屏上现出宋正平手机的号码。董晶晶镇静一下，接通电话："正平，这么晚了打电话有事吗？"

"晶晶，你在哪？"

"我在家里，还能在哪？"

"你在家吗？你不在家。"

"正平，你这话是啥意思？怀疑我是不是？"

"我往家里打电话为什么没人接？"

"正平，昨天夜里和前天夜里往家里打电话的也是你？"

"不，不是我。我就是今天夜里才给你打的电话。昨天夜里和前天夜里的电话确实不是我打的。"

"那就是别人跟我开玩笑，或者是骚扰电话，我特烦就把电话线拔掉了。"

"噢，原来是这样。晶晶，你现在身体和生意都好吧？"

"很好，不要为我担心。正平，我想告诉你，我从银行又贷出五百万，准备争取区里的市政工程。"

"晶晶，你贷那么多的款干啥？一个企业要靠它自身的发展来做大做强，就像一个人的强壮要靠他自身来造血，而不是要靠输血来实现。一个企业就像一个球，这个球如果是个实心球，虽然它小却能经得起拍打，如果是个空心球，它再大，飞得再高也是经不起拍打的。"

"正平，你烦不烦人。这些我这个受过高等教育的人难道还不如你懂吗？没事我可要把电话挂了。唉，你今夜为啥想起要给我打电话？"

"晶晶，我做了一个噩梦，梦见你掉进一个很深很深的陷阱，惊得我出了一身的冷汗。"

"正平，你是在为我担心是吧？日有所思，夜有所梦。那是你多考虑了。

放心吧，我好好的，谁也不会咬去我一条胳膊一条腿。"

"好了，再见！晶晶保重。"董晶晶等宋正平挂了电话，她呆呆地坐在那儿。

董晶晶神情凝重，坐在床沿上犹如一尊玉雕的裸体美女。翁金城揭开身上的被单，爬起来抱住董晶晶的双肩说："晶晶，咱们休息吧！"

"我想回去。"

"这深更半夜的，回去不安全。在这过上一夜谁也不会咬去你一条胳膊一条腿。"翁金城故意重复董晶晶刚才的一句话，目的是想逗董晶晶开心，没想到使董晶晶更加伤心。

"我虽然没有少一条胳膊一条腿，可我却丢了整个身子，我对不起老宋。"董晶晶说着，竟呜呜地哭泣起来。

"这事只有天知、地知、你知、我知。只要你我不说出去，保守好这个秘密，谁也别想知道。况且我对你是一片真情。"翁金城边说边把董晶晶重新抱回床上。

在翁金城的直接干预下，董晶晶又从银行贷出五百万的巨款，并且拿到了区里的市政工程的建筑权。

董晶晶独自坐在那个豪华的总经理办公室里，却心事重重，得到与失去的东西犹如两块巨石轮流压在她的胸口。她想：自己这么一大把年纪为了名利却背叛了丈夫，这事一旦传了出去伤害的不仅仅是宋正平，还有自己的两个儿子：读研究生的宋守华和正在上大学的宋守夏。她担心这个幸福的家庭会不会……这些时时刻刻萦绕在她的心头，让她不仅内疚，而且恐惧。

董晶晶手机的铃声响起，她不想去接，可那个手机却响个不停。她无奈地接通了电话。

"晶晶，是我。我是翁金城。"手机里传出一个男人的声音。

"翁书记，我知道。我正准备打个电话向你道谢呢。"

"怎么谢呀？今晚在彩虹吧。"

"翁书记，改天我去你办公室吧。"

"改天那就是别人的办公室了。不能改天，就在今晚。明天市委组织部可能就要宣布我的调动了。晶晶你来吧，算是给我送行。你来了，咱们再谈谈你公司未来的发展。晶晶你来吧！不仅为了我，也为了你自己。晶晶我求你了！晶晶，说实话，我今晚辞掉了好多人的邀请，专门与你相约的。"翁金城喋喋不休，说个没完。

"好吧。"董晶晶缓缓地放下自己的手机。

当残阳落进地平线之后，董晶晶虽然心不情愿，还是踏进了那个熟悉的彩虹大酒店。她刚进到那扇门，屋内急不可耐的翁金城便扑上来，把董晶晶搂在怀里。

"晶晶，我真的舍不得你，真的离不开你。我调到市里以后你还能理我吗？我们还能保持这种密切关系吗？"翁金城此时生怕董晶晶离他而去。董晶晶没有挣扎，任凭翁金城的双臂像紧箍咒一样套在自己的身上，任凭翁金城的那张嘴像蜗牛一样在自己的面颊上爬行。

"翁书记，你有完没完？"

"晶晶，你这是啥意思？你想过河拆桥吗？你要知道我能捧你上天，也能打你入地狱，这叫能收能放。"

"翁书记你想哪去了，我有事跟你说。"

董晶晶待翁金城松手后，抖了抖肩头，舒展一下身子，然后从手中的包里取出一张纸条递给翁金城。

"这是什么呀？"翁金城问。

"翁书记，这些年感谢你的帮助。你离任我表示一下心意，望你不嫌礼薄，请笑纳。"

翁金城打开一看，是一张五十万的存单，便把那个存单又递给董晶晶说："晶晶，你今晚能来就给了我足够的面子，这个就免了吧。"

"怎么，嫌少吗？"

"不是，绝对不是。"

"不是，你就收下吧。"翁金城手里拿着存单，上前抱住董晶晶，硬是把那张存单塞进董晶晶手中的那个小皮包。

"晶晶，明天新的区委书记就要上任，我也要离开。可惜我不能再帮你了。遗憾，遗憾哪！"

"你还有啥遗憾的，还有啥没有到手和满足的？"

"晶晶，你真会说话，今晚让咱们抛开一切杂念，过一个只有我们两个人的世界。"翁金城说着抱起董晶晶走向那张迷人的席梦思床……

翁金城调离后，新书记马永刚到董晶晶公司施工现场进行实地考察，并叮嘱她："工程要高标准、高质量、高效率。安全施工，科学施工。"董晶晶一心一意扑在建设的施工工地。正当董晶晶专心致志地搞工程之际，银行的贾行长打来电话，催促她还款。

"董老板，你有一批贷款到期，请你到银行办理结账还款手续。"

"行，我下午就过去。"

董晶晶从财务室带了一笔款去银行结账，营业员对她说："老板，这次你不能光结息，不还款了。"

"为什么?"

"我也不知道，我只知道你必须连本带息一块结。你要问明白，就去行长办公室问一问贾行长。"

董晶晶感到莫名其妙，往日的手续都是这样办的，为什么今天变了样?她带着疑问推开贾行长办公室的门。

"董老板你来了，款都准备好了吗?"贾行长热情相迎。

"贾行长，这是咋回事? 每次都是光结息，不还本。这次是怎么了?"

"董老板你是真不知道，还是故意装着不知道?"

"我确实不知道。贾行长你说。"

"董老板，你在我们行所贷的款都是翁书记在任时以政府的名义担保的，每笔贷款到期我都得征求他的意见，是否愿意继续为你担保。他都同意。可现在他调走了，新书记他能为你担保吗?"

"贾行长，你别说了。"董晶晶两眼直勾勾地看着地板，简直就像痴呆了一样。

"董老板，董老板，你怎么了?"贾行长喊了半天，董晶晶才反应过来，心里骂道:好一个奸诈歹毒之徒，敛财不择手段，劫色不择手段。

"我是想，这么一大笔钱，我一时半会儿用什么还。"

"当初董老板贷款时咋没想这么一大笔钱呢? 现在还款时就嫌多了。董老板应该端正心态才行。"

"贾行长咱们也不是一天两天的朋友了，我这个人的信誉你是知道的。这次能不能通融一下，下笔我一定连本带息还清。"

"要是区政府出面担保还好办，可翁书记在时这都好说，现在他不是调走了吗?"

"贾行长你跟翁书记的关系不是很铁的吗? 可他人刚走不到一年你就翻脸不认人，太不仗义了吧。真是'人一走，茶就凉'，世态炎凉啊!"

"董老板，这跟那没关系。咱们这也是工作，要你去找马书记让政府再给你担保。"

"你是说，如果政府不再给我担保，这个款我一定得还了?"

"这还用说。"

"不能再给我多一点儿时间?"

"延期你得交滞纳金。"

"我要不还呢?"

"我们将依法办事。"

"贾行长,你这是要跟我翻脸动真的了?"

"我们啥时候干事都是真的。"

"呸!你们这些人的花花肠子我还能不知道。"董晶晶愤然离去。

董晶晶没有办法,只好开车去求区委马书记。晚霞从西天的边际反照过来,异常美丽,整个武汉沐浴在这美丽的晚霞之中。一天紧张的劳动结束,人们开始放松自己,下班回家的川流不息,休闲逛街的三五成群,推销叫卖的不绝于耳。一个飞速发展的现代化都市难得有这样的轻松和惬意。可董晶晶还在奔波,心中还在谋划如何说服马书记。

马书记刚吃过晚饭,在自己的住室接见了董晶晶。

"马书记你来了以后,我本应该早点儿来拜访你,考虑你刚到,工作千头万绪,自己也急于赶工程,就把这事耽搁下来,马书记你不会怪罪吧。"

"董老板,看你说的。我是来工作的,不是来接受别人拜访的。董老板是个大忙人,今晚来一定是有事的。"

"就是有点儿事,请马书记和政府帮忙。"

"什么事你尽管说,只要合法合理我和政府义不容辞。"

"没想到马书记这么年轻,工作却能雷厉风行,爽快。看来马书记是一个很坦率的人。"董晶晶把事情的缘由讲了一遍,马书记断然拒绝用政府的名义为她担保。看来这条路走不通。董晶晶把自己包内准备好的三十万存单的红包掂在手里,经过反复琢磨之后还是拿了出来。

"马书记,这是一点儿小意思,不成敬意,还望马书记你能收下。"马永刚扫视了一下,对董晶晶说:"董老板,你还是拿回去吧。工地急着用款,把钱花到刀刃上。我看你还是心无旁骛地搞好工程,其他的就别费心思了。我想告诉你:翁书记调离以后通过审计,他有经济问题,省纪委的同志可能已经介入此事的调查。再说了,共产党内还有不爱财的人哪!"

董晶晶一听这话,心里是岂止凉了半截,她在那一刹那简直就是要崩溃,顿时头晕目眩。

第二天,她照常到公司上班,查清公司账户上的款数,又从公司要了一名司机。

"小陈,你今天就专门为我开车吧。"

"老板,我……"

"我都让人安排好了。"小陈当然高兴,原来自己开的大货车比这小车差

289

多了。小陈的精神头十足，他打开车门对董晶晶说："老板，请您上车。"董晶晶上车后，小车关好车门，回到驾驶室手握方向盘问董晶晶："老板，您上哪？"

"去区政府。"小车开进区委、区政府的大院，停在那栋高大的办公楼前。董晶晶对司机小陈说："小陈，你在这儿等我，我上去找马书记。"小陈见董晶晶那气愤的样子，没敢多问。董晶晶吩咐小陈后自己径直上楼去了。

办公室的人告诉她："马书记正在开常委会，你在这等一会儿。"一个小时过去，仍不见马书记散会。董晶晶耐不住了，她不听其他人的劝阻直闯区常委会议室。

"马书记，我找你有事。"董晶晶直截了当。

"那行。"然后，马书记对其他人说，"今天会议就到此为止，大家各负其责，分头行动。散会。"会议室里，只剩下马书记和董晶晶两个人。

"董老板，有啥事？"

"没事能登你这三宝殿吗？"

"董老板好像带着气来的，有啥你尽管说。"

"马书记，昨天我听你那些话，觉得你还算是一个清官。今天我就奔着你这个清官而来。"

"董老板有事说事，咱们不扯那么多，行吗？"

"好。"董晶晶滔滔不绝，一口气说出了区政府欠资的事，又说出她的有些工程已经竣工，按合同区政府应该组织人员验收。可现在区政府迟迟不组织人员进行验收，分明是拖延时间，恶意欠工程款。董晶晶最后说："银行这几天逼款，我都要崩溃了。"

"放心吧，你说的事我马上派人核实，应该付你的款三天内付清，该验收的一周内区政府组织人员验收，验收合格后即刻付款。区政府拿不出钱就是从银行贷款该付你的一定付清。怎么样？"

"马书记，你说的是真的吗？不是给我开心果吃吧？"

"董老板，你做了这么多年的工程，跟政府打了不少的交道，还不相信政府？"

董晶晶缓缓地摇了摇头说："我不敢相信政府。外面不是流传这样的一句话'你看你孬的，还不如政府'。"

马书记长叹一声说："董老板，我以个人的党性和人格向你保证，在我的任期内一定重塑政府形象。"

董晶晶上了车，小陈把车开出政府大院问："老板，您去公司吗？"

"不。"

"您回家吗?"

"不。"

"老板,您上哪呀?"

"小陈,我已经两顿没有吃饭了,能不能找个僻静点儿的小饭馆让我吃顿饭。"

吃过饭,小陈开着车看着坐在身后的老板恹恹欲睡的样子,心里升起一丝怜悯。他想:总以为当老板轻松潇洒、风风光光,没想到当老板也这么难。

"老板,你去公司还是回家呀?"

董晶晶微闭着双目说:"小陈,送我回家。"小陈把车开到董晶晶的楼下,这正是下午的半天,除了巡视的保安外,整个小区静静的。

"老板,老板。"听到小陈叫自己,董晶晶把眼微微睁开了一点点。看到老板这个样子,小陈知道老板大概是喝醉了。

"老板,你慢点儿,我来扶你。"小陈上前把董晶晶的一条胳膊搭在自己的肩头,扶着她向楼上攀去。董晶晶打开房门。小陈又把她搀扶到卧室。刚到床前,董晶晶就瘫痪似的躺在床面。个头较小。身体单薄的小陈怎么也抱不起身材修长的董晶晶,费了九牛二虎之力的小陈好不容易将老板拖上床。小陈脱去董晶晶的高跟皮鞋,怀抱着她的双脚,坐在床沿喘着粗气。

歇了一会儿,小陈把董晶晶的双脚托起放在床上,又给她调了个睡姿,尔后轻声地说:"老板,我明天早上开车来接您。"

三天后,区政府欠她的四百万工程款一分不少地还给了她。一周后,区政府组织的工程验收组对她的工程进行验收,经专家组评审,合格的区政府付了款,不合格的区政府要求整修。这样,董晶晶如期还清了银行此笔到期的贷款。她感到轻松了许多,如释重负。

有这样一句话,叫"躲得过初一,躲不过十五。"董晶晶第二笔贷款如期而至。贾行长对她来说简直就是催命阎罗。她拨通了贾行长的电话:"贾行长,今晚蓝天大酒店,我请你。"

"董老板,钱筹够了吗?"

"没有。"

"没有你请我吃什么饭呀,是想让我替你还款吗?"

"看你说的,咋能让你还款呢。再说了,我要是钱凑够了,还用这样低三下四地求你吗?"

"你求我有什么用呢,那是毫无办法的事。"

"贾行长,像你这样的能人,一定会想出一个两全其美的办法来。"

"好吧。"

　　在蓝天大酒店的一个单间里，一桌丰盛的酒桌旁只坐着贾行长和董晶晶两人。

　　"董老板，你今晚太破费了。况且，你还在困难时期呀!"

　　"如果让贾行长来空坐着，那我还能有诚意吗?"董晶晶边说边给贾行长斟上满满一杯白酒，自己也倒上一杯。

　　"来，贾行长，诚意尽在杯中。"

　　"董老板，你不能喝就喝点儿饮料吧。我自己来，能喝多少就喝多少，可以吧?"

　　"可以，不陪贾行长喝一杯，心里也过意不去。"董晶晶说完，一声叹息。然后，她一饮而尽。贾行长见此情景也有些同情她。

　　"董老板，你有啥想法，请直说，不要躲躲闪闪。"

　　"贾行长，你朋友圈内有没有具备实力的企业，他们能出面给我担保，我给他百分之十的保证金，你看怎么样?"

　　"董老板，你是醉了还是疯了。你给那么多的担保金，再加上银行利息，还有其他方面的支出，你还能挣钱吗?"

　　"没办法，我只能如此。"董晶晶说着眼睛里噙满了泪花。

　　"那我试试，尽量帮你这个忙。不过，保证金就免了吧。"看着贾行长真诚的样子，董晶晶心里十分高兴。她又斟上一杯陪着贾行长喝下去。

　　"董老板，心意我领了，酒就别喝了，好吗?"

　　"这俗话说:喝酒如共事，舍命陪君子。"董晶晶说完一仰脖子，满杯酒又下了肚。此时的董晶晶已经是语无伦次，深度醉酒的状态。

　　贾行长对董晶晶说:"董老板，开个房吧。"

　　"行。"贾行长搀扶着董晶晶踉踉跄跄地来到客房部的一个单人房间，按开电灯，把她安顿好，用一条毛巾被盖住她的身体。他蹑手蹑脚地生怕惊醒醉梦中的她。就在他按灭室内电灯的时候，回头望了一眼睡在床上的董晶晶。在柔和的灯光下，她显出诱人的魅力。此时的贾行长心醉神迷，他改变了主意，折了回来。

　　他揭开毛巾被，抱起董晶晶，恣意情放纵，销魂度春梦。董晶晶自己也感觉不到自己身在何处，只记得贾行长陪在身旁。她迷迷糊糊地对贾行长说:"贾行长，我不是跟你说了，给你百分之十的担保金，你咋还不依不饶呢!"

　　"董老板，我不要担保金。"

　　"你要什么?翁书记都要百分之十的担保金，你为啥不要?"

　　"他每次都要百分之十吗?加在一块多少?"

"你不会算哟？加一块两百多万吧。"

"董老板，我不要你的担保金，你给我啥呀？"

"给你房子。"

"不要。"

"你要什么？你说。"

"要你，你给我吗？"

"废话，要我给你做老婆呀！贵妇人要是知道了非扒下你的皮。再说了，要我能当钱花。"

"董老板，你给也得给，不给也得给，今晚我真的要扒下你的皮。"贾行长把怀中的董晶晶往床上一放就动起粗来。董晶晶越是挣扎，酒醉的程度越深，不一会儿，她就不再动弹了。动作麻利的贾行长，一眨眼的工夫就把董晶晶的外衣扒下，身上仅剩那红色的乳罩和三角内裤遮掩着胴体的神秘部位。

昏昏沉沉而又迷迷糊糊的董晶晶，以为这是自己的家，脱去自己衣服的是自家的老宋。她伸出纤纤玉手轻轻地攥住站在床前的贾行长那个高高翘起的家伙说："老宋，今晚不行，明晚……明晚……"神志不清的董晶晶本想阻止事态的发展，可事与愿违，她的这个举动无疑是抱薪救火。贾行长低头看着自己的家伙被攥在董晶晶白嫩嫩的手里，满满的激情中又增添着新的能量。这不是收兵罢战的鸣锣，而是冲锋陷阵的号角。

她醒来睁开眼睛，外面强烈的日光已经穿透那厚厚的窗帘照射到她的床上。她惊叫一声掀开盖在自己身上的毛巾被，看见自己赤裸的身体上，粉白的乳房上齿痕深印，柔软的小腹上紫块连片，圆润的大腿上青斑点点，修长的小腿上勒迹清晰，手腕上残留着绳捆索绑的痕迹，下身的私处灼痛尤甚。

"流氓，变态，肆虐狂！"她的内心在不停地诅咒，双手在床上翻找自己的内衣和丝袜，结果却一无所获。她急忙穿上放在床头的上衣和短裙，赤着双脚穿上那双白色高跟皮鞋，做贼似的溜进自己的小车，飞驰而去。

董晶晶跌跌撞撞地冲上楼，打开房门，直扑卫生间。她脱下外衣赤身裸体地站在镜前，看着自己被蹂躏过的遍体鳞伤的身体，不仅潸然泪下。她躺在浴缸里浮想联翩：自己完成了育儿的义务，本想趁年轻帮助丈夫打理公司，却鬼使神差地认识了翁金城，接了工程，成了区政协委员、女企业家。功利之心让自己一发不可收拾，鬼迷心窍地从丈夫手里夺去了公司的权力，陷入到别人设下的陷阱。自己是一个受过高等教育的人，在专业方面又受过工程师父亲的耳濡目染和言传身教，凭自己的才学、能力和胆识在市场经济大潮中定会游刃有余，创造出辉煌的业绩。可万万没有想到自己还不如只有初中文化的丈夫。每走一步都踩在自己的灵魂和躯体上，付出如此大的代价。她恨得咬牙切齿。她恨那个老奸巨猾、贪婪成性的翁金城，恨那个衣冠禽兽、道貌岸然的伪君子贾行长。

思忖良久，董晶晶穿戴整齐后下楼开着车径直向市委、市纪委驰去。不久，翁金城被"双规"。董晶晶检举了翁金城，留下了贾行长。她还想握着贾行长这张牌，为己所用。

还有几天银行的贷款就要到期，贾行长十几天来一次电话也未曾给她打过。董晶晶心想就这样耗着吧，反正自己也付出了很大的代价，他贾行长是心里有鬼。

手中的手机响了，屏上显示出"贾行长"的字样。董晶晶看着心里暗骂：你这个伪君子、变态狂。她不断地拒绝接听，可贾行长不断地拨打。这样僵持也不是个办法，董晶晶接听了贾行长的电话。

"贾行长，你还有脸给我打电话？"

"董老板，生气了？"

"我不过是你的玩物，有啥气可生的。"

"对不起，那是因为你太美了，我控制不了自己。"贾行长轻声细语地说着。

董晶晶心里的怒火可烧了起来，她不顾四周有没有人，朝电话里吼道："太美了，控制不了自己？胡诌！我看你就是一个变态狂。变态狂！你知道吗？贾行长，你那夜咋不把我勒死，生吃了，活吞了？省得今天咱们还有结不清的账。"

贾行长连忙赔礼："董老板，你消消气，哪天我登门谢罪，咱今天说说正事吧！"

"你还有正事，我看你没有正事。"董晶晶说完不容对方辩解就挂了电话。

贾行长心急火燎一般，他怎能如此磨蹭下去，要钱还是他最要紧的事。他顾不上董晶晶对自己的训斥，仍旧不断拨打她的电话。董晶晶发泄一通，心里也渐趋平静下来。

"董老板，咱们把这两件事分开处理，行不行？"

"行，你说吧。"

"我把你的贷款手续办妥了，明天你到银行签个名，把利息交了，重新办个借贷手续。"

"不行，我这两天特别的忙，走不开。"

"董老板，你就别和我较劲儿了，这事我确实不对，咱们现在公对公，私对私处理，可以吗？"

"可以，你后天晚上把手续带到我家去，利息你先给我垫上。"

"这……这……"

"不行呀，真不行就算了。有时间我们再谈。"

"好，好。"贾行长连忙改口答应。可他万万没有想到这次董晶晶给他布下了一个"美丽的陷阱"。

董晶晶利用一天的时间，在自己的卧室安装了录像设备，只等着鱼儿上钩。贾行长如约而至，董晶晶打开房门把贾行长迎进客厅。

"董老板，我是来负荆请罪的，任打任罚由你吧。"

听了贾行长的话，凛若冰霜的董晶晶一下子露出笑容："贾行长，你对我是爱还是恨哪?"

"董老板，别说了，我给你道歉。"

"啥道歉不道歉的，人到礼不差嘛。你坐，我做两个菜，你吃了饭再走。给我帮了这么大的忙，不能连一顿饭也讨不上吧。"

"不，不，今晚我请客，你就别忙乎，咱们走吧!"

"我可不敢跟你出去了，上次你已经让我镂心刻骨，领教过你的手段。"贾行长拗不过董晶晶，只好留了下来。

董晶晶还真做了两样好菜，她把那瓶做了手脚的酒放在贾行长面前说："贾行长，你别谦虚，这瓶酒差了点儿，你将就着喝。我今晚不敢陪你了。"董晶晶说着甜甜地微笑。

贾行长见董晶晶笑盈盈的样子，以为他们之间的事过去了，心里自然特别高兴。他和董晶晶边吃边聊，董晶晶又不断地向他敬酒，很快那瓶放了春药的白酒被贾行长喝下了一大半。董晶晶偷眼窥视，见火候差不多，就把话题又引到那天晚上。

"贾行长，那晚的事你还记得吗?"

"对不起，不好意思了。"

"你带走我的东西带来了吗?"贾行长先是一愣，立刻明白董晶晶话的意思，赶紧接过话茬儿说："带来了。"他起身拿起提包，从包里掏出两个精美的盒子，放在董晶晶面前。

"这是什么?"

"你的，一个是蕾丝特的，一个是浪莎的。"

"我要我自己的，谁让你买新的。"

"怎么，不接受? 不接受，我就不喝了。"贾行长受药酒的作用，改变了刚来的初衷。

"接受，接受。我穿上看看合不合适。"董晶晶在引诱贾行长上钩。贾行长心里欲火正旺，董晶晶这话正中其下怀。贾行长连忙说："董老板，穿上，穿上。"董晶晶心里窃喜，鱼儿正在上钩，一切都是按照她的设计向前发展，她拿起桌上的内衣走进卧室。

她穿上粉红色的蕾丝三角裤和乳罩，洁白的胴体上盛开着红色的花瓣；又穿上薄如蝉翼的浪莎牌天鹅绒长筒丝袜，颀长的下肢变得柔美而光亮；脚穿白色高跟皮鞋，修长的身体立刻挺拔起来。她在梳妆台前转了一圈，自己也觉得满意。

"贾行长，进来看看合不合适。"

贾行长早就在卧室门旁偷窥，他听见董晶晶这一声召唤，顿使他心花怒放。说实话贾行长早就对董晶晶的美色垂涎三尺，因为有翁金城的存在，他才没有轻举妄动。现在翁金城倒了，他的前面没有了障碍。昔日翁书记的红颜知己即将成为自己的新宠，他的心中就如一堆点燃的干柴上又喷上汽油，一发不可收拾。

贾行长饿虎般地冲进卧室，上臂将董晶晶举起，就像一条狼叼着一条小羊。尽管董晶晶做足了思想准备，看着眼前贾行长的那股疯劲儿，也不寒而栗。她双手紧紧搂住贾行长的脖子，生怕他癫疯中摔伤了自己。

"放下，放下我。"

他怎么能如此轻易地放手，那时的他就是离弦之箭岂能重新改变方向，打开闸门的洪水焉有回流。她看到他的疯狂，心里真的发憷。他不顾她的挣脱，我行我素，把她扳倒在床，撕扯掉她身上的内衣，把她的玉体按在床上不停地翻滚。

他张开大嘴巴吞下了她的大半个乳房，她感觉疼痛就开始摆脱，她越是拉扯，他的嘴上用力就越大，顿时她感到自己身上的那块肉就要从自己的身体上被他分离出去，落进他的口中。她不再反抗任由着他的疯狂。

他做完了最后的事情，一夜的疯狂开始谢幕，狂飙劲舞落下了末梢的曲音。外面的天色还是朦朦胧胧，贾行长急匆匆地离开了。

贾行长走后，董晶晶封闭好窗帘，拉亮电灯，看着自己身上的新伤旧痕，心里有说不出的滋味。她取下录像带亲自看了一遍，珍藏在自己的密码箱内。

一年来，董、贾二人各有所需，关系暧昧而融洽。董晶晶贷款到期，贾行长特殊关照。贾行长有求，董晶晶主动投怀。姐弟互称，相安无事，风平浪静。

董晶晶得知武汉市有个市政工程，她想揽下这个工程，想起了贾行长和那盒录像带。

"贾老弟在忙啥呢?"

"董姐，有事吗？"

"我想从你那贷款，再揽一个工程，你可得帮我呀！"

"我没法帮你，你在我们行贷款够多了。这早就违反了相关规定。"

"你是不肯帮这个忙啰！"

"对不起，实在没有办法。"

"那你不想要董姐啰！"

"董姐，这桥归桥，路归路。公是公，私是私。咱们不能公私不分，违规贷款。董姐，这个你得原谅。"

"贾行长，你是不是把我玩腻了，想一刀两断，是不是？今个你给贷也贷，不给贷也得贷。我这次贷款还不是个小数目，一千万。"董晶晶说的话里充满着火药。贾行长听后，面色凝重，呆若木鸡。他好久才缓过神来，心想这个女人疯了。他是不是想把他们之间的事抖搂出去，想到此，他惊出一身的冷汗。

贾行长为了进一步试探又把电话打了过去："董姐，你别跟我开玩笑。"

"谁在跟你开玩笑，我每一句话都是认真的。"

"董姐，你也知道，我不可能给你贷款，现在对你的照顾我已经是竭尽全力了。你还是收回这个要求吧。"

"贾行长，一千万，一个子也不能少。"

"董老板，我不会拿国家和人民的钱跟你玩人生游戏。"

"贾行长，你不会拿国家和人民的钱跟我玩人生游戏，我是在做什么？我是在拿自己的肉体跟你做交易。我告诉你，我现在就是一具躺在床上的僵尸，什么也不会顾忌，晚上我们网上见。"董晶晶说完挂断电话。

贾行长晚上回到家，打开电脑，他与董晶晶那段视频便跃入眼帘。

贾行长关上电脑，坐在沙发上怒发冲冠，肺都要炸开了。他自言自语地骂道："这个狠毒的女人。"

他坐不住了，在屋里来来回回地走动，脑中不断想着可怕的后果：这事被传到网站上，自己成了众矢之的，家庭破裂，撤职查办；找个人不声不响地弄死这个可怕的女人，一了百了，东窗事发，自己锒铛入狱。

想了许久，他还是给她打去了的话。他没有说话，静听着对方的声音："贾行长，你饱了眼福啦？"

"董晶晶，你不要阴阳怪气，那天是不是你给我设下的圈套？"

"不是我给你设下的圈套，是你自己的贪婪与无耻。"

"咱们谈谈条件，这对大家都有好处。"

"好哇，给董姐贷款一千万，让我摆脱困境，这样你不仅安然无恙，还可以经常得到你喜欢的女人的肉体。"

"董晶晶，你真是厚颜无耻，我瞎了双眼交了你这个不要脸的女人。"

"贾行长，你更无耻。你把自己打扮成卫道士，岂不知你背地干了多少丑事。你没有诚意就别给我打电话。我给你五天的时间考虑。否则，你就会成为当下最流行的网络红人。"董晶晶说完关上了手机。

贾行长怎么也不能入眠，他一面恨透了董晶晶，一面又不断地责怪自己，鬼使神差而又莫名其妙地贪恋上这个工于心计的女人。如果自己没有那个该死的嗜好，只是正常的男女之欢，也许不会逼得她出此下策，真是自作自受。

三天来，他把自己关在屋里，足不出户，脑海里不断出现自己那疯狂、淫秽的动作和可怕的后果。五天，这是那个女人给自己的最后期限。他思忖：干掉这个女人，不行；满足这个女人，也不行。只有一条路可行，也只能从这条路上走下去，他别无选择。

贾行长主意已定，就迅速去了市里，求见了市行行长。在市行行长的办公室，他把自己的情况全部如实地向组织作了交代。市行领导批评了他，他自己也作了深刻的检讨。

"老贾，你的为人、为官、处事还是很清廉的，成绩也是有目共睹的。你能在金钱面前不动心，淫威面前不妥协，已经是难能可贵。至于你的私生活引起的问题交给组织来解决。'吃一堑，长一智'，以后在私生活方面要检点，小不忍则乱大谋呀！你回去，好好工作。"贾行长听了市行领导的话，心里舒服多了。

下午，贾行长接到市行打来的电话，让他在办公室接待市公安局的两位同志。两位刑警安装好录音设备，对贾行长说："贾行长，给那位姓董的女人打个电话，跟她谈谈。"贾行长知道，这是警察在搜集证据。

"董老板，我是贾行长。"

"贾行长，你想通了？"

"想通了，就是你那个数目太大，减一半行不行？"

"不行，一千万，一个子也不能少。否则明天过后，你就会成为网络红人，那段视频有可能成为点击率最高的视频。"说完她就挂断了电话。两位警察向上级作了汇报，市公安局领导指示：证据确凿，立即拘捕董晶晶。

四名警察分坐在两辆车上，布控在龙凤花园董晶晶的住房旁边，等着她回来，立刻实施抓捕。等了一夜，也没见到董晶晶的影子，四名警察和贾行长五人无功而返。

回到贾行长办公室，研究着案情的变化，观察着互联网上的动静，等了整整一个上午没有丝毫的动静。大家揣摩着董晶晶说的五天期限。五天时间除了第一天打电话要求贷款外，其余时间都是缄默不语，如果不是贾行长打电话，她从不追问贷款之事。五天期限已过，也没有把视频传到互联网。这个女人的葫芦里到底卖的是什么药？

"我们不妨派一名同志到她公司接触接触，摸一摸她的情况。"

"不行，那样会打草惊蛇，我们也没有必要小题大做，就按局长指示，立即拘捕。"

"贾行长，再跟她通一次话。"贾行长拨通董晶晶的电话，其余的人做好了录音准备。

"董老板，我是贾行长。"

"我知道，有话就说。"

"你说的贷款我考虑好了，就是还需要几天时间。"

"好，办好了再给我打电话，你要耍滑头，我就把视频发到你们市行的网页上，让你们的领导和同事都知道你的风流韵事，认识你这个变态狂、肆虐狂、害人精。我告诉你，没事不要给我打电话，我烦你。"说完她又挂断电话。

晚霞未尽，四名警察和贾行长又开始行动了。在龙凤花园布控完毕，专候着董晶晶回来。董晶晶的车子和她本人进入警方的视线。她像往常一样在车位停好车子，然后上楼回房。

两位便衣警察尾随董晶晶，等她进屋后守在门外，另有两名警察叫开董晶晶的门。

"你是董晶晶？"

"是。"

"董晶晶，我们是市公安局的。"董晶晶一听大吃一惊。

"快，把录像带交出来。"警察严厉呵斥。在警察的监视下，她在自己的密码箱里找出一盒录像带。

"有没有了？"

"没有，就一盒。"

警察在屋内搜查一遍，说："董晶晶，你涉嫌以欺骗、威胁等手段来套取银行贷款。现在跟我们走一趟，接受警方的问讯。"

"冤枉，冤枉啊！"

"老实点儿，跟我们走。"警察把董晶晶带到市公安局，连夜进行了审讯。董晶晶叫苦不迭，直喊冤枉。她原本是个受害者，却变成了一个犯法者，手带铁铐，身囚在铁窗内。

董晶晶被刑拘十五天后释放，回来后，她外表装得若无其事，可心里却承受着巨大的精神压力。

　　不久，贾行长调走了，新任的行长对她的还款一事从不姑息。银行的资金收回了，她的公司萎缩了。最后一笔贷款她再也无力偿还，剩下的只有那栋人去屋空的大楼。诚信集团就只剩下这块招牌而已。她和银行达成协议，把这幢大楼以贷款本息的总额为价卖给了银行。

　　诚信集团破产，当年的辉煌成了历史的烟云。贷款还清了，公司消失了。她仍旧是个无产者，头上那些"区政协委员"、"优秀企业家"的桂冠也随之湮灭。

　　公公、婆婆来安慰她，没有了往日的热情。她理解公公、婆婆的心情，自己的儿子从一个乡下的打工仔拼搏到城市，积累的那点儿家当让自己在短短的几年里输得精光。她输掉的不仅是这些，还有他人不知道的东西——肉体和灵魂。

　　她躲在自己家中，不想靦颜人世，想就此了结余生。但她想起还没有成家的两个孩子，心又软了下来。尤其是对丈夫宋正平，她感到特别愧疚。

第十三章

绝　　恋

再说宋正平自从前年回武汉感受到夫妻间的冷漠难以消弭，他真切地感到妻子人变了，心野了。他闷闷不乐地回到东莞的时候，一位美国商人给他送上一个惊喜，这合同一签竟然是三年。

一天，范玉林正在车间查看生产情况，口袋中的手机响了，他接过一看，是牛莉从武汉打过来的。

"牛莉，有事吗？"

"玉林，我跟你说个正事。"

听妻子这么一说，范玉林立刻严肃起来："牛莉，啥事？"

"咱大嫂的诚信集团破产了。那幢办公大楼被银行买去算是抵贷款了。"

"大嫂怎么搞的？正平哥奋斗大半生的积蓄都打水漂了？"

"不是吗？正平哥知道了该多伤心哟！"

"牛莉，大嫂怎么样了？"

"我爸、我妈都在安慰她。大嫂整天躲在屋里哭哭啼啼、寻死觅活的，才让人担心呢！"

"牛莉，你可得多关心大嫂哇，找她多说说话。要不，让她跟爸、妈住一段时间。"

"行，你放心吧。我会照顾好嫂子。"

范玉林到宋正平厂里看看，一切如常，看来正平哥还不知道这事。于是从那个晚上开始，范玉林每夜都陪护在宋正平身边。一天夜里，哥俩还挺风趣地聊着天，忽然宋正平的手机响了，他拿过手机一看是董晶晶打来的。

"玉林，别动，你嫂子打电话来了，我接个电话。"

宋正平接通电话，那头传来了董晶晶的哭泣声："正平，我对不住你，我对不起守华和守夏。我想一死了之，你回来给我收尸吧！"

"啥大不了的事，又哭又死的。你不是一个女强人吗？啥事能把你难为到这样的程度。"

"正平，我们公司倒闭了。公司的大楼被银行弄去抵贷款了，我们分文没有了。"

"什么？什么？你再说一遍。"宋正平让董晶晶又陈述了一遍。宋正平挂断电话，气得浑身哆嗦。旁边的范玉林吓得满头是汗，他急忙把宋正平的上身抱在怀里，像哄小孩儿似的哄劝正平哥。

"哥，哥，你消消气。千万不能动气，气坏了身体那是大事。哥，钱这个东西是身外之物，生不带来，死不带去。况且你现在不是还有工厂吗？哥，只要你和嫂子平安这才是最大的财富。留得青山在，不怕没柴烧。"范玉林用双手捧着宋正平的头颅，用自己的脸颊拭去流淌在宋正平脸上的泪水。

"玉林，不知道你嫂子现在怎么那样强悍和霸道！她对我的忠告置若罔闻，临机处事独断专行，容不得别人的半句诤言。哥多年拼搏，苦心经营，攒下的这点儿基业，被她折腾得一光二净。我的那点儿家当不仅是我自己的，它里面还有你，还有其他人的血汗甚至是生命。"说到此，宋正平泪水涟涟，泣不成声。范玉林也把脸贴在哥的脸上跟着哭泣，哥俩的身体交融在一起，泪水交融在一起，感情交融在一起。

伤心之后，开始平静下来。范玉林对宋正平说："哥，给嫂子打个电话吧！现在嫂子肯定难过，安慰安慰她。"

"玉林，不要管她。"

"哥，还是打吧。要不然嫂子受不了，真会出事的。嫂子要是有个三长两短，哥，你的损失可比公司倒闭大多了。守华、守夏两个孩子会埋怨你一辈子。"

"不打，让她自己好好反思反思。"

"哥，理智一点儿吧。"宋正平经玉林劝说给董晶晶打去电话，一次、二次、三次，就是无人接听。宋正平这下真的蒙了，不停地拨打她的手机。董晶晶接下了丈夫的电话。

"晶晶，刚才我有点儿生气，你千万别往心里去。"

"正平，这怪不得你，都怨我。我死有余辜，罪该万死。正平你该杀了我，剥了我。"

"晶晶，别气了，有人就好。有你在我们从头再来。留得青山在，不怕没柴烧。你照顾好自己，明后天我就回去。"

"正平，我没脸见你。"电话那头的董晶晶悲泣之声不止，"正平，你回来吧，要骂、要打、要杀、要剐，我愿意由你处置。"

"好了晶晶，那些傻话就别说了。好好休息，我们回去再见。"

黑夜还没退去，清晨的黎明还在它的旅途当中。一夜没有合眼的宋正平就要起床，被弟弟范玉林拦住。

"哥，你起恁早干啥?"

"我回去。"

"别忙。"范玉林把起身的宋正平又按在床上。

"玉林，这是干啥?"

"哥，我跟你一块回去。"

"这儿离不开人，我们都走了，厂里有急事谁来处理? 玉林，别闹了，哥回去看看，就回来。"

"哥，你一个人走路我不放心。"

"你呀! 就是一个小尾巴。"

范玉林回厂把事情跟副厂长交代一下，就开着车匆匆赶到正平哥那里。宋正平把自己厂里的事托付给副厂长，哥俩上车。副厂长在一旁送行："二位老板，一路走好。"

宋正平坐在副驾驶的位置上，范玉林开着车出了东莞，沿京珠高速公路，一路呼啸向北风驰电掣般的朝武汉而驶。

"哥，你休息一会儿，昨夜你没睡好，今个你好好休息一下。"宋正平闭目休息，范玉林开着车一路前行。

到了下午四点左右，哥俩换了个位置，范玉林坐在副驾驶位置上休息。宋正平开着车继续北行。

下午六点多，夜幕缓缓降临，坐在副驾驶位置上的范玉林提醒哥宋正平说："哥，车速减点儿。前灯可以打着。"

车前灯打亮了，可车速并没有减下来。范玉林再次提醒宋正平："哥，小心点儿。车速减下来，保持一百公路的时速。"

"没事，玉林你就放心地睡吧。"

车过长沙约几十公里，遥远的东方天际开始发白，第二天的黎明就快到来。范玉林摇下车窗，透了下凌晨那清新的空气，顿觉神清气爽。可宋正平开了一夜的车，加之前夜一夜没有合眼，仍处在困乏之中。

"哥，我来开，你该休息休息。"

"行，等到前面一个服务区。"

"好。"范玉林做好了接车的准备。前面的一辆大货车像一个负重的老人在车道慢腾腾地驶着，可急坏了坐在副驾驶位置上的范玉林。

　　"哥，超车吧。"宋正平加大油门，提高车速，向左打方向盘，要超越前面载重的大货车，可就在这关键时刻，左车道的一辆车突然穿过中间护栏，迎面冲来。为了躲避迎面而来那辆车的撞击，宋正平又急忙把车的方向盘向右打，想重新返回原来的车道。可对面冲撞过来那辆车仍纠缠于他，向他飞速袭来。宋正平别无选择，再次提速想躲开那辆"失灵"的车，自己的小车发疯似的向前面的大货车冲去。坐在旁边的范玉林先是惊呆，可看着自己的车飞速撞向大货车，他奋不顾身扑向宋正平，想用自己的躯体呵护哥哥。

　　"砰"的一声巨响，他们和那辆小车一道钻进了前面的大货车下面。那一年，宋正平五十二岁，范玉林五十整岁。

　　当他们的家人赶到，当地的交警部门把高速公路现场已经清理完毕。

　　这哥俩的尸体紧紧地黏合在一起，谁也难以分辨，惨不忍睹。陶素梅、董晶晶、牛莉婆媳三人哭得死去活来。

　　范玉树、宋守华、宋守夏、范晓明、范晓娟都从外地赶回，料理亲人的后事。在如何安葬的问题上大家是一筹莫展，最后还得征求陶素梅的意见。陶素梅那满头银丝，老泪纵横。要说感情，这娘仁的感情非同一般。老年丧子的陶素梅撕心裂肺，肝肠寸断。她说："既然成了这个样子，不要把他们哥俩分开。就让他们用这种方式去吧。"火化后，骨灰运回武汉，在一座小山下的公墓哥俩就合葬在一起，超出常规的墓碑上书写着：宋正平、范玉林合墓。陶素梅在他们旁边买了两块墓地，她对范春成说："老范，等咱们走了，就跟正平、玉林他们一块在这儿。"

　　真是"西风一夜催人老，凋尽朱颜白尽头"。这些天接二连三发生的事，让董晶晶猝不及防。她本来等着丈夫归来，准备向其倾诉，表达对他的愧疚之情，可让她万万没有想到丈夫因此离她而去，还搭上小叔子的性命。真可谓：福不双至，祸不单行。她感觉自己就是罪魁祸首，内心的罪恶感让她寝食难安、夜不能寐。身心的双重煎熬很快把她从一个风姿绰约、举止优雅的美丽女人变成一个神情痴呆的老妇人。

　　一个月后，牛莉来找董晶晶。

　　"嫂子，你不要这样践踏自己，人死不能复生。爸妈还在，你看在守华和守夏的分上也要节哀。正平哥和玉林走了，他们的后人还在，事业还在。"

"完了，完了，什么也没有了。人财两空，空空如也。这人哪！心有天高，命比纸薄。"董晶晶仍处在巨大的悲痛之中。

"嫂子，你可不能这样倒下呀！正平哥仍然需要你，你要坚强。"

"牛莉，我万念俱灰，一点儿也不想活下去了。"

"嫂子，守华、守夏他们还等着你的关照呢！"

"牛莉，我这里痛啊！"董晶晶攥着拳头击着自己的胸口，那凄苦苦、惨兮兮的样子让牛莉心里的怜悯之情顿生，像地下的温泉一样喷涌而出。她猛地上前，抱住董晶晶的头，两个女人同病相怜，呜呜地哭在一起。

哭让她们心中的惨痛发泄了许多，精神上暂时有了轻松感。牛莉一只胳膊抱着董晶晶的头，一只手抹去她脸上的泪珠说："嫂子，你做点儿晚饭吃，照顾好自己，明天我来找你。"

"牛莉，玉林不在了。你的家不也是空荡荡的，跟我这还有两样吗？"

"嫂子？"牛莉没有明白董晶晶话中的意思，瞪着眼看着泪眼汪汪的董晶晶。

"牛莉，留下来，我们妯娌之间说说话。"牛莉留了下来，两个丧偶的女人相处在一起，心灵不沟自通。

"嫂子，我想跟你在一块，齐心合力把正平哥和玉林留下来的事情办好，把他们的父母孝敬好，把他们的孩子安顿好。"

"牛莉，你真坚强。你怨恨我吗？"

"我为啥怨恨你，又不是你害的。"董晶晶听后，把牛莉紧紧地拥在怀里。

"牛莉你真好，比我的亲妹妹还好。"

"嫂子，你可别这么说，按年纪你得叫我姐姐。我叫你嫂子是因为你嫁给了正平哥，其实我比你还大两三岁呢。"

"牛莉，我们先叫后不改。你叫我嫂子，我叫你妹妹。"

"行，我听嫂子的。"两颗受到伤痛的心紧紧地相偎在一起。

两个女人并排睡在一个宽大的席梦思床上，牛莉说："嫂子，我想跟你说件事。"

"啥事，你说吧。"

"嫂子，你跟我去东莞，那是个非常开放的地方。"

"我哪儿也不想去，就想待在家里。"

"嫂子，你不是还想正平吗？东莞有他的工厂，有他的事业，有他没有做完的梦。他的理想、他的心智、他的血汗、他的气息还在那里延续。他的工厂里有他昔日的工友，有他相知的朋友，有他新招的农民工。这些人有的跟着正平干了一年、三年、五年、十年的都有，他们知道正平和玉林遇难消息后都十分的悲伤，盼着你去了带着他们干下去。嫂子，我从东莞回来就是请你出山的。"

董晶晶听完牛莉一席话，大为震惊，忙问："牛莉，你在说什么?"

"嫂子，你太不理解正平和玉林了，虽然他们是乡下人，文化不高，可有本事呢! 他们对理想的追求从不懈怠，他们对自己选定目标从不放弃，他们前进的步履从不停下，他们创业从不夸夸其谈，他们有了成就从不在别人面前炫耀自己，他们事业成功却从不耀武扬威。他们就是这样勤勤恳恳地做事，踏踏实实地做人。正平哥到东莞，玉林帮助他重新创业，他在东莞建了一个电子玩具厂，生意可火呢!"

"我怎么没有听说过。"

"正平哥和玉林回来就是接你去东莞，想给你一个惊喜，没想到'天有不测风云，人有旦夕祸福'。"

"牛莉，我不想再涉足商场，那个厂子交给你打理吧。"

"嫂子，你怎么'一朝被蛇咬，十年怕井绳'呢! 我相信你有了这次的经历，你的经商之道更加完美，经商之策更加周全，经营之法更加精明。"

"牛莉，我可不信你的鼓动，再弄个'倒闭'、'破产'来，我就是死了也无颜去见正平。"

"嫂子，你承担起正平哥的责任，我担当起玉林的角色。三个臭皮匠赛过诸葛亮，你我齐心合力，按照正平和玉林他们的方法去做，保证稳妥。"

"他们用什么方法?"

"正平哥说过：做企业要做实，就像球一样，实心球它就是泥烧的也经得起摔，空心球就是铁做的也不经摔。我们做企业一没雄厚资金；二没政治靠山；三没先进技术和人才；四没市场。这样就决定我们不能和别人硬碰硬，争夺主流市场那是巨人之间的较量。我们只能寻找好自己的位置，学会在狭缝中生存和发展。目前情况下，我们只有在产业链的末端和产业链与产业链的缝隙中找出路，给别人做陪衬的绿叶，这样我们就像菟丝子一样附在别人的产业上，利用人家的资源来发展自己。"

"有道理，有道理。玉林有什么办法呢?"

"鸡蛋存放法。"

"两个鸡蛋不能放在一个篮子里，免得俱伤。"

"嫂子，你是怎么知道的!"

"牛莉，这些年你跟着正平和玉林没少学东西吧?"

"嫂子，你笑话我了。嫂子你就答应我吧!"

"你相信我能做好?"

"相信。"牛莉的回答干脆利索，斩钉截铁。

董晶晶随牛莉到了东莞，厂里负责生产的厂长向她作了汇报，董晶晶又在牛莉的陪同下看了电子厂和服装厂。她不禁被厂里的一切所折服。经过一周的熟悉，她和牛莉接手了电子厂和服装厂。

几场商业活动下来，董晶晶确实有了长足的进步，如凤凰涅槃般重生。商业谈判她研精覃思，折冲樽俎；风月场上她嫣然媚语，长袖善舞。她的气质、容貌、言谈、举止都能让对手心悦诚服。她在新的商场如驰骋疆场的巾帼英雄，应付各种情况她都成竹在胸、得心应手。她工作起来游刃有余。尤其是在与外商的谈判中她操一口流利的英语，娴熟的谈判技巧让对方佩服得五体投地。在短短的两个月中，她便在同行中好评如潮。

董晶晶二次出道以来，一路百事顺畅，风光无限，一扫前期的悲伤和阴霾，整个人又精神起来。

转眼间又一年过去了。陶素梅想念两个儿子，在屋里翻看儿子留下来的遗物。宋正平和范玉林的手机被她完好地保存下来。偶尔有人打来电话，她就接通跟人家聊聊。有时她自己也打打儿子的手机，听听儿子手机的铃声，寄托对他们的思念。有一天，又有人打来电话，陶素梅赶紧接通。电话那头传来问话："喂，你是宋正平还是范玉林呀？"

"他们都不在了，我是他们的妈妈。"

"噢，事情是这样的，他们的物业费该交了。"

"姑娘，你弄错了吧？物业费我昨天刚给他们交完。"

"阿姨，我们不会弄错的。"

"你是哪里呀？"

"我们是春苑小区蓝天物业公司。"

"春苑小区蓝天物业公司。"陶素梅又重复了一遍。

"对，对。"

"好，我马上就过去。"陶素梅心里纳闷，正平和玉林在外面还有房，有没有家呀？现在的老板在外面包养纳妾是常事，难道……

陶素梅独自打车去了春苑小区蓝天物业公司，物业公司两名收费的女士接待了她。

"大娘，你是？"

"我是宋正平和范玉林的妈妈。"

"噢，不好意思，让您老亲自来。"

"没关系。同志，我想问问你我儿在这儿有几套房?"

"一套。大娘，您儿子在这儿有房您都不知道?"

陶素梅摇摇头说："不知道。同志你能带我去看看吗?"

"可以，没问题。"陶素梅在物业公司两名工作人员的陪护下来到门前。她用颤巍巍的双手在那一串钥匙中一个接着一个地试开房门，房门打开了。

两名工作人员守候在门外，陶素梅迈着颤抖的步子跨进房门。这套房子面积不大，就是显得有些神秘。当她缓缓推开卧室的门时，她才确信这真是正平和玉林的。

看到墙上挂着宋正平和范玉林那甜美、英俊的彩色画像时，陶素梅泪如雨下……

她在整理床头柜时，发现了"房产证"。房产证上的购房人赫然写着宋正平和范玉林。在房产证下面压着一个精美的小包，她剥开包装袋外层，里面有个软软的、滑滑的东西被一张白白的纸巾包着。陶素梅继续打开纸巾，露出一双玻璃丝袜。那双玻璃丝袜年代久矣，经人穿过后没有清洗就被叠得整整齐齐包放在里面，时过境迁的玻璃丝袜还残存着主人当年的气息。陶素梅看后，椎心泣血，悲伤难抑，在哭泣中叫着："正平，正平我儿。"

陶素梅把东西又重新放回原处，她站在两个儿子遗像前说："正平，玉林，你们好好待着，妈给你们交物业费，交三十年，往后没有人来打搅你们。"